La ladrona de libros

La ladrona de libros

Markus Zusak

Traducción de
Laura Martín de Dios

Lumen
narrativa

La ladrona de libros

Título original: *The Book Thief*

Primera edición en España: septiembre, 2007
Primera edición en México: septiembre, 2007
Primera reimpresión: febrero, 2008

D. R. © 2005, Markus Zusak
D. R. © 2007, Laura Martín de Dios, por la traducción
D. R. © 2005, Trudy White, por las ilustraciones

D. R. © 2007, de la presente edición en castellano para todo el mundo:
    Random House Mondadori, S. A.
    Travessera de Gràcia, 47-49. 08021 Barcelona

D. R. © 2008, derechos de edición para México:
    Random House Mondadori, S. A. de C. V.
    Av. Homero No. 544, Col. Chapultepec Morales,
    Del. Miguel Hidalgo, C. P. 11570, México, D. F.

www.randomhousemondadori.com.mx

Comentarios sobre la edición y contenido de este libro a:
literaria@randomhousemondadori.com.mx

ISBN: 978-970-810-057-1

Impreso en México / *Printed in México*

Para Elisabeth y Helmut Zusak,
con amor y admiración.

PRÓLOGO

✤

Una montaña de escombros

Donde nuestra narradora se presenta a sí misma.

La muerte y tú

Primero los colores.
Luego los humanos.
Así es como acostumbro a ver las cosas.
O, al menos, así intento verlas.

❧ UN PEQUEÑO DETALLE ❧
Morirás.

Sinceramente, me esfuerzo por tratar el tema con tranquilidad, pero a casi todo el mundo le cuesta creerme, por más que yo proteste. Por favor, confía en mí. De verdad, puedo ser alegre. Amable, agradable, afable… Y eso sólo son las palabras que empiezan por «a». Pero no me pidas que sea simpática, la simpatía no va conmigo.

❧ RESPUESTA AL DETALLE ❧
ANTERIORMENTE MENCIONADO
¿Te preocupa?
Insisto: no tengas miedo.
Si algo me distingue es que soy justa.

Por supuesto, una introducción.
Un comienzo.
¿Qué habrá sido de mis modales?
Podría presentarme como es debido pero, la verdad, no es necesa-

rio. Pronto me conocerás bien, todo depende de una compleja combinación de variables. Por ahora baste con decir que, tarde o temprano, apareceré ante ti con la mayor cordialidad. Tomaré tu alma en mis manos, un color se posará sobre mi hombro y te llevaré conmigo con suma delicadeza.

Cuando llegue el momento te encontraré tumbado (pocas veces encuentro a la gente de pie) y tendrás el cuerpo rígido. Esto tal vez te sorprenda: un grito dejará su rastro en el aire. Después, sólo oiré mi propia respiración, y el olor, y mis pasos.

Casi siempre consigo salir ilesa.

Encuentro un color, aspiro el cielo.

Me ayuda a relajarme.

A veces, sin embargo, no es tan fácil, y me veo arrastrada hacia los supervivientes, que siempre se llevan la peor parte. Los observo mientras andan tropezando en la nueva situación, la desesperación y la sorpresa. Sus corazones están heridos, sus pulmones dañados.

Lo que a su vez me lleva al tema del que estoy hablándote esta noche, o esta tarde, a la hora o el color que sea. Es la historia de uno de esos perpetuos supervivientes, una chica menuda que sabía muy bien qué significa la palabra abandono.

Junto a las vías del tren

Vi a la ladrona de libros en tres ocasiones.

Lo primero que apareció fue algo blanco. Un blanco cegador.

Probablemente estarás pensando que el blanco en realidad no es un color y toda esa clase de tonterías. Pues yo te digo que lo es. El blanco es sin duda un color y, personalmente, no creo que te convenga discutir conmigo.

❧ UN ANUNCIO RECONFORTANTE ❧
Por favor, a pesar de las amenazas anteriores,
conserva la calma.
Sólo soy una fanfarrona.
No soy violenta.
No soy perversa.
Soy lo que tiene que ser.

Sí, era blanco.

Daba la impresión de que todo el planeta se había vestido de nieve, que se la hubiera puesto como tú te pones un jersey. Las pisadas junto a las vías del tren se hundían hasta la rodilla. Los árboles estaban cubiertos con mantos de hielo.

Como debes de imaginar, alguien había muerto.

No podían dejarlo tirado en el suelo. Por el momento no era un gran problema, pero la vía pronto quedaría despejada y el tren tenía que continuar la marcha.

Había dos guardias.

Había una madre con su hija.

Un cadáver.

La madre, la niña y el cadáver estaban quietos y en silencio.

—¿Y qué quieres que haga?

Uno de los guardias era alto y el otro bajo. El alto siempre hablaba primero, aunque no era el jefe. Miró al bajo y rechoncho, de cara rubicunda.

—No podemos dejarlos así, ¿no crees? —respondió.

El alto estaba perdiendo la paciencia.

—¿Por qué no?

El más bajito estuvo a punto de estallar.

—*Spinnst du?!* ¡¿Eres tonto o qué?! —gritó a la altura de la barbilla del alto. La repugnancia le inflaba las mejillas, la piel se le tensaba—. Vamos —ordenó, avanzando con dificultad por la nieve—. Si hace falta, cargamos a los tres. Ya informaremos en la siguiente parada.

En cuanto a mí, ya había cometido el más elemental de los errores. No encuentro palabras para describir cuánto me enfadé conmigo misma. Hasta ese momento lo había hecho todo bien. Había estudiado el cielo cegador, blanco como la nieve, al otro lado de la ventanilla del tren en movimiento. Prácticamente lo había inhalado, pero aun así vacilé, me dejé doblegar: la niña llamó mi atención. La curiosidad pudo conmigo y, resignada, me quedé el tiempo que me permitió mi apretada agenda, y observé.

Veintitrés minutos después, cuando el tren ya se había detenido, bajé con ellos.

Llevaba en brazos una pequeña alma.

Me quedé un poco apartada, a la derecha.

El eficiente dúo de los guardias se volvió hacia la madre, la niña y el pequeño cadáver. Recuerdo con claridad que ese día podía oír mi respiración, alta y fuerte. Me sorprende que los guardias no advirtieran mi presencia al pasar a su lado. El mundo se estaba hundiendo bajo el peso de la nieve.

La pálida y famélica niña estaba a unos diez metros a mi izquierda, aterida.

Le castañeteaban los dientes.

Tenía los brazos cruzados y congelados.

Las lágrimas se habían helado sobre el rostro de la ladrona de libros.

El eclipse

Era el momento de mayor oscuridad antes del alba.

Esta vez yo había ido por un hombre de unos veinticuatro años. En cierto modo, fue hermoso. El avión todavía tosía. El humo se le escapaba por los pulmones.

Se abrieron tres grandes zanjas en el suelo al estrellarse. Las alas se convirtieron en brazos amputados. Se acabó el revoloteo, al menos para ese pajarillo metálico.

൞ OTROS PEQUEÑOS DETALLES ൠ
**A veces llego demasiado pronto,
me adelanto.
Y hay gente que se aferra a la vida
más de lo esperado.**

Al cabo de unos pocos minutos, el humo se extinguió.

Primero llegó un niño con respiración agitada y lo que parecía una caja de herramientas. Turbado, se acercó a la cabina y miró en el interior, para ver si el piloto seguía vivo; en ese momento así era. La ladrona de libros llegó unos treinta segundos después.

Habían pasado los años, pero la reconocí.

Estaba jadeando.

El niño sacó un oso de peluche de la caja de herramientas, metió la mano en la cabina a través del cristal hecho añicos y lo dejó sobre el pecho del piloto. El osito sonriente se acurrucó entre el amasijo de carne y sangre. Minutos después probé suerte. Le había llegado la hora.

Entré, liberé su alma y me la llevé con delicadeza.

Allí sólo quedó el cuerpo, un olor a humo cada vez más leve y el sonriente oso de peluche.

Cuando empezó a llegar la gente, todo había cambiado, por supuesto. El horizonte empezaba a dibujarse al carboncillo. Apenas quedaba un suspiro de la oscuridad de antes, que se difuminaba con rapidez.

Ahora el hombre tenía un color hueso. La piel parecía un esqueleto. Un uniforme arrugado. Tenía los ojos castaños, la mirada fría —como dos manchas de café—, y el último trazo de negro dibujó una forma extraña y a la vez familiar: una firma.

La gente hizo lo que suele hacer.

A medida que me abría paso entre la multitud veía a todo el mundo jugueteando con el silencio imperante: un pequeño revoltijo de gestos descoordinados y frases apagadas mientras daban una tímida y callada media vuelta.

Cuando volví la vista atrás hacia el avión, el piloto, boquiabierto, parecía sonreír.

Un último chiste morboso.

Otro remate final típico de los humanos.

Permaneció amortajado en su uniforme mientras la luz grisácea desafiaba al cielo. Al igual que en otras ocasiones, cuando empecé a alejarme, me pareció ver una sombra fugaz, los últimos momentos de un eclipse: la constatación de la partida de una nueva alma.

¿Sabes?, durante un breve instante, a pesar de todos los colores que se cruzan y se enfrentan con lo que veo en este mundo, suelo atisbar un eclipse cuando muere un humano.

He visto millones.

He visto más eclipses de los que quisiera recordar.

La bandera

La última ocasión en que la vi todo era rojo. El cielo parecía un caldo hirviendo, en plena agitación, un poco requemado. Algunos tropezones negros y salpicaduras de pimienta flotaban sobre el rojo.

Un poco antes, unas niñas habían estado jugando allí a la rayuela, en esa calle que parecía una página con manchas de aceite. Cuando llegué, todavía se oía el eco de sus voces. Los pies repicando contra la calzada, las carcajadas infantiles y las sonrisas de sal. Aunque se desvanecían a gran velocidad.

Luego, las bombas.

Esta vez, todo llegó tarde.

Las sirenas. Los gritos alborotados de la radio. Todo demasiado tarde.

En cuestión de pocos minutos, había montañas de cemento y tierra por todas partes. Las calles se abrieron como venas reventadas. La sangre corrió hasta que se secó en el suelo, donde quedaron pegados los cuerpos inmóviles, como los escombros tras una inundación.

Pegados al suelo hasta el último de ellos. Un mar de almas.

¿Fue el destino?

¿La mala suerte?

¿Eso los dejó pegados al suelo?

Por supuesto que no.

No seamos estúpidos.

Seguramente las bombas, arrojadas por humanos escondidos entre las nubes, tuvieron algo que ver.

Sí, el cielo era de un rojo abrumador, ardiente. La pequeña ciudad alemana había quedado dividida en dos otra vez. Los copos de ceniza caían con tal encanto que uno se sentía tentado de atraparlos con la lengua y saborearlos. Pero te habrían quemado los labios y escaldado la boca.

Lo recuerdo con toda claridad.
Estaba a punto de irme cuando la vi allí, arrodillada.
A su alrededor, se había escrito, proyectado y erigido una montaña de escombros. Se aferraba a un libro.

Por encima de todo, la ladrona de libros ansiaba volver al sótano a escribir o a leer su historia una vez más. Ahora que lo pienso, sin duda se le veía en la cara. Se moría de ganas de reencontrar esa seguridad, ese hogar, pero era incapaz de moverse. Además, el sótano ya no existía. Era parte del paisaje devastado.

Por favor, insisto, créeme.
Tuve ganas de detenerme y agacharme a su lado.
Tuve ganas de decirle: «Lo siento, pequeña».
Pero no está permitido.
No me agaché. No dije nada.
Me quedé mirándola un rato y, cuando se movió, la seguí.

Soltó el libro.
Se arrodilló.
La ladrona de libros se puso a gritar.

Cuando empezó la limpieza, su libro recibió varias pisotadas y, aunque sólo tenían orden de despejar el cemento de las calles, el objeto más preciado de la niña también acabó en el camión de la basura. Entonces me vi obligada a reaccionar. Subí al vehículo y lo cogí, sin ser consciente de que me lo quedaría y lo estudiaría miles de veces a lo largo de los años. Buscaría los lugares en que nuestros caminos se habían cruzado y me maravillaría todo lo que la niña había visto y cómo había conseguido sobrevivir. Es lo único que puedo hacer: descubrir que ese relato se ajusta al resto de lo que presencié en esa época.

Cuando la recuerdo, veo una larga lista de colores, aunque hay tres que resuenan en mi memoria por encima de todos los demás:

❧ LOS COLORES ☙
ROJO: ▬ BLANCO: ○ NEGRO: ࿕

Unos se abalanzan sobre los otros. La rúbrica negra garabateada sobre el cegador blanco que todo lo ocupa, apoyado en el espeso y meloso rojo.

Vi a la ladrona de libros en tres ocasiones.

Sí, la recuerdo a menudo y conservo su historia en uno de mis múltiples bolsillos para contarla una y otra vez. Es una más de la pequeña legión que llevo conmigo, cada una de ellas extraordinarias a su modo. Todas son un intento, un extraordinario intento de demostrarme que vosotros, y la existencia humana, valéis la pena.

Aquí está. Una más entre tantas.

La ladrona de libros.

Si te apetece, ven conmigo. Te contaré una historia.

Te mostraré algo.

PRIMERA PARTE

❧

Manual del sepulturero

Presenta:

Himmelstrasse — el arte de ser una *saumensch* — una mujer
con puño de hierro — un beso frustrado — Jesse Owens —
papel de lija — el aroma de la amistad — una campeona de
peso pesado — y la madre de todos los *watschen*s

Llegada a Himmelstrasse

La última vez.

Ese cielo rojo…

¿Qué hace una ladrona de libros para acabar de rodillas y dando alaridos en medio de una montaña de escombros, absurdos, grasientos, calcinados, levantados por el hombre?

Todo comenzó con la nieve. Años atrás.

Había llegado la hora. La hora de alguien.

❦ UN MOMENTO TERRIBLEMENTE ❦ TRÁGICO

Un tren avanzaba a toda máquina.

Estaba atestado de humanos.

Un niño de seis años murió en el tercer vagón.

La ladrona de libros y su hermano se dirigían a Munich, donde los iba a acoger una familia. Pero ahora ya sabemos que el niño no llegó.

❦ CÓMO OCURRIÓ ❦

Sufrió un violento ataque de tos.

Un ataque casi «inspirado».

Y poco después, nada.

Cuando la tos se apagó, no quedaba más que la vacuidad de la vida arrastrando los pies para seguir su camino, o dando un tirón casi inaudible. De repente, una exhalación se abrió paso hasta sus labios, que eran de color marrón corroído y se pelaban como la pintura vieja. Necesitaban urgentemente una nueva mano.

La madre dormía.

Subí al tren.

Fui esquivando los cuerpos por el pasillo abarrotado y en un instante la palma de mi mano estaba ya sobre su boca.

Nadie se dio cuenta.

El tren seguía la marcha.

Excepto la niña.

Con un ojo abierto y el otro todavía soñando, la ladrona de libros —también conocida como Liesel Meminger— entendió que su hermano pequeño, Werner, había muerto.

El niño tenía los ojos azules clavados en el suelo.

No veía nada.

Antes de despertarse, la ladrona de libros estaba soñando con el Führer, Adolf Hitler. En el sueño, la niña había acudido a uno de sus mítines y estaba concentrada en la raya del pelo de color mortecino y en el perfecto bigote cuadrado. Escuchaba con atención el torrente de palabras que irrumpían de su boca. Las frases brillaban. En un momento de menos bullicio, se agachó y le sonrió. Ella le devolvió la sonrisa y dijo: *Guten Tag, Herr Führer. Wie geht's dir heut?* No sabía hablar muy bien, ni siquiera leer, pues había ido poco al colegio. Descubriría la razón de eso a su debido tiempo.

En el justo momento en que el Führer estaba a punto de responder, se despertó.

Era enero de 1939. Tenía nueve años y pronto cumpliría diez.

Su hermano estaba muerto.

Un ojo abierto.

El otro soñando.

Habría sido mejor que hubiera podido acabar el sueño, pero no poseo control alguno sobre los sueños.

El segundo ojo se despertó de golpe y me vio, no hay duda. Fue justo cuando me arrodillé y arrebaté el alma a su hermano, mientras la sostenía, exangüe, entre mis brazos hinchados. Poco después entró en calor, pero en el momento de cogerlo el espíritu del crío estaba blando y frío, como un helado. Empezó a derretirse en mis manos, aunque luego recobró el calor. Se estaba recuperando.

En cuanto a Liesel Meminger, tuvo que hacer frente a la rigidez de sus movimientos y a la embestida de sus pensamientos desconcertados. *Es stimmt nicht.* No está pasando. No puede estar pasando.

Y el temblor.

¿Por qué siempre se ponen a temblar?

Sí, ya sé, ya sé, supongo que tiene que ver con el instinto, para detener la irrupción de la verdad. En esos momentos, su corazón parecía escurrirse, estaba acalorado y latía muy fuerte, muy, muy fuerte.

Me quedé mirando como una imbécil.

Lo siguiente: la madre.

La niña la despertó con el mismo temblor angustiado.

Si no te lo puedes imaginar piensa en un silencio extraño. Piensa en retazos de desesperación flotando por todas partes, inundando un tren.

Había nevado mucho y el tren a Munich se había detenido a causa de los desperfectos en la vía. Una mujer lloraba desconsolada. Una niña aturdida estaba a su lado.

La madre abrió la puerta, presa del pánico.

Saltó a la nieve, con el pequeño cuerpo en los brazos.

¿Qué iba a hacer la niña sino seguirla?

También bajaron del tren dos guardias. Analizaron la situación y discutieron qué hacer. Un momento embarazoso, cuando menos. Al final decidieron que lo mejor sería llevarlos hasta el siguiente pueblo y dejarlos allí.

Ahora el tren avanzaba a trompicones por un terreno cubierto de nieve.

Se tambaleó y después frenó.

Bajaron al andén, la madre llevaba el cadáver en brazos.

Allí se quedaron.

El niño pesaba cada vez más.

Liesel no sabía dónde estaba. Todo era blanco, y durante el tiempo que estuvieron en la estación sólo podía ver las letras descoloridas del letrero que había delante de ella. En ese pueblo que para Liesel no tenía nombre, dos días después enterraron a su hermano Werner. Al funeral acudieron un sacerdote y dos sepultureros temblando de frío.

✃ UNA OBSERVACIÓN ✃
Una pareja de guardias.
Un par de sepultureros.
A la hora de la verdad, uno dio las órdenes.
El otro obedeció.
La cuestión es: ¿qué pasa cuando el otro es más de uno?

Errores, errores, a veces parece que no hago más que cometer errores. Durante ese par de días me dediqué a mis cosas. Viajé por todo el mundo como siempre, acompañando las almas hasta la cinta transportadora de la eternidad. Las observaba avanzar poco a poco, sin oponer resistencia. Varias veces me dije que debía mantenerme a distancia del entierro del hermano de Liesel Meminger, pero no seguí mi propio consejo.

Mientras me acercaba, a kilómetros de distancia ya podía ver al pequeño grupo de humanos tiritando en el páramo nevado. El cementerio me dio la bienvenida como a un amigo y poco después me reuní con ellos. Los saludé con una inclinación de cabeza.

A la izquierda de Liesel, los sepultureros se frotaban las manos y se quejaban de la nieve y las condiciones en que tenían que trabajar. «Es duro cavar en el hielo», y expresiones por el estilo. Uno de ellos no tendría más de catorce años. Un aprendiz. Cuando se iba, al cabo de unos cuantos pasos, se le cayó un libro negro del bolsillo del abrigo sin que se diera cuenta.

Unos minutos después, la madre de Liesel también se marchó, acompañada del sacerdote, al que dio las gracias por la ceremonia.

La niña, en cambio, se quedó.

Sus rodillas se hundieron en el suelo. Había llegado su momento.

Todavía sin creérselo empezó a cavar. No podía estar muerto. No podía estar muerto. No podía…

En cuestión de segundos, la nieve le había cortado las manos.

La sangre helada se agrietaba manchándole la piel.

No se dio cuenta de que su madre había vuelto a buscarla, hasta que sintió su mano esquelética sobre el hombro. Se la llevó a rastras. Un grito cálido inundó su garganta.

⟳ UNA PEQUEÑA IMAGEN ⟳
TAL VEZ A UNOS VEINTE METROS
Cuando dejó de arrastrarla, la madre y la niña se detuvieron a respirar.
Había algo negro y rectangular incrustado en la nieve.
Sólo la niña lo vio.
Se agachó, lo recogió y lo sostuvo con firmeza.
El libro tenía impresas unas letras plateadas.

Se cogieron de la mano.

Tras un adiós definitivo empapado de agua, dieron media vuelta y abandonaron el cementerio, aunque volvieron la vista atrás varias veces.

En cuanto a mí, me quedé un poco más.

Les dije adiós.

Nadie me devolvió el saludo.

Madre e hija se alejaron del cementerio y se dirigieron hacia la estación para tomar el siguiente tren a Munich.

Ambas estaban pálidas y esqueléticas.

Ambas tenían llagas en los labios.

Liesel lo vio al mirarse en la ventanilla sucia y empañada del tren, cuando subieron poco antes del mediodía. Tal y como escribió la propia ladrona de libros, el viaje continuó como si «todo» hubiera pasado.

Cuando el tren se detuvo en la *Bahnhof* de Munich, los pasajeros se desparramaron como si se hubieran soltado al romperse un paquete. Había gente de toda clase y condición, pero los más fáciles de reconocer eran los pobres. Los necesitados intentan no detenerse nunca, como si ir de aquí para allá fuera a ayudarles. Ignoran que una nueva versión del problema de siempre les aguarda al final del viaje: ese pariente al que da vergüenza besar.

Creo que su madre lo sabía muy bien. No iba a entregar sus hijos a los altos estamentos de Munich, sino a un hogar de acogida que según parecía habían encontrado. Por lo menos, la nueva familia los alimentaría un poco mejor y los educaría como era debido.

El niño.

Liesel estaba convencida de que su madre llevaba a cuestas el recuerdo de su hermano. Lo dejó caer al suelo. Vio cómo los pies, las piernas y el cuerpo del niño se estampaban contra el andén.

¿Cómo podía andar esa mujer?

¿Cómo podía moverse?

Es el tipo de cosas que nunca sabré o llegaré a comprender: de qué son capaces los humanos.

La mujer lo recogió y siguió caminando con la niña a su lado.

Se cruzaron con las autoridades, y las preguntas sobre la demora y el niño les obligaron a levantar sus vulnerables cabezas. Liesel se quedó en un rincón de la pequeña y polvorienta oficina mientras su madre, sentada en una silla muy dura, se aferraba a sus pensamientos.

Llegó el caos de la despedida.

Fue un adiós bañado en lágrimas, la cabeza de la niña escondida en los bajos gastados del abrigo de lana de su madre. Otra vez tuvieron que arrastrarla.

Más allá de las afueras de Munich, había una pequeña ciudad llamada Molching. Allí la llevaban, a un lugar llamado Himmelstrasse.

❧ UNA TRADUCCIÓN ❧
Himmel = **Cielo**

Quien fuera que bautizó la calle, sin duda poseía un gran sentido del humor. No es que fuera el infierno, no, pero desde luego no era el cielo.

Pese a todo, los padres de acogida de Liesel estaban esperando.

Los Hubermann.

Esperaban a un niño y una niña, por cuya manutención recibirían una pequeña mensualidad. Nadie quería decirle a Rosa Hubermann que el niño no había sobrevivido al viaje. En realidad, nadie quería decirle nunca nada a Rosa. En lo que se refiere al temperamento, el suyo no era precisamente envidiable, si bien tenía un buen expediente en cuanto a niños acogidos en el pasado. Por lo visto, había enderezado a unos cuantos.

Liesel viajó en coche.

Nunca había subido a un coche.

Se le revolvió el estómago durante todo el viaje y mantuvo la fútil esperanza de que se perdieran o cambiaran de opinión. No podía evitar imaginarse a su madre una y otra vez, en la *Bahnhof*, esperando el nuevo viaje. Temblando. Enfundada en ese abrigo inútil. Debía de estar mordiéndose las uñas mientras llegaba el tren, en el andén largo e inhóspito, una rebanada de cemento frío. Ya en el viaje de vuelta, ¿estaría atenta al aproximarse al lugar donde estaba enterrado su hijo? ¿O sería el sueño demasiado pesado?

El coche seguía su camino mientras Liesel temía que llegara la última y funesta curva.

El día era gris, el color de Europa.

Una cortina de lluvia se cerraba sobre el coche.

—Ya casi estamos. —La señora del servicio de acogida, frau Heinrich, se volvió y sonrió—. *Dein neues Heim*. Tu nuevo hogar.

Liesel dibujó una circunferencia en el cristal empañado y miró fuera.

PANORÁMICA DE HIMMELSTRASSE

**Los edificios parecían soldados unos a otros, casitas y bloques
de pisos de apariencia nerviosa.
Había nieve sucia en el suelo como si fuera una alfombra.
Había cemento, árboles parecidos a percheros vacíos
y un aire gris.**

En el coche también iba un hombre que se quedó con la niña mientras frau Heinrich desapareció en el interior. No hablaba. Liesel supuso que estaba allí para asegurarse de que no echaría a correr o para obligarla a entrar si les causaba algún problema. No obstante, más tarde, cuando llegó el problema, se limitó a quedarse sentado y mirar. Tal vez él sólo era el último recurso, la solución definitiva.

Al cabo de unos minutos, salió un hombre muy alto: Hans Hubermann, el padre de acogida de Liesel. A un lado estaba frau Heinrich, de estatura media, y al otro la figura retacona de Rosa Hubermann, que parecía un pequeño armario con un abrigo echado encima. Tenía andares de pato y hubiera podido decirse que era guapa si no fuera por la cara, como de cartón arrugado, y por la expresión de fastidio que parecía expresar que todo aquello rozaba el límite de lo tolerable. Su marido andaba derecho, con un cigarrillo consumiéndose entre los dedos. Los liaba él mismo.

El problema: Liesel no quería bajar del coche.

—*Was ist los mit dem Kind?* —preguntó Rosa Hubermann y volvió a repetir—: ¿Qué le pasa a esa niña? —Asomó la cabeza por la puerta del coche—. *Na, komm. Komm.*

Desplazó el asiento delantero y un pasillo de luz fría la invitó a salir, pero ella siguió sin moverse.

Fuera, a través de la circunferencia que había dibujado en el cristal, Liesel vio los dedos del hombre alto que sostenían el cigarrillo. La ceniza caía de una sacudida y daba muchas vueltas antes de llegar al suelo. Fueron necesarios casi quince minutos para convencerla de que saliera del coche. Sólo lo consiguió el hombre alto.

Con calma.

Después se aferró con fuerza a la puerta de la verja.

Las lágrimas acudieron en tropel a sus ojos tropezando unas con otras, mientras seguía agarrada a la puerta y se negaba a entrar. La gente empezó a formar corrillos en la calle hasta que Rosa Hubermann comenzó a proferir insultos y todo el mundo se volvió por el mismo camino por donde habían venido.

✑ TRADUCCIÓN DEL COMUNICADO ✑
DE ROSA HUBERMANN
¿Qué estáis mirando, imbéciles?

Al final, Liesel Meminger se avino a entrar, con cautela. Hans Hubermann le dio una mano. Llevaba la maletita en la otra. En su interior, enterrado entre las capas de ropa doblada, había el pequeño libro negro que, por lo que sabemos, hacía horas que buscaba un sepulturero de catorce años en un pueblo sin nombre. «Se lo prometo —me lo imagino diciéndole a su jefe—. No tengo ni idea de lo que ha podido ocurrir. Lo he buscado por todas partes. ¡Por todas partes!» Estoy segura de que jamás habría sospechado de la niña y, sin embargo, ahí estaba, entre su ropa, un libro negro con letras plateadas:

MANUAL DEL SEPULTURERO

Doce pasos para ser un sepulturero de éxito.
Publicado por la Asociación de Cementerios de Baviera.

La ladrona de libros había dado su primer golpe: sería el comienzo de una ilustre carrera.

Convertirse en una «Saumensch»

Sí, una ilustre carrera.

Sin embargo, debo reconocer que hubo un considerable paréntesis entre el robo del primer libro y el segundo. También hay que tener en cuenta que el primero lo robó a la nieve y el segundo a las llamas, sin olvidar que otros no los robó, sino que se los dieron. En total tenía catorce libros, pero ella sostenía que la mayor parte de su historia estaba en una decena de ellos. De esos diez, robó seis, uno apareció en la mesa de la cocina, un judío escondido escribió dos para ella y el otro le fue entregado por un amable atardecer vestido de amarillo.

Cuando empezó a escribir su historia, se preguntó por el momento exacto en que los libros y las palabras no sólo comenzaron a tener algún significado, sino que lo significaban todo. ¿Fue al ver por primera vez una habitación llena de estanterías abarrotadas de libros? ¿O cuando Max Vandenburg llegó a Himmelstrasse con las manos repletas de sufrimiento y el *Mein Kampf* de Hitler? ¿Fue por leer en los refugios antiaéreos o quizá por la última procesión hacia Dachau? ¿Fue *El árbol de las palabras*? Tal vez nunca pueda precisarse con exactitud cuándo y dónde ocurrió pero, en cualquier caso, estoy anticipándome a los acontecimientos. Por ahora, debemos repasar los inicios de Liesel Meminger en Himmelstrasse y el arte de ser una *Saumensch*.

A su llegada, todavía se apreciaban las marcas de los mordiscos de la nieve en las manos y la sangre helada en los dedos. Toda ella era pura desnutrición: pantorrillas de alambre, brazos de perchero. No fue fácil arrancarle una sonrisa, pero cuando lo consiguieron vieron la de una muerta de hambre.

Tenía el pelo rubio, al estilo alemán, pero sus ojos eran sospechosos: castaño oscuro. En Alemania, en esa época, no os habría gustado tener los ojos castaños. Tal vez los había heredado de su padre, aunque nunca lo sabría porque no lo recordaba. En realidad, sólo sabía una cosa sobre su padre: una palabra que no comprendía.

ᥫᣗ UNA PALABRA RARA ᣟᥫ
Kommunist

Liesel la había oído muchas veces en los últimos años.

«Comunista.»

Conocía pensiones atestadas, habitaciones repletas de preguntas... y esa palabra. Esa extraña palabra siempre estaba ahí, en alguna parte, en un rincón, al acecho, vigilando desde la oscuridad. Llevaba traje, uniforme. No importaba adónde fueran, allí estaba cada vez que su padre salía a colación. Podía olerla y saborearla en el paladar. No sabía cómo se escribía ni la comprendía. Cuando le preguntó a su madre el significado, le respondió que no tenía importancia, no debía preocuparse por esas cosas. En una de las pensiones había una mujer que intentó enseñar a escribir a los niños dibujando con un trozo de carbón sobre la pared. Liesel estuvo tentada de preguntarle el significado, pero nunca encontró el momento. Un día se la llevaron para hacerle unas preguntas. No regresó jamás.

Cuando Liesel llegó a Molching tuvo al menos la sensación de estar a salvo, pero eso no era ningún consuelo. Si su madre la quería, ¿por qué la había abandonado en la puerta de unos desconocidos? ¿Por qué? ¿Por qué?

¿Por qué?

A pesar de que conocía la respuesta —aunque vagamente— no parecía satisfacerla. Su madre siempre estaba enferma y el dinero nunca llegaba para que se curara por completo. Liesel lo sabía, pero eso no significaba que lo aceptara. No importaban las veces que le habían dicho que la querían, no reconocía ninguna prueba de ello en su abandono. Nada cambiaba el hecho de que era una criatura esquelética y perdida en un lugar nuevo y extraño, rodeada de gente extraña. Sola.

Los Hubermann vivían en una de las casitas con forma de caja de Himmelstrasse: unas habitaciones, una cocina y un baño exterior que compartían con los vecinos. La vivienda tenía el tejado plano y un sótano para almacenar cosas. Pero no tenía la «profundidad adecuada»; y aunque en 1939 eso todavía no representaba ningún problema, más tarde, en 1942 y 1943, sí lo fue. Cuando comenzaron los bombardeos aéreos, siempre tenían que salir corriendo en busca de un refugio más seguro.

Al principio, lo que más le impactó de la familia fue su procacidad verbal, sobre todo por la vehemencia y asiduidad con que se desataba. La última palabra siempre era *Saumensch* o bien *Saukerl* o *Arschloch*. Para los que no estén familiarizados con estas palabras, me explico: *Sau*, como todos sabemos, hace referencia a los cerdos. Y Sau*mensch* se utiliza para censurar o humillar a la mujer. Sau*kerl* (pronunciado tal cual) se utiliza para insultar al hombre. *Arschloch* podría traducirse por «imbécil», y no distingue entre el femenino y el masculino. Uno simplemente lo es.

—*Saumensch, du dreckiges!* —gritó la madre de acogida de Liesel la primera noche, cuando la niña se negó a bañarse—. ¡Cochina marrana! Venga, fuera esa ropa.

Se le daba bien ponerse hecha una energúmena. De hecho, podría decirse que el rostro de Rosa Hubermann siempre estaba poseído por la furia. Por eso le habían salido tantas arrugas en la piel.

Liesel, por supuesto, estaba aterrorizada. No iban a conseguir meterla en una bañera ni, llegado el caso, en una cama. Se acurrucó en un rincón del cuarto de baño que parecía un armario, en busca de unos brazos invisibles en los que apoyarse, pero sólo encontró pintura seca, dificultades para respirar y el aluvión de improperios de Rosa.

—Déjala en paz. —Hans Hubermann interrumpió la pelea. Su suave voz se abrió camino hasta ellas, como si se deslizara entre la multitud—. Déjame a mí.

Se acercó y se sentó en el suelo, con la espalda apoyada en la pared. Las baldosas estaban frías y duras.

—¿Sabes liar cigarrillos? —preguntó, y estuvieron una hora sentados en la creciente oscuridad, jugando con el tabaco y el papel que Hans Hubermann se iba fumando.

Al cabo de una hora, Liesel sabía liar un cigarrillo bastante bien. Pero todavía no se había bañado.

☙ ALGUNOS DATOS SOBRE ❧ HANS HUBERMANN

Le gustaba fumar.
Lo que más le apetecía era liar los cigarrillos.
Trabajaba de pintor y tocaba el acordeón. Les venía muy bien,
sobre todo en invierno, porque sacaba un poco de dinero extra
tocando en los bares de Molching, en el Knoller, por ejemplo.
Ya me la había jugado en una guerra mundial, y luego, en la
otra, a la que lo enviaron (a modo de recompensa cruel), no sé
cómo, se me volvió a escapar.

Para la mayoría de la gente Hans Hubermann era casi invisible, una persona normal y corriente. Tenía grandes dotes como pintor y poseía un oído más fino que la mayoría. Pero estoy segura de que habrás conocido personas como él, con esa habilidad para mimetizarse con el fondo, hasta cuando son el primero de la fila. Simplemente estaba allí. Pasaba inadvertido, no tenía importancia ni valor.

Lo decepcionante de esa apariencia, como te imaginarás, era que, por así decirlo, inducía a un completo error. Si había algo que no podía ponerse en duda, era su valía, algo que a Liesel Meminger no se le pasó por alto. (Los niños… A veces son mucho más astutos que los atontados y pesados adultos.) Liesel lo vio de inmediato.

En su actitud.

En el aire reposado que lo envolvía.

Esa noche, cuando encendió la luz del diminuto y frío lavabo, Liesel se fijó en los asombrosos ojos de su nuevo padre. Estaban hechos de bondad… y de plata, de plata líquida, esponjosa. Al ver esos ojos Liesel comprendió que Hans Hubermann valía mucho.

✥ ALGUNOS DATOS SOBRE ✥ ROSA HUBERMANN

Medía un metro cincuenta y cinco, y llevaba su liso pelo castaño grisáceo recogido en un moño.

Para complementar los ingresos de los Hubermann, hacía la colada y planchaba para cinco de las casas más acomodadas de Molching.

Cocinaba de pena.

Poseía una habilidad única para irritar a casi todos sus conocidos.

Pero quería a Liesel Meminger.

Sólo que su forma de demostrarlo era un tanto extraña.

Entre otras cosas, a menudo la agredía verbalmente y físicamente con una cuchara de madera.

Cuando Liesel por fin se bañó —después de dos semanas en Himmel strasse— Rosa le dio un abrazo enorme, de los que te envían al hospital.

—*Saumensch, du dreckiges*, ¡ya era hora! —la felicitó, a punto de asfixiarla.

Al cabo de unos meses dejaron de ser el señor y la señora Hubermann.

—Escúchame bien, Liesel, de ahora en adelante me llamarás mamá —espetó Rosa, con su típico tono. Se quedó pensativa un instante—. ¿Cómo llamabas a tu madre?

—*Auch Mama*, también mamá —contestó Liesel en voz baja.

—Bueno, pues entonces yo seré la mamá número dos. —Miró a su marido—. Y a ese de ahí —daba la impresión de que tenía las palabras en la mano, bien apelmazadas, para lanzarlas al otro lado de la mesa—, a ese *Saukerl*, ese cerdo asqueroso, lo llamarás papá, *verstehst?* ¿Entendido?

—Sí —asintió Liesel sin demora.

En esa casa apreciaban las respuestas rápidas.

—Sí, mamá —la corrigió mamá—. *Saumensch.* Llámame mamá cuando me hables.

En ese momento Hans Hubermann acababa de liarse un cigarrillo, después de haber humedecido el papel y haberlo pegado. Miró a Liesel y le guiñó un ojo. No le sería difícil llamarlo papá.

La mujer del puño de hierro

Los primeros meses fueron los más duros sin lugar a dudas.

Liesel tenía pesadillas todas las noches.

El rostro de su hermano.

La mirada clavada en el suelo.

Se despertaba dando vueltas en la cama, chillando y ahogándose entre la marea de sábanas. En la otra punta de la habitación, la cama destinada a su hermano flotaba en la oscuridad como una barca. Poco a poco, a medida que recuperaba la conciencia, lo veía hundirse en el suelo. Esa visión no la ayudaba a calmarla precisamente y, por lo general, pasaba bastante tiempo antes de que dejara de gritar.

Tal vez lo único bueno de las pesadillas era que Hans Hubermann, su nuevo papá, aparecía en la habitación para tranquilizarla, para darle amor.

Acudía noche tras noche y se sentaba a su lado. Las dos primeras se limitó a quedarse allí, como un extraño para entretener la soledad. Al cabo de unas noches empezó a susurrarle: «Shhh, estoy aquí, no pasa nada». A las tres semanas, la calmaba entre sus brazos. La confianza fue calando a pasos agigantados, gracias a la gran dulzura del hombre, a su presencia incondicional. La niña supo desde el principio que Hans Hubermann siempre aparecería cuando ella gritara y que no se iría.

❧ DEFINICIÓN NO ENCONTRADA ☙
EN EL DICCIONARIO
No irse: acto de confianza y amor, a menudo descifrado
por los niños.

Hans Hubermann se sentaba en la cama, con ojos somnolientos, y Liesel lloraba sobre sus mangas y sentía su olor. Todas las noches, nunca antes de las dos, caía rendida de sueño acompañada de ese aroma: una mezcla de colillas aplastadas, décadas de pintura y piel humana. Primero lo aspiraba y después lo inhalaba hasta que volvía a quedarse dormida. Todas las mañanas lo encontraba a unos pocos pasos, desplomado en la silla, casi partido en dos. Nunca utilizaba la otra cama. Liesel saltaba de la suya, le besaba la mejilla con cautela y él se despertaba con una sonrisa.

Había días en que su padre le decía que volviera a la cama y esperara un momento, y entonces volvía con el acordeón y tocaba para ella. Liesel se sentaba y canturreaba, con los dedos de los pies encogidos por la emoción. Nunca habían tocado para ella. Liesel sonreía de oreja a oreja como una tonta, mirando con atención las líneas que se dibujaban en el rostro de Hans y el metal blando de sus ojos… hasta que llegaban los insultos desde la cocina.

—¡¿Quieres dejar de hacer ruido, *Saukerl*?!

Hans tocaba un ratito más.

Le guiñaba un ojo a Liesel y ella, con torpeza, le devolvía el guiño.

Otras veces, sólo para hacer rabiar a Rosa, llevaba el instrumento a la cocina y tocaba durante el desayuno.

El pan con mermelada de Hans se quedaba en el plato, serpenteado a mordiscos, mientras la música se reflejaba en la cara de Liesel. Sé que suena extraño, pero ella lo sentía así. La mano derecha del padre acariciaba las teclas de color hueso mientras la izquierda apretaba los botones. (A Liesel le gustaba sobre todo ver cómo apretaba el plateado, el animado: el *do* mayor.) La parte exterior del acordeón, que estaba rayada pero todavía era de un negro reluciente, iba y venía en un vaivén mientras los brazos estrujaban los polvorientos fuelles obligándolos a inhalar aire y soltarlo de nuevo. Esas mañanas en la cocina Hans daba vida al acordeón. Supongo que, pensándolo bien, tiene sentido.

¿Cómo se sabe si algo está vivo?

Comprobando si respira.

De hecho, el sonido del acordeón también pregonaba la seguridad, la luz del alba. Durante el día era imposible que soñara con su hermano. Lo echaba de menos y a menudo lloraba en el diminuto lavabo, tan bajito como podía, pero aun así se alegraba de estar despierta. La primera noche con los Hubermann, Liesel había escondido debajo del colchón lo último que la unía a él: el *Manual del sepulturero*. De vez en cuando lo sacaba y contemplaba las letras de la tapa y tocaba las que había impresas en el interior, aunque ignoraba por completo lo que decían. En realidad, no importaba de qué tratara el libro, lo importante era lo que significaba.

❧ EL SIGNIFICADO DEL LIBRO ❧

1. La última vez que vio a su hermano.

2. La última vez que vio a su madre.

A veces susurraba la palabra «mamá» y veía el rostro de su madre cientos de veces en una sola tarde. Sin embargo, eso era un pequeño misterio en comparación con el terror que le infundían las pesadillas. En esas ocasiones, en la inmensidad del sueño, nunca se había sentido tan completamente sola.

Como estoy segura de que ya habrás advertido, no había más niños en la casa. Los Hubermann tenían dos hijos, pero eran mayores y ya se habían emancipado. Hans hijo trabajaba en el centro de Munich, y Trudy ejercía de criada y niñera. Pronto ambos intervendrían en la guerra. Una fabricando balas. El otro, disparándolas.

Como ya imaginarás, el colegio fue un estrepitoso fracaso.

Aunque era público, se adivinaba una fuerte influencia católica, y Liesel era luterana. No era el más prometedor de los comienzos. Después descubrieron que no sabía ni leer ni escribir.

Se la desterró de manera humillante con los niños más pequeños, con los que empezaban a aprender el abecedario. Aunque Liesel era un pálido saco de huesos, se sentía gigantesca entre los párvulos, y a menudo deseaba palidecer hasta desaparecer por completo.

Ni siquiera en casa sabían cómo aconsejarla.

—No le pidas ayuda a ese —sentenció Rosa—. Menudo *Saukerl*. —Hans estaba mirando por la ventana, como tenía por costumbre—. Dejó el colegio en cuarto curso.

Sin volverse, Hans respondió con calma, aunque lanzando dardos envenenados:

—Bueno, pues tampoco le preguntes a ella. —Se le cayó un poco de ceniza—. Lo dejó en tercero.

En la casa no había libros (aparte del que Liesel atesoraba en secreto debajo del colchón) y lo único que podía hacer era repasar el abecedario entre dientes antes de que le dijeran que se callara, en términos nada equívocos. A saber qué mascullaba. Hasta al cabo de un tiempo, cuando se produjo el incidente de la incontinencia nocturna en medio de una pesadilla, no empezaron las clases de lectura adicionales. Extraoficialmente se las llamó clases de medianoche, aunque solían comenzar cerca de las dos de la mañana. Pronto volveremos sobre el tema.

A mediados de febrero, al cumplir diez años, a Liesel le regalaron una muñeca vieja de pelo rubio a la que le faltaba una pierna.

—No hemos podido hacer más —se disculpó el padre.

—¿Qué estás diciendo? Ya puede darse con un canto en los dientes por tener lo que tiene —lo reprendió Rosa.

Hans continuó observando la pierna que le quedaba a la muñeca mientras Liesel se probaba el nuevo uniforme. Cumplir diez años era sinónimo de Juventudes Hitlerianas. Las Juventudes Hitlerianas eran sinónimo de un pequeño uniforme marrón. Al ser una chica, a Liesel la apuntaron a lo que llamaban la BDM.

❧ EXPLICACIÓN DE LAS SIGLAS ❧
Bund Deutscher Mädchen,
Liga de Jóvenes Alemanas.

Lo primero que hacían allí era asegurarse de que dominaran el «*heil* Hitler» a la perfección. Luego se las enseñaba a desfilar erguidas, aplicar vendajes y zurcir. También las llevaban de excursión y hacían otro tipo de actividades. Los miércoles y los sábados eran los días que se reunían, de tres a cinco de la tarde.

Todos los miércoles y los sábados, Hans la acompañaba a pie y volvía a recogerla dos horas después. Nunca hablaban mucho de la asociación. Se limitaban a cogerse de la mano y escuchar sus pisadas mientras papá se fumaba un par de cigarrillos.

Lo único que la inquietaba de su padre era que salía mucho de casa. Algunas noches entraba en el salón (que también hacía las veces de dormitorio de los Hubermann), sacaba el acordeón del viejo armario y cruzaba la cocina hasta la puerta de entrada.

Cuando ya había recorrido un trecho de Himmelstrasse, Rosa abría la ventana.

—¡No vuelvas tarde a casa! —gritaba.

—No hables tan alto —respondía él, volviéndose.

—*Saukerl!* ¡Anda y que te zurzan! ¡Hablaré todo lo alto que me dé la gana!

El eco de los improperios lo seguía por la calle. Nunca miraba atrás o, al menos, no lo hacía hasta que estaba seguro de que su mujer se había metido dentro. Esas noches, al final de la calle, con la funda del acordeón en una mano, se volvía justo frente a la tienda de frau Diller, que hacía esquina, y adivinaba la figura que había sustituido a su mujer en la ventana. Entonces levantaba un breve instante su alargada y espectral mano antes de dar media vuelta y echar a andar a paso tranquilo. Liesel lo veía de nuevo a las dos de la mañana, cuando la sacaba a rastras de su pesadilla, con dulzura.

Todas las noches sin excepción había jaleo en la diminuta cocina. Rosa Hubermann no paraba de hablar y, cuando hablaba, no hacía más que *schimpfen*. Siempre estaba rezongando y discutiendo. En realidad no había nadie con quien discutir, pero Rosa conducía la situación con experta habilidad en cuanto tenía ocasión. En esa cocina podía pelearse con medio mundo y eso era precisamente lo que hacía casi todas las noches. Una vez habían acabado de cenar y Hans había salido, Liesel y Rosa se quedaban allí y Rosa planchaba.

Varias veces a la semana, Liesel volvía del colegio y recorría las calles de Molching con su madre, recogiendo y entregando la colada y la plancha en la parte más pudiente de la ciudad. Knaupt Strasse, Heide Strasse y alguna otra más. Mamá entregaba la ropa planchada o recogía la que habría de lavar, con la debida sonrisa en los labios, pero en cuanto la puerta se cerraba y se daba media vuelta maldecía a la gente rica por su dinero y gandulería.

«Son demasiado *g'schtinkerdt* para lavarse la ropa», solía decir, a pesar de que dependía de ellos.

«Ese heredó todo el dinero de su padre y ahora lo malgasta en mujeres y alcohol. Y en la colada y el planchado, claro», cargaba contra herr Vogel, de la Heide Strasse.

Como si pasara lista a los que despreciaba.

Herr Vogel, herr y frau Pfaffelhürver, Helena Schmidt, los Weingartner. Todos eran culpables de algo.

Aparte de dedicarse al alcohol y la lujuria, según Rosa, Ernst Vogel no hacía más que rascarse ese pelo infestado de piojos, humedecerse los dedos y luego tenderle el dinero. «Debería lavarlo antes de volver a casa», sentenciaba.

Los Pfaffelhürver examinaban el resultado con lupa. «"Estas camisas, sin arrugas, por favor" —los imitaba Rosa—. "Este traje, sin pliegues." Y luego se quedan ahí, revisándolo delante de mí, ¡delante de mis narices! Menuda *G'sindel*, menuda escoria.»

Por lo visto, los Weingartner eran medio lelos y tenían una gata *Sau-*

mensch que no dejaba de mudar el pelo. «¿Sabes lo que tardo en sacar todos esos pelos? ¡Están por todas partes!»

Helena Schmidt era una viuda rica. «Esa vieja inválida... Todo el día ahí sentada, atrofiándose. En la vida ha sabido qué es trabajar.»

No obstante, Rosa se reservaba el mayor desprecio para el número ocho de la Grandestrasse, una casa enorme en lo alto de una colina, en la parte alta de Molching.

—Esa es la casa del alcalde —le contó a Liesel la primera vez que fueron allí—. Menudo sinvergüenza. Su mujer se pasa todo el día metida en casa de brazos cruzados. Es tan tacaña que ni siquiera enciende la lumbre, por eso ahí dentro siempre hace un frío de muerte. Está como una chota. —Hizo hincapié en las últimas palabras—. No tiene remedio, como una chota. —Al llegar junto a la puerta, le hizo un gesto a la niña—. Entra tú.

Liesel se quedó helada. Una gigantesca puerta marrón con una aldaba de latón se alzaba al final de un pequeño tramo de escalones.

—¿Qué?

Rosa le dio un empujón.

—No me vengas con «qués», *Saumensch*. Andando.

Liesel caminó. Cruzó la verja, subió los escalones, vaciló y llamó a la puerta.

Un albornoz salió a recibirla.

Debajo había una mujer de mirada desconcertada, cabello suave y sedoso y expresión derrotada. Vio a Rosa junto a la cancela y le tendió a la niña una bolsa con la colada.

—Gracias —dijo Liesel, pero no obtuvo respuesta. La puerta se cerró.

—¿Lo ves?, esto es lo que tengo que aguantar todos los días —se quejó Rosa cuando Liesel regresó junto a la verja—. Esos ricos desgraciados, menuda panda de cerdos holgazanes...

Cuando ya se iban, Liesel volvió la vista atrás, con la colada en las manos. La aldaba de latón la vigilaba desde la puerta.

Después de criticar a la gente para la que trabajaba, Rosa Hubermann solía proseguir con su otro tema de vilipendio favorito: su marido. Mientras miraba la bolsa de la colada y las casas inclinadas, no paraba de hablar y hablar.

—Si tu padre sirviera para algo —le contaba a Liesel cada vez que atravesaban Molching—, no tendría que hacer esto. —Soltaba un bufido desdeñoso—. ¡Pintor! ¿Por qué me casaría con ese *Arschloch*? Si ya me lo dijeron… Es decir, ya me lo dijo mi familia. —Sus pisadas crujían por el camino—. Y aquí me tienes, pateando estas calles y esclavizada en la cocina porque ese *Saukerl* nunca tiene trabajo. Por lo menos un trabajo de verdad, no ese patético acordeón que va a tocar a esos antros noche tras noche.

—Sí, mamá.

—¿Eso es todo lo que se te ocurre?

Los ojos de mamá eran como dos recortables de color azul pálido pegados a la cara.

Seguían caminando.

Liesel arrastraba el saco.

En casa, lavaban la colada en un caldero junto a la lumbre, la tendían al lado de la chimenea del salón y luego la planchaban en la cocina. Todo se cocía en la cocina.

—¿Has oído eso? —le preguntaba Rosa casi todas las noches.

Llevaba la plancha de hierro en la mano, que calentaba encima de los fogones. Casi toda la casa estaba en penumbras y Liesel, sentada a la mesa de la cocina, contemplaba las brechas de fuego que se abrían delante de ella.

—¿Qué? —contestaba ella—. ¿El qué?

—Ha sido esa Holtzapfel. —Rosa ya se había levantado de la silla—. Esa *Saumensch* acaba de escupir otra vez en nuestra puerta.

Frau Holtzapfel, una de las vecinas, tenía por costumbre escupir en la puerta de los Hubermann cada vez que pasaba por delante. La puerta principal se encontraba a escasos pasos de la verja y, por así decirlo, frau Holtzapfel ya tenía muy estudiada la distancia... y la puntería afinada.

Los escupitajos eran la consecuencia de una especie de guerra verbal en la que Rosa Hubermann y ella se habían embarcado y que arrastraban desde hacía una década. Nadie conocía su origen y lo más probable era que incluso ellas lo hubieran olvidado.

Frau Holtzapfel era una mujer nervuda y, como quedaba patente, rencorosa. Nunca había estado casada, pero tenía dos hijos, algo mayores que los de los Hubermann. Los dos estaban en el ejército y los dos harán alguna aparición como artistas invitados antes de que terminemos, te lo aseguro.

En cuanto a los escupitajos malintencionados, debo añadir que frau Holtzapfel era muy escrupulosa. Nunca desaprovechaba la ocasión de *spuck* en la puerta del número treinta y tres y de pronunciar *Schweine!* cada vez que pasaba por delante. Algo que me llama la atención de los alemanes: parecen muy aficionados a los cerdos.

⤳ UNA PREGUNTA TONTA ⤳
Y SU RESPUESTA
¿Quién crees que limpiaba el escupitajo de la puerta todas las
noches?
Sí, lo has adivinado.

Cuando una mujer con un puño de hierro dice que salgas ahí fuera y limpies el escupitajo de la puerta, lo haces. Sobre todo cuando el hierro está caliente.

En realidad, formaba parte de la rutina.

Todas las noches Liesel salía a la calle, limpiaba la puerta y contemplaba el firmamento. Por lo general, parecía que alguien hubiera vertido un líquido en el cielo —frío y espeso, resbaladizo y gris—, pero de vez en cuando algunas estrellas tenían el valor de alzarse y flotar, aunque sólo fuera unos minutos. Esas noches se quedaba un poquito más y esperaba.

—Hola, estrellas.

Y esperaba.

La voz de la cocina.

O hasta que las aguas del cielo alemán volvían a tragarse las estrellas.

El beso
(Un momento decisivo de la infancia)

Igual que la mayoría de las ciudades pequeñas, Molching estaba repleta de personajes peculiares, y un puñado de ellos vivía en Himmelstrasse. Frau Holtzapfel sólo era una más del reparto.

Entre los demás destacaban los siguientes:

* Rudy Steiner: el chico de la puerta de al lado, obsesionado con el atleta negro estadounidense Jesse Owens.

* Frau Diller: la leal tendera aria del comercio de la esquina.

* Tommy Müller: un niño al que habían operado varias veces por su otitis crónica. Un río de piel rosada le recorría la cara y tenía algún que otro tic.

* Un hombre al que todos llamaban Pfiffikus y cuya vulgaridad hacía que Rosa Hubermann pareciera una poetisa y una santa.

Resumiendo, era una calle donde vivía gente relativamente pobre. A pesar del aparente auge de la economía alemana durante el gobierno de Hitler, en la ciudad todavía existían zonas deprimidas.

Como ya he mencionado, la casa contigua a la de los Hubermann estaba alquilada por una familia llamada Steiner. Los Steiner tenían seis hijos. Uno de ellos, el tristemente famoso Rudy, pronto se convertiría en el mejor amigo de Liesel y, más adelante, en su compinche y ocasional catalizador de sus correrías. Lo conoció en la calle.

Pocos días después del primer baño de Liesel, Rosa la dejó salir a jugar con los otros niños. En Himmelstrasse, las amistades se forjaban al aire libre, hiciera el tiempo que hiciese. Los niños raras veces visitaban las casas de los demás, ya que estas eran pequeñas y por lo general había pocas cosas en ellas. Además, en la calle podían practicar su pasatiempo favorito como si fueran profesionales: el fútbol. Los equipos estaban bien definidos y utilizaban los cubos de basura para delimitar las porterías.

Al ser una recién llegada, a Liesel la relegaron de inmediato a custodiar el espacio entre los cubos de basura. (Tommy Müller por fin conoció la libertad, a pesar de ser el peor futbolista que Himmelstrasse había visto en toda su historia.)

Todo se desarrolló a la perfección durante un tiempo, hasta el profético momento en que Rudy Steiner acabó tumbado en la nieve debido a una falta de Tommy Müller, alentada por la frustración.

—¿¡Qué!? —protestó Tommy, con expresión contrariada por la desesperación—. ¡Pero si no he hecho nada!

El equipo de Steiner exigió al completo el penalti y acto seguido Rudy Steiner tuvo que enfrentarse a la niña nueva, Liesel Meminger.

Rudy colocó el balón en un montoncito irregular de nieve, seguro de obtener el resultado habitual. Después de todo, no había fallado ni un solo penalti de los dieciocho que había lanzado, ni siquiera cuando el equipo contrario protestaba para sacar a Tommy Müller de la portería. Daba igual por quién lo sustituyeran, Rudy siempre marcaba.

Esta vez también trataron de sacar a Liesel, pero, como te imaginarás, ella se negó y Rudy no puso pegas.

—No, no. —Sonrió—. Dejadla.

Se estaba frotando las manos.

Había dejado de nevar sobre la sucia calle y las pisadas embarradas se concentraban entre ellos. Rudy cogió carrerilla, chutó el balón, Liesel se lanzó a por él y, sin saber cómo, consiguió rechazarlo con el codo. Se levantó sonriente, pero lo primero que vio fue una bola de nieve que se estrelló contra su cara. La mitad era barro. Escocía a rabiar.

—¿Qué te ha parecido eso?

El chico sonrió de oreja a oreja y salió corriendo tras el balón.

—*Saukerl* —musitó Liesel entre dientes.

El vocabulario de su nuevo hogar se le pegaba rápido.

ALGUNOS DATOS SOBRE RUDY STEINER

Era ocho meses mayor que Liesel y tenía piernas esqueléticas, dientes afilados, ojos azules desproporcionados y el pelo de color limón.
Era uno de los seis Steiner, y tenía hambre a todas horas.
En Himmelstrasse se le consideraba un poco alocado.
Esto se debía a un suceso del que rara vez se hablaba, pero al que todo el mundo se refería como «el incidente Jesse Owens»: una noche se había pintado de negro carbón y había corrido los cien metros en el estadio local.

Cuerdo o no, Rudy estaba destinado a ser el mejor amigo de Liesel. Todo el mundo sabe que una bola de nieve en la cara es el comienzo perfecto de una amistad duradera.

Poco después de empezar el colegio, Liesel hacía el camino hasta la escuela con los Steiner. La madre de Rudy, Barbara, había hecho prometer a su hijo que acompañaría a la niña nueva, sobre todo después de haber oído hablar de la bola de nieve. Dicho sea en su favor, a Rudy no le importó obedecer ya que distaba mucho de ser el típico chico misógino. Al contrario, las chicas le gustaban mucho y, por tanto, Liesel también (de ahí la bola de nieve). De hecho, Rudy Steiner era uno de esos mamoncetes descarados que se las daba de entendido en mujeres. En la infancia suele haber un joven de este tipo. Es el típico chico que se niega a temer al otro sexo sólo porque los demás sí lo hacen, el típico chico al que no le da miedo tomar decisiones. En este caso, Rudy tenía ideas claras con respecto a Liesel Meminger.

De camino al colegio intentó enseñarle los lugares más importantes de la ciudad por los que pasaban o, al menos, intentó colarlos de alguna manera en la conversación entre las exhortaciones a sus hermanas pequeñas para que cerraran el pico y las que recibía de los mayores para que él cerrara el suyo. El primer lugar de interés era una pequeña ventana de la segunda planta de un bloque de pisos.

—Ahí vive Tommy Müller. —Se dio cuenta de que Liesel no lo recordaba—. El de los tics. Cuando tenía cinco años, se perdió en el mercado el día más frío del año. Cuando lo encontraron tres horas después, estaba congelado y le dolían mucho los oídos. Al cabo de un tiempo vieron que se le habían infectado y, como tuvieron que operarle tres o cuatro veces, los médicos le hicieron polvo los nervios. Por eso ahora le dan tics.

—Y es malo jugando al fútbol —metió baza Liesel.

—El peor.

El siguiente era la tienda de la esquina, al final de Himmelstrasse. La tienda de frau Diller.

⚪ AVISO IMPORTANTE SOBRE ⚪ FRAU DILLER
Tenía una regla de oro.

Frau Diller era una mujer mordaz, con gafas de gruesos cristales y una mirada cruel y fulminante. Había perfeccionado esa mirada malévola para desalentar a todo aquel que pretendiera robar en su tienda, que regentaba con porte militar, voz helada y un aliento que incluso olía a «*heil* Hitler». La tienda era blanca, fría y desangelada. La pequeña casa que quedaba comprimida al lado temblaba más que el resto de los edificios de Himmelstrasse. Frau Diller transmitía esa sensación y la despachaba como la única mercancía gratis que podía encontrarse en su establecimiento. Vivía para la tienda y la tienda vivía para el Tercer Reich. Incluso cuando empezó el racionamiento a finales de año, se sabía que vendía bajo mano ciertos artículos difíciles de encontrar y que donaba el dinero al Partido Nazi. En la pared detrás de su asiento había una foto enmarcada del Führer. Si entrabas en la tienda y no saludabas con un «*heil* Hitler», lo más probable era que no te atendiera. Al pasar por ahí, Rudy le llamó la atención a Liesel sobre los ojos a prueba de balas que los escudriñaban a través del escaparate.

—Si quieres pasar de la puerta, di *heil* cuando entres —le advirtió, muy serio.

Cuando ya se habían alejado bastante del comercio, Liesel se volvió y vio que los ojos enormes seguían allí, pegados al cristal del escaparate.

Al doblar la esquina, Münchenstrasse (la calle principal, por la que se entraba y salía de Molching) estaba cubierta de barro.

Como era habitual, varias hileras de soldados que estaban entrenándose marchaban por la calle. Los uniformes caminaban derechos y las botas negras contribuían a ensuciar la nieve aún más. Todos miraban al frente, concentrados.

Cuando los soldados hubieron desaparecido, los Steiner y Liesel pasaron por delante de varios escaparates y del imponente ayuntamiento, que años después sería rebanado a la altura de las rodillas y enterrado. Había varias tiendas abandonadas todavía marcadas con estrellas amarillas y comentarios antisemitas. Más allá la iglesia, cuyo tejado de elaborados azulejos apuntaba al cielo. En general, la calle era un alargado tubo gris, un pasillo húmedo lleno de gente encorvada por el frío y salpicado de tenues pisadas.

Al llegar a cierta altura, Rudy se adelantó a la carrera, arrastrando a Liesel consigo.

Llamó al escaparate de la tienda del sastre.

Si Liesel hubiera sabido leer, habría comprendido que pertenecía al padre de Rudy. La tienda todavía no estaba abierta, pero un hombre disponía las prendas en el interior, detrás del mostrador. El hombre levantó la cabeza y saludó con la mano.

—Mi padre —le informó Rudy.

Instantes después se encontraron en medio de una marea de Steiner de distintas alturas que saludaban con la mano, enviaban besos a su padre o saludaban circunspectos con la cabeza (en el caso de los mayores). Luego se dirigieron al último sitio de interés antes de llegar al colegio.

❧ LA ÚLTIMA PARADA ❧
La calle de las estrellas amarillas.

Era un lugar en el que nadie quería detenerse a mirar, pero casi todo el mundo lo hacía. En la calle, con forma de brazo largo y roto, se alzaban varias casas de ventanas rotas y paredes desconchadas. La estrella de David estaba pintada en las puertas. Esas casas parecían leprosas, llagas infectadas que corrompían el terreno alemán.

—Schiller Strasse —anunció Rudy—, la calle de las estrellas amarillas.

Al otro extremo había gente que iba de un lado para otro. La llovizna les confería el aspecto de fantasmas; ya no eran humanos, sino formas que iban y venían bajo las nubes plomizas.

—Venga, vosotros dos —los llamó Kurt (el mayor de los Steiner).

Rudy y Liesel se acercaron corriendo.

En el colegio, Rudy intentaba reunirse con Liesel durante el recreo. No le importaba que los otros se burlaran de la estupidez de la niña nueva. Liesel pudo contar con él desde el principio y más adelante, cuando la frustración de la niña se desbordó. Sin embargo, Rudy no lo hacía de forma desinteresada.

❧ ¿HAY ALGO PEOR QUE ❧
UN CHICO QUE TE ODIE?
Un chico que te quiera.

A finales de abril, cuando volvían del colegio, Rudy y Liesel estaban esperando en Himmelstrasse para empezar a jugar al fútbol, como era habitual. Se habían adelantado un poco más que otros días y todavía no se había presentado nadie. La única persona a la que vieron fue al malhablado Pfiffikus.

—Eh, mira —señaló Rudy.

❦ RETRATO DE PFIFFIKUS ❦

Era de complexión frágil.
Tenía el pelo blanco.
Llevaba un chubasquero negro, pantalones marrones, zapatos
destrozados y tenía una boca… Menuda boca.

—¡Eh, Pfiffikus!

Cuando la silueta lejana se volvió, Rudy empezó a silbar.

El anciano se enderezó y empezó a insultarlos con un fervor que só-lo podría calificarse de ingenioso. Por lo visto, nadie sabía su verdadero nombre o, si lo sabían, nunca lo utilizaban. Solían llamarlo Pfiffikus por-que es el nombre que se le pone a quien le gusta silbar, algo que a Pfiffi-kus se le daba muy bien, sin lugar a dudas. No hacía más que silbar una sola melodía, *La marcha Radetzky*, y los niños del lugar la imitaban para llamarlo. En cuanto la oía, Pfiffikus abandonaba sus habituales andares (encorvado hacia delante, pasos largos y desgarbados, brazos detrás del chubasquero negro) y se ponía derecho para soltar improperios. En ese momento, toda impresión de serenidad quedaba violentamente inte-rrumpida por una voz que reverberaba de rabia.

Ese día, Liesel imitó la provocación de Rudy casi como un acto refle-jo.

—¡Pfiffikus! —repitió Liesel, adoptando de inmediato la debida crueldad que parece propia de la infancia.

Silbó fatal, pero no tuvo tiempo para practicar.

Empezó a perseguirlos sin dejar de maldecir. Primero fue un *Geh' scheissen!* y cada vez fue a peor. Al principio descargó los improperios sólo sobre el chico, pero poco después le llegó el turno a Liesel.

—¡Eh, golfa! —rugió. Las palabras cayeron como una costalada en la espalda de Liesel—. ¡Es la primera vez que te veo!

Mira que llamar golfa a una niña de diez años… Ese era Pfiffikus. Todos opinaban que frau Holtzapfel y él habrían hecho una buena pare-ja. «¡Volved aquí!» fueron las últimas palabras que Liesel y Rudy oyeron mientras se alejaban a la carrera. No se detuvieron hasta que llegaron a Münchenstrasse.

—Vamos, por aquí —dijo Rudy, cuando consiguieron recuperar el aliento.

La llevó a Hubert Oval, el escenario del incidente de Jesse Owens, donde se quedaron con las manos en los bolsillos. La pista se extendía delante de ellos. Sólo podía ocurrir una cosa. Empezó Rudy.

—Cien metros —la retó—, me juego lo que quieras a que no me ganas.

Liesel no iba a ser menos.

—Me juego lo que quieras a que sí.

—¿Qué te juegas, pequeña *Saumensch*? ¿Tienes dinero?

—Claro que no, ¿y tú?

—No. —Pero Rudy tenía una idea. Fue el galán el que habló por él—. Si gano, te doy un beso.

Se agachó y empezó a enrollarse el bajo de los pantalones.

Liesel se inquietó, por decirlo de alguna manera.

—¿Y por qué quieres besarme? Voy sucia.

—Yo también.

Rudy no veía razón alguna para que un poco de mugre se interpusiera entre ellos. Además, no había pasado tanto tiempo desde la última ducha.

Liesel lo meditó mientras estudiaba los palillitos que su rival tenía por piernas. Eran iguales que las suyas. Pensó que era imposible que la ganara. Asintió, con gravedad. La cosa iba en serio.

—Puedes besarme si ganas, pero si gano yo, dejo de ser portera cuando juguemos al fútbol.

Rudy sopesó las opciones.

—Me parece justo.

Y se estrecharon la mano.

El cielo estaba muy oscuro y nublado, aderezado con las pequeñas astillas de lluvia que comenzaban a caer.

La pista estaba más encharcada de lo que parecía.

Ambos rivales estaban preparados.

Rudy lanzó una piedra para dar el disparo de salida. Cuando cayera al suelo, podían empezar a correr.

—Ni siquiera veo la línea de llegada —se quejó Liesel.

—¿Y yo qué?

La piedra tocó el suelo.

Corrieron pegados, dándose codazos para adelantarse. El suelo resbaladizo les lamía los pies y los hizo caer a unos veinte metros del final.

—¡Jesús, María y José! —exclamó Rudy—. ¡Estoy rebozado de mierda!

—No es mierda —lo corrigió Liesel—, es barro. —Aunque tenía sus dudas. Volvieron a resbalar a unos cinco metros de la llegada—. Entonces, ¿quedamos empatados?

Rudy miró la meta. Con la cara medio cubierta de barro, sólo se le veían los dientes afilados y los enormes ojos.

—¿Todavía me llevo el beso si quedamos empatados?

—Ni lo sueñes.

Liesel se levantó y se sacudió un poco de barro de la chaqueta.

—No te obligaré a estar en la portería.

—Quédate con tu portería.

De vuelta a Himmelstrasse Rudy le advirtió:

—Algún día te morirás por besarme —le dijo.

Sin embargo, Liesel lo tenía muy claro.

Se hizo una promesa: mientras Rudy Steiner y ella estuvieran vivos, jamás besaría a ese miserable y sucio *Saukerl*, y ese día menos que nunca. Tenía cosas más importantes de las que preocuparse. Se miró la ropa llena de barro y comentó en voz alta lo que era evidente.

—Va a matarme.

Por supuesto, se refería a Rosa Hubermann, también conocida como mamá, que a punto estuvo de matarla. La palabra *Saumensch* ocupó un lugar predominante en la bronca. La hizo picadillo.

El incidente de Jesse Owens

Como ya sabemos, Liesel todavía no había llegado a Himmelstrasse cuando Rudy cometió la infamia de su infancia y, sin embargo, cuando se entregaba a sus recuerdos, tenía la sensación de haber estado presente. No se lo explicaba, pero en su memoria se encontraba entre el público imaginario de Rudy. Nadie más que él le había hablado de la peripecia, pero el joven le contó el relato con todo detalle; cuando Liesel se propuso narrar su propia historia, el incidente de Jesse Owens formaba parte de ella, tanto como todo lo que había visto con sus propios ojos.

Era 1936. Las Olimpiadas. Los juegos de Hitler.

Jesse Owens acababa de terminar los cuatrocientos metros relevos y había conseguido su cuarta medalla de oro. Había corrido la voz de que Hitler se negó a estrecharle la mano por ser negro y, por ende, infrahumano. Incluso los racistas alemanes más recalcitrantes se maravillaron ante los logros de Owens, y los rumores sobre sus hazañas empezaron a difundirse. Nadie había quedado tan impresionado como Rudy Steiner.

Toda la familia estaba apretujada en el salón cuando Rudy se escabulló y se dirigió a la cocina. Sacó un trozo de carbón de los fogones y lo sostuvo en sus diminutas manos. «Ahora.» Sonrió. Estaba listo.

Se untó bien de carbón, a conciencia, hasta que quedó todo negro. Incluso el pelo.

El chico sonrió con expresión desvariada al verse reflejado en la ventana. Vestido con unos pantalones cortos y una camiseta sin mangas, cogió en silencio la bicicleta de su hermano mayor y enfiló la calle, donde se puso a pedalear como un loco en dirección al Hubert Oval. En uno de los bolsillos se había guardado unos cuantos trocitos de carbón, por si se desteñía.

En la fantasía de Liesel, esa noche la luna estaba zurcida al cielo, con puntadas de nube alrededor.

La bicicleta oxidada se detuvo y cayó sobre la valla del Hubert Oval, que Rudy saltó. Aterrizó al otro lado y fue corriendo con desgarbo hasta la línea de salida de los cien metros. A continuación, entusiasmado, hizo unos torpes estiramientos y dibujó unas marcas de salida en la tierra.

A la espera de que llegara su turno, se paseó arriba y abajo, concentrándose bajo un firmamento oscuro, con la luna y las nubes observándolo atentamente.

—Parece que Owen está en buena forma —comentó—. Este podría ser el mayor triunfo de toda su carrera…

Estrechó las manos imaginarias de los otros atletas y les deseó suerte, aunque ya sabía el resultado. No tenían ninguna posibilidad.

El juez les indicó que se prepararan. Una multitud se materializó y ocupó hasta el último rincón de la circunferencia del Hubert Oval. Todos gritaban el nombre de Rudy Steiner… y su nombre era Jesse Owens.

El estadio enmudeció.

Sus pies descalzos se agarraron al suelo, podía sentirlo entre los dedos.

A petición del juez de salida, se elevó ligeramente para adoptar la posición de listos… y la pistola perforó la noche.

Durante el primer tercio de la carrera iba bastante igualado, pero sólo era cuestión de tiempo que el tiznado Owens adelantara a los demás y se alejara veloz como un rayo.

—¡Owens a la cabeza! —gritó el chico con voz estridente mientras corría por la calle vacía, derecho hacia el aplauso fervoroso de la gloria olímpica.

Incluso sintió que su pecho partía la cinta al atravesarla en primer lugar. El hombre más rápido del mundo.

Sin embargo, la hazaña se desmoronó al dar la vuelta de honor. Su padre estaba de pie entre la multitud, esperándolo junto a la línea de meta, como si fuera el hombre del saco. O, al menos, el hombre del saco trajeado. (Como ya he mencionado, el padre de Rudy era sastre y rara vez se le veía por la calle sin traje y corbata. En esa ocasión, sólo llevaba una chaqueta y una camisa desarreglada.)

—*Was ist los?* —le preguntó a su hijo cuando este apareció en toda su tiznada gloria—. ¿Qué diablos está pasando aquí? —La multitud se desvaneció. Empezó a soplar la brisa—. Estaba durmiendo en el sillón cuando Kurt se dio cuenta de que te habías ido. Todo el mundo está buscándote.

El señor Steiner era un hombre extremadamente educado en circunstancias normales; sin embargo, descubrir a uno de sus hijos tiznado de carbón una noche de verano no era lo que él consideraba circunstancias normales.

—Este niño está loco —masculló, aunque tuvo que admitir que, con seis críos, podía ocurrir algo así. Al menos uno de ellos tenía que salirle rana. Lo miraba fijamente, esperando una explicación—. ¿Y bien?

Rudy, jadeando, se agachó y apoyó las manos en las rodillas.

—Era Jesse Owens —contestó, como si fuera lo más normal del mundo.

Incluso había algo en el tono de su voz que preguntaba: «¿Qué demonios iba a ser si no?». No obstante, el tono desapareció cuando vio las ojeras de su padre cansadas por la falta de sueño.

—¿Jesse Owens? —El señor Steiner era de esos hombres inexpresivos, de voz angulosa y firme. Era alto y fornido, como un roble, y su cabello parecía hecho de astillas—. ¿Qué Jesse Owens?

—¿Cuál va a ser, papá? El mago negro.

—Ya te daré yo magia negra.

Agarró a su hijo por la oreja y Rudy hizo un gesto de dolor.

—¡Ay, me haces daño!

—¿No me digas? —Su padre estaba más preocupado por la pegajo-sa textura del carbón, que le manchaba los dedos. Estaba cubierto de pies a cabeza. Incluso tenía carbón en las orejas, por amor de Dios—. Vamos.

De camino a casa, el señor Steiner decidió hablarle de política del modo más claro posible, pero Rudy sólo llegaría a entender todo lo que le dijo con los años, cuando ya era demasiado tarde para molestarse en com-prender nada.

❧ LA CONTRADICTORIA POLÍTICA ☙
DE ALEX STEINER

Primer punto: Era miembro del Partido Nazi, pero no odiaba
a los judíos. En realidad, ni a los judíos ni a nadie.

Segundo punto: Sin embargo, no pudo evitar sentir cierto
alivio (o, peor, ¡regocijo!) cuando los tenderos judíos tuvieron
que cerrar. La propaganda le había convencido de que sólo era
cuestión de tiempo que una plaga de sastres judíos asomara la
cabeza y le robara la clientela.

Tercer punto: No obstante, ¿significaba eso que debían
expulsarlos?

Cuarto punto: Su familia. Tenía que hacer todo lo que
estuviera en su mano para mantenerla. Si eso significaba ser
del partido, pues uno era del partido.

Quinto punto: En algún lugar, en lo más profundo, sentía una
punzada en el corazón, pero decidió no hurgar. Temía lo que
pudiera salir.

Antes de llegar a Himmelstrasse, Alex le dijo:

—Hijo, no puedes andar por ahí pintado de negro, ¿me entiendes?

Rudy le prestó atención, interesado… y confuso. La luna se había li-brado de las nubes y ahora podía moverse, elevarse, zambullirse y derramar gotitas sobre el rostro del chico, confiriéndole un aspecto inocente y lúgubre, como sus pensamientos.

—¿Por qué no, papá?

—Porque te llevarán.

—¿Por qué?

—Porque no deberías querer ser como los negros o los judíos o como cualquiera que… no sea como nosotros.

—¿Quiénes son los judíos?

—¿Te acuerdas de mi cliente más antiguo, el señor Kaufmann, al que le compramos tus zapatos?

—Sí.

—Pues es judío.

—No lo sabía. ¿Tienes que pagar para ser judío? ¿Se necesita un permiso?

—No, Rudy. —El señor Steiner llevaba la bicicleta con una mano y a Rudy con la otra. Pero le costaba más dirigir la conversación. Todavía no le había soltado la oreja. Se había olvidado—. Es como ser alemán o católico.

—Ah. ¿Jesse Owens es católico?

—¡No lo sé!

Tropezó con uno de los pedales de la bicicleta y soltó la oreja del chico.

Continuaron caminando en silencio durante un rato.

—Ojalá fuera como Jesse Owens, papá —comentó Rudy.

Esta vez, el señor Steiner puso la mano sobre la cabeza de su hijo.

—Lo sé, hijo, pero tienes un precioso cabello rubio y unos ojazos azules que te evitarán muchos problemas —le explicó—. Deberías conformarte, ¿está claro?

Sin embargo, no estaba nada claro.

Rudy no entendió ni una palabra y esa noche no fue más que el preludio de lo que les deparaba el futuro. Dos años y medio después, la zapatería de los Kaufmann acabó hecha añicos y todos los zapatos desaparecieron en un camión, metidos en sus cajas.

El reverso del papel de lija

Supongo que las personas viven momentos cruciales sobre todo durante la infancia. Para algunos es un incidente como el de Jesse Owens. Para otros, un momento de histeria en medio de un episodio de incontinencia nocturna.

Era finales de mayo de 1939 y la noche había sido como cualquier otra. Rosa ejercitaba su puño de hierro, Hans había salido y Liesel limpiaba la puerta de casa y contemplaba el firmamento de Himmelstrasse.

Por la tarde se había celebrado un desfile.

Los miembros extremistas de camisa parda del NSDAP (también conocido como Partido Nazi) marcharon por Münchenstrasse ondeando sus banderas con orgullo, con el rostro bien alto, como si se hubieran tragado una escoba. Cantaban a voz en grito y acabaron con una rugiente interpretación de *Deutschland über Alles*, «Alemania por encima de todo».

Como siempre, les aplaudieron.

Los animaron a seguir su camino hacia quién sabe dónde.

La gente se detenía a mirar y algunos extendían el brazo a modo de saludo mientras otros tenían las manos al rojo vivo de tanto aplaudir. Otros intentaban contener la emoción que se reflejaba en sus rostros contraídos por el orgullo, como frau Diller, y había alguno que otro, como Alex Steiner, que aguantaba el tipo como si fuera un bloque de madera con forma humana que aplaudía lenta y obedientemente. Armoniosamente. Sumisamente.

Liesel los vio desde la acera, junto a su padre y Rudy. Hans Hubermann los contemplaba desde detrás de las persianas bajadas.

❧ UNOS CUANTOS DATOS ❧
SIGNIFICATIVOS
**En 1933 el noventa por ciento de los alemanes apoyaba
a Adolf Hitler sin reserva alguna.
Eso nos deja un diez por ciento de detractores.
Hans Hubermann pertenecía a ese diez por ciento.
Existía una razón para ello.**

Por la noche, Liesel soñó, como siempre. Al principio veía las camisas pardas desfilando, pero luego la condujeron a un tren donde la esperaba el descubrimiento habitual: su hermano le clavaba la mirada.

Cuando se despertó gritando, Liesel supo de inmediato que algo había cambiado. Un olor se desparramaba por debajo de las sábanas, cálido y empalagoso. Al principio intentó convencerse de que no había ocurrido nada, pero cuando su padre se acercó y la meció entre sus brazos, lloró y se lo confesó al oído.

—Papá —susurró—, papá.

Y eso fue todo. Seguramente él también lo olió.

Hans la levantó con suavidad de la cama y se la llevó al lavabo. El momento llegó minutos después.

—Cambiaremos las sábanas —dijo su padre, y cuando se agachó y tiró de la tela, algo se soltó y cayó al suelo de un golpe sordo.

Un libro negro de letras plateadas salió disparado y aterrizó entre los pies del hombre alto.

Lo miró.

Miró a la niña, que se encogió de hombros tímidamente.

A continuación, Hans leyó el título en voz alta, concentrado: *Manual del sepulturero.*

«Así que ese es el título», pensó Liesel.

El silencio se instaló entre ellos, entre el hombre, la niña y el libro. Hans lo recogió y habló con una voz tan suave como el algodón.

ᘓᔕ CONVERSACIÓN A LAS DOS ᔕᘓ DE LA MADRUGADA

¿Es tuyo?

—Sí, papá.

¿Quieres leerlo?

De nuevo:

—Sí, papá.

Una sonrisa cansada.

Ojos de metal, derretido.

Bueno, entonces será mejor que lo leamos.

Cuatro años después, cuando empezó a escribir en el sótano, dos pensamientos acudieron a la mente de Liesel relacionados con el trauma de mojar la cama. Primero, se sintió muy afortunada de que fuera su padre quien descubriera el libro. (Por suerte, cuando había que hacer la colada de las sábanas, era Liesel la encargada de retirarlas y de hacerse la cama. «¡Y deprisita, *Saumensch*! ¿O es que crees que tenemos todo el día?».) Segundo, estaba muy orgullosa del papel que Hans Hubermann había desempeñado en su educación. «Nadie lo hubiera dicho —escribió—, pero el colegio no me ayudó tanto como mi padre a la hora de aprender a leer. La gente cree que no es muy listo, y es cierto que le cuesta leer, pero pronto descubrí que las palabras y la escritura le habían salvado la vida en una ocasión. O, por lo menos, las palabras y un hombre que le enseñó a tocar el acordeón...»

—Lo primero es lo primero —sentenció Hans Hubermann esa noche. Lavó las sábanas y las tendió—. Veamos, empecemos con las clases nocturnas —dijo al volver.

El polvo cubría la luz amarillenta.

Liesel se sentó sobre las sábanas frías y limpias, avergonzada y eufórica. Le angustiaba la idea de haber vuelto a mojar la cama, pero estaba a punto de leer. Iba a leer el libro.

La emoción se apoderó de ella.

Se imaginó a una lectora genial de diez años.

Ojalá hubiera sido tan fácil.

—A decir verdad, los libros no son lo mío —se sinceró el padre antes de empezar.

Sin embargo, no importaba que leyera despacio. En todo caso, su ritmo de lectura, más lento de lo habitual, debió de ayudarla. Tal vez sirviera para que los comienzos de la niña fueran menos frustrantes.

No obstante, al principio Hans parecía un poco incómodo con el libro entre las manos.

Se sentó junto a la niña en la cama, se inclinó hacia atrás y dobló las piernas. Volvió a estudiar el libro y lo dejó caer sobre la cama.

—Vamos a ver, ¿por qué una buena niña como tú quiere leer una cosa así?

Liesel volvió a encogerse de hombros. Si el aprendiz de sepulturero hubiera estado leyendo las obras completas de Goethe o de cualquier otra autoridad por el estilo, también las tendrían ahí delante. Liesel intentó explicarse.

—Yo... Cuando... Estaba en la nieve y...

Las palabras, pronunciadas con un suave susurro, resbalaron de la cama y se esparcieron por el suelo como si fueran polvo.

Sin embargo, el padre supo qué decir. Él siempre sabía qué decir.

—Bueno, Liesel, prométeme una cosa: si muero pronto, procura que me entierren como es debido —pidió, pasándose una mano por el cabello.

Liesel asintió con gran convencimiento.

—Nada de saltarse el capítulo seis o el paso cuatro del capítulo nueve. —Se rió, al igual que la mojadora de camas—. Bien, me alegra saber que eso ya está resuelto. Ahora ya podemos empezar. —Se acomodó y sus huesos crujieron como las tablas del suelo—. Empieza la diversión.

El libro se abrió… Una ráfaga de viento amplificada por la quietud de la noche.

Al recordarlo, Liesel supo con total exactitud en qué estaba pensando su padre cuando hojeó la primera página del *Manual del sepulturero*. El hombre se dio cuenta de que no era el libro más adecuado por la dificultad del texto. Contenía palabras que incluso a él le resultaban complicadas, por no mencionar lo morboso del tema. En cuanto a la niña, sintió un repentino deseo de leerlo que ni siquiera se molestó en analizar. Tal vez, en cierto modo, deseaba asegurarse de que su hermano había sido enterrado como era debido. Fuera cual fuese la razón, sus ansias de leer el libro eran todo lo intensas que pueden llegar a ser en un humano de diez años.

El primer capítulo se titulaba «Primer paso: elección del equipo apropiado». En un breve párrafo introductorio se esbozaba el tema que tratarían las veinte páginas siguientes, se detallaba las clases de palas, picos, guantes y herramientas por el estilo que existían y se ilustraba sobre la obligación de conservarlas del modo correcto. Un enterramiento era algo serio.

Mientras Hans lo hojeaba, sentía los ojos de Liesel clavados en él. Se posaron sobre él y lo apresaron a la espera de que saliera algo de sus labios.

—Ten. —Volvió a acomodarse y le tendió el libro—. Mira la página y dime cuántas palabras reconoces.

La estudió… y mintió.

—La mitad, más o menos.

—Léeme algunas.

Está claro que no pudo. Cuando le pidió que le señalara las que conocía y que las leyera en voz alta, contó tres en total: las tres que el alemán suele utilizar para el artículo definido. La página debía de tener unas doscientas palabras.

Puede que sea más difícil de lo que yo creía, pensó Hans.

Liesel lo sorprendió mientras lo pensaba, aunque fuera sólo un instante.

Hans tomó impulso, se puso en pie y salió de la habitación.

—De hecho, tengo una idea mejor —anunció a su regreso. En la mano llevaba un grueso lápiz de pintor y un taco de papel de lija—. Vamos a pulir esa lectura.

A Liesel le pareció la mar de bien.

Hans dibujó un cuadrado de unos dos centímetros y medio en la esquina izquierda del reverso de un trozo de papel de lija y encajó una «A» mayúscula en el interior. Colocó otra «a» en la esquina opuesta, pero minúscula. Hasta aquí, ningún problema.

—A —leyó Liesel.

—¿A de...?

Liesel sonrió.

—*Apfel*.

Hans escribió la palabra con letras grandes y debajo dibujó una manzana deforme. Era pintor de brocha gorda, no artista.

—Ahora la B —anunció cuando terminó, echando un vistazo a su obra.

A medida que avanzaban por el abecedario, Liesel estaba cada vez más boquiabierta. Era lo que había hecho en el colegio, en la clase de párvulos, pero mucho mejor: era la única alumna y no se sentía un gigante. Disfrutaba viendo cómo se movía la mano de su padre mientras escribía las palabras y trazaba lentamente los rudimentarios bosquejos.

—Ánimo, Liesel —la alentó al ver que se encallaba—. Dime algo que empiece por «S». Es fácil. Vamos, me estás defraudando.

Liesel estaba bloqueada.

—¡Venga! —susurró con complicidad—. Piensa en mamá.

La palabra se estampó contra su cara como un bofetón y Liesel esbozó una sonrisa automática.

—*Saumensch!* —gritó.

Hans soltó una carcajada, pero se calló al instante.

—Shhh, no podemos hacer ruido.

Soltó otra carcajada y escribió la palabra, que aderezó con una de sus filigranas.

❧ UNA OBRA DE ARTE TÍPICA ❧ DE HANS HUBERMANN

—¡Papá! —le susurró—. ¡No tengo ojos!

Hans le dio unos suaves golpecitos en la cabeza, la niña había caído en la trampa.

—Con una sonrisa así, no necesitas ojos —respondió. La abrazó y volvió a mirar el dibujo con expresión de plata cálida—. Ahora la «T».

—Ya está bien por hoy —decidió Hans, levantándose después de haber recorrido y repasado una docena de veces el abecedario.

—Sólo unas más.

—No, ya está bien por hoy. Cuando te despiertes, te tocaré el acordeón —contestó Hans, manteniéndose firme.

—Gracias, papá.

—Buenas noches. —Soltó una risita silenciosa de una sola sílaba—. Buenas noches, *Saumensch*.

—Buenas noches, papá.

Hans apagó la luz, regresó a su lado y se sentó en la silla. En la oscuridad, Liesel tenía los ojos abiertos. Contemplaba las palabras.

El aroma de la amistad

La instrucción continuó.

Durante las semanas siguientes y el verano, la clase de medianoche comenzaba después de las pesadillas. Liesel mojó la cama en dos ocasiones más, pero Hans Hubermann se limitó a repetir su heroica colada, y luego se puso manos a la obra con la lectura, el garabateado y el repaso. A altas horas de la noche, los susurros eran escandalosos.

Un jueves, hacia las tres del mediodía, Rosa le dijo a Liesel que se preparara para acompañarla a entregar la ropa planchada. Sin embargo, Hans tenía otros planes.

—Lo siento, mamá, pero hoy no puede acompañarte —repuso el padre, entrando en la cocina.

Rosa ni se molestó en apartar la vista de la bolsa de la colada.

—¿Y a ti quién te ha preguntado, *Arschloch*? Vamos, Liesel.

—Tiene que leer —insistió. Hans dedicó a Liesel una sonrisa resuelta y un guiño—. Conmigo. Le estoy enseñando. Vamos a ir al Amper, río arriba, donde suelo ensayar con el acordeón.

Ahora sí había captado su atención.

Rosa dejó la colada sobre la mesa y adoptó el grado conveniente de cinismo.

—¿Qué has dicho?

—Creo que ya me has oído, Rosa.

Rosa rió.

—¿Qué diablos vas a enseñarle tú? —Una sonrisa de cartulina. Un gancho directo de palabras—. Como si tú leyeras tan bien, *Saukerl*.

La cocina estaba a la expectativa. Hans lanzó un contragolpe.

—Ya llevaremos nosotros la plancha.

—Serás... —Se contuvo. Las palabras se agolparon en su boca mientras consideraba la situación—. Volved antes de que oscurezca.

—No podemos leer en la oscuridad, mamá —intervino Liesel.

—¿Qué has dicho, *Saumensch*?

—Nada, mamá.

Hans sonrió de oreja a oreja a la niña.

—El libro, la lija, el lapicero —ordenó— ¡y el acordeón! —gritó cuando ya había salido de la cocina.

Al cabo de unos minutos estaban en Himmelstrasse con las palabras, la música y la colada.

A medida que se acercaban a la tienda de frau Diller, iban volviendo la cabeza para ver si Rosa seguía vigilándolos junto a la cancela. Allí estaba.

—¡Liesel, lleva derecha esa ropa planchada! —le avisó desde lejos—. ¡No me la vayas a arrugar!

—¡Sí, mamá!

Unos pasos después:

—Liesel, ¿no vas a tener frío?

—¿Qué dices?

—¡*Saumensch dreckiges*, tú nunca oyes nada! Que si no vas a tener frío. ¡Puede que luego refresque!

Al volver la esquina, Hans se agachó para atarse un zapato.

—Liesel, ¿te importaría liarme un cigarrillo? —le pidió.

Nada podría haberla hecho más feliz.

Una vez que entregaron la ropa planchada, se dirigieron hacia el río Amper, que bordeaba la ciudad y seguía su camino en dirección a Dachau, el campo de concentración.

Había un puente de tablones.

Se sentaron sobre la hierba a unos treinta metros del puente, escribieron las palabras y las leyeron en voz alta, y cuando empezó a oscurecer Hans sacó el acordeón. Liesel lo escuchaba y, aunque lo miraba ensimismada, no advirtió de inmediato la perplejidad que esa noche se reflejaba en el rostro de su padre mientras tocaba.

ᴥ EL ROSTRO DE SU PADRE ᴥ
Vagaba y se hacía preguntas,
aunque sin encontrar ninguna respuesta.
Aún no.

Se apreciaba cierto cambio en Hans, si bien era casi imperceptible. Liesel lo notó, aunque no fue hasta más tarde, cuando todas las historias comenzaron a tomar forma. No se había fijado en que su padre adoptaba una actitud vigilante mientras tocaba, porque ignoraba que el acordeón de Hans Hubermann fuera una historia en sí. Una historia que llegaría al número treinta y tres de Himmelstrasse de madrugada, con los hombros arrugados y una chaqueta con tiritera. Llevaría consigo una maleta, un libro y dos preguntas. Una historia. Una historia después de otra historia. Una historia dentro de otra historia.

Por ahora, en lo concerniente a Liesel, sólo existía una y la disfrutaba. Se acomodó entre los largos brazos de hierba, tumbada de espaldas. Cerró los ojos y sus oídos abrazaron las notas.

Claro que, también tenían algún que otro problema. A veces Hans se contenía para no chillarle. «Vamos, Liesel —le decía—, pero si sabes esta palabra, ¡la sabes!» Justo cuando parecía que avanzaban a buen ritmo, algún obstáculo les obligaba a reducir la marcha.

Si hacía buen tiempo, por las tardes iban al Amper. Y si hacía mal día, bajaban al sótano. Sobre todo por Rosa. Al principio lo intentaron en la cocina, pero era imposible.

—Rosa, ¿podrías hacerme un favor? —le pidió Hans en una ocasión.

Tranquilamente, sus palabras interrumpieron una de las frases de Rosa. Esta apartó la mirada del fogón.

—¿Qué?

—Te lo pido. No, te lo ruego: ¿podrías cerrar la boca aunque sólo fueran cinco minutos?

Ya te imaginas la reacción.

Acabaron en el sótano.

Allí abajo no había luz, así que se llevaron la lámpara de queroseno y, poco a poco, entre el colegio y la casa, entre el río y el sótano, entre los buenos y los malos días, Liesel aprendía a leer y a escribir.

—Pronto leerás ese espantoso libro de sepultureros hasta con los ojos cerrados —la animaba su padre.

—Y me sacarán de la clase de los enanos.

Había pronunciado las palabras con cierta seriedad, como si le pertenecieran.

En una de las sesiones del sótano, Hans prescindió del papel de lija (que se le estaba acabando) y sacó un pincel. En casa de los Hubermann no podían permitirse muchos lujos, pero la pintura les sobraba a espuertas, y acabó siendo más que útil en el aprendizaje de Liesel. Hans decía una palabra y la niña tenía que deletrearla en voz alta y luego pintarla en la pared, siempre que la acertara. Al cabo de un mes la pared había recibido una nueva capa de pintura. Una página de cemento fresco.

Algunas noches, después de trabajar en el sótano, Liesel se encogía en la bañera y oía una y otra vez las mismas frases que llegaban desde la cocina.

—Apestas a tabaco y queroseno —rezongaba Rosa.

Sentada, sumergida en el agua, se imaginaba el aroma que se dibujaba en las ropas de su padre. Era, sobre todo, el de la amistad, un olor que también descubría en ella. Liesel lo adoraba. Lo aspiraba en su brazo y sonreía mientras el agua se enfriaba.

La campeona de los pesos pesados
del patio del colegio

El verano de 1939 tenía prisa, o tal vez la tuviera Liesel. Se pasó todo el tiempo jugando al fútbol con Rudy y los demás niños en Himmelstrasse (un pasatiempo atemporal), repartiendo la ropa planchada por toda la ciudad con la madre y aprendiendo palabras. A los pocos días de empezar, se sentía como si ya se hubiera acabado.

Dos cosas ocurrieron en la última parte del año.

❧ ENTRE SEPTIEMBRE ☙
Y NOVIEMBRE DE 1939
1. Empieza la Segunda Guerra Mundial.
2. Liesel Meminger se convierte en la campeona de los pesos
pesados del patio del colegio.

Principios de septiembre.

En Molching hacía frío el día que empezó la guerra y aumentó mi volumen de trabajo.

En el mundo no se hablaba de otra cosa.

Los titulares de los periódicos se deleitaban con ello.

La voz del Führer clamaba en las radios alemanas. No nos rendiremos. No descansaremos. Venceremos. Ha llegado nuestra hora.

Se había iniciado la invasión alemana de Polonia y la gente se reunía en cualquier lugar para escuchar las noticias. Münchenstrasse, como otras muchas calles principales de Alemania, se animó con la guerra. Su olor, su voz. El racionamiento había empezado unos días antes —se lo esperaban— y ahora ya era oficial. Gran Bretaña y Francia habían declarado la guerra a Alemania. Apropiándome de una frase de Hans Hubermann:

Empieza la diversión.

El día del anuncio, Hans tuvo la suerte de estar ocupado con un trabajo. De camino a casa, recogió un periódico que alguien había abandonado y, en vez de detenerse para embutirlo entre los botes de pintura del carro, lo dobló y se lo metió debajo de la camisa. Cuando llegó a casa y lo sacó, el sudor había estampado la tinta sobre su piel. El diario acabó en la mesa, pero llevaba las noticias grabadas en el pecho, como un tatuaje. Se abrió la camisa y se miró bajo la tenue luz de la cocina.

—¿Qué pone? —preguntó Liesel, mirando los trazos negros de la piel y el periódico sobre la mesa.

—«Hitler toma Polonia» —contestó, y Hans Hubermann se desplomó en una silla—. *Deutschland über Alles* —musitó, pero en su voz no había ni un remoto rastro de patriotismo.

Ahí estaba otra vez esa cara: su cara de acordeón.

Había estallado una guerra.
Liesel pronto se encontraría envuelta en otra.

Casi un mes después de reemprender las clases en el colegio, la pasaron al curso que le tocaba. Tal vez creas que se debió a sus progresos en lectura, pero no fue así. A pesar de sus adelantos, seguía leyendo con dificultades. Las frases se desparramaban por todas partes. Las palabras le jugaban malas pasadas. El cambio de curso se debió a que el desarrollo de la clase de los pequeños se había empezado a ver afectado. Contestaba las preguntas dirigidas a otros niños y gritaba. Y alguna que otra vez había recibido en el pasillo lo que se conocía como un *Watschen* (pronunciado «varchen»).

⚙ DEFINICIÓN ⚙
Watschen = un buen azote

La profesora, que resultó ser una monja, la aceptó en su clase, la sentó en una silla a un lado y le dijo que se estuviera calladita. Desde el otro extremo, Rudy la miró y la saludó con la mano. Liesel le devolvió el saludo e intentó no sonreír.

En casa, el padre y ella ya tenían muy avanzada la lectura del *Manual del sepulturero*. Hacía un círculo alrededor de las palabras que no entendía y se las llevaba al sótano al día siguiente. Liesel creyó que sería suficiente. No fue suficiente.

A principios de noviembre, en el colegio les hicieron algunos exámenes para evaluar sus progresos. Uno de ellos se centraba en la capacidad lectora. Cada niño debía leer delante de toda la clase el párrafo que la profesora indicara. Era una mañana helada, pero relucía el sol. Los niños se restregaban los ojos. Una aureola circundaba a la monja, la hermana Maria, que parecía la Parca. (Por cierto, me gusta el concepto humano de la Parca. Me gusta lo de la guadaña. Me parece gracioso.)

En la clase, empezaron a decir los nombres al azar.

—Waldenheim, Lehmann, Steiner.

Todos se levantaban y leían según sus variadas competencias. Rudy era sorprendentemente bueno.

Liesel esperó sentada con una mezcla de emoción asfixiante y temor atroz durante todo el examen. Deseaba ponerse a prueba con todas sus fuerzas, descubrir de una vez por todas a qué ritmo avanzaba su aprendizaje. ¿Daría la talla? ¿Estaría a la altura de Rudy y los demás?

Cada vez que la hermana Maria miraba la lista, un manojo de nervios se tensaba alrededor de sus costillas. Había empezado en el estómago, pero se había ido abriendo paso hacia arriba y pronto le rodearía el cuello.

Cuando Tommy Müller finalizó su mediocre intervención, Liesel miró a su alrededor. Todo el mundo había leído. Sólo quedaba ella.

—Muy bien. —La hermana Maria asintió con la cabeza, repasando la lista—. Ya estamos todos.

¿Qué?

—¡No!

Del fondo de la clase emergió una voz. Era la de un chico de pelo color limón con huesudas rodillas que no dejaban de castañetear bajo el escritorio, enfundadas en unos pantalones.

—Hermana Maria, creo que se ha saltado a Liesel —la corrigió, levantando la mano.

La hermana Maria.

No parecía demasiado complacida.

Dejó caer la carpeta sobre la mesa que tenía delante y escudriñó a Rudy con resignada desaprobación. Casi melancólica. ¿Por qué, se lamentó, tenía que aguantar a Rudy Steiner? ¿Es que ese niño no podía tener la boca cerrada? Por amor de Dios, ¿por qué?

—No —contestó terminante. Su barriguilla se inclinó hacia delante junto con el resto del cuerpo—. Me temo que Liesel no puede hacerlo, Rudy. —La profesora la miró, buscando su aprobación—. Ya me leerá luego, aparte.

La niña se aclaró la garganta.

—Puedo hacerlo ahora, hermana —repuso Liesel con voz baja y desafiante.

La mayoría de los niños observaban en silencio. Unos cuantos pusieron en práctica el bello arte infantil de la risa tonta.

A la hermana se le acabó la paciencia.

—¡No, no puedes...! ¿Qué estás haciendo?

Pues Liesel se había levantado y avanzaba lentamente, tiesa como un palo, hacia el frente de la clase. Recogió el libro y lo abrió por una página al azar.

—Muy bien —accedió la hermana Maria—. ¿Quieres hacerlo? Hazlo.

—Sí, hermana.

Tras una breve mirada a Rudy, Liesel bajó los ojos y estudió la página.

Cuando volvió a levantar la vista, primero vio la habitación hecha pedazos y al instante recompuesta. Todos los niños estaban impresionados, justo ante sus ojos, y en un momento de gloria se imaginó leyendo la página con total fluidez y sin cometer un solo error, triunfante.

❧ PALABRA CLAVE ☙
«Imaginó»

—¡Vamos, Liesel!

Rudy rompió el silencio.

La ladrona de libros volvió a mirar las letras.

Vamos. Esta vez Rudy sólo musitó. Vamos, Liesel.

Sus latidos eran cada vez más fuertes. Las frases se desdibujaban.

De repente, la página blanca parecía escrita en otro idioma, y no pudo evitar que se le saltaran las lágrimas. Ni siquiera podía distinguir las palabras.

Y el sol. Ese maldito sol. Irrumpió en la clase por la ventana —esquirlas de cristal se esparcieron por todas partes— e iluminó directamente a la impotente niña para gritarle en la cara: ¡Sabes robar libros, pero no sabes leer!

Se le ocurrió una solución.

Respira que te respira, empezó a leer, pero no el libro que tenía delante, sino un extracto del *Manual del sepulturero*. Capítulo tres: «En caso de nieve». Lo había memorizado al oír a su padre.

—En caso de nieve procure utilizar una buena pala —leyó—. Ha de cavar hondo, no se desanime. No hay forma de ahorrarse el trabajo. —Volvió a tomar un rebujo de aire—. Por descontado, siempre es más sencillo esperar a la hora más cálida del día, cuando...

Se acabó.

Le arrancaron el libro de las manos.

—Liesel, al pasillo —le ordenaron.

Mientras le propinaban un pequeño *Watschen*, tras la mano castigadora de la hermana Maria oyó a los demás riéndose en clase. Los vio. Los niños impresionados. Burlándose y carcajeándose. Bañados por la luz del sol. Todo el mundo se reía menos Rudy.

En el patio, siguieron mofándose de Liesel. Un chico llamado Ludwig Schmeikl se acercó a ella con un libro.

—Eh, Liesel —la llamó—, no entiendo esta palabra, ¿podrías leérmela? —le pidió, y se echó a reír con una petulante risotada de diez años.

—*Dummkopf*, imbécil.

Se empezaban a formar nubes, gruesas y desmañadas, y unos niños corearon su nombre para hacerla rabiar.

—No les hagas caso —le aconsejó Rudy.

—Qué fácil es decirlo, tú no eres el tonto de la clase.

Hacia el final de la hora del patio, el recuento total de comentarios sumaba diecinueve. Al vigésimo, estalló. Fue Schmeikl, que había vuelto a por más.

—Vamos, Liesel. —Le metió el libro debajo de la nariz—. Échame una mano, anda.

Liesel se la echó, y bien echada.

Se levantó, cogió el libro, y mientras el chico volvía la cara para sonreír a los otros niños, Liesel lo empujó y le dio una patada con todas sus fuerzas en las inmediaciones de la ingle.

En fin, como ya imaginarás, Ludwig Schmeikl se retorció y, al hacerlo, recibió un puñetazo en la oreja. Cuando cayó al suelo, lo abofeteó y arañó hasta que quedó anulado por una niña completamente consumida por la rabia. La piel del chico era cálida y suave, al contrario de los nudillos y las uñas de Liesel, dignos de temer a pesar de su tamaño.

—*Saukerl*. —También lo arañó con la voz—. *Arschloch*. ¿Por qué no me deletreas *Arschloch*?

Ay, cómo se apelotonaron las aborregadas nubes en el cielo.

Grandes y gruesas nubes.

Oscuras y plomizas.

Tropezaban unas con otras. Se disculpaban. Continuaban adelante, abriéndose camino.

Los niños se apiñaron en un corro, rápidos como... Bueno, tan rápidos como niños atraídos por la fuerza centrífuga de una pelea. Un mejunje de brazos y piernas, de gritos y ánimos fue espesándose a su alrededor para dar testimonio de cómo Liesel Meminger daba a Ludwig Schmeikl la paliza de su vida.

—¡Jesús, María y José! —se escandalizó una niña, lanzando un chillido—. ¡Va a matarlo!

Liesel no lo mató.

Pero estuvo a punto.

De hecho, lo único que probablemente la detuvo fue el espasmódico, patético y sonriente rostro de Tommy Müller. Todavía rebosante de adrenalina, Liesel lo atisbó sonriendo de manera tan absurda que lo tiró al suelo y también empezó a golpearlo.

—¡¿Qué estás haciendo?! —gritó el niño, y sólo entonces, después del tercer o cuarto bofetón y un hilillo de sangre que le salía de la nariz, Liesel se detuvo.

De rodillas, tomó aire y escuchó los lamentos que llegaban desde debajo de ella. Miró la amalgama de rostros, a izquierda y derecha.

—No soy estúpida —sentenció.

Nadie se lo discutió.

La pelea no se retomó hasta que todo el mundo volvió dentro y la hermana Maria vio en qué estado había quedado Ludwig Schmeikl. Rudy y otros cuantos fueron los primeros sobre los que recayeron las sospechas. Siempre estaban metiéndose los unos con los otros. «A ver esas manos», les ordenaron, pero todos las tenían limpias.

—Esto es increíble —masculló la hermana—, ¿dónde se ha visto?

Cuando Liesel dio un paso al frente y le enseñó las manos, allí estaba Ludwig Schmeikl, ansiando que llegara ese momento.

—Al pasillo —le ordenó por segunda vez ese mismo día. De hecho, por segunda vez esa misma hora.

En esta ocasión, no le dio un pequeño *Watschen*. Ni siquiera uno de los medianos. En esta ocasión fue la madre de todos los *Watschen*, un azote tras otro, una vara que iba y venía, así que Liesel apenas pudo sentarse durante una semana. Y ya no se oyeron risas en clase, sino el mudo miedo de los que escuchan atentos.

Al final de ese día de colegio, Liesel volvió a casa acompañada de Rudy y los demás hijos de los Steiner. Al acercarse a Himmelstrasse, el cúmulo de desgracias se apoderó de ella: la lectura fallida del *Manual del sepulturero*, el desmembramiento de su familia, las pesadillas, las humillaciones de ese día… Se sentó en el bordillo y se echó a llorar. Todo se juntaba.

Rudy se detuvo y se quedó a su lado.

Empezó a llover con fuerza.

Kurt Steiner los llamó, pero ninguno de los dos se movió. Ella se quedó sentada, abrumada por el dolor, bajo los chuzos de punta que caían, y él, a su lado, esperando.

—¿Por qué tuvo que morirse? —preguntó, pero Rudy siguió sin hacer ni decir nada.

Cuando Liesel dejó de llorar y se levantó, Rudy le pasó el brazo por el hombro, como sólo lo hace el mejor amigo, y siguieron caminando. No hubo petición de beso ni nada por el estilo. Considéralo adorable, si te apetece.

Pero no me rompas los huevos.

Eso era lo que estaba pensando, aunque no se lo dijo a Liesel. Sólo se lo confesó cerca de cuatro años después.

Por el momento, Rudy y Liesel caminaban por Himmelstrasse bajo la lluvia.

Él era el chalado que se había pintado de negro y había desafiado al mundo.

Ella, la ladrona de libros sin palabras.

Pero créeme, las palabras estaban de camino, y cuando llegaron, Liesel las sujetó entre las manos como si fueran nubes y las escurrió como si estuvieran empapadas de lluvia.

SEGUNDA PARTE

❦

El hombre que se encogía de hombros

Presenta:

una niña oscura — el placer de los cigarrillos — una trotacalles
— correo sin dueño — el cumpleaños de Hitler — cien por
cien puro sudor alemán — a las puertas del hurto — y un libro
de fuego

Una niña oscura

C✖️ INFORMACIÓN ESTADÍSTICA ✖️✖️
Primer libro sustraído: 13 de enero de 1939.
Segundo libro sustraído: 20 de abril de 1940.
Intervalo entre los mencionados libros sustraídos:
463 días.

En cierto modo, fue el destino.

Verás, puede que la gente diga que la Alemania nazi se construyó sobre la base del antisemitismo, pero todo se habría quedado en nada si los alemanes no hubieran adorado una actividad en particular: la quema.

A los alemanes les encantaba quemar cosas: tiendas, sinagogas, Reichstags, casas, objetos personales, gente caída en desgracia y, por descontado, libros. Disfrutaban de una buena hoguera de libros, lo que proporcionaba a la gente interesada la oportunidad para conseguir ciertas publicaciones que, de otro modo, no habrían tenido. Como ya sabemos, una de las personas con esa clase de inclinaciones era una niñita esquelética llamada Liesel Meminger. Tuvo que esperar 463 días, pero valió la pena. Al final de una tarde llena de emociones, la belleza de la maldad, un tobillo ensangrentado y un sopapo propinado por una mano de confianza, Liesel Meminger consiguió con éxito su segunda historia: *El hombre que se encogía de hombros*. Era un libro azul con letras rojas en la portada y tenía un pequeño dibujo de un cucú debajo del título, también en rojo. Cuando pensaba en el pasado, Liesel no se avergonzaba de haberlo robado. Por el contrario, el orgullo era lo que más se parecía a lo que sentía en el estómago. La rabia y el odio enconado habían alimentado el deseo de robarlo. De hecho, el 20 de abril —el cumpleaños del Führer—, cuando rescató el libro de un humeante montón de cenizas, Liesel era una niña oscura.

La cuestión, por descontado, debería ser por qué.

¿Por qué estaba tan enfadada?

¿Qué había ocurrido en los últimos cuatro o cinco meses que justificara tal sentimiento?

En resumen, la respuesta iba de Himmelstrasse al Führer, de allí al paradero desconocido de su verdadera madre y vuelta a empezar.

El placer de los cigarrillos

Hacia finales de 1939, Liesel se había adaptado bastante bien a la vida en Molching. Todavía la asaltaban pesadillas donde aparecía su hermano y echaba de menos a su madre, pero ahora también encontró consuelo.

Quería a su padre, Hans Hubermann, y, a pesar de los improperios y los ataques verbales, también a su madre adoptiva. Quería y odiaba a su mejor amigo, Rudy Steiner, lo que era del todo normal, y le encantaba ver que sus competencias lectoras y su caligrafía progresaban de manera evidente y que pronto estarían a punto de rayar lo aceptable, a pesar del fiasco en clase. En conjunto todo daba como resultado cierto grado de satisfacción, que iba acumulándose hasta rozar eso que suele llamarse «ser feliz».

❧ LAS CLAVES DE LA FELICIDAD ❧
1. Acabar el *Manual del sepulturero*.
2. Escapar a la ira de la hermana Maria.
3. Recibir dos libros por Navidad.

17 de diciembre.

Recordaba perfectamente la fecha porque fue justo una semana antes de Navidad.

Como era habitual, la pesadilla de cada noche interrumpió su sueño y Hans Hubermann la despertó. La tenía agarrada por el pijama sudado.

—¿El tren? —susurró.

—El tren —confirmó ella.

Liesel inspiró profundamente hasta que estuvo lista y luego empezaron a leer el capítulo once del *Manual del sepulturero*. Lo acabaron poco después de las tres de la madrugada y ya sólo les quedaba el último: «Respetar el camposanto». Hans, con los plateados ojos hinchados por el cansancio y la cara cubierta por una barba incipiente, cerró el libro y esperó los restos del sueño. No llegaron.

No había pasado ni un minuto desde que habían apagado la luz cuando Liesel empezó a hablar a oscuras.

—¿Papá?

Él respondió con un sonido gutural.

—¿Estás despierto, papá?

—*Ja.*

Se apoyó sobre un codo.

—¿Podemos terminar el libro, por favor?

Se oyó un largo suspiro, una mano rascando la barba y, a continuación, se encendió la luz. Hans abrió el libro y empezó a leer:

—«Capítulo doce: Respetar el camposanto».

Leyeron hasta la madrugada; marcaban con un círculo y escribían las palabras que Liesel no comprendía e iban pasando las páginas hacia el amanecer. En varias ocasiones Hans estuvo a punto de dormirse, sucumbiendo a la hormigueante fatiga de sus ojos y al cansancio mental. Liesel siempre lo sorprendía, pero no era tan generosa como para permitir que se durmiera ni tan susceptible como para sentirse ofendida. Era una niña con una montaña por escalar.

Finalmente, cuando la oscuridad del exterior empezaba a aclararse, acabaron. El último párrafo decía más o menos lo siguiente:

La Asociación de Cementerios de Baviera espera haberlos entretenido e instruido sobre el funcionamiento, las medidas de seguridad y los deberes del sepulturero. Les deseamos una fructífera carrera en las artes funerarias y esperamos que este libro haya podido serles de ayuda.

Cuando cerraron el libro, intercambiaron una mirada furtiva.

—Lo hemos conseguido, ¿eh? —dijo Hans.

Liesel, medio envuelta en la manta, estudió el libro negro que tenía en la mano y las letras plateadas de la portada. Asintió, con la boca seca y apetito madrugador. Fue uno de esos momentos de cansancio perfecto, después de haber superado no sólo el trabajo que tenían entre manos, sino la noche que les había vallado el camino.

Hans estiró los brazos con los puños cerrados y los párpados pesados por el sueño. Esa mañana el cielo no se atrevió ni a lloviznar. Se levantaron y fueron a la cocina. A través de la neblina y la escarcha de la ventana, observaron las vetas de luz rosada sobre los montículos de nieve que se acumulaban en los tejados de Himmelstrasse.

—Mira qué colores —comentó el padre.

Cómo no va a gustarle a alguien un hombre que no sólo se fija en los colores, sino que además los comenta.

Liesel todavía llevaba el libro. Lo estrechó con más fuerza cuando la nieve se volvió anaranjada. Vio un niño pequeño sentado en uno de los tejados, contemplando el cielo.

—Se llamaba Werner —dijo.

Las palabras salieron de su boca por voluntad propia.

—Ya —contestó el padre.

No hubo más exámenes de lectura en el colegio, pero Liesel iba ganando confianza poco a poco, y una mañana antes de que comenzaran las clases cogió un libro de texto olvidado para ver si podía leerlo sin problemas. Consiguió leer todas las palabras, aunque todavía iba más despacio que sus compañeros. Se dio cuenta de que era mucho más fácil hallarse a las puertas de algo que haberlas cruzado. Aún le llevaría un tiempo.

Una tarde se vio tentada a robar un libro de la estantería de la clase, pero, para ser sinceros, la perspectiva de un nuevo *Watschen* de pasillo a manos de la hermana Maria fue un convincente elemento disuasorio. Además, en realidad no sentía auténticos deseos de llevarse los libros del colegio. Tal vez la contundencia del fiasco de noviembre propició esa falta de interés, aunque Liesel no estaba segura. Lo único que sabía era que ese cosquilleo seguía allí.

No hablaba en clase.

Ni siquiera se atrevía a mirar hacia donde no debía.

A medida que pasaba el invierno, dejó de ser víctima de las frustraciones de la hermana Maria y se contentó con ver que los otros eran enviados al pasillo y recibían su justo castigo. Oír a otro estudiante pasando apuros en el pasillo no era precisamente agradable, pero el hecho de que se tratara de otra persona en vez de ella, aunque no fuera un consuelo, al menos era un alivio.

Cuando el colegio cerró durante las vacaciones de *Weihnachten*, Liesel incluso se permitió desear unas felices navidades a la hermana Maria antes de irse. Consciente de que los Hubermann casi estaban en la ruina y que tenían que seguir pagando las deudas y el alquiler aunque apenas entrara dinero, no esperaba ningún regalo. Tal vez una comida especial. Para su sorpresa, al volver a casa después de asistir en Nochebuena a la misa de medianoche con su madre, su padre, Hans hijo y Trudy, se encontró con algo envuelto en papel de periódico debajo del árbol de Navidad.

—De Santa Claus —aseguró Hans, aunque la niña no se lo tragó.

Abrazó a sus padres de acogida, todavía con nieve en los hombros.

Al desenvolver el papel descubrió dos libritos. El primero, *El perro Fausto*, que había escrito un hombre llamado Mattheus Ottleberg. Acabaría leyendo ese libro trece veces. En Nochebuena leyó las primeras veinte páginas en la mesa de la cocina, mientras su padre y Hans hijo discutían sobre algo que ella no entendía, algo llamado política.

Más tarde, leyeron un poco más en la cama, siguiendo la tradición de marcar con un círculo las palabras que Liesel no conocía y luego escribirlas. *El perro Fausto* también tenía ilustraciones, preciosas curvas, orejas y caricaturas de un pastor alemán con un obsceno problema de babeo y el don del habla.

El segundo libro se titulaba *El faro*, y lo había escrito una mujer, Ingrid Rippinstein. Era un poco más largo, de modo que Liesel sólo consiguió leerlo nueve veces, aunque su velocidad de lectura había incrementado ligeramente al final de sesiones tan prolíficas.

Días después de Navidad se le ocurrió hacer una pregunta sobre los libros. Estaban comiendo en la cocina. Decidió concentrar su atención en su padre al ver las cucharadas de sopa de guisantes que se metía en la boca su madre.

—Me gustaría preguntar algo.

Al principio nadie dijo nada, por lo que acabó interviniendo su madre, con la boca medio llena.

—¿Y?

—Sólo quería saber de dónde habéis sacado el dinero para comprarme los libros.

Una sonrisita se reflejó en la cuchara de su padre.

—¿De verdad quieres saberlo?

—Claro.

Hans sacó del bolsillo lo que le quedaba de su ración de tabaco y empezó a liar un cigarrillo. Liesel comenzó a impacientarse.

—¿Vas a decírmelo o no?

Su padre se echó a reír.

—Pero sí te lo estoy diciendo. —Acabó el cigarrillo, lo lanzó sobre la mesa y empezó a liar otro—. Así.

En ese momento su madre se acabó la sopa, dejó la cuchara de golpe reprimiendo un eructo acartonado y contestó por él.

—Este *Saukerl*... ¿Sabes lo que ha hecho? Lió todos sus asquerosos cigarrillos, se fue al mercadillo cuando vino a la ciudad y se los vendió a unos gitanos.

—Ocho cigarrillos por libro. —Hans se metió uno en la boca, triunfante. Lo encendió y le dio una calada—. Alabado sea Dios por los cigarrillos, ¿eh, mamá?

Mamá se limitó a dedicarle una de sus inconfundibles miradas asesinas, seguida por una ración de su vocabulario habitual.

—*Saukerl*.

Liesel intercambió el guiño de costumbre con su padre y terminó de comer la sopa. Como siempre, uno de los libros descansaba a su lado. No podía negar que la respuesta a su pregunta había sido más que satisfactoria. No había mucha gente que pudiera decir que el tabaco pagaba su educación.

Su madre, en cambio, afirmó que si Hans Hubermann tuviera dos dedos de frente habría cambiado el tabaco por el vestido nuevo que ella tanto necesitaba o por unos zapatos decentes.

—Pero, no… —Escupió las palabras en el fregadero—. Si se trata de mí, antes te fumas la ración entera, ¿verdad? La tuya y la de la puerta de al lado.

Sin embargo, unas noches después, Hans Hubermann llegó a casa con una caja de huevos.

—Lo siento, mamá. —Los dejó en la mesa—. Se les habían acabado los zapatos.

Rosa no protestó. Incluso canturreó entre dientes mientras cocía los huevos hasta casi carbonizarlos. Por lo visto los cigarrillos tenían algo bueno. Fue una época feliz en casa de los Hubermann.

Acabó unas semanas después.

La trotacalles

El desmoronamiento comenzó por la colada y acabó extendiéndose a toda prisa.

Liesel acompañaba a Rosa Hubermann a hacer las entregas cuando uno de los clientes, Ernst Vogel, les informó de que ya no podía permitirse que le lavaran y le plancharan la ropa.

—Son estos tiempos que corren, ¿qué le voy a contar que no sepa? —se disculpó—. Se están poniendo difíciles y la guerra nos hace pasar apuros. —Miró a la niña—. Estoy seguro de que recibe una compensación por cuidar de la pequeña, ¿verdad?

Para consternación de Liesel, su madre se quedó sin palabras.

Tenía una bolsa vacía al lado.

Vamos, Liesel.

No lo dijo, la sacó a rastras, de la mano, sin miramientos.

Vogel la llamó desde lo alto de los escalones. Medía cerca de un metro setenta y cinco y los grasientos mechones de pelo le caían, apáticos, sobre la frente.

—¡Lo siento, frau Hubermann!

Liesel lo saludó con la mano.

Él respondió al saludo.

Su madre la reprobó.

—No saludes a ese *Arschloch* —la riñó—, y aligera.

Esa noche, cuando Liesel se estaba bañando, su madre la frotó con especial brusquedad, sin dejar de murmurar sobre ese *Saukerl* de Vogel mientras lo imitaba cada dos minutos.

—«Debe de recibir una compensación por la niña...» —Castigaba el torso desnudo de Liesel mientras lo frotaba—. No vales tanto, *Saumensch*, no me estás haciendo rica, que lo sepas.

Liesel no se movió y aguantó el rapapolvo.

No había transcurrido ni una semana desde ese incidente cuando Rosa la arrastró a la cocina.

—Bien, Liesel. —La hizo sentar a la mesa—. Ya que te pasas media vida en la calle jugando al fútbol, para variar podrías serme un poquito útil cuando salgas.

Liesel no se atrevió a mirar nada que no fueran sus propias manos.

—¿Qué quieres que haga, mamá?

—A partir de ahora recogerás y entregarás la colada tú solita. Esa gente rica se lo pensará dos veces antes de despedirnos si te tienen a ti delante. Si te preguntan dónde estoy, les dices que me he puesto enferma. Y pon cara triste cuando se lo digas. Estás lo bastante delgaducha y pálida para darles lástima.

—A herr Vogel no le di lástima.

—Bueno... —Su nerviosismo era obvio—. Puede que a los otros sí, y no protestes.

—Sí, mamá.

Por un instante tuvo la impresión de que su madre iba a confortarla o a darle una palmadita en el hombro.

Buena chica, Liesel, buena chica. Palmadita, palmadita, palmadita.

No hizo nada parecido.

De hecho, Rosa Hubermann se levantó, cogió una cuchara de madera y se la puso a Liesel debajo de la nariz. Desde el punto de vista de Rosa, era una cuestión de necesidad.

—Cuando salgas ahí fuera, ve arriba y abajo con la bolsa y vuelve derechita a casa con el dinero, por poco que sea. Nada de irse con papá, si es que de una vez por todas se ha puesto a trabajar. Nada de gandulear con ese pequeño *Saukerl* de Rudy Steiner. Derechita a casa.

—Sí, mamá.

—Y cuando lleves la bolsa, cógela como es debido. No vayas haciendo el molinillo, o la tires o la arrugues o te la eches al hombro.

—Sí, mamá.

—«Sí, mamá.» —Rosa Hubermann era una gran imitadora, y muy enfática—. Será mejor que me hagas caso, *Saumensch*, porque si no lo acabaré descubriendo. Lo sabes, ¿verdad?

—Sí, mamá.

Pronunciar esas dos palabras era el mejor modo de sobrevivir, al igual que hacer todo lo que le decía, por lo que, a partir de ese momento fue Liesel la que pateó las calles de Molching, de la zona de los pobres a la de los ricos, recogiendo y entregando la colada. Al principio era un trabajo solitario del que nunca se quejaba. Después de todo, la primera vez que tuvo que arrastrar el saco por la ciudad, al doblar la esquina de Münchenstrasse, miró a ambos lados y empezó a hacer el molinillo —una vuelta entera—, y luego comprobó el contenido. Gracias a Dios, no había arrugas. Ni una. Sólo una sonrisa y la promesa de no volver a hacerlo.

En general, a Liesel le gustaba. No participaba del reparto del pago, pero estaba fuera de casa y pasear por las calles sin su madre era como estar en el cielo. Sin dedos acusadores ni insultos. Ni nadie que se las quedara mirando cuando la insultaba por no coger la bolsa como debía. Sólo tranquilidad.

También acabó cogiéndole cariño a la gente:

* A los Pfaffelhürver, que revisaban la ropa y decían: *Ja, ja, sehr gut, sehr gut.* Liesel creía que lo hacían todo dos veces.

* A la amable Helena Schmidt, que le tendía el dinero con una artrítica garra.

* A los Weingartner, cuyo gato de bigotes tiesos siempre salía a recibirla junto a ellos. Pequeño Goebbels, así lo llamaban, igual que la mano derecha de Hitler.

* Y a frau Hermann, la mujer del alcalde, que la esperaba con su suave y sedoso cabello y su tiritera en la enorme y fría puerta de su casa. Siempre muda. Siempre sola. Ni una palabra, nunca.

A veces, Rudy la acompañaba.

—¿Cuánto dinero llevas ahí? —le preguntó una tarde. Estaba a punto de oscurecer y ya habían llegado a Himmelstrasse. La tienda de frau Diller quedaba atrás—. Ya sabes lo de frau Diller, ¿verdad? Dicen que tiene golosinas escondidas en algún sitio y que por un precio justo…

—Ni lo sueñes. —Liesel, como siempre, agarraba el dinero con fuerza—. Para ti es muy fácil, tú no tienes que enfrentarte a mi madre.

Rudy se encogió de hombros.

—Valía la pena intentarlo.

A mitad de enero, en la escuela aprendieron a escribir cartas. Después de aprender los rudimentos, todos los alumnos tenían que redactar dos cartas, una a un amigo y otra a alguien de otra clase.

La carta que Rudy le escribió a Liesel decía lo siguiente:

> Apreciada *Saumensch*:
>
> ¿Sigues siendo tan mala en fútbol como la última vez que jugamos? Así lo espero. Eso significa que puedo ganarte de nuevo a las carreras como Jesse Owens en las Olimpiadas…

Cuando la hermana Maria la encontró, le hizo una pregunta con mucha amabilidad.

ҩ҈ PROPUESTA DE LA ҩ҉
HERMANA MARIA
«¿Le apetecería visitar el pasillo, señor Steiner?»

Huelga decir que Rudy respondió que no, de modo que la hoja de papel acabó hecha pedazos y él empezó la carta de nuevo. El segundo intento iba dirigido a alguien llamado Liesel y le preguntaba cuáles eran sus pasatiempos preferidos.

En casa, mientras acababa una carta que tenían de deberes, Liesel decidió que escribir a Rudy o a cualquier otro *Saukerl* era absurdo. No tenía sentido. Estaba escribiendo en el sótano cuando se volvió hacia su padre, que repintaba la pared otra vez.

Tanto los vapores de la pintura como él se volvieron.

—*Was wuistz?* —preguntó, utilizando el alemán más basto que sabía, aunque con aire de absoluta cordialidad—. Sí, ¿qué?

—¿Puedo escribirle una carta a mamá?

Silencio.

—¿Para qué quieres escribirle una carta? Tienes que aguantarla a diario. —Su padre estaba *schmunzel*ando, esbozó una sonrisa traviesa—. ¿No tienes suficiente?

—A esa mamá, no.

Liesel tragó saliva.

—Ah. —Su padre se volvió hacia la pared y continuó pintando—. Bueno, supongo que sí. Se la podrías enviar a la mujer esa como se llame, la que te trajo aquí y luego vino varias veces a visitarnos, la del centro de acogida.

—Frau Heinrich.

—Eso es. Envíasela, tal vez ella pueda entregársela a tu madre.

Hans no parecía demasiado convencido, como si quisiera ocultarle algo a Liesel. Durante las visitas de frau Heinrich, también ella se había mostrado hermética en relación con su madre.

En vez de preguntarle qué ocurría, Liesel empezó a escribir de inmediato, decidió ignorar el mal presentimiento que la había asaltado. Necesitó tres horas y seis borradores para pulir una carta en la que le hablaba a su madre de Molching, de su padre y del acordeón, de la extraña, aunque sincera forma de comportarse de Rudy Steiner y de las proezas de Rosa Hubermann. También le contaba lo orgullosa que estaba de ella misma porque ahora sabía leer y escribir un poquito. Al día siguiente le pegó un sello que cogió del cajón de la cocina y la echó al correo en la tienda de Frau Diller. Y comenzó la espera.

La noche que escribió la carta, oyó por casualidad una conversación entre Hans y Rosa.

—¿Qué hace escribiéndole a su madre? —decía Rosa.

Su voz sonaba tranquila y afectuosa, algo muy poco habitual y, como podrás imaginar, eso la dejó bastante preocupada. Habría preferido oírlos discutir. Los cuchicheos entre adultos le inspiraban muy poca confianza.

—Me lo pidió —contestó su padre— y no supe decirle que no. ¿Cómo iba a negarme?

—Jesús, María y José. —Otra vez los susurros—. Debería olvidarla. ¿Quién sabe dónde estará? Dios sabe lo que le habrán hecho.

En la cama, Liesel se acurrucó con fuerza, haciéndose un ovillo.

Pensó en su madre y se repitió las preguntas de Rosa Hubermann.

¿Dónde estaba?

¿Qué le habían hecho?

Y, sobre todo, ¿se podía saber de quiénes estaba hablando?

Correo sin dueño

Escena prospectiva en el sótano, septiembre de 1943.

Una niña de catorce años escribe en un pequeño libro de tapas oscuras. Está esquelética, pero es fuerte y ha visto muchas cosas. Su padre está sentado con el acordeón a los pies.

—¿Sabes, Liesel? Estuve a punto de responderte por carta y firmar con el nombre de tu madre —confiesa. Se rasca la pierna, aunque ya le han quitado la escayola—. Pero no pude, no me atreví.

En varias ocasiones, a lo largo de enero y todo febrero de 1940, a Hans se le rompió el corazón cuando Liesel miraba en el buzón para ver si había llegado la respuesta a su carta.

—Lo siento, hoy nada, ¿verdad?

Mirando atrás, Liesel comprendía que todo había sido en vano. Si su madre hubiera estado en condiciones de responder, ya se habría puesto en contacto con el personal del centro de acogida o directamente con ella o con los Hubermann. Pero nada.

Por si fuera poco, los Pfaffelhürver de Heide Strasse, clientes también de la plancha, le entregaron una carta a mediados de febrero. Los dos salieron a la puerta de casa haciendo gala de su altura, con mirada lastimera.

—Para tu madre —dijo el hombre, entregándole el sobre—. Dile que lo sentimos. Dile que lo sentimos.

No fue una de las mejores noches en casa de los Hubermann.

Incluso desde el sótano, al que Liesel se retiró para escribir la quinta carta dirigida a su madre (todas ellas pendientes de enviar, exceptuando la primera), oyó los insultos y el escándalo que Rosa armó por los *Arschlöcher* de los Pfaffelhürver y el asqueroso de Ernst Vogel.

—*Feuer soll'n's brunzen für einen Monat!* —la oyó gritar. Traducción: «¡Deberían mear fuego un mes entero!».

Liesel escribía.

El día de su cumpleaños no recibió ningún regalo. No hubo regalo porque no había dinero y, en esa época, a su padre se le había acabado el tabaco.

—Te lo dije. —Su madre lo apuntó con un dedo acusador—. Te dije que no le dieras los dos libros en Navidad, pero, no, claro, ¿me hiciste caso? ¡No, señor!

—¡Ya lo sé! —Se volvió, tranquilo, hacia la niña—. Lo siento, Liesel, no nos lo podemos permitir.

A Liesel no le importó. No lloriqueó, ni gimoteó, ni pataleó. Se limitó a tragarse la desilusión y decidió correr un riesgo calculado: hacerse un regalo ella misma. Reuniría las cartas a su madre que había acumulado, las metería todas en un sobre y utilizaría una diminuta fracción del dinero de la colada y la plancha para enviarlas. Luego, por descontado, se llevaría un *Watschen*, seguramente en la cocina, y no diría ni mu.

Tres días después, el plan se concretó.

—Falta algo. —Su madre contaba el dinero por cuarta vez con Liesel delante, junto a los fogones. El calor que desprendían la confortaba y le daba un hervor a la rápida circulación de su sangre—. ¿Qué ha pasado, Liesel?

—Deben de haberme dado de menos —mintió.

—¿No lo contaste?

—Me lo he gastado, mamá —confesó.

Rosa se acercó. Eso no era buena señal. Estaba demasiado cerca de las cucharas de madera.

—¿Que tú, qué?

Sin darle tiempo a responder, la cuchara de madera cayó sobre el cuerpo de Liesel Meminger como si Dios la pisoteara. Las marcas rojas parecían puntapiés, y escocían. Cuando todo terminó, la niña levantó la vista y se explicó desde el suelo.

Percibió un latido y la luz amarillenta, todo a la vez. Parpadeó.

—Envié las cartas por correo.

En ese momento se dio cuenta de lo sucio que estaba el suelo, de que sentía la ropa cerca en vez de puesta y comprendió que todo había sido en vano, que su madre nunca respondería y que jamás volvería a verla. La certeza le propinó un segundo *Watschen*. Le escoció durante varios minutos.

En lo alto, Rosa parecía borrosa, pero a medida que su cara de cartón se acercaba no tardó en volverse nítida. Abatida, se alzaba sobre ella con toda su corpulencia, sujetando la cuchara de madera como si fuera un garrote. Se agachó, y su rostro perdió unas gotas.

—Lo siento, Liesel.

Liesel la conocía lo suficiente para saber que no se refería a la paliza.

Las marcas rojas fueron ensanchándose, avanzando por la piel, mientras estaba tendida en el suelo entre el polvo y la suciedad, bajo la luz tenue. Recobró la respiración y una amarillenta lágrima solitaria le rodó por la cara. Sentía su propio peso contra el suelo. Un brazo, una rodilla. Un codo. Una mejilla. Un gemelo.

El suelo estaba frío, sobre todo lo notaba en la cara, pero era incapaz de moverse.

Jamás volvería a ver a su madre.

Se quedó debajo de la mesa de la cocina casi una hora, hasta que su padre llegó a casa y se puso a tocar el acordeón. Sólo entonces Liesel se levantó y empezó a recuperarse.

Esa noche, mientras escribía, no guardaba ningún rencor a Rosa Hubermann ni, para el caso, a su madre. Para ella sólo eran víctimas de las circunstancias. El único pensamiento recurrente era la lágrima amarilla. Se dio cuenta de que si hubiera estado oscuro, la lágrima habría sido negra.

Sin embargo, estaba oscuro, se dijo.

Daba igual las veces que intentara imaginar la escena con la luz amarillenta; a pesar de saber que había estado allí, tenía que esforzarse para visualizarla. Le habían pegado en la oscuridad y había quedado tendida en el frío y oscuro suelo de la cocina. Incluso la música de su padre era de color oscuro.

Incluso la música de su padre.

Lo extraño del caso era que, en vez de angustiarla, ese pensamiento más o menos la consolaba.

Luz, oscuridad.

¿Dónde estaba la diferencia?

Las pesadillas se habían reforzado las unas a las otras mientras la ladrona de libros aprendía cómo eran las cosas y cómo serían siempre. Al menos así estaría preparada. Tal vez por eso, y a pesar de la perplejidad y la rabia, el día del cumpleaños del Führer pudo reaccionar cuando el misterio sobre el infortunio de su madre quedó resuelto por completo.

Liesel Meminger estaba lista.

Feliz cumpleaños, herr Hitler.

Que cumpla muchos más.

El cumpleaños de Hitler, 1940

En vez de perder la esperanza, Liesel siguió comprobando el buzón todas las tardes, desde marzo hasta bien entrado abril, a pesar de la visita de frau Heinrich —a instancias de Hans—, que les explicó a los Hubermann que la oficina de acogida había perdido todo contacto con Paula Meminger. Sin embargo, la niña insistía aunque, como era de esperar, nunca había carta cuando revisaba el correo.

Molching, como el resto de Alemania, se había volcado en la preparación del cumpleaños de Hitler. Ese año en cuestión, gracias al desarrollo de la guerra y a la ventajosa posición de Hitler, los partidarios nazis de Molching querían que la celebración fuera especialmente significativa. Habría un desfile. Una marcha. Música. Canciones. Habría una hoguera.

Mientras Liesel pateaba las calles de Molching recogiendo y entregando la colada y la plancha, los miembros del Partido Nazi hacían acopio de combustible. En un par de ocasiones, Liesel vio a hombres y mujeres llamando a las puertas y preguntando a la gente si tenían algo de lo que quisieran desprenderse o destruir. El ejemplar del *Molching Express* de su padre anunciaba que iban a celebrarlo con una hoguera en la plaza, a la que acudirían todas las Juventudes Hitlerianas del lugar. No sólo se festejaría el cumpleaños del Führer, sino también la victoria sobre sus enemigos y sobre las restricciones que habían refrenado a Alemania desde el final de la Primera Guerra Mundial. «Debe presentarse cualquier objeto de esa época —periódicos, pósters, libros, banderas— o propaganda de nuestros enemigos en la oficina del Partido Nazi de Münchenstrasse», proclamaba. Incluso volvieron a saquear la Schiller Strasse, la calle de las estrellas amarillas —todavía a la espera de una remodelación—, en busca de algo para quemar en nombre de la gloria del Führer, lo que fuera. A nadie le habría sorprendido que ciertos miembros del partido hubieran ido más lejos y hubiesen hecho imprimir un millar de libros o carteles de moral perniciosa sólo para poder quemarlos.

Todo estaba preparado para celebrar un espléndido 20 de abril. Un día de llamas y alegría.

Y robo de libros.

Esa mañana todo transcurría con total normalidad en el hogar de los Hubermann.

—Ese *Saukerl* ya vuelve a estar mirando por la ventana —rezongó Rosa Hubermann—. No falla ni un día. ¿Y ahora qué miras?

—¡Madre mía! —exclamó Hans, complacido. La bandera, a modo de capa, ocultaba su espalda desde la ventana—. Deberías venir a echar un vistazo a esa mujer. —Volvió la cabeza y sonrió a Liesel—. Tendría que salir corriendo tras ella. Te da cien mil vueltas, mamá.

—*Schwein!* —Rosa agitó la cuchara de madera en su dirección.

Hans siguió contemplando desde la ventana a una mujer imaginaria y un auténtico despliegue de banderas alemanas.

Ese día todas las ventanas de las calles de Molching estaban engalanadas en honor al Führer. En algunas casas, como en la de frau Diller, los cristales resplandecían y la esvástica parecía una piedra preciosa sobre una manta roja y blanca. En otras, la bandera colgaba del alféizar como si fuera la ropa de la colada. Pero ahí estaba.

Un poco antes había ocurrido una pequeña catástrofe: los Hubermann no encontraban la suya.

—Vendrán a por nosotros —le advirtió Rosa a su marido—. Vendrán y nos llevarán. —Ellos—. ¡Tenemos que encontrarla!

Ya se habían hecho a la idea de que Hans tendría que bajar al sótano y pintar una bandera en una sábana vieja cuando, por fortuna, apareció enterrada detrás del acordeón, en el armario.

—¡Me la tapaba ese maldito acordeón! —Rosa giró sobre sus talones—. ¡Liesel!

La niña tuvo el honor de colgar la bandera en el marco de la ventana.

Hans hijo y Trudy fueron ese día a cenar, como solían hacerlo en Navidad o Pascua. Puede que sea un buen momento para presentarlos en detalle:

Hans hijo medía como su padre y tenía su misma mirada, aunque el metal de sus ojos no era cálido como el de Hans; lo habían Führereado. También era más musculoso, tenía el cabello áspero y rubio y la piel de color hueso.

Trudy, o Trudel, como solían llamarla, era sólo unos pocos centímetros más alta que Rosa. Tenía el lamentable y patoso caminar de Rosa Hubermann, pero todo lo demás era mucho más dulce. Trabajaba de criada en la zona pudiente de Munich, así que estaba bastante harta de niños, pero siempre le dirigía a Liesel unas cuantas palabras acompañadas de una sonrisa. Tenía los labios suaves. Y voz apagada.

Llegaron juntos en el tren de Munich. Las viejas tensiones no tardaron en aflorar.

☙ BREVE HISTORIA DEL ☙ ENFRENTAMIENTO DE HANS HUBERMANN CON SU HIJO

El joven era nazi, su padre no. En opinión de Hans hijo, su padre pertenecía a una Alemania vieja y decrépita, la Alemania que permitía que los demás se aprovecharan de ella mientras su propia gente sufría. Por ser joven, estaba al tanto de que llamaban a su padre *Der Juden Maler* —el pintor judío— porque pintaba en casas judías. Después tuvo lugar un incidente que en breve pasaré a relatarte: el día que, justo a punto de unirse al partido, Hans lo echó todo a perder. Era sabido que no debían cubrirse con pintura los comentarios

antisemitas escritos en las tiendas judías. Ese comportamiento no era bueno ni para Alemania ni para el transgresor.

—Bueno, ¿ya te han dejado entrar? —Hans hijo retomó la conversación donde la habían dejado en Navidad.

—¿Dónde?

—¿Dónde va a ser? En el partido.

—No, creo que se han olvidado de mí.

—Ya, ¿y lo has vuelto a intentar? No puedes quedarte ahí sentado esperando que el nuevo mundo se adapte a ti, eres tú el que tiene que adaptarse... A pesar de los errores pasados.

Hans lo miró.

—¿Errores? He cometido muchos errores en mi vida, pero no militar en el Partido Nazi no es uno de ellos. Todavía tienen mi solicitud, ya lo sabes, pero no he tenido tiempo de ir a preguntar. Sólo...

En ese momento se produjo un gran escalofrío.

Entró grácilmente por la ventana, con la corriente de aire. Tal vez fuera la brisa del Tercer Reich que soplaba con fuerzas renovadas, o quizá volvía a ser el aliento de Europa. En cualquier caso se interpuso entre ellos cuando sus ojos metálicos entrechocaron como latas en la cocina.

—Este país nunca te ha importado —aseguró Hans hijo—. Al menos, no lo suficiente.

Los ojos de Hans empezaron a secarse, pero Hans hijo no se detuvo, y se volvió hacia la niña en busca de algo con qué justificar sus palabras. Con sus tres libros de pie sobre la mesa, como si estuvieran conversando, Liesel recitaba las palabras en silencio mientras leía.

—¿Qué basura lee esta niña? Debería estar leyendo *Mein Kampf*.

Liesel lo miró.

—No te preocupes, Liesel —la tranquilizó su padre—, sigue leyendo. No sabe lo que dice.

Sin embargo, Hans hijo no había terminado.

—O estás con el Führer o estás contra él —insistió, acercándose—, y ya veo que estás contra él. Siempre has estado en su contra. —Liesel miró a Hans hijo a la cara, obsesionada con la finura de sus labios y la línea irregular de sus dientes inferiores—. Es muy triste que un hombre sea capaz de mantenerse al margen y quedarse de brazos cruzados mientras toda una nación limpia la porquería y florece.

Trudy y Rosa estaban sentadas en silencio, tensas, igual que Liesel. Olía a sopa de guisantes, a quemado y a confrontación.

Todos esperaban las siguientes palabras.

Las pronunció el hijo. Sólo fueron tres.

— Eres un cobarde. —Se las arrojó a la cara y acto seguido abandonó la cocina y la casa.

Haciendo oídos sordos a la futilidad, Hans se acercó a la puerta.

—¿Cobarde? —gritó— ¡¿Yo soy el cobarde?!

A continuación, alcanzó la cancela y echó a correr, suplicante, detrás de él. Rosa se acercó a la ventana, apartó la bandera de un manotazo y la abrió. Trudy, Liesel y ella se apiñaron para poder ver cómo un padre daba alcance a su hijo, lo sujetaba y le imploraba que se detuviera. No podían oír lo que decían, pero el brusco movimiento de hombros con que Hans hijo se desembarazó de la mano de su padre fue elocuente. La imagen de Hans contemplando a su hijo mientras se alejaba les llegó como un grito desde la calle.

—¡Hansi! —gritó Rosa al fin. Tanto Trudy como Liesel dieron un respingo—. ¡Vuelve!

El chico se había ido.

Sí, el chico se había ido, y ojalá pudiera decirte que todo le fue bien al joven Hans Hubermann, pero no fue así.

Después de dejar atrás Himmelstrasse en nombre del Führer, se precipitaría hacia otra historia cuyos pasos desgraciadamente lo conducirían hasta Rusia.

A Stalingrado.

❧ ALGUNOS DATOS SOBRE ❧
STALINGRADO

1. En 1942 y a principios de 1943, todas las mañanas el cielo de esta ciudad era de color blanco, como una sábana lavada con lejía.

2. A lo largo del día, mientras yo no dejaba de transportar almas arriba y abajo, la sábana iba empapándose de salpicaduras de sangre hasta que, por el peso, se encorvaba hacia la tierra.

3. Por la noche la escurrían y volvían a lavarla con lejía, lista para el siguiente amanecer.

4. Y eso cuando sólo había enfrentamientos diurnos.

Aunque ya no veía a su hijo, Hans Hubermann esperó un poco más. La calle se le antojaba inmensa.

Al entrar en casa, Rosa lo miró fijamente, pero no intercambiaron ni una palabra. No lo reprendió en ningún momento, lo que, como ya sabes, era poco corriente. Tal vez creyera que el insulto de su hijo al llamarlo cobarde era castigo suficiente.

Después de comer, Hans todavía permaneció sentado a la mesa un rato, en silencio. ¿En verdad era un cobarde como su hijo había asegurado de manera tan descarnada? Así se había considerado a sí mismo en la Primera Guerra Mundial. De hecho, a ello atribuía su supervivencia. Entonces, ¿se es cobarde por sentir miedo? ¿Se es cobarde por alegrarse de seguir vivo?

Con la vista clavada en la mesa, sus pensamientos afloraron.

—¿Papá? ¿De qué hablaba? —preguntó Liesel, pero él no la miró—. ¿A qué se refería cuando...?

—A nada —contestó Hans en voz baja y tranquila, dirigiéndose a la mesa—. A nada. Olvídalo, Liesel. —Transcurrió cerca de un minuto antes de que volviera a hablar—. ¿No deberías ir preparándote? —Esta vez la miró—. ¿No quieres ir a ver la hoguera?

—Sí, papá.

La ladrona de libros fue a cambiarse. Se puso el uniforme de las Juventudes Hitlerianas y, media hora más tarde, salieron de casa hacia el cuartel general de la BDM. Desde allí los niños irían a la plaza, cada uno con su grupo.

Se pronunciarían discursos.

Se encendería una hoguera.

Se robaría un libro.

Cien por cien puro sudor alemán

La gente flanqueaba las calles mientras la juventud de Alemania desfilaba hacia el ayuntamiento y la plaza. En muy contadas ocasiones Liesel se permitía dejar de pensar en su madre o en cualquier otro problema del que se considerara dueña. El pecho se le henchía cuando la gente los aplaudía al pasar. Algunos niños saludaban a sus padres, aunque de manera furtiva, pues les habían ordenado explícitamente que desfilaran derechos y no miraran ni se dirigieran a la multitud.

Cuando el grupo de Rudy entró en la plaza y les mandaron detenerse, hubo una excepción: Tommy Müller. El resto del regimiento detuvo la marcha, pero Tommy arremetió contra el chico que iba delante de él.

—*Dummkopf!* —le soltó el chico antes de volverse.

—Lo siento —se disculpó Tommy, con los brazos estirados a modo de descargo. Su rostro tropezó consigo mismo—. No lo he oído.

Sólo fue un breve incidente, pero también un avance de los problemas que se avecinaban. Para Tommy. Y para Rudy.

Al final del desfile, las divisiones de las Juventudes Hitlerianas obtuvieron permiso para dispersarse. Habría sido imposible mantenerlos en formación mientras la hoguera ardía en sus ojos e inflamaba sus ánimos. Gritaron al unísono «*Heil* Hitler» y les dieron permiso para salir corriendo. Liesel buscó a Rudy, pero en cuanto los niños empezaron a desperdigarse, se vio atrapada en medio de una marea de uniformes y voces chillonas. Niños llamando a otros niños.

A las cuatro y media, la temperatura había bajado considerablemente. La gente bromeaba diciendo que era hora de entrar en calor.

—De todos modos, es para lo único que sirve toda esa basura.

Utilizaron carros para transportarlo todo, que vaciaron en medio de la plaza, y rociaron la montaña con algo de olor dulzón. Libros, papeles y otros objetos resbalaban de la pila o se caían, pero los devolvían de nuevo al montículo. Desde lejos parecía un volcán. O algo grotesco y extraño que había aterrizado sin saber cómo en medio de la ciudad y que debía extinguirse y deprisa.

El olor empezó a expandirse entre la gente, que se mantenía a buena distancia. Había más de mil personas en la explanada, en los escalones del ayuntamiento, en los tejados que rodeaban la plaza.

Cuando Liesel intentó abrirse paso, un chisporroteo le hizo pensar que ya habían encendido la hoguera. No era así. Era el rumor de la gente en movimiento, que discurría y se cargaba de energía.

¡Han empezado sin mí!

Aunque había algo en su interior que le decía que aquello era un crimen —después de todo, los tres libros eran los objetos más preciados que poseía— necesitaba ver esa cosa en llamas. No podía evitarlo. Creo que a los humanos les gusta contemplar la destrucción a pequeña escala. Castillos de arena, castillos de naipes, por ahí empiezan. Su gran don es la capacidad de superación.

El temor de perdérselo se desvaneció al encontrar un agujero entre los cuerpos y ver la montaña de culpa todavía intacta. La removían y la rociaban, incluso escupían. Le recordó a un niño repudiado, abandonado y atemorizado, incapaz de escapar a su destino. A nadie le gustaba. La cabeza gacha. Las manos en los bolsillos. Para siempre. Amén.

Los objetos continuaron rodando por las laderas mientras Liesel buscaba a Rudy. ¿Dónde estaría ese *Saukerl*?

Cuando levantó la vista, el cielo se estaba agazapando.

Un horizonte de banderas y uniformes nazis entorpecía su visión cada vez que intentaba mirar por encima de la cabeza de un niño. Era inútil. La multitud era eso mismo, una multitud, y no había manera de hacer que se moviera, colarse por en medio o razonar con ella. Respirabas con ella y cantabas sus canciones. Esperabas su hoguera.

Un hombre sobre un estrado pidió silencio. El uniforme era de un marrón resplandeciente, prácticamente se apreciaba todavía el humo de la plancha. Por fin se hizo un silencio.

Sus primeras palabras: «*Heil Hitler!*»

Su primer gesto: el saludo al Führer.

—Hoy es un gran día —empezó—. No sólo es el cumpleaños de nuestro gran líder, sino que además hemos abatido a nuestros enemigos una vez más. Hemos impedido que se apoderen de nuestras mentes…

Liesel seguía intentando abrirse camino entre la gente.

—Hemos puesto fin a la plaga que se había extendido por Alemania durante estos últimos veinte años, ¡si no más! —Estaba llevando a cabo lo que se llama un *Schreierei*, una consumada profesión de arengas apasionadas, advertía a la gente de que se mantuviera en guardia, estuviera atenta, detectara y acabara con las malvadas maquinaciones que tramaban infectar la madre patria con sus deplorables métodos—. ¡Los inmorales! ¡Los *Kommunisten*! —Esa palabra otra vez. Esa vieja palabra. Habitaciones oscuras. Hombres trajeados—. *Die Juden!* ¡Los judíos!

A medio discurso, Liesel se dio por vencida. Cuando la palabra «comunista» la atrapó, el resto del sermón nazi cayó a sus pies, la bordeó por los lados y se perdió entre los alemanes que la rodeaban. Cascadas de palabras. Una niña chapoteando en el agua. No dejaba de pensar en ella. *Kommunisten*.

Hasta ese momento, en la BDM les habían dicho que Alemania estaba formada por una raza superior, pero no habían mencionado a nadie en particular. Por descontado, todo el mundo sabía de los judíos, los principales «infractores» del ideal alemán. Sin embargo, no había oído mencionar a los comunistas hasta ese día, a pesar de que la gente de dicha tendencia política también era castigada.

Tenía que salir de allí.

Delante de ella, una cabeza con raya en medio y trenzas rubias descansaba inmóvil sobre los hombros. Al mirarla con atención, Liesel encontró las habitaciones oscuras de su pasado, y a su madre contestando a las preguntas con una única palabra.

Lo vio todo con claridad meridiana.

La madre famélica, el padre desaparecido. *Kommunisten.*

El hermano muerto.

—Y ahora despidámonos de esta basura, de este veneno.

Justo antes de que Liesel Meminger diera media vuelta, asqueada, para salir de allí, la reluciente criatura de camisa parda bajó del estrado. Un cómplice le tendió una antorcha con la que encendió la pila que, ante la magnitud de su culpabilidad, le hizo parecer un enano.

—*Heil Hitler!*

—*Heil Hitler!* —repitió la multitud.

Varios hombres se acercaron al estrado, rodearon la montaña y le prendieron fuego ante el clamor general. Las voces ascendían por encima de los hombros y el olor a puro sudor alemán, que tuvo que abrirse paso al principio, poco después manó en un torrente. Dobló una esquina tras otra, hasta que todos acabaron nadando en él. Las palabras, el sudor... Y las sonrisas. No olvidemos las sonrisas.

Se siguieron algunos comentarios jocosos, y otra arremetida de «*Heil Hitler!*». ¿Sabes? Lo cierto es que me sorprendería que alguien no perdiera un ojo o se hiciera daño en una mano o en una muñeca en medio de ese jaleo. Bastaba con quedarse mirando hacia el lugar equivocado en el peor momento o estar demasiado pegado a otra persona. Tal vez sí que hubo heridos. Por lo que a mí respecta, lo único que puedo decir es que nadie murió por estar allí, al menos físicamente. Es evidente que no podemos olvidar los cuarenta millones de personas que recogí cuando todo hubo acabado, pero esto se está poniendo metafórico. Permíteme que volvamos a la hoguera.

Las llamas anaranjadas saludaban a la multitud mientras el papel y las letras impresas se consumían en su interior. Palabras en llamas arrancadas de sus frases.

Al otro lado, más allá del calor bochornoso, las camisas pardas y las esvásticas se daban la mano. No había gente, sólo uniformes e insignias.

Los pájaros volaban en círculos.

Daban vueltas y más vueltas, atraídos por el resplandor, hasta que se acercaban demasiado al calor. ¿O a los humanos? En realidad, tampoco hacía tanto calor.

En su intento de huida, una voz la encontró.

—¡Liesel!

La voz se abrió paso y Liesel la reconoció. No era la de Rudy, pero de todos modos la conocía.

Dio vueltas hasta encontrar la cara que acompañaba a la voz. Oh, no, Ludwig Schmeikl. A pesar de lo que Liesel esperaba, el niño no hizo ningún comentario, ni desdeñoso, ni burlón, ni de ningún tipo, simplemente tiró de ella y le hizo un gesto mostrándole su tobillo. Se lo habían aplastado en medio de la excitación general y la sangre oscura empapaba el calcetín; tenía mal aspecto. Bajo el enmarañado cabello rubio se adivinaba una expresión de impotencia. Un animal. No un ciervo deslumbrado por los faros. Nada tan típico ni particular. Sólo un animal herido en medio de la estampida de su propia especie, que acabaría pisoteándolo.

Como pudo, Liesel lo ayudó a levantarse y lo arrastró hacia el fondo. Aire fresco.

Se acercaron tambaleantes a los escalones de la iglesia. Allí había sitio, y pudieron descansar aliviados.

A Schmeikl se le cayó el aliento de la boca, le resbaló por el cuello. Por fin consiguió hablar.

Se sentó, se cogió el tobillo y topó con el rostro de Liesel Meminger.

—Gracias —le dijo, a la boca antes de llegar a la altura de los ojos de

Liesel. Otra bocanada de aliento. Revivieron travesuras en el patio de colegio, y una pelea en el patio de colegio—. Y... Lo siento... Por... Ya sabes.

Liesel volvió a oírlo: *Kommunisten*.

Sin embargo, decidió atender a Ludwig Schmeikl.

—Yo también.

Ambos se concentraron en respirar; ya no había nada más que decir o hacer. Habían resuelto sus asuntos.

La mancha de sangre se extendió por el tobillo de Ludwig Schmeikl.

Una sola palabra retumbaba en la mente de la niña.

A su izquierda, las llamas y los libros calcinados, aclamados como si fueran héroes.

A las puertas del hurto

Esperó a su padre en los escalones, contemplando la dispersión de la ceniza y los cadáveres de libros amontonados. Un triste espectáculo. Las brasas anaranjadas y rojizas parecían golosinas abandonadas y ya no quedaba casi nadie. Liesel había visto alejarse a frau Diller (muy ufana) y a Pfiffikus (cabello blanco, uniforme nazi, los mismos y maltrechos zapatos y un silbido triunfal). Ahora, los únicos que quedaban eran los del servicio de la limpieza y pronto nadie sería capaz de imaginar lo que había ocurrido.

Aunque se olía.

—¿Qué haces?

Hans Hubermann se acercó a los escalones de la iglesia.

—Hola, papá.

—Se supone que tendrías que estar delante del ayuntamiento.

—Lo siento, papá.

Se sentó a su lado, reduciendo su altura a la mitad, y cogió un mechón de Liesel, que le pasó detrás de la oreja con delicadeza.

—¿Qué pasa, Liesel?

La niña guardó silencio unos instantes. A pesar de que ya sabía el resultado, estaba haciendo sus cálculos. Una niña de once años es muchas cosas, pero no tonta.

❧ UNA PEQUEÑA SUMA ☙

**La palabra «comunista» + una gran hoguera + un fajo de
cartas sin dueño + las desventuras de su madre + la muerte de
su hermano = el Führer**

El Führer.

El Führer era esa «gente» de la que Hans y Rosa Hubermann hablaban la noche que le escribió a su madre por primera vez. Lo sabía, pero tenía que preguntarlo.

—¿Mi madre es comunista? —Mirada fija. Al frente—. Antes de venir aquí, siempre le estaban preguntando cosas.

Hans se inclinó un poco, rumiando el inicio de lo que sería una mentira.

—No tengo ni idea, no la conocí.

¿Se la llevó el Führer?

La pregunta los sorprendió a ambos y obligó a levantarse a su padre, que volvió la vista hacia los hombres de camisa parda que arremetían con sus palas contra la pila de cenizas. Los oía cavar. Una nueva mentira se iba formando en sus labios, pero le fue imposible dejarla salir.

—Creo que sí —contestó, al fin.

—Lo sabía. —Liesel arrojó las palabras a los escalones y sintió la rabia revolviéndole el estómago—. Odio al Führer, lo odio.

¿Y Hans Hubermann?

¿Qué hizo?

¿Qué dijo?

¿Se agachó y abrazó a su hija, tal como deseaba hacer? ¿Le dijo que sentía lo que le estaba ocurriendo, a ella, a su madre, lo que le había ocurrido a su hermano?

No exactamente.

Cerró los ojos con fuerza. Los abrió. Y abofeteó a Liesel Meminger en toda la cara.

—¡No vuelvas a decir eso! —En su voz no se adivinaba inquietud, pero sí dureza.

Mientras los cimientos de la niña temblaban y se desmoronaban en los escalones, Hans se sentó a su lado y ocultó su rostro entre las manos. Sería fácil decir que no era más que un hombre alto, abatido y mal acomodado en los escalones de una iglesia, pero no sería cierto. En ese momento, Liesel ignoraba que su padre luchaba contra uno de los mayores dilemas a los que podía enfrentarse un ciudadano alemán. No sólo eso, llevaba enfrentándose a él cerca de un año.

—¿Papá?

La asaltó la sorpresa, pero también la desarmó. Quería echar a correr, pero no podía. Podía recibir un *Watschen* de todas las monjas y las Rosas que quisiera, pero dolía mucho más si se lo propinaba su padre. Hans retiró las manos del rostro y reunió el valor para volver a hablar.

—En casa puedes decir lo que quieras —le explicó, mirando muy serio la mejilla de Liesel—, pero no en la calle, ni en el colegio, ni en la BDM, ¡ahí, nunca! —Se puso delante de ella y la levantó por los brazos. La zarandeó—. ¿Me has oído?

Con los ojos bien abiertos, Liesel asintió.

De hecho, había sido el ensayo de un sermón posterior, cuando los peores temores de Hans Hubermann lo visitaron en Himmelstrasse, ya entrado el año, durante las primeras horas de una mañana de noviembre.

—Bien. —La volvió a dejar en el suelo—. Veamos qué tal... —Al pie de los escalones, Hans se puso firme y levantó el brazo. Cuarenta y cinco grados—. *Heil Hitler!*

Liesel se puso en pie y lo imitó.

—*Heil Hitler!* —repitió, sumida en la tristeza.

Fue todo un espectáculo: una niña de once años tratando de no llorar en los escalones de la iglesia y saludando al Führer mientras las voces que se oían a la espalda de su padre despedazaban el montículo oscuro del fondo.

—¿Seguimos siendo amigos?

Un cuarto de hora después, Hans le tendió un cigarrillo a modo de ramita de olivo. Acababa de recibir el papel y el tabaco. Sin decir nada, Liesel alargó la mano sin fuerzas y empezó a liarlo.

Se quedaron allí sentados un buen rato.

El humo ascendía por el hombro de Hans.

Al cabo de diez minutos, las puertas del hurto se entreabrieron y Liesel Meminger se coló por un resquicio.

Tal como Liesel descubrió, un buen ladrón necesita muchas cosas. Sigilo. Audacia. Resolución.

Sin embargo, mucho más importante que todo lo demás era un último requisito: la suerte.

De hecho... Olvida los diez minutos.

Las puertas se están abriendo.

El libro de fuego

Fue anocheciendo a trompicones y, cuando se consumió el cigarrillo, Liesel y Hans Hubermann decidieron volver a casa dando un paseo. Para salir de la plaza tenían que pasar junto al lugar donde había ardido la hoguera y doblar en una pequeña calle lateral que daba a Münchenstrasse. No llegaron tan lejos.

Un carpintero de mediana edad llamado Wolfgang Edel los llamó. Había construido la tarima a la que se habían subido los peces gordos del Partido Nazi durante la quema y estaba desmontándola.

—¿Hans Hubermann? —Tenía unas largas patillas que le apuntaban hacia la boca y una voz siniestra—. ¡Hansi!

—Eh, Wolfal —le devolvió el saludo Hans. Se llevó a cabo la pertinente presentación de la niña y un «*Heil Hitler!*»—. Bien, Liesel.

Al principio Liesel se mantuvo en un radio de cinco metros de la conversación. Varios fragmentos pasaron a su lado, pero no les prestó demasiada atención.

—¿Mucho trabajo?

—No, hoy día la cosa está difícil. Ya sabes lo que pasa… Sobre todo cuando no eres miembro.

—Pero si me dijiste que ibas a afiliarte, Hansi.

—Lo intenté, pero cometí un error. Creo que aún se lo están pensando.

Liesel se acercó a la pila de cenizas, que la atraía como un imán, como un monstruo de feria, irresistible a la mirada, como la calle de las estrellas amarillas.

Igual que antes, cuando creyó sentir la imperiosa necesidad de ver la quema, no pudo apartar la mirada. Sola como estaba, carecía de la disciplina necesaria para mantenerse convenientemente alejada, así que se vio arrastrada hacia la montaña y empezó a acercarse, rodeándola.

En lo alto, el cielo llevaba a cabo su rutina diaria de oscurecerse, pero a lo lejos, por un recodo de la pila, asomaba un apagado vestigio de luz.

—*Pass auf, Kind* —le dijo un uniforme al descargar una pala de cenizas en el carro—. Cuidado, niña.

Cerca del ayuntamiento, unas sombras charlaban bajo una farola. Debían de estar felicitándose por el éxito de la quema. Desde donde estaba Liesel, sus voces sólo eran sonidos, no palabras.

Estuvo un rato mirando a los hombres que daban paletadas al montículo. Primero lo atacaban por los lados para que la parte de arriba fuera desmoronándose. Iban y venían de un camión y al cabo de tres viajes, cuando ya no quedaba casi nada, una pequeña sección de materia viva asomó en el corazón de las cenizas.

❦ LA MATERIA ❦

**Media bandera roja, dos carteles de un poeta judío, tres libros
y un rótulo de madera con algo escrito en hebreo.**

Tal vez estaban húmedos. Tal vez habían apagado la hoguera antes de que el fuego llegara al interior. Sea como fuere, se acurrucaban entre las cenizas, conmocionados. Supervivientes.

—Tres libros —musitó Liesel, y se volvió hacia los hombres, que estaban de espaldas.

—Vamos, ¿quieres despabilar? Estoy muerto de hambre —dijo uno de ellos.

Se dirigieron hacia el camión.

Los tres libros asomaron la nariz.

Liesel se acercó.

El calor seguía siendo bastante intenso al pie del montón de cenizas. Metió la mano y tuvo la sensación de sufrir un mordisco, pero al segundo intento se aseguró de hacerlo con más rapidez y atrapó el libro que tenía más cerca. Estaba caliente, aunque también húmedo. Si bien tenía los bordes chamuscados, todo lo demás permanecía intacto.

Era azul.

La tapa parecía trenzada con cientos de fibras apretadas unas contra las otras. Tenía unas letras impresas en rojo, pero la única palabra que Liesel tuvo tiempo de leer fue «hombros». No dio para más, y había un problema: el humo.

La tapa desprendía humo mientras Liesel se alejaba haciendo malabarismos con el libro en las manos. Agachó la cabeza, a cada paso que daba la morbosa belleza de la excitación se convertía en miedo. Dio catorce pasos antes de oír la voz.

Se alzó tras ella.

—¡Eh!

En ese momento estuvo a punto de volver corriendo y arrojar el libro al montón de cenizas, pero al instante se descubrió incapaz de hacerlo. El único movimiento que le salió fue darse media vuelta.

—¡Aquí hay cosas que no se han quemado! —gritó uno de los hombres de la limpieza, pero no se dirigía a la niña, sino a las personas que estaban junto al ayuntamiento.

—¡Bueno, pues vuélvelas a quemar! —fue la respuesta—. ¡Y comprueba que ardan!

—¡Creo que están húmedas!

—Jesús, María y José, ¿es que tengo que hacerlo todo yo?

El rumor de las pisadas pasó a su lado. Era el alcalde, con un abrigo negro sobre el uniforme nazi. No reparó en la niña completamente inmóvil a apenas unos pasos de él.

Se la tragó la tierra.

¡Qué emoción sentirse ignorada!

El libro ya se había enfriado lo suficiente para escondérselo dentro del uniforme. Al principio le gustó la sensación de calor que le produjo junto al pecho. Sin embargo, al empezar a caminar, el libro comenzó a calentarse de nuevo.

Cuando llegó junto a su padre y Wolfgang Edel, el libro estaba empezando a quemarla. Parecía a punto de arder.

Ambos la miraron.

Ella sonrió.

En ese instante, cuando la sonrisa retrocedió en sus labios, percibió algo más. O, para ser más concretos, a alguien más. La sensación de que alguien la vigilaba era evidente. La envolvió y se confirmó cuando se atrevió a dirigir la vista atrás, hacia las sombras al lado del ayuntamiento. Junto al grupo de siluetas esperaba una más, a unos metros, y Liesel descubrió dos cosas.

UN PAR DE INTUICIONES

1. **La identidad de la sombra y**
2. **El hecho de que lo había visto todo.**

La sombra llevaba las manos en los bolsillos del abrigo.

Tenía el pelo suave y sedoso.

De tener rostro, la expresión habría sido de agravio.

—*Gottverdammt* —exclamó Liesel, aunque sólo lo oyó ella—. Maldita sea.

—¿Listos para irnos?

Su padre había aprovechado esos momentos previos de incalculable peligro para despedirse de Wolfgang Edel y se disponía a acompañar a Liesel a casa.

—Lista —respondió.

Cuando empezaron a alejarse de la escena del crimen, el libro quemaba de lo lindo. *El hombre que se encogía de hombros* había prendido en su pecho.

Al pasar junto a las desdibujadas sombras del ayuntamiento, la ladrona de libros hizo una mueca de dolor.

—¿Qué pasa? —preguntó Hans.

—Nada.

Sin embargo, era evidente que pasaba algo: Liesel echaba humo por el cuello, alrededor del cual se le había formado un collar de sudor.

Un libro la consumía bajo la camisa.

TERCERA PARTE

❧

«Mein Kampf»

Presenta:

de vuelta a casa — una mujer derrotada — un luchador — un malabarista — los signos del verano — una tendera aria — una mujer que roncaba — dos pillos — y una venganza con un surtido de golosinas

De vuelta a casa

Mein Kampf.

El libro escrito por el propio Führer.

Fue el tercer libro importante que llegó a manos de Liesel Meminger, aunque no lo robó. El libro apareció en el número treinta y tres de Himmelstrasse, alrededor de una hora después de que Liesel se volviera a dormir tras la pertinente pesadilla.

Podría decirse que fue un milagro que consiguiera ese libro en concreto.

Su periplo comenzó de vuelta a casa la noche de la hoguera.

Estaba en medio de Himmelstrasse cuando Liesel se dio por vencida. Se inclinó y sacó el humeante libro, que empezó a dar tímidos saltitos de una mano a otra.

Cuando se enfrió, ambos se quedaron mirándolo a la espera de las palabras.

—¿Qué narices se supone que es esto? —preguntó Hans.

Se agachó y recogió *El hombre que se encogía de hombros*. Sobraban las explicaciones; era obvio que la niña se lo había robado al fuego. El libro estaba caliente y húmedo, lívido y rojo —incómodo— y Hans Hubermann lo abrió. Páginas treinta y ocho y treinta y nueve.

—¿Otro?

Liesel se rascó las costillas.

Sí.

Otro.

—Por lo visto no hace falta que cambie más cigarrillos, ¿no? —apuntó su padre—, al menos mientras vayas robándolos al mismo ritmo que puedo comprarlos.

Liesel, en cambio, no habló. Tal vez fue la primera vez que comprendió que el crimen hablaba mejor por sí solo. Irrefutable.

Hans leyó el título, seguramente sopesando qué clase de amenaza representaba el libro para los corazones y las mentes del pueblo alemán. Se lo devolvió. Y ocurrió algo.

—Jesús, María y José.

Cada palabra se precipitaba dando forma a la siguiente. La delincuente no pudo soportarlo ni un segundo más.

—¿Qué pasa, papá? ¿Qué ocurre?

—Claro.

Igual que la mayoría de los humanos que han experimentado una revelación, Hans Hubermann se quedó embobado. Pronunciaría sus siguientes palabras a gritos o bien no conseguiría que salieran de su boca. En realidad, acabaría repitiendo lo último que había dicho hacía apenas unos instantes.

—Claro. —Su voz fue como un puño estampado contra la mesa.

Estaba viendo algo, lo repasó con la mirada, de un extremo a otro, como si fuera una carrera, aunque estaba demasiado alto y lejos para que Liesel alcanzara a verlo.

—Va, papá, ¿qué pasa? —imploró. Temía que Hans tuviera la intención de hablar del libro con Rosa. Típico de los humanos, eso era lo único que le preocupaba—. ¿Vas a decírselo?

—¿Cómo dices?

—Ya me entiendes, si vas a decírselo a mamá.

Hans Hubermann seguía mirando, a lo alto y a lo lejos.

—¿El qué?

Liesel levantó el libro.

—Esto.

Lo blandió en el aire, como si empuñara una pistola. Hans parecía confundido.

—¿Por qué iba a hacerlo?

Liesel odiaba esa clase de preguntas, las que le obligaban a admitir una incómoda realidad, las que le obligaban a dejar al descubierto su sórdida y delictiva naturaleza.

—Porque he vuelto a robar.

Su padre se agachó, pero enseguida se levantó y colocó una mano sobre la cabeza de Liesel. Le acarició el pelo con sus largos y ásperos dedos.

—Claro que no, Liesel. Estás a salvo —la tranquilizó.

—¿Y qué vas a hacer?

Esa era la cuestión.

¿Qué increíble truco estaba a punto de sacarse de la chistera Hans Hubermann en plena Münchenstrasse?

Antes de mostrártelo, creo que deberíamos echar un vistazo a lo que estaba mirando cuando tomó la decisión.

ᒊᕱᕱᕱ LAS VISIONES ACELERADAS ᕱᕱᕱᕱ
DE HANS

Primero ve los libros de la niña: *Manual del sepulturero,*
El perro Fausto, El faro y, ahora, *El hombre que se encogía*
de hombros.
A continuación, una cocina y a un imprevisible Hans hijo
volviéndose hacia los libros que hay en la mesa, donde suele
leer la niña. Dice: «¿Qué basura lee esta niña?». El hijo repite
la pregunta tres veces, y después sugiere una lectura más
apropiada.

—Escucha, Liesel. —Hans le pasó el brazo por el hombro y la animó a seguir caminando—. Este libro es nuestro secreto. Lo leeremos de noche o en el sótano, igual que los otros, pero tienes que prometerme una cosa.

—Lo que sea, papá.

La noche era plácida y serena. Todo les prestaba oídos.

—Si alguna vez te pido que me guardes un secreto, lo harás.

—Te lo prometo.

—Bien, ahora espabilemos. Si nos retrasamos más, mamá va a matarnos y no queremos que eso ocurra, ¿verdad? Entonces, se acabó lo de robar libros, ¿eh?

Liesel sonrió complacida.

Lo que no supo hasta mucho después es que, al cabo de pocos días, su padre cambiaría unos cuantos cigarrillos por otro libro, aunque no para ella. Hans llamó a la puerta de las oficinas del Partido Nazi de Molching y aprovechó la ocasión para interesarse por su solicitud de afiliación. Después de debatir la cuestión, les entregó los cuatro cuartos que le quedaban y una docena de cigarrillos. A cambio, recibió un ejemplar usado de *Mein Kampf*.

—Que lo disfrute —dijo uno de los miembros del partido.

—Gracias —contestó Hans.

Ya en la calle, seguían llegando las voces del interior y una de ellas fue particularmente clara.

«Jamás lo admitirán, ni aunque compre cien ejemplares de *Mein Kampf*», oyó que aseguraba. Los demás refrendaron el comentario por unanimidad.

Hans miró el libro que llevaba en la mano mientras pensaba en dinero para sellos, una existencia privada de cigarrillos y la hija de acogida que le había inspirado la brillante idea.

—Gracias —repitió, a lo que un viandante le preguntó qué había dicho.

—Nada, buen hombre, nada de nada —contestó Hans con su típica cordialidad—. *Heil Hitler!*

Y siguió caminando por Münchenstrasse, con las páginas del Führer bajo el brazo.

Debió de ser un momento de sentimientos encontrados, pues la idea de Hans Hubermann no sólo la había inspirado Liesel, sino también su hijo. ¿Acaso entonces ya temía no volver a verlo nunca más? Por otro lado, también disfrutaba extasiado de una idea que se le había ocurrido, aunque todavía era incapaz de imaginar las complicaciones, riesgos y despiadados disparates que podía acarrear. Por el momento, con la idea tenía suficiente. Era indestructible. Hacerla realidad… Bueno, eso ya era otro cantar. Sin embargo, por ahora, dejemos que la disfrute.

Le daremos siete meses.

Luego iremos a buscarlo.

Vaya si iremos a buscarlo.

La biblioteca del alcalde

Sin duda, algo muy importante se avecinaba en el número treinta y tres de Himmelstrasse, algo de lo que Liesel todavía no era consciente. Parafraseando una expresión humana más que trillada, la niña tenía otras cosas con que calentarse la cabeza:

Había robado un libro.

Alguien la había visto.

La ladrona de libros estuvo a la altura de las circunstancias.

La angustia o, mejor dicho, la paranoia, no la abandonaba ni a sol ni a sombra. Son las consecuencias de la actividad criminal, con especial incidencia en los niños, que imaginan toda clase de «trincamientos». Algunos ejemplos: alguien sale de improviso de un callejón, los profesores conocen de repente todos los pecados que has cometido, la policía aparece en la puerta de casa cada vez que alguien pasa una página o se oye un portazo.

Para Liesel, la paranoia en sí se convirtió en su castigo, como el pánico que la atenazaba cada vez que tenía que entregar la colada en casa del alcalde. No fue un error, estoy segura de que te lo imaginas, que en su momento Liesel pasara por alto la casa de Grandestrasse. Entregó la colada a la artrítica Helena Schmidt y recogió el encargo en la residencia de los Weingartner, amantes de los gatos, pero ignoró la casa que pertenecía al *Bürgermeister* Heinz Hermann y su mujer, Ilsa.

❧ OTRA TRADUCCIÓN RÁPIDA ❧
Bürgermeister = alcalde

La primera vez dijo que se le había olvidado, excusa patética donde las haya, porque la casa se asentaba sobre una colina, dominando la ciudad, así que era imposible que se le pasara por alto. En la siguiente ocasión, cuando regresó de nuevo con las manos vacías, mintió y dijo que no había nadie en casa.

—¿Que no había nadie en casa? —repitió Rosa con escepticismo. Y el escepticismo le daba ganas de usar cuchara de madera—. Ve ahora mismo y, si no te traes la colada, no hace falta que vuelvas.

«¿De verdad?», fue la respuesta de Rudy cuando Liesel le contó lo que su madre le había dicho.

—¿Quieres que nos escapemos?

—Nos moriríamos de hambre.

—¡Pero si yo ya estoy muerto de hambre!

Rieron.

—No —decidió Liesel—, tengo que hacerlo.

Pasearon por la ciudad como solían hacerlo cuando Rudy la acompañaba. El chico siempre intentaba ser un perfecto caballero y se ofrecía a llevarle la bolsa, pero Liesel se negaba una y otra vez. La cabeza de Liesel era la única sobre la que pendía la amenaza de un *Watschen*, así que no podía confiar en otra persona para llevar la bolsa como era debido. Cualquier otro podría zarandearla, estrujarla o golpearla contra algo, aunque sólo fuera un poco, y no valía la pena jugársela. Además, era probable que Rudy esperara un beso por sus servicios si le dejaba cargar el saco por ella, y eso sí que no. De todos modos, ya estaba acostumbrada al peso y cambiaba la bolsa de un hombro al otro a cada rato para aliviar la carga.

Liesel iba a la izquierda, Rudy a la derecha. Rudy hablaba casi todo el tiempo, divagaba sobre el último partido de fútbol de Himmelstrasse, sobre el trabajo en la tienda de su padre y sobre cualquier cosa que se le pasara por la cabeza. Liesel intentó escucharlo, pero era imposible. Lo único que oía era el miedo que resonaba en sus oídos, que iba haciéndose más ensordecedor a cada paso que se acercaba a Grandestrasse.

—¿Qué haces? ¿No es esa?

Liesel asintió con la cabeza, dándole la razón. Había intentado pasar de largo la casa del alcalde para ganar algo de tiempo.

—Bueno, venga —la animó el chico. Molching empezaba a difuminarse en la noche. El frío salía del suelo—. Mueve el culo, *Saumensch*.

Él se quedó junto a la verja.

Al final del camino había ocho escalones que conducían a la entrada principal de la casa, donde la esperaban unas enormes y monstruosas puertas. Liesel miró asustada la aldaba de latón.

—¿A qué esperas? —rezongó Rudy.

Liesel se volvió hacia la calle. ¿Habría alguna forma, la que fuera, de eludir aquello? ¿Habría alguna historia o, seamos francos, alguna mentira que se le hubiera pasado por alto?

—No tenemos todo el día —volvió a protestar la voz de Rudy, a lo lejos—. ¿A qué narices esperas?

—¿Por qué no cierras la bocaza, Steiner? —espetó en voz baja, con ganas de gritarle.

—¿Qué?

—Que te calles, estúpido *Saukerl*...

Dicho lo cual, se volvió hacia la puerta, levantó la aldaba de latón y llamó tres veces lentamente. Unos pies se arrastraron del otro lado.

Al principio no miró a la mujer, se concentró en la bolsa de la colada que llevaba en la mano y no apartó la vista del cordón que cerraba el saco cuando se lo pasó. Le dio el dinero y luego, nada. La mujer del alcalde, que nunca hablaba, se quedó de pie, vestida con su albornoz y el cabello suave y sedoso recogido en la nuca. Una ráfaga espiraba de la casa, el aliento imaginario de un cadáver. Continuaron en silencio hasta que Liesel encontró el valor para mirarla a la cara, pero en su expresión no halló reproche, sino un extrañamiento absoluto. La mujer miró al chico un instante, asintió con la cabeza y volvió al interior cerrando la puerta.

Liesel se quedó plantada frente al erguido panel de madera un buen rato.

—¡Eh, *Saumensch!* —Nada—. ¡Liesel!

Liesel se volvió.

Con cautela.

Empezó a retroceder, dándole vueltas a la cabeza.

Tal vez la mujer no la había visto robar el libro. Estaba oscureciendo cuando ocurrió. Quizá fue una de esas ocasiones en que uno cree que una persona lo está mirando cuando, en realidad, está tan tranquila entretenida en otra cosa o ensimismada sin más. Fuera como fuese, Liesel decidió dejarlo correr. Se había librado y con eso tenía más que suficiente.

Se volvió y bajó los escalones como siempre, saltando los últimos tres.

—¡Vamos, *Saukerl!*

Incluso se permitió reír. La paranoia a los once años es poderosa. El alivio a los once años es pura euforia.

ᘉ UN PEQUEÑO DETALLE ᘉ
PARA APLACAR LA EUFORIA
No se había librado de nada.
La mujer del alcalde la había visto.
Simplemente estaba esperando el momento adecuado.

Pasaron varias semanas.

Partido en Himmelstrasse.

Lectura de *El hombre que se encogía de hombros* entre las dos o las tres de la madrugada, después de la pesadilla, o por la tarde, en el sótano.

Nueva visita sin percances a la casa del alcalde.

Todo era maravilloso.

Hasta que...

La oportunidad se presentó cuando Liesel volvió sin Rudy. Era día de recogida.

La mujer del alcalde abrió la puerta, pero no llevaba la bolsa, como habría sido lo normal. De hecho, se hizo a un lado y le hizo un gesto con su mano pálida para que entrara.

—Sólo he venido a por la colada.

A Liesel se le heló la sangre, empezó a resquebrajarse y estuvo a punto de desmoronarse en los escalones.

—*Warte*, espera —dijo la mujer, dirigiéndole sus primeras palabras y extendiendo sus fríos dedos.

En cuanto comprobó que la niña se había calmado, dio media vuelta y desapareció presurosa en el interior de la casa.

—Gracias a Dios —suspiró Liesel—, va a buscarla.

Pensaba en la colada.

Sin embargo, la mujer no traía ninguna bolsa.

Cuando volvió a aparecer y se detuvo con una firmeza increíble, llevaba una torre de libros que apoyaba en la barriga. Empezaba en el ombligo y le llegaba hasta los pechos. La mujer parecía muy vulnerable bajo aquel peso. Tenía las pestañas largas y livianas, y apenas un atisbo de expresión. Una insinuación.

Ven y verás, le decían los indicios.

Va a torturarme, concluyó Liesel. Me llevará dentro, encenderá el fuego y me lanzará a la chimenea, libros incluidos. O me encerrará en el sótano y me dejará morir de hambre.

Sin embargo, por alguna razón —seguramente por la atracción que ejercían los libros sobre ella— acabó entrando en la casa. El crujido de los zapatos sobre las tablas del suelo la sobrecogió, y por eso, cuando pisó sin querer un apretado nudo y la madera se quejó, estuvo a punto de detenerse. La mujer del alcalde no se dejó intimidar, se limitó a echar un vistazo a su espalda y siguió andando hacia una puerta de color castaño. Con su expresión formuló la pregunta: ¿Estás preparada?

Liesel alargó el cuello, como si quisiera ver por encima de la puerta que tenía enfrente. Sin duda, su gesto invitó a la mujer a abrirla.

—Jesús, María…

Lo dijo en voz alta, las palabras se derramaron por la habitación llena de libros y frío. ¡Libros por todas partes! No había pared que no estuviera forrada de abarrotadas e impecables estanterías. Apenas se veía la pintura. Las letras impresas en los lomos de los libros negros, rojos, grises, de cualquier color, eran de todos los tamaños y estilos imaginables. Era una de las cosas más bellas que Liesel Meminger había visto nunca.

Sonrió, maravillada.

¡Cómo podía existir una habitación así!

De hecho, cuando intentó borrar la sonrisa de su cara con la manga, enseguida se dio cuenta de que era inútil. Notó los ojos de la mujer sobre su cuerpo. Cuando se volvió hacia ella, se habían detenido a descansar en su rostro.

Reinaba un silencio más profundo del que creía posible, un silencio que se extendía como una goma elástica que ansiaba romperse. La niña la rompió.

—¿Puedo?

La palabra esperó, rodeada de un espacio inmenso de madera. Los libros estaban a kilómetros de distancia.

La mujer asintió.

—Claro que puedes.

Poco a poco, la estancia empezó a encogerse hasta que la ladrona de libros pudo tocar las estanterías, a unos pocos pasos de ella. Pasó la palma de la mano por la primera, atenta al rumor de las yemas de los dedos deslizándose sobre la columna vertebral de los libros. Sonaba como un instrumento o como las notas de unos pies a la carrera. Utilizó ambas manos. Recorrieron una estantería tras otra. Y rió. La voz resonó en su garganta, y cuando al fin se detuvo en medio de la habitación, pasó varios minutos dirigiendo la mirada de las estanterías a sus dedos y de estos a las estanterías.

¿Cuántos libros había tocado?

¿Cuántos había sentido?

Se acercó y repitió, esta vez mucho más despacio, con la palma de la mano extendida para notar el pequeño obstáculo que suponía cada libro. Era mágico, era hermoso, era como si todo estuviera iluminado por deslumbrantes rayos de luz reflejados por una lámpara de araña. Se vio tentada a sacar algún libro de su lugar, pero no se atrevió a molestarlos. Eran demasiado perfectos.

Descubrió a la mujer a su izquierda, todavía con la pequeña torre apoyada contra el torso, junto a un enorme escritorio. Esperaba, con un aire de complacida astucia. Parecía que una sonrisa le había paralizado los labios.

—¿Quiere que…?

Liesel no acabó la frase, pero hizo lo que iba a preguntar. Se acercó, cogió con delicadeza los libros de los brazos de la mujer y los fue colocando en los huecos de la estantería, junto a la ventana entornada por donde se colaba el frío del exterior.

Por un momento pensó en cerrarla, pero al final decidió no hacerlo. No era su casa y tampoco se trataba de forzar la situación, así que se volvió hacia la mujer que estaba a su espalda, con una sonrisa que ahora parecía una magulladura y los brazos colgando delicadamente a los lados. Parecían los brazos de una niña.

Y ahora, ¿qué?

La incomodidad se abrió paso en la habitación y Liesel lanzó una última y rápida mirada a las paredes tapizadas de libros. Las palabras juguetearon en sus labios, pero salieron en tropel.

—Debería irme.

No lo consiguió hasta el tercer intento.

Esperó en el pasillo unos minutos, pero la mujer no asomó la cabeza, así que Liesel volvió a acercarse a la entrada de la biblioteca y la vio sentada al escritorio, con la mirada perdida en uno de los libros. Decidió no molestarla. Recogió la colada en el pasillo.

Esta vez esquivó el apretado nudo de las tablas del suelo y atravesó el pasillo pegada a la pared de la izquierda. El sonido metálico del latón resonó en sus oídos al cerrar la puerta de la calle y, con la colada en una mano, acarició la madera.

—En marcha —dijo.

Al principio, se dirigió a casa un poco aturdida.

La experiencia surrealista con esa habitación llena de libros y la mujer ensimismada y derrotada la acompañó durante el camino. Veía la escena reflejada en los edificios, como si fuera una obra de teatro. Tal vez estaba experimentando algo parecido a la revelación que vivió su padre con el *Mein Kampf*. Allí donde mirara, Liesel veía a la mujer del alcalde con los libros apilados en los brazos. Al volver las esquinas, oía el rumor de sus propias manos, revolviendo en las estanterías. Veía la ventana abierta, la lámpara de araña de luz mágica, y a sí misma abandonando la casa sin dar las gracias siquiera.

Al cabo de poco, le acometió el desasosiego y el desprecio por sí misma. Se reprendió severamente.

—No has dicho nada. —Negó con la cabeza con vigor y siguió caminando apresurada—. Ni «Adiós», ni «Gracias», ni «Es lo más bonito que he visto en mi vida». ¡Nada!

De acuerdo, era ladrona de libros, pero eso no significaba que fuera una maleducada, que no pudiera ser amable.

Continuó andando, luchando contra la indecisión.

Le puso fin en Münchenstrasse.

En cuanto distinguió el rótulo que rezaba: STEINER-SCHNEIDERMEISTER, dio media vuelta y echó a correr.

Esta vez completamente decidida.

Aporreó la puerta y el eco de latón resonó a través de la madera.

Scheisse!

No fue la mujer del alcalde, sino el propio alcalde el que apareció delante de ella. Con las prisas, Liesel no había reparado en el coche aparcado delante de la casa.

—¿En qué puedo ayudarte? —preguntó el hombre bigotudo y trajeado.

Liesel no pudo responder. Todavía. Estaba inclinada hacia delante, sin aliento. Por fortuna, la mujer llegó cuando había conseguido recuperarse. Ilsa Hermann se quedó detrás de su marido, a un lado.

—Se me olvidó —jadeó Liesel. Levantó la bolsa y se dirigió a la mujer del alcalde. A pesar de la respiración forzada, consiguió colar las palabras por el resquicio que había entre el alcalde y el marco. Entre resuellos, las palabras salieron a trompicones—. Se me olvidó... Es decir, sólo... quería... darle... las gracias.

La mujer del alcalde enrojeció. Se adelantó hasta quedar a la altura de su marido, asintió ligeramente con la cabeza, esperó un poco más y cerró la puerta.

Liesel todavía tardó un rato en dar media vuelta.

Sonrió a los escalones.

El luchador entra en escena

Cambiemos de escenario.

Hasta el momento todo ha sido muy fácil, ¿no crees, amigo mío? ¿Qué te parece si nos olvidamos un rato de Molching?

Nos vendrá bien.

Además, es importante para la historia.

Viajaremos un poquito, hasta un almacén secreto, y ya veremos qué encontramos.

ᘓᘐ VISITA GUIADA AL SUFRIMIENTO ᘔᘒ
**A su izquierda,
tal vez a su derecha,
incluso puede que al frente,
hay una pequeña habitación a oscuras.
Allí espera sentado un judío.
Apesta.
Está famélico.
Está asustado.
Por favor, intenta no apartar la vista.**

A cientos de kilómetros al noroeste, en Stuttgart, lejos de ladronas de libros, mujeres de alcaldes y Himmelstrasse, un hombre esperaba a oscuras. Habían decidido que era el mejor sitio. Es más difícil encontrar a un judío en la oscuridad.

Estaba sentado en su maleta. ¿Cuántos días habían transcurrido?

Lo único que había comido en lo que él consideraba semanas había sido el sabor repugnante de su famélico aliento, es decir, nada. En ocasiones oía voces que pasaban al lado, y a veces deseaba que llamaran a la puerta, que la abrieran, que lo sacaran a rastras de allí, hacia la insoportable luz. Sin embargo, por el momento sólo podía seguir sentado en su sofá maleta, con las manos debajo de la barbilla y los codos quemándole los muslos.

Tenía que combatir el sueño, un sueño voraz, y la desesperación del duermevela, y el castigo del suelo.

No le hagas caso al cosquilleo de los pies.

No gastes las suelas.

Y no te muevas demasiado.

Déjalo todo como está, cueste lo que cueste. Puede que pronto llegue la hora de partir. La luz es como una pistola. Un explosivo para los ojos. Podría ser la hora de partir. Podría ser la hora, así que despierta. ¡Despierta de una vez, maldita sea! Despierta.

La puerta se abrió y se cerró, una silueta se acuclilló delante de él. La mano se estrelló contra los fríos embates de sus ropas y las mugrientas corrientes soterradas. Detrás de la mano llegó una voz.

—Max —susurró—, Max, despierta.

Sus ojos no reaccionaron conmocionados. No se abrieron y cerraron de repente, ni parpadearon, ni pestañearon. Eso ocurre cuando despiertas de una pesadilla, no cuando despiertas en una pesadilla. No, sus ojos se abrieron a la fuerza, de la oscuridad a la penumbra. El cuerpo fue el primero en reaccionar, se enderezó y estiró un brazo para estrechar el aire.

—Disculpa que haya tardado tanto —intentó tranquilizarlo la voz—. Creo que me han estado vigilando. Además, el hombre de las falsificaciones se ha retrasado, pero… Ahora ya lo tienes. No es de muy buena calidad, pero espero que te sirva, si tienes que usarlo. —Se agachó y apoyó la mano sobre la maleta. En la otra llevaba algo pesado y delgado—. Vamos, se acabó. —Max obedeció, se levantó mientras se rascaba. Sentía la tirantez de los huesos—. El documento de identidad está aquí dentro. —Era un libro—. Deberías meter el mapa y las instrucciones también. Y hay una llave... pegada en la parte de dentro de la cubierta. —Abrió la maleta, intentado hacer el menor ruido posible, y metió el libro, como si se tratase de una bomba—. Volveré en unos días.

Dejó una bolsita con pan, manteca y tres zanahorias diminutas. Al lado había una botella de agua. No se disculpó.

—No puedo hacer más.

Puerta abierta, puerta cerrada.

Otra vez solo.

Lo primero que percibió fue el ruido.

Todo hacía un ruido desesperante cuando estaba a solas en la oscuridad. Cada vez que se movía, oía el sonido de una arruga. Se sentía como un hombre con un traje de papel.

La comida.

Max dividió el pan en tres pedazos y guardó dos. Se concentró en el que tenía en la mano, masticando y engullendo, forzándolo a pasar por el árido desfiladero de su garganta. Al tragar notó la manteca fría y dura, que de vez en cuando se resistía. Unos buenos tragos de agua la despegaron y enviaron hacia abajo.

Luego, las zanahorias.

Una vez más, apartó dos y devoró la tercera. El ruido era ensordecedor. Incluso el Führer habría podido oír el escándalo que hacía al masticar la masa anaranjada. Los dientes se le partían cada vez que daba un mordisco, y estaba convencido de que al beber se los estaba tragando. «La próxima vez —se dijo—, bebe antes.»

Al cabo de un rato, cuando los ecos lo abandonaron y reunió el valor para comprobar que todos los dientes seguían en su sitio, le alivió encontrarlos intactos. Intentó esbozar una sonrisa, pero esta se resistió. Sólo consiguió imaginar una sumisa tentativa y una boca llena de dientes rotos. Estuvo tocándoselos durante horas.

Abrió la maleta y sacó el libro.

No podía leer el título a oscuras, y le pareció que encender una cerilla en esos momentos era arriesgarse demasiado.

—Por favor —musitó, aunque apenas llegó a un intento de susurro—, por favor.

Hablaba con un hombre del que sólo conocía unos pocos detalles de relevancia, entre ellos su nombre: Hans Hubermann. Volvió a dirigirse al distante desconocido. Le suplicó.

—Por favor.

Los elementos del verano

Ahí lo tienes.

Ahora ya eres consciente de lo que se avecinaba a finales de 1940 en Himmelstrasse.

Yo lo sé.

Tú lo sabes.

Sin embargo, no podríamos colocar a Liesel Meminger en la misma categoría.

El verano de ese año fue tranquilo para la ladrona de libros, un verano formado por cuatro elementos básicos, sobre los que a veces se preguntaba cuál tuvo mayor peso.

∝ Y LOS CANDIDATOS SON... ∝

1. **Avanzar diariamente en la lectura de *El hombre que se encogía de hombros*.**
2. **Leer tumbada en el suelo de la biblioteca del alcalde.**
3. **Jugar al fútbol en Himmelstrasse.**
4. **Aprovechar una nueva oportunidad de hurto.**

Liesel creía que *El hombre que se encogía de hombros* era excelente. Noche tras noche, en cuanto se serenaba después de la pesadilla, se alegraba de estar despierta para poder leer.

—¿Unas cuantas páginas? —preguntaba su padre, y Liesel asentía con la cabeza.

A veces acababan el capítulo la tarde del día siguiente, en el sótano.

El problema que las autoridades tenían con el libro era obvio. El protagonista era un judío al que se presentaba de manera positiva. Imperdonable. Hablaba de un hombre rico cansado de ver pasar la vida ante sus ojos, que para él era como encogerse de hombros ante los problemas y los placeres de la vida.

Apuntaba el verano en Molching, y mientras Liesel y su padre se abrían camino a través del libro, el hombre se iba de viaje de negocios a Amsterdam y la nieve se estremecía en el exterior. A la niña le encantaba esa parte, nieve con tiritera.

—Así es exactamente como cae, tiritando —le aseguró a Hans Hubermann.

Estaban sentados uno al lado del otro en la cama, Hans medio dormido y la niña medio despierta.

A veces, cuando le vencía el sueño, se lo quedaba mirando. Sabía mucho más de él, y a la vez mucho menos, de lo que cualquiera de los dos creía. A menudo lo oía hablar con su madre sobre la dificultad de encontrar trabajo, o comentar desanimado si no debería ir a ver a su hijo; hasta que se enteró de que el joven había abandonado el lugar en el que se hospedaba y que seguramente ya estaba de camino al campo de batalla.

—*Schlaf gut*, papá —le decía la niña en esas ocasiones—, que duermas bien.

Bajaba con sigilo de la cama y apagaba la luz.

El siguiente elemento del verano, como ya he mencionado, era la biblioteca del alcalde.

Para ilustrar esa circunstancia particular, podríamos echar mano de un fresco día de finales de junio. Decir que Rudy estaba indignado es quedarse corto.

¿Quién se creía que era Liesel Meminger, para decirle que ese día llevaría la colada y la plancha ella sola? ¿Acaso le avergonzaba pasear con él?

—Deja de lloriquear, *Saukerl* —protestó Liesel—. Es que no hace falta que me acompañes; si no, te vas a perder el partido.

Rudy la miró por encima del hombro.

—Vale, si es por eso… —Esbozó una *Schmunzel*—. Que te aproveche la colada.

Salió corriendo y en menos que canta un gallo ya se había unido a un equipo. Cuando Liesel llegó al final de Himmelstrasse, se volvió justo a tiempo para verlo delante de la portería improvisada que tenía más cerca. La estaba saludando.

Saukerl, musitó Liesel riendo y, cuando levantó la mano, supo sin lugar a dudas que él a su vez la estaba llamando *Saumensch*. A los once años, creo que es lo más parecido al amor que podían experimentar.

Liesel echó a correr hacia Grandestrasse y la casa del alcalde.

Estaba sudando y su hálito empañado se extendía ante ella.

Pero leía.

Era la cuarta vez que la mujer del alcalde dejaba entrar a la niña, y ahora estaba sentada al escritorio con la mirada perdida en los libros. En su segunda visita le había dado permiso para que eligiera uno y lo leyera, lo que condujo a otro y a otro más, hasta que se decidió por media docena que, o bien llevaba bajo el brazo, o bien apilaba sobre el montón cada vez más alto en la mano que le quedaba libre.

Ese día, mientras Liesel se deleitaba en la parte más fresca de la habitación, su estómago protestó, pero la mujer muda y derrotada no reaccionó. Volvía a llevar puesto el albornoz y, aunque a veces observaba a la niña, nunca se detenía en ella demasiado tiempo. Por lo general, prestaba mayor atención a lo que tenía cerca, a algo ausente. La ventana estaba abierta de par en par, una boca cuadrada y fresca por la que de vez en cuando se colaba una ráfaga de aire.

Liesel estaba sentada en el suelo y tenía los libros esparcidos a su alrededor.

Al cabo de cuarenta minutos, se fue. Todos los libros volvieron a su sitio.

—Adiós, frau Hermann. —Las palabras de despedida siempre cogían por sorpresa a la mujer—. Gracias.

La mujer le pagó, con movimientos estudiados, y Liesel se fue. Todos sus movimientos estaban calculados, y la ladrona de libros corrió de vuelta a casa.

A medida que el verano avanzaba, la habitación abarrotada de libros se hacía más cálida, por eso los días que le tocaba entrega o recogida, estar tumbada en el suelo no le parecía tan incómodo. Liesel se sentaba junto a una pila de libros y leía unos cuantos párrafos de cada uno, intentando memorizar las palabras que no conocía para preguntárselas luego a su padre al llegar a casa. Tiempo después, ya de adolescente, cuando Liesel quiso escribir acerca de esos libros, no consiguió recordar los títulos. Ni uno. Tal vez habría estado mejor preparada si los hubiera robado.

Lo que sí recordaba era que en el interior de la cubierta de uno de los libros ilustrados había un nombre escrito con torpeza.

EL NOMBRE DE UN NIÑO
Johann Hermann

Liesel intentó morderse la lengua, pero al final no pudo resistir. Se volvió hacia la mujer del albornoz y la miró desde el suelo.

—Johann Hermann —leyó—. ¿Quién es? —preguntó.

La mujer no la miró directamente, bajó la vista hacia las rodillas de la niña.

—Perdóneme. No debería preguntar esas cosas… —se disculpó Liesel, dejando el final de la frase colgada en el aire.

La mujer no mudó la expresión de su rostro y, aun así, encontró el modo de responder.

—Ahora ya no es nadie —explicó—. Era mi…

LOS ARCHIVOS DE LA MEMORIA
Ah, sí, claro que lo recuerdo.
El cielo estaba oscuro y era profundo, como las arenas
movedizas.

**Había un joven envuelto en alambre de espino, como si fuera
una gigantesca corona de espinas. Lo desenredé y me lo llevé.
En lo alto, nos hundimos juntos hasta las rodillas. Era un día
como otro cualquiera de 1918.**

—Aparte de todo lo demás, murió de frío —dijo. Se frotó las manos un momento y volvió a repetirlo—: Murió de frío, estoy segura.

La mujer del alcalde sólo era una integrante más de una brigada mundial. Las has visto antes, estoy segura. En vuestros relatos, en vuestros poemas, en las pantallas que tanto os gusta mirar. Están en todas partes, así que ¿por qué no aquí? ¿Por qué no en una preciosa colina de una pequeña ciudad alemana? Es tan buen lugar para sufrir como cualquier otro.

Sin embargo, Ilsa Hermann había decidido hacer del sufrimiento su razón de vivir, porque cuando este se negó a abandonarla, ella sucumbió a él. Lo abrazó.

Podría haberse pegado un tiro, podría haberse arañado o haberse infligido cualquier otra forma de mutilación, pero escogió la que creyó que sería la opción más benigna: soportar las inclemencias del tiempo. Por lo que Liesel sabía, frau Hermann deseaba que los días de verano fueran fríos y húmedos. La mayor parte del año vivía en el lugar apropiado.

Ese día a Liesel le costó mucho decir lo que dijo al marcharse. Traducido, podríamos comentar que tuvo que forcejear con dos palabras gigantes, cargarlas al hombro y arrojarlas con torpeza a los pies de Ilsa Hermann. Pesaban tanto que al final la tambaleante niña no pudo sostenerlas más y cayeron de lado. Quedaron postradas en el suelo en toda su extensión, extravagantes y desgarbadas.

DOS PALABRAS GIGANTESCAS
«LO SIENTO»

De nuevo, la mujer desvió la vista para no mirarla directamente. Su rostro era una página en blanco.

—¿El qué? —preguntó, pero ya era tarde.

La niña había salido de la habitación y se dirigía a la puerta de la calle. Liesel la oyó y se detuvo, pero decidió no volver atrás, prefirió salir de la casa y bajar los escalones sin hacer ruido. Abarcó Molching con la mirada antes de adentrarse en la ciudad y se compadeció de la mujer del alcalde durante un buen rato.

A veces Liesel se preguntaba si no debería dejar de ir a visitar a la mujer, pero Ilsa Hermann era demasiado interesante y no podía hacer nada contra la atracción que ejercían los libros sobre ella. Antes, las palabras la habían hecho sentirse como una inútil, pero ahora, cuando se sentaba en el suelo junto a la mujer del alcalde, experimentaba una innata sensación de poder. Ocurría cada vez que descifraba una nueva palabra o construía una frase.

Era una niña.

En la Alemania nazi.

Qué apropiado que descubriera el poder de las palabras.

Y qué amargo (¡y liberador!) sería muchos meses después utilizar el poder de este reciente descubrimiento cuando la mujer del alcalde la defraudó. Con qué rapidez olvidaría la compasión, que se convertiría en algo completamente…

Sin embargo, en esos momentos, en el verano de 1940, no podía adivinar lo que se avecinaba, y en muchos sentidos. Lo único que tenía delante de ella era a una mujer triste en una habitación abarrotada de libros a la que le gustaba visitar. Eso era todo. La segunda parte de ese verano.

La tercera, gracias a Dios, fue un poco más alegre: jugar al fútbol en Himmelstrasse.

Permíteme que te describa una escena.

Pies que se arrastran por el asfalto.

El fervor del aliento juvenil.

Gritos: «¡Aquí! ¡Pásala! *Scheisse!*».

El brusco rebote de la pelota contra el asfalto.

Todo esto podíamos encontrar en Himmelstrasse ya avanzado el verano, junto con varias disculpas.

Las disculpas procedían de Liesel Meminger.

Iban dirigidas a Tommy Müller.

A principios de julio, por fin consiguió convencerlo de que no iba a matarlo. Desde la paliza que le había propinado en noviembre pasado, Tommy todavía temía tenerla cerca, por lo que en los partidos de fútbol de Himmelstrasse se mantenía a una distancia más que prudencial.

—Uno nunca sabe cuándo puede atacar —le confió a Rudy, mezclando tics y palabras.

En defensa de Liesel he de admitir que ella jamás cejó en su empeño de tranquilizarlo. Le reconcomía haber hecho las paces con Ludwig Schmeikl y no con el inocente Tommy Müller, que seguía encogiéndose ligeramente cada vez que la veía.

«¿Cómo iba a saber yo que ese día me sonreías a mí?», no hacía más que preguntarle ella.

Incluso lo sustituyó en la portería cuando le tocaba a él, hasta que el resto del equipo le suplicó a Tommy que volviera.

—¡Vuelve a la portería y no te muevas de ahí! —le ordenó al final un niño llamado Harald Mollenhauer—. Eres un inútil.

Esto sucedió después de que Tommy lo tirara al suelo estando Mollenhauer a punto de marcar. De no ser porque pertenecían al mismo equipo, habría supuesto un penalti a su favor.

Liesel salió de la portería y, sin saber cómo, siempre acababa marcando a Rudy. Se hacían duras entradas y se ponían la zancadilla sin dejar de insultarse. Rudy comentaba: «Y la pobre *Saumensch Arschgrobbler* se queda con las ganas de regatear. No tiene ni la más mínima posibilidad». Por lo visto, le gustaba decirle que se pasaba el día rascándose el trasero. Era uno de los placeres de la infancia.

Otro de los placeres era robar, por descontado. Cuarta parte, verano de 1940.

Hay que reconocer que a Rudy y a Liesel los unían muchas cosas, pero el hurto acabó de consolidar su amistad. Lo propició la situación y lo impulsó una fuerza ineludible: el hambre de Rudy. El chico sufría de una necesidad constante de llevarse algo a la boca.

Además del racionamiento al que todos estaban sometidos, en los últimos tiempos el negocio de su padre no funcionaba bien (la amenaza de la competencia judía había desaparecido, pero también los clientes judíos). Los Steiner se las ingeniaban como podían para ir tirando. Como mucha otra gente que vivía en la zona de Himmelstrasse, dependían de los trueques. Liesel le daba un poco de comida, pero tampoco sobraba en su casa. Rosa solía hacer sopa de guisantes. La preparaba el domingo por la noche, y si ya apenas llegaba para una ración, mucho menos para repetir. Cocinaba la cantidad justa para que durara hasta el sábado siguiente, y el domingo volvía a preparar una nueva tanda. Sopa de guisantes, pan, a veces patatas o trocitos de carne... Te lo comías, no pedías más y no protestabas.

Al principio se entretenían con lo que fuera para olvidar la comida. Rudy no pensaba en ella si jugaban al fútbol en la calle, o si cogían las bicicletas de sus hermanos y pedaleaban hasta la tienda de Alex Steiner, o si visitaban al padre de Liesel si ese día en concreto trabajaba. Hans Hubermann se sentaba con ellos y les contaba chistes cuando empezaba a oscurecer.

Con la llegada de unos pocos días calurosos, aprender a nadar en el Amper se convirtió en una nueva distracción. El agua todavía estaba fría, pero de todos modos se metían.

—Vamos, sólo hasta aquí, que todavía haces pie —la animó Rudy.

Liesel no vio el enorme hoyo en el que estaba a punto de desaparecer y se hundió hasta el fondo. Casi se ahoga por la tromba de agua que tragó, pero salvó la vida gracias a que empezó a manotear como un perrito.

—Serás *Saukerl*... —lo acusó, desplomándose en la orilla.

Rudy fue lo bastante sensato para mantenerse a una distancia prudencial. Había visto lo que le había hecho a Ludwig Schmeikl.

—Ahora ya sabes nadar, ¿no?

No parecía muy agradecida por la lección mientras se alejaba dando grandes zancadas. Llevaba el pelo pegado a un lado de la cara y se le caían los mocos.

—¿Eso quiere decir que no me vas a dar un beso por enseñarte? —le gritó.

—*Saukerl!*

¡Tendrá cara!

Era inevitable.

Al final, la penosa sopa de guisantes y el hambre de Rudy los empujaron a robar, y los animaron a unirse a un grupo de chicos mayores que robaban a los agricultores. Ladrones de fruta. Después de jugar un partido de fútbol, tanto Liesel como Rudy aprendieron las ventajas de tener siempre los ojos bien abiertos. Sentados en el escalón de la puerta de Rudy, vieron que Fritz Hammer —uno de los mayores— se estaba comiendo una manzana. Era de la variedad *Klar* —de las que maduran en julio y agosto— y tenía una pinta estupenda. Otras tres o cuatro abultaban sin reparos en los bolsillos de la chaqueta. Se acercaron disimuladamente a él.

—¿De dónde las has sacado? —preguntó Rudy.

Al principio, el chico se limitó a sonreír de oreja a oreja.

—Shhh... —Dejó de masticar, sacó otra manzana del bolsillo y se la lanzó—. Se mira, pero no se come —les advirtió.

La siguiente vez que vieron al chico con la misma chaqueta, un día demasiado caluroso para llevarla, lo siguieron y llegaron río arriba, cerca del sitio donde Liesel solía leer con su padre cuando estaba aprendiendo.

Lo esperaba un grupo de cinco chicos, algunos larguiruchos, otros bajitos y delgados.

En esos tiempos, por Molching corrían varias pandillas del estilo, y algunas incluso contaban con miembros que apenas superaban los seis años.

El cabecilla de esta en cuestión era un simpático delincuente de quince años llamado Arthur Berg. El muchacho echó un vistazo alrededor y descubrió a los dos niños de once años a su espalda.

—*Und?* —preguntó—. ¿Y?

—Me muero de hambre —se explicó Rudy.

—Y es rápido —aseguró Liesel.

Berg la miró.

—No recuerdo haber pedido tu opinión. —Tenía la típica complexión adolescente y el cuello largo. Los granos se distribuían por su cara en grupos homogéneos—. Pero me gustas. —Era simpático, aunque algo chulo, como suelen serlo los adolescentes—. ¿No fue esta la que le zurró a tu hermano, Anderl?

Por lo visto había corrido la voz. Una buena paliza supera las barreras de la edad.

Otro chico —uno de los bajitos y delgados—, de greñas rubias y piel escarchada, estiró el cuello.

—Creo que sí.

—Lo es —confirmó Rudy.

Andy Schmeikl se acercó y le dio un repaso con la mirada, de la cabeza a los pies, pensativo, antes de esbozar una amplia sonrisa.

—Buen trabajo, niña. —Incluso le dio una palmada en la espalda, donde se encontró con el borde afilado de un omoplato—. Me las habría cargado si lo hubiera hecho yo.

Arthur se volvió hacia Rudy.

—Y tú eres aquel de lo de Jesse Owens, ¿no?

Rudy asintió.

—Está claro que eres idiota —concluyó Arthur—, pero eres un idiota de los nuestros. Vamos.

Ya tenían una pandilla.

Al llegar a la granja les pasaron un saco. Arthur Berg llevaba su propia bolsa de arpillera. El cabecilla se pasó una mano por la suave mata de pelo.

—¿Alguno de los dos ha robado antes?

—Pues claro —aseguró Rudy—, no hacemos otra cosa.

No sonó demasiado convincente. Liesel fue más específica.

—Yo he robado dos libros.

Arthur se echó a reír; tres cortos resoplidos. Sus granos cambiaron de posición.

—Los libros no se comen, mona.

Desde allí estudiaron los manzanos, que se extendían en largas y sinuosas hileras. Arthur Berg dio las instrucciones.

—Uno: que no os pillen en la valla —empezó—. Si os pillan, os dejaremos atrás. ¿Entendido? —Todo el mundo asintió con la cabeza o dijo que sí—. Dos: uno en el árbol y el otro abajo, alguien tiene que meterlas en el saco. —Se frotó las manos. Estaba disfrutando—. Tres: si veis que viene alguien, gritáis como si os fuera la vida en ello... y todo Dios sale pitando. *Richtig?*

DOS ASPIRANTES A LADRONES DE MANZANAS, EN SUSURROS

—Liesel, ¿estás segura? ¿De verdad quieres hacerlo?

—Mira esa valla, Rudy, es muy alta.

—No, no, mira, primero pasas el saco por encima. ¿Ves?

Como ellos.

—Vale.

—¡Pues vamos!

—¡No puedo! —Dudas—. Rudy...

—¡Mueve el culo, *Saumensch*!

La empujó hacia la valla, colocó el saco vacío sobre los alambres espinosos, saltaron y corrieron detrás de los demás. Rudy se subió al árbol que tenía más cerca y empezó a arrojar las manzanas al suelo. Liesel esperaba abajo y las iba metiendo en el saco. Una vez lleno, se toparon con un nuevo problema.

—¿Cómo vamos a volver a saltar la valla?

Obtuvieron la respuesta cuando vieron a Arthur Berg trepar lo más cerca posible de uno de los postes.

—El alambre aguanta más cerca de ese lado —concluyó Rudy.

El chico lanzó el saco, dejó que Liesel saltara primero y, acto seguido, aterrizó junto a ella, entre la fruta que se había desparramado.

Junto a ellos, Arthur Berg, con sus piernas larguiruchas, los observaba divertido.

—No está mal —dijo la voz desde las alturas—, no está nada mal.

Una vez en el río, ocultos entre los árboles, Berg consiguió el saco y les dio una docena de manzanas a cada uno.

—Buen trabajo —fue su último comentario al respecto.

Esa tarde, antes de volver a casa, Liesel y Rudy devoraron seis manzanas cada uno en menos de media hora. Al principio se plantearon compartir la fruta en sus respectivos hogares, pero se arriesgaban mucho si lo hacían. A ninguno de los dos les entusiasmaba la idea de tener que explicar de dónde había salido la fruta. Liesel llegó a pensar que tal vez bastara con contárselo a su padre, pero no quería que él creyera que vivía con una delincuente compulsiva, así que calló y comió.

Devoró las manzanas a la orilla del río donde había aprendido a nadar. Poco habituados a esa clase de lujos, sabían que seguramente caerían enfermos.

No obstante, comieron.

—*Saumensch!* —la reprendió su madre esa noche—. ¿Por qué vomitas tanto?

—Igual es por la sopa de guisantes —sugirió Liesel.

—Igual sí —la secundó el padre. Estaba mirando por la ventana otra vez—. Tiene que ser eso, yo también me encuentro un poco mal.

—¿Y a ti quién te ha preguntado, *Saukerl*? —Rápida, se volvió hacia la *Saumensch* vomitona—. ¿Y bien? ¿Qué tienes, eh? ¿Qué es lo que tienes, cochina?

¿Y qué hizo Liesel?

No dijo nada.

Las manzanas, pensó feliz. Las manzanas, y volvió a vomitar una vez más, de propina.

La tendera aria

Estaban ante la tienda de frau Diller, apoyados en la pared de yeso.

Liesel Meminger tenía un caramelo en la boca.

El sol le daba en los ojos.

A pesar de todos estos impedimentos, todavía era capaz de hablar y discutir.

❦ OTRA CONVERSACIÓN ENTRE ❧ RUDY Y LIESEL

—Date prisa, *Saumensch*, ya van diez.

—Mentira, sólo ocho, todavía me faltan dos.

—Bueno, pues entonces espabila. Te dije que tendríamos que haber traído un cuchillo para partirlo por la mitad… Eh, eso son dos.

—Vale, toma, pero no te lo tragues.

—¿Te crees que soy tonto?

(Breve pausa.)

—Esto es genial, ¿verdad?

—Ya lo creo, *Saumensch*.

A finales de agosto y del verano encontraron un penique en el suelo. Pura emoción.

Estaba medio corroído, enterrado en la tierra, en la ruta de la colada y la plancha. Una moneda solitaria, herrumbrosa.

—¡Mira eso!

Rudy se abalanzó sobre ella. La emoción casi les escocía mientras corrían hacia la tienda de frau Diller, sin siquiera detenerse a considerar que un solo penique no pudiera ser suficiente. Irrumpieron en el establecimiento y se detuvieron ante la tendera aria, que los miró con desdén.

—Estoy esperando —dijo.

Llevaba el pelo peinado hacia atrás y el vestido negro la asfixiaba. La imagen enmarcada del Führer montaba guardia en la pared.

—*Heil Hitler!* —se animó Rudy.

—*Heil Hitler!* —respondió ella, enderezándose todavía más detrás del mostrador—. ¿Y tú? —preguntó a Liesel, fulminándola con la mirada.

Liesel le ofreció un *Heil Hitler!* sin perder tiempo.

Rudy se apresuró a rescatar la moneda de las profundidades del bolsillo y a depositarla con firmeza sobre el mostrador.

—Un surtido de golosinas, por favor —pidió, mirándola fijamente a los ojos miopes.

Frau Diller sonrió. Sus dientes se daban codazos tratando de hacerse sitio en la boca. La inesperada amabilidad motivó a su vez las sonrisas de Rudy y Liesel. Por un instante.

Frau Diller se inclinó, rebuscó algo y volvió a aparecer.

—Toma —dijo, arrojando una única barrita de caramelo sobre el mostrador—. Sírvete tú.

Lo desenvolvieron fuera y trataron de partirlo por la mitad con los dientes, pero el azúcar parecía cristal. Demasiado duro, incluso para los colmillos de depredador que Rudy tenía por dientes. Al final tuvieron que compartirla a lametones hasta acabársela. Diez lametones para Rudy. Diez para Liesel. Primero uno y luego el otro.

—Esto es vida —aseguró Rudy con una sonrisa de dientes de caramelo, y Liesel no le llevó la contraria.

Cuando se lo acabaron, ambos tenían la boca de color rojo bermellón, y de camino a casa mantuvieron los ojos bien abiertos por si encontraban otra moneda.

Está claro que no encontraron nada. Nadie es tan afortunado dos veces en un año, y mucho menos en una misma tarde.

Sin embargo, se pasearon felices por Himmelstrasse con las lenguas y los dientes rojos, sin dejar de mirar al suelo.

Había sido un gran día y la Alemania nazi era un lugar maravilloso.

El luchador, continuación

Avancemos ahora hasta una fría lucha nocturna. La ladrona de libros nos alcanzará más adelante.

Era 3 de noviembre y el suelo del tren se agarraba a sus pies. Delante tenía el ejemplar del *Mein Kampf* que estaba leyendo. Su salvación. El sudor manaba de sus manos. Sus huellas dactilares se aferraban al libro.

☙ PRODUCCIONES ❧
LA LADRONA DE LIBROS PRESENTA
OFICIALMENTE
Mein Kampf
(Mi lucha),
de
Adolf Hitler

A espaldas de Max Vandenburg, la ciudad de Stuttgart se abría de brazos a modo de burla.

Allí no era bienvenido. Intentó no mirar atrás mientras el pan duro se descomponía en su estómago. Se volvió una pocas veces para ver cómo las luces se difuminaban y acababan desapareciendo.

«Levanta ese ánimo —se dijo—. No puedes parecer asustado. Lee el libro. Sonríe. Es un gran libro, el mejor libro que hayas leído jamás. Ignora a la mujer de enfrente. De todos modos, está dormida. Vamos, Max, sólo quedan unas horas.»

Al final, la siguiente visita que le habían prometido en la oscura habitación no tardó unos días en hacerse realidad, sino semana y media. Luego, otra semana más hasta la siguiente, y una semana después ya había perdido el sentido del tiempo, del transcurso de los días y las horas. Volvieron a trasladarlo a un nuevo lugar, a otro pequeño almacén pero con más luz, más visitas y más comida. Sin embargo, se le acababa el tiempo.

—Pronto me llamarán a filas —anunció su amigo Walter Kugler—, ya sabes cómo funciona esto... del ejército.

—Lo siento, Walter.

Walter Kugler, amigo de la infancia de Max, posó una mano en el hombro del judío.

—Podría ser peor. —Miró a los ojos judíos de su amigo—. Podría ser tú.

No volvieron a verse. Dejó un último paquete en el rincón, y esta vez había un billete. Walter abrió el *Mein Kampf* y lo metió dentro, junto al mapa que llevaba en el libro.

—Página trece. —Sonrió—. A lo mejor trae suerte, ¿no?

—Por si acaso.

Se abrazaron.

Cuando la puerta se cerró, Max abrió el libro y miró el billete: Stuttgart-Munich-Pasing. Partiría al cabo de dos días, de noche, con el tiempo justo para hacer el último transbordo. Desde allí, seguiría caminando. Tenía el mapa en la cabeza, doblado en cuatro, y la llave seguía pegada en la cubierta interior.

Esperó sentado media hora antes de acercarse a la bolsa y abrirla. Además de comida, había otras cosas.

ᏣᏞᏣ EL CONTENIDO ADICIONAL ᏚᏞᏚ
DEL REGALO DE WALTER KUGLER
Una pequeña navaja.
Una cuchara (lo más parecido a un espejo).
Crema de afeitar.
Unas tijeras.

Cuando se fue, en el almacén sólo quedó el suelo.

—Adiós —susurró.

Lo último que Max vio fue una pequeña maraña de pelo apoyada con indiferencia en la pared.

Adiós.

Con un rostro recién afeitado y el pelo a un lado, aunque bien repeinado, salió del edificio como un hombre nuevo. De hecho, salió como alemán. Un momento... De hecho, era alemán. O, mejor dicho, lo había sido.

En el estómago se mezclaba la electrizante combinación de alimento y náusea.

Anduvo hasta la estación.

Enseñó el billete y su identificación, y ahora estaba sentado en un pequeño compartimiento del tren, expuesto a la luz pública.

—Papeles.

Eso era lo que temía oír.

Ya había padecido bastante cuando lo pararon en el andén. Sabía que no podría soportarlo una segunda vez.

Manos temblorosas.

El olor —no, el hedor— de la culpa.

Así de sencillo, no podría soportarlo de nuevo.

Por suerte, pasaron pronto y sólo le pidieron el billete. Ahora sólo debía enfrentarse a una ventanilla por la que pasaban pequeñas ciudades, gremios de luces y una mujer que roncaba frente a él en el compartimiento.

Leyó durante casi todo el trayecto, intentando no levantar la cabeza.

Las palabras holgazaneaban en su boca a medida que iba descifrándolas, y aunque parezca raro conforme pasaba páginas y adelantaba capítulos sólo saboreaba dos palabras.

Mein Kampf. Mi lucha.

El título se repetía una y otra vez mientras el tren no dejaba de traquetear de una ciudad alemana a otra.

Mein Kampf.

Lo único que podría haberlo salvado…

Pillos

Podría objetarse que Liesel Meminger lo tuvo fácil. Y sería cierto si la comparáramos con Max Vandenburg. Sí, claro, su hermano casi murió en sus brazos. Y su madre la abandonó.

No obstante, cualquier cosa era mejor que ser judío.

Hasta la llegada de Max, perdieron otro cliente, esta vez la colada de los Weingartner. El *Schimpferei* obligado se desató en la cocina. Sin embargo, Liesel se consoló pensando que todavía les quedaban dos y, aun mejor, uno de ellos era el alcalde, la mujer y los libros.

En cuanto a las otras actividades de Liesel, seguía armándola junto con Rudy Steiner. Incluso me atrevería a afirmar que estaban perfeccionando su *modus operandi*.

Acompañaron a Arthur Berg y sus amigos en unas cuantas incursiones más, deseosos tanto de demostrar su valía como de ampliar su repertorio delictivo. Se llevaron patatas de una granja y cebollas de otra. Sin embargo, la mayor victoria la obtuvieron solos.

Tal como ya hemos comprobado, una de las ventajas de patear la ciudad era la posibilidad de encontrar cosas en el suelo. Otra era fijarse en la gente o, aún más importante, en la misma gente haciendo las mismas cosas semana tras semana.

Un chico del colegio, Otto Sturm, era una de esas personas a las que observaban. Todos los viernes por la tarde se acercaba a la iglesia en bicicleta para llevarles viandas a los curas.

Lo estuvieron estudiando durante un mes, mientras el tiempo empeoraba. Sobre todo Rudy, que estaba decidido a que un viernes de una semana de octubre curiosamente fría Otto no consiguiera llevar a cabo su cometido.

—De todos modos, esos curas están demasiado gordos —se justificó, mientras paseaban por la ciudad—. Podrían pasar sin comer una semana.

Liesel estaba completamente de acuerdo. Para empezar, no era católica, y en segundo lugar, ella también padecía hambre.

Liesel cargaba con la colada, como siempre. Rudy llevaba dos baldes de agua fría o, como él decía, dos baldes de futuro hielo.

Justo antes de que dieran las dos puso manos a la obra.

Sin dudarlo, vertió el agua sobre la calzada, en el tramo exacto en que Otto tomaba la curva.

Liesel tuvo que admitirlo. Al principio sintió una pequeña punzada de culpabilidad, pero el plan era perfecto o, al menos, bastante próximo a la perfección. Poco después de las dos, como todos los viernes, Otto Sturm doblaría hacia Münchenstrasse con la cesta llena, en el manillar. Ese viernes en particular no pasaría de allí.

La calzada ya estaba helada de por sí, pero Rudy, apenas capaz de contener una sonrisa que le atravesaba el rostro de oreja a oreja, le añadió una capa adicional.

—Ven, escondámonos detrás de ese arbusto —propuso.

Al cabo de unos quince minutos, el diabólico plan dio su fruto, por así decirlo.

Rudy señaló por el agujero del seto.

—Ahí está.

Otto apareció a la vuelta de la esquina, manso como un corderito.

En menos que canta un gallo, perdió el control de la bicicleta al resbalar sobre el hielo y se cayó de morros en la calzada.

Rudy miró preocupado a Liesel cuando vio que Otto no se movía.

—¡Por los clavos de Cristo —exclamó Rudy—, creo que lo hemos matado!

Salió sigiloso de detrás del arbusto, cogió la cesta y huyeron corriendo.

—¿Respiraba? —preguntó Liesel, al final de la calle.

—*Keine Ahnung* —contestó Rudy, aferrado a la cesta.

No tenía ni idea.

Vieron a Otto levantarse a lo lejos, rascarse la cabeza, después la entrepierna y buscar la cesta por todas partes.

—*Scheisskopf* imbécil.

Rudy sonrió y repasaron el botín: pan, huevos rotos y el no va más, *Speck*. Rudy se llevó el beicon a la nariz y lo olió con fruición.

—Qué rico.

Por tentador que fuera quedarse con el botín para ellos solos, fue superior el sentido de la lealtad que le debían a Arthur Berg. Se acercaron hasta los pisos ruinosos de Kempf Strasse, donde vivía, y le enseñaron lo que habían conseguido. Arthur no pudo disimular su aprobación.

—¿A quién se lo habéis robado?

—A Otto Sturm —contestó Rudy.

—Bien, pues le estoy agradecido, sea quien sea ese Otto —celebró Arthur. Entró en casa y volvió con un cuchillo para el pan, una sartén y una chaqueta, y los tres ladrones cruzaron el pasillo de apartamentos—. Iremos a buscar a los otros —anunció Arthur Berg cuando salieron—. Puede que seamos delincuentes, pero aún conservamos nuestro honor.

Igual que la ladrona de libros, él fijaba ciertos límites.

Llamaron a unas cuantas puertas. Desde la calle, gritaron varios nombres a las ventanas de los pisos y al cabo de poco el grueso de la pandilla de ladrones de fruta de Arthur Berg se dirigía al Amper. Encendieron un fuego en el claro de la orilla, donde rescataron y frieron lo que quedaba de los huevos. Cortaron el pan y el *Speck*. Dieron cuenta de la última migaja de las viandas de Otto Sturm ayudándose de manos y cuchillos, sin curas a la vista.

Las discusiones no surgieron hasta el final, y fueron por la cesta. Casi todos votaron por quemarla. Fritz Hammer y Andy Schmeikl querían quedársela, pero Arthur Berg, demostrando su incongruente sentido de la moral, tenía una idea mejor.

—Vosotros dos —llamó a Rudy y a Liesel—, quizá se la tendríais que devolver al tipo ese, Sturm. Creo que es lo menos que se merece el pobre desgraciado.

—Venga ya, Arthur.

—No quiero oír ni una palabra, Andy.

—Por Dios.

—Él tampoco quiere oír ni una palabra.

El grupo se rió y Rudy Steiner cogió la cesta.

—Vale, me la llevo y se la dejo colgada en el buzón.

Se había alejado unos veinte metros cuando la niña lo alcanzó. Se arriesgaba a llegar demasiado tarde a casa, pero sabía muy bien que debía acompañar a Rudy Steiner hasta la granja de los Sturm, en la otra orilla.

Caminaron un buen rato en silencio.

—¿No te sientes mal? —preguntó Liesel al final. Regresaban a casa.

—¿Por qué?

—Ya lo sabes.

—Claro que lo sé, pero ya no tengo hambre y me juego lo que quieras a que él tampoco. Que te crees tú que los curas iban a recibir comida si a los Sturm no les sobrara.

—Es que se dio muy fuerte contra el suelo.

—No me lo recuerdes.

No obstante, Rudy Steiner no pudo disimular una sonrisa. Al cabo de los años acabaría repartiendo pan, no robándolo, una prueba más de lo contradictorio que es el ser humano. Una pizca de bondad, una pizca de maldad y sólo falta añadirle agua.

Cinco días después del agridulce botín, Arthur Berg apareció de nuevo y los invitó a su siguiente proyecto delictivo. Tropezaron con él un miércoles, en Münchenstrasse, volviendo del colegio. Llevaba el uniforme de las Juventudes Hitlerianas.

—Iremos mañana por la tarde. ¿Os interesa?

No pudieron resistirse.

—¿Adónde?

—A por patatas.

Veinticuatro horas después, Liesel y Rudy volvieron a enfrentarse a la valla y llenaron el saco.

El problema surgió cuando se disponían a huir.

—¡Carajo! —exclamó Arthur—. ¡El granjero!

Sin embargo, los asustó la palabra que dijo a continuación. La pronunció como si lo hubieran atacado con ella. Su boca se abrió de un rasgón y la palabra fluyó. «Hacha.»

En efecto, cuando se volvieron, el granjero corría hacia ellos con el arma en alto.

Todo el grupo echó a correr hacia la valla y la saltó. Rudy, el más rezagado de todos, los alcanzó enseguida, pero seguía el último. Al levantar la pierna, se quedó enganchado.

—¡Eh!

El grito de auxilio del animal varado.

El grupo se detuvo.

Guiada por el instinto, Liesel volvió corriendo.

—¡Date prisa! —la conminó Arthur.

Oyó su voz a lo lejos, como si se la hubiera tragado antes de dejarla salir.

Cielo blanco.

Los demás siguieron corriendo.

Liesel regresó junto a Rudy y empezó a tirar de la tela de los pantalones. El miedo se reflejaba en los ojos desorbitados del chico.

—Rápido, que viene —la azuzó.

Todavía sentían el retemblor de unos pies en polvorosa cuando otra mano cogió el alambre y desenganchó los pantalones de Rudy Steiner.

Un trozo de tela quedó prendido en el nudo metálico, pero el chico pudo escapar.

—Moved el culo —les recomendó Arthur no mucho antes de que llegara el jadeante granjero, soltando improperios.

El hombre gritó las fútiles palabras de los que han sido robados, con el hacha apoyada contra su pierna.

—¡Haré que os detengan! ¡Daré con vosotros! ¡Descubriré quiénes sois!

—¡Pregunte por Owens! —contestó Arthur Berg. Se alejó sin perder tiempo y alcanzó a Liesel y Rudy—. ¡Jesse Owens!

Una vez en puerto seguro, luchando por recuperar el aliento, se sentaron y Arthur Berg se acercó. Rudy no se atrevió a mirarlo.

—Nos ha pasado a todos —lo tranquilizó Arthur, percibiendo la frustración.

¿Mintió? Ni lo supieron entonces ni lo sabrían jamás.

Semanas después, Arthur Berg se trasladó a Colonia.

Sólo lo vieron una vez más, en una de las rondas de entrega de la colada de Liesel, en un callejón que daba a Münchenstrasse, cuando le tendió a la niña una bolsa de papel marrón que contenía una docena de castañas. El chico esbozó una sonrisita.

—Un contacto en la industria del tueste. —Después de informarlos de su partida, les brindó una última y granuja sonrisa y les dio una palmadita en la frente—. No os las vayáis a comer todas de una sentada.

No volvieron a ver a Arthur Berg nunca más.

En cuanto a mí, te aseguro que lo vi, sin miedo a equivocarme.

ᘓ PEQUEÑO HOMENAJE A ᘔ
ARTHUR BERG, UN HOMBRE QUE AÚN VIVE
El cielo de Colonia era amarillo y se descomponía, tenía los bordes descamados.
Estaba sentado, apoyado contra una pared, con una criatura en los brazos. Su hermana.

Cuando la niña dejó de respirar, se quedó con ella y supe que
la abrazaría durante horas.
Llevaba dos manzanas robadas en el bolsillo.

Esta vez fueron más listos. Comieron una cada uno y fueron vendiendo las demás de puerta en puerta.

—Tengo castañas, si le sobra un penique —repetía Liesel en todas las casas.

Al final reunieron dieciséis monedas.

—Y ahora, la venganza —sonrió Rudy, complacido.

Esa misma tarde volvieron a la tienda de frau Diller, la «heilhitleriaron» y esperaron.

—¿Surtido de golosinas otra vez? —preguntó frau Diller, schmunzeleando, a lo que asintieron con la cabeza.

El dinero repicó sobre el mostrador y la sonrisa de frau Diller se torció ligeramente.

—Sí, frau Diller —contestaron al unísono—, surtido de golosinas, por favor.

El Führer enmarcado parecía orgulloso de ellos.

El triunfo que precede a la tormenta.

El luchador, conclusión

Los juegos malabares llegan a su fin, pero no la lucha. Llevo a Liesel Meminger de una mano y a Max Vandenburg de la otra. Pronto las entrelazaré. Dame unas páginas.

El luchador.

Si lo hubieran matado esa noche, por lo menos habría muerto vivo.

El trayecto en tren ya quedaba muy lejos. Lo más probable era que la mujer que roncaba en el compartimiento, que había convertido en su cama, continuara el viaje. En esos momentos, a Max Vandenburg sólo lo separaban unos pasos de la supervivencia. Pasos y cavilaciones, y dudas.

Siguió el mapa que había memorizado para llegar a Molching desde Pasing. Ya era tarde cuando vio la ciudad. Las piernas le dolían lo indecible, pero ya casi estaba allí, en el lugar más peligroso de todos. Tan cerca que casi podía tocarlo.

Siguiendo la descripción, encontró Münchenstrasse y continuó por la acera.

Todo se tensaba a su paso.

Reductos de relumbrantes farolas.

Pacientes edificios a oscuras.

El ayuntamiento se erigía como un joven gigantesco y desmañado, demasiado grande para su edad. La iglesia desaparecía en la oscuridad cuanto más alzaba la vista.

Lo vigilaban.

Se estremeció.

Se dijo: «Mantén los ojos abiertos».

(Los niños alemanes andaban a la caza de monedas extraviadas. Los judíos alemanes andaban con ojo para que no los cazaran.)

Fiel a su número de la suerte, el trece, contaba los pasos en grupos de esa cifra. Sólo trece pasos, se animaba. Vamos, trece más. Contados por encima, habría unas noventa tandas hasta la esquina de Himmelstrasse.

Llevaba la maleta en una mano.

La otra todavía no había soltado el *Mein Kampf*.

Ambos pesaban y las manos le sudaban ligeramente.

Giró en la esquina, hacia el número treinta y tres, resistiéndose a sonreír, resistiéndose a sollozar o siquiera a imaginar la salvación que podría estar aguardándolo. Se dijo que no corrían tiempos para abandonarse a la esperanza, aunque casi pudiera tocarla. La sentía cerca, en algún lugar fuera de su alcance; sin embargo, en vez de dejarse convencer, volvió a repasar qué debía hacer si lo atrapaban en el último momento o si, por cualquier razón, dentro lo esperaba la persona equivocada.

Claro que tampoco podía deshacerse de la acuciante sensación de estar pecando.

¿Cómo podía hacer una cosa así?

¿Cómo podía presentarse y pedirle a nadie que arriesgara su vida por él? ¿Cómo podía ser tan egoísta?

Treinta y tres.

Intercambiaron una mirada.

La casa estaba pálida, casi parecía enferma. Tenía una verja de hierro y una puerta marrón manchada de escupitajos.

Sacó la llave del bolsillo. No lanzó ningún destello, descansaba apagada y mustia en la palma. Cerró la mano y la estrujó como si esperara que el metal chorreara hacia la muñeca. Pero no. El metal era duro y plano, con una sana hilera de dientes. Lo siguió apretando hasta que se le clavó en la mano.

A continuación, poco a poco, el luchador se inclinó hacia delante, la mejilla apoyada en la madera, y arrancó la llave del puño cerrado.

CUARTA PARTE

❧

El vigilante

Presenta:

el acordeonista — un hombre de palabra — una buena chica
— un púgil judío — la ira de Rosa — una charla — el dormilón
— el intercambio de pesadillas — y varias páginas del sótano

El acordeonista
(La vida secreta de Hans Hubermann)

En la cocina había un joven. Llevaba una llave en la mano, que parecía oxidarse en su piel. No saludó ni pidió ayuda ni dijo nada de lo que cabría esperar. Hizo dos preguntas.

❧ PRIMERA PREGUNTA ❧
¿Hans Hubermann?

❧ SEGUNDA PREGUNTA ❧
¿Todavía toca el acordeón?

Sin dejar de observar con desconfianza la figura que se alzaba ante él, el joven aclaró la voz y se la ofreció a través de la oscuridad, como si fuera lo único que le quedara.

Hans, inquieto y consternado, se acercó.

—Por supuesto que sigo tocando —le susurró a la cocina.

La historia se remontaba a la Primera Guerra Mundial.

Las guerras son extrañas.

Llenas de sangre y violencia, aunque también de historias igualmente difíciles de entender.

«Pues es verdad —refunfuña la gente—, me da igual que me creas o no, pero ese zorro me salvó la vida», o «Caían como moscas, pero yo fui el único que quedó en pie, el único al que no le metieron un balazo entre los ojos. ¿Por qué yo? ¿Por qué yo y no ellos?».

La historia de Hans Hubermann era más o menos del estilo. Hasta que topé con ella entre las palabras de la ladrona de libros no caí en la cuenta de que nuestros caminos ya se habían cruzado antes, aunque ninguno de los dos había programado el encuentro. Por lo que a mí respecta, tenía mucho trabajo. En cuanto a Hans, creo que hizo todo lo que pudo para evitarme.

La primera vez que estuvimos cerca el uno del otro, Hans tenía veintidós años y luchaba en Francia. Casi todos los hombres de su sección ansiaban entrar en batalla. Hans no lo tenía tan claro. Ya me había llevado a algunos por el camino, pero te aseguro que ni siquiera estuve a punto de tocar a Hans Hubermann. O le sonrió la suerte o se merecía vivir, o tenía una buena razón para seguir vivo.

No destacó en el ejército, ni por arriba ni por abajo. Corría con el pelotón, ascendía con el pelotón y sabía disparar lo justo para no suponer una afrenta para sus superiores. Ni siquiera destacó lo suficiente para ser uno de los primeros elegidos en venir corriendo a mi encuentro.

ᥰ UN PEQUEÑO PERO ᥰ
VALIOSO COMENTARIO
A lo largo de los años he visto a muchos jóvenes que creen
correr al encuentro de otros jóvenes.
No es así.
Corren a mi encuentro.

Llevaba seis meses en el campo de batalla cuando lo destinaron a Francia, donde, por lo visto, un extraño suceso le salvó la vida. Visto de otro modo, lo cierto es que en medio del disparate que supone una guerra, tuvo perfecto sentido.

En general, desde el momento que entró en el ejército y hasta que terminó la guerra, vivió una sorpresa continua, como en una serie, un día tras otro y otro más. Y aún otro.

El intercambio de disparos.

El descanso de los hombres.

Los mejores chistes verdes del mundo.

Ese sudor frío —el malvado amiguito— que anuncia su llegada a gritos en las axilas y los pantalones.

Lo que más le gustaba era jugar a las cartas, y después al ajedrez, aunque era bastante malo. Y la música. La música por encima de todo.

Un hombre un año mayor que él —un judío alemán llamado Erik Vandenburg— le enseñó a tocar el acordeón. Fueron trabando amistad poco a poco, debido a que ninguno de los dos estaba especialmente interesado en luchar; preferían liar cigarrillos que liarse a tiros, preferían hacer rodar los dados a que los hicieran rodar a ellos por la nieve y el lodo. Una sólida amistad que afianzaban el juego, el tabaco y la música, sin olvidar el mutuo deseo de sobrevivir. El único problema fue que poco después encontrarían los trocitos de Erik Vandenburg esparcidos por una verde colina. Tenía los ojos abiertos y le habían robado la alianza. Me eché su alma al hombro junto con las demás y nos alejamos de allí tranquilamente. El horizonte tenía el color de la leche. Frío y fresco. Borbotaba entre los cadáveres.

Lo único que quedó de Erik Vandenburg fueron unos cuantos objetos personales y el acordeón, con sus huellas todavía impresas en él. Lo enviaron todo a casa, todo menos el instrumento. Consideraron que era demasiado grande. Esperaba en el camastro provisional de Vandenburg, como si se reprochara estar allí, en el campamento, y acabaron dándoselo a su amigo, Hans Hubermann, que resultaría ser el único superviviente.

ᒥ SOBREVIVIÓ DEL ᒧ
SIGUIENTE MODO
Ese día no entró en combate.

Todo gracias a Erik Vandenburg. O mejor dicho, a Erik Vandenburg y al cepillo de dientes del sargento.

Esa mañana en concreto, poco antes de salir, el sargento Stephan Schneider entró tranquilamente en los dormitorios y reclamó la atención de todo el mundo. Era popular entre los hombres por su sentido del humor y por sus bromas, pero aún más por el hecho de no ir jamás detrás de nadie en la línea de fuego. Él siempre era el primero.

Había días en que le daba por entrar en el barracón donde descansaban los hombres y decir algo así como: ¿Hay por aquí alguien de Pasing?, o: ¿A quién se le dan bien las matemáticas?, o, en el profético caso de Hans Hubermann: ¿Quién tiene una letra que se entienda?

Después de la primera vez que entró a preguntar, nadie volvió a prestarse voluntario. Ese día, un joven y diligente soldado llamado Philipp Schlink se levantó con gallardía y respondió a la llamada: «Sí, señor, yo soy de Pasing», a lo que, sin más, el sargento le tendió un cepillo de dientes y le ordenó que limpiara las letrinas.

Cuando Schneider preguntó quién tenía buena caligrafía, estoy segura de que entenderás por qué nadie tuvo prisa por ser el primero en dar un paso al frente. Creyeron que les tocaría recibir una inspección higiénica completa o limpiar con un cepillo los terrones de mierda pegados a la suela de las botas de un excéntrico teniente antes de salir al campo de batalla.

—Vamos, hombre —los animó divertido Schneider. Su cabello, apelmazado con aceite, brillaba, aunque en la coronilla siempre le quedaba un mechón en guardia—. Qué hatajo de inútiles, al menos uno de vosotros tiene que saber escribir como Dios manda.

Oyeron disparos a lo lejos.

Lo que desencadenó una reacción.

—Mirad, esto es diferente —aseguró Schneider—. Estaréis ocupados toda la mañana, tal vez más. —No consiguió disimular una sonrisa—. Schlink dejó las letrinas como los chorros del oro mientras vosotros jugabais a las cartas, pero esta vez tendréis que salir ahí fuera.

La vida o el honor.

Era evidente que esperaba que uno de sus hombres tuviera la suficiente inteligencia para escoger seguir con vida.

Erik Vandenburg y Hans Hubermann intercambiaron una mirada. Si alguien daba un paso al frente en ese momento, el regimiento le haría la vida imposible mientras siguieran juntos. ¿A quién le gustan los cobardes? Por otro lado, si alguien tenía que salir…

Aun así nadie dio un paso al frente, si bien una voz se alzó y se acercó sin prisas al sargento. Se detuvo a sus pies, a la espera de recibir un buen puntapié.

—Hubermann, señor —dijo.

Era la voz de Erik Vandenburg. Por lo visto pensaba que a su amigo todavía no le había llegado la hora.

El sargento se paseó por el pasillo que formaban los soldados.

—¿Quién ha dicho eso?

Stephan Schneider tenía un pasear magnífico, un hombre bajo que hablaba, se movía y actuaba a paso ligero. Mientras caminaba arriba y abajo entre las dos hileras de hombres, Hans mantuvo la vista al frente, a la expectativa de lo que tuviera que pasar. Tal vez una de las enfermeras estaba indispuesta y necesitaban a alguien para que cambiara las vendas de las piernas infectadas de los soldados heridos. Tal vez había que cerrar un millar de sobres pasándoles la lengua por la goma de sellado para enviar a casa el fúnebre anuncio que contenían.

En ese momento, la voz volvió a adelantarse, lo que animó a otras a hacerse oír. Hubermann, repitieron todas. Erik incluso añadió: «Una caligrafía inmaculada, señor, inmaculada».

—Entonces, decidido. —El sargento esbozó una sonrisita de besugo—. Hubermann, te ha tocado.

El desgarbado y joven soldado dio un paso al frente y preguntó cuál sería su cometido. El sargento suspiró.

—El capitán necesita que le escriban unas cartas. El reumatismo de los dedos no lo deja vivir, o la artritis, o lo que sea. Se las escribirás tú.

No era momento de ponerse a protestar, sobre todo cuando a Schlink le había tocado limpiar letrinas y, Pflegger estuvo a punto de palmarla de tanto chupar sobres. Su lengua acabó de un color azulado nada saludable.

—Sí, señor —asintió Hans, y eso fue todo.

Siendo benévolos, se diría que sus aptitudes caligráficas eran dudosas, pero se sintió afortunado. Puso todo su empeño en escribir las cartas mientras los demás hombres iban al campo de batalla.

No volvió ninguno.

Esa fue la primera vez que Hans Hubermann se me escapó. En la Gran Guerra.

La segunda vez todavía estaba por llegar, sería en 1943, en Essen.

Dos guerras para dos evasiones.

En la primera era joven, en la otra no tanto.

No existen muchos hombres que hayan tenido la fortuna de escapárseme dos veces.

Cargó con el acordeón el resto de la guerra.

A su regreso, después de localizar a la familia de Erik Vandenburg en Stuttgart, la mujer de su amigo le comunicó que se lo podía quedar. El piso estaba lleno de acordeones y la visión de ese en concreto la atormentaba. Con los otros ya tenía suficiente recordatorio, como con su profesión, la de profesora de música, que habían compartido en el pasado.

—Él me enseñó a tocar —le contó Hans, como si eso la ayudara.

Y quizá así fue, porque la mujer, destrozada, le pidió que tocara para ella y lloró en silencio mientras Hans apretaba los botones y las teclas al son de un torpe vals del «Danubio azul». Era la favorita de su marido.

—Verá, él me salvó la vida —se explicó Hans. La luz escaseaba en la habitación y se respiraba un aire circunspecto—. Él… Si alguna vez necesita algo. —Le pasó un pedazo de papel con su nombre y dirección—. Soy pintor. Le pintaré el piso gratis cuando quiera.

Sabía que era una compensación inútil, pero de todas formas se ofreció a hacerlo.

La mujer cogió el papel y, poco después, un niño pequeño entró despreocupadamente en la cocina y se sentó en el regazo de su madre.

—Este es Max —lo presentó la mujer, aunque el niño era demasiado pequeño y tímido para decir nada.

Era flacucho, tenía el pelo muy suave, y sus espesos y turbios ojos lo observaron atento mientras Hans interpretaba una nueva canción en la cargada estancia. El niño siguió mirando a ambos mientras el hombre tocaba y la mujer lloraba. Las notas controlaban sus lágrimas. Cuánta desolación.

Hans se fue.

—Nunca me lo dijiste —le recriminó a un Erik Vandenburg muerto y al horizonte de Stuttgart—. Nunca me dijiste que tuvieras un hijo.

Tras la breve y atribulada escala, Hans regresó a Munich suponiendo que nunca más volvería a saber nada de esa gente. Lo que ignoraba era que iban a necesitar su ayuda más de lo que creía, aunque no sería ni para pintar ni antes de que hubieran transcurrido veinte años.

Pasaron varias semanas antes de que se pusiera a pintar. Durante los meses de buen tiempo, trabajaba con ahínco, incluso en invierno. Solía decirle a Rosa que tal vez el dinero no les lloviera del cielo, pero al menos chispeaba de vez en cuando.

Todo fue bien durante más de una década.

Nacieron Hans hijo y Trudy. Crecieron visitando a su padre en el trabajo, pintando las paredes a manotazos y limpiando los pinceles.

Sin embargo, cuando Hitler subió al poder en 1933, el negocio de la pintura sufrió un ligero contratiempo. Hans no se había unido al NSDAP como la mayoría de la gente. Había meditado mucho su decisión.

LAS REFLEXIONES DE HANS HUBERMANN

No era culto y no le interesaba la política, pero era un hombre que valoraba la justicia. Un judío le había salvado la vida y no iba a olvidarlo. No podía afiliarse a un partido que alentara el

antagonismo entre la gente de esa manera. Además, igual que Alex Steiner, algunos de sus clientes más fieles eran judíos. Al igual que muchos judíos, Hans creyó que ese sentimiento de odio no duraría mucho, por lo que no seguir a Hitler fue una decisión consciente. En muchos aspectos, también fue desastrosa.

En cuanto empezaron las persecuciones, el trabajo de Hans fue disminuyendo poco a poco. Al principio no lo notó demasiado, pero pronto empezó a perder su clientela. Los presupuestos parecían desvanecerse a marchas forzadas en un ambiente cada vez más nazi.

Se acercó a uno de sus más fieles clientes, Herbert Bollinger —un hombre de cintura hemisférica, que hablaba *Hochdeutsch* (era de Hamburgo)—, cuando lo vio en Münchenstrasse. De buenas a primeras, el hombre bajó la vista, salvando su contorno, pero cuando volvió a mirar al pintor comprobó que la pregunta lo había incomodado. La aclaración era innecesaria, pero aun así Hans la exigió.

—¿Qué ocurre, Herbert? Estoy perdiendo clientes de la noche a la mañana.

Bollinger por fin se soltó.

—En fin, Hans, ¿eres uno de sus miembros? —le contestó con otra pregunta, enderezándose.

—¿Miembro de qué?

Sin embargo, Hans Hubermann sabía perfectamente de qué hablaba el hombre.

—Vamos, Hansi —insistió Bollinger—, no me obligues a decirlo.

El desgarbado pintor se despidió y siguió su camino.

A medida que pasaban los años, los judíos eran objeto de azarosas persecuciones por todo el país, y en la primavera de 1937, casi para su vergüenza, Hans Hubermann claudicó. Se informó y solicitó la entrada en el partido.

Tras entregar la instancia en la sede de Münchenstrasse, vio que cuatro hombres arrojaban ladrillos contra una tienda de confecciones llamada Kleinmann's. Era una de las pocas tiendas judías que todavía seguían abiertas en Molching. En el interior, un hombre bajo tartamudeaba caminando arriba y abajo, pisando los cristales rotos mientras limpiaba. En la puerta habían pintado una estrella de color mostaza. Los bordes de la descuidada letra con que habían escrito BASURA JUDÍA goteaban. El trajín del interior fue disminuyendo hasta volverse taciturno y acabar deteniéndose del todo.

Hans se acercó un poco más y asomó la cabeza.

—¿Necesita ayuda?

El señor Kleinmann levantó la vista. Tenía un aire impotente y en las manos llevaba una escoba.

—No, Hans. Por favor, váyase.

El año anterior Hans había pintado la casa de Joel Kleinmann. Recordaba a sus tres hijos y sus caras, pero no los nombres.

—Mañana vendré y le repintaré la puerta —aseguró.

Así lo hizo.

Fue su segundo error.

El primero lo cometió inmediatamente después del incidente.

Volvió sobre sus pasos y atizó un puñetazo contra la puerta y luego contra la ventana del NSDAP. El cristal se hizo añicos, pero nadie respondió. Todo el mundo había recogido y se había ido a casa. Un último miembro, que se alejaba en dirección contraria, reparó en el pintor al oír el estallido del cristal.

Se acercó a Hans y le preguntó qué ocurría.

—No puedo hacerme miembro —le explicó Hans.

El hombre se quedó atónito.

—¿Por qué no?

Hans se miró los nudillos de la mano y tragó saliva. En esos momentos ya saboreaba su error como si llevara una pastilla metálica en la boca.

—Olvídelo.

Dio media vuelta y se fue a casa.

Unas palabras lo siguieron.

—Piénselo bien, herr Hubermann, y háganos saber su decisión.

No se la hizo saber.

A la mañana siguiente, tal como había prometido, madrugó más de lo habitual, pero no lo suficiente. La puerta de la tienda del señor Kleinmann todavía estaba húmeda de rocío. Hans la secó. Encontró un color lo más parecido al de la puerta que un humano puede conseguir y le dio una buena capa.

Un hombre pasó junto a él.

—*Heil Hitler!* —lo saludó.

—*Heil Hitler!* —contestó Hans.

∽ TRES DATOS SUELTOS, AUNQUE ∾ IMPORTANTES

1. **El hombre que pasó junto a él era Rolf Fischer, uno de los nazis más importantes de Molching.**
2. **Un nuevo comentario antisemita apareció pintado en la puerta en menos de dieciséis horas.**
3. **Hans Hubermann no fue admitido en el Partido Nazi. Al menos por el momento.**

Por suerte, durante el año siguiente Hans no retiró su solicitud de afiliación de manera oficial. Mientras que a la mayoría los aceptaban al instante, a él lo añadieron a una lista de espera. No las tenía todas consigo. Hacia finales de 1938, cuando los judíos fueron expulsados sin dilación después de la *Kristallnacht*, la Noche de los Cristales Rotos, lo visitó la Gestapo. Registraron su casa y, gracias a que no encontraron nada ni a nadie sospechoso, Hans Hubermann pudo considerarse afortunado: le permitieron quedarse.

Probablemente lo salvó que la gente supiera que seguía esperando la admisión de su solicitud. Por eso lo toleraban e incluso lo reconocían como el competente pintor que era.

Y no olvidemos su otra salvación.

El acordeón fue lo que sin duda lo libró del ostracismo total. Había muchos pintores por todo Munich, pero tras la breve enseñanza de Erik Vandenburg y cerca de dos décadas de práctica constante por su cuenta, no había nadie en Molching que supiera tocar como él. Su estilo nada tenía que ver con la perfección, sino con la afabilidad. Incluso los errores se toleraban con simpatía.

Hans «heilhitleriaba» cuando tenía que hacerlo y ondeaba la bandera el día establecido. No había ningún problema aparente.

Entonces, el 16 de junio de 1939 (la fecha se había fraguado como el cemento), justo al cabo de seis meses de la llegada de Liesel a Himmelstrasse, ocurrió algo que cambiaría la vida de Hans Hubermann para siempre.

Era un día que tenía trabajo.

Salió de casa a las siete en punto de la mañana.

Llevó a remolque el carro de pinturas, sin saber que lo seguían.

Cuando llegó al trabajo, un joven forastero se acercó a él. Era rubio y alto, y estaba muy serio.

Se miraron.

—¿Es usted Hans Hubermann?

Hans asintió con la cabeza. Se había estirado para alcanzar un pincel.

—Sí, soy yo.

—¿Por casualidad toca usted el acordeón?

Esta vez Hans se detuvo y dejó el pincel donde estaba. Volvió a asentir.

El forastero se rascó la barbilla y miró alrededor.

—¿Es usted un hombre de palabra? —preguntó con gran suavidad, aunque muy claro.

Hans sacó dos botes de pintura y le ofreció asiento. Antes de aceptar la invitación, el joven le tendió la mano y se presentó.

—Me llamo Kugler. Walter. Vengo de Stuttgart.

Se sentaron y charlaron en voz baja unos quince minutos, y acordaron un encuentro para más tarde, por la noche.

Buena chica

En noviembre de 1940, cuando Max Vandenburg llegó a la cocina del número treinta y tres de Himmelstrasse, tenía veinticuatro años. Parecía que la ropa le pesara y su extenuación era tal que un picor habría podido partirlo en dos. Estremecido, se quedó agitando la puerta.

—¿Todavía toca el acordeón?

Era evidente que la verdadera pregunta era: ¿Todavía está dispuesto a ayudarme?

El padre de Liesel fue hasta la puerta de la calle y la abrió. Miró fuera con cautela, a ambos lados, y volvió. Por suerte no había nada a la vista.

Max Vandenburg, el judío, cerró los ojos y se precipitó hacia una salvación cada vez más cercana. La idea le pareció absurda, pero la aceptó a pesar de todo.

Hans comprobó que las cortinas estuvieran corridas. No debía atisbarse ni un resquicio. Mientras tanto, Max no pudo soportarlo más, cayó de rodillas y le cogió las manos.

La oscuridad lo acarició.

Sus dedos olían a maleta, a metal, a *Mein Kampf* y a supervivencia.

La escasa luz del vestíbulo no alcanzó sus ojos hasta que levantó la cabeza, momento en que se percató de la niña en pijama que tenía delante.

—¿Papá?

Max se levantó, como un fósforo encendido. La oscuridad se ahuecó a su alrededor.

—No pasa nada, Liesel —la tranquilizó Hans—. Vuelve a la cama.

La niña aún se demoró unos instantes antes de que los pies empezaran a tirar de ella. Al detenerse y echar un último y breve vistazo al forastero de la cocina, atisbó el contorno de un libro sobre la mesa.

—No tengas miedo —oyó que susurraba su padre—, es una buena chica.

Durante la hora siguiente, la buena chica estuvo despierta en la cama escuchando el apagado titubeo de las frases procedentes de la cocina.

Todavía quedaba una carta por jugar.

Breve historia del púgil judío

Max Vandenburg había nacido en 1916.

Creció en Stuttgart.

Lo que más le gustaba de pequeño era una buena pelea a puñetazos.

Disputó su primer combate con once años, y estaba tan seco como el palo de una escoba.

Wenzel Gruber.

Su contrincante.

El pequeño Gruber era un insolente y tenía el pelo tan rizado que parecía alambre. El parque donde jugaban les exigió una pelea y ninguno de los dos se opuso.

Pelearon como campeones.

Durante un minuto.

Justo cuando se estaba poniendo interesante, los niños se vieron arrastrados por el cuello. Un padre atento.

A Max le caía un hilillo de sangre por la boca.

La probó y le supo bien.

La gente de su barrio no sabía pelearse y, si alguna vez lo hacía, no utilizaba los puños. En esa época se decía que los judíos preferían quedarse quietos y recibir, que preferían aguantar los insultos y luego volver a abrirse camino hacia lo alto. Es obvio que no todos los judíos son iguales.

Casi había cumplido dos años cuando su padre murió; las balas lo despedazaron en una verde colina.

Al cumplir los nueve, su madre estaba sumida en la miseria. Vendió el estudio de música, que hacía las veces de hogar, y se trasladaron a casa del tío de Max. Allí creció junto con seis primos que lo apaleaban, lo fastidiaban y lo querían. Las peleas con el mayor, Isaac, fueron un buen entrenamiento para sus peleas a puñetazos. Recibía una paliza casi a diario.

Cuando contaba trece años, la tragedia volvió a visitarlos con la muerte de su tío.

Como se desprende de las estadísticas, su tío no era un exaltado como Max, sino la clase de persona que se desloma por un sueldo irrisorio sin protestar. Se lo guardaba todo, se sacrificaba por su familia... y murió de algo que crecía en su estómago. Algo parecido a una bola de bolera venenosa.

Como suele ocurrir, la familia se reunió alrededor de la cama y fue testigo de su capitulación.

En cierto sentido, entre tanta tristeza y dolor, Max Vandenburg, en esos momentos un adolescente de manos endurecidas, ojos oscuros y con un diente picado, también estaba un poco decepcionado, incluso disgustado. Mientras veía cómo su tío se consumía lentamente en el lecho, decidió que él jamás moriría así.

El rostro del hombre decía a las claras que se había dado por vencido.

A pesar de la furiosa arquitectura del cráneo —la interminable mandíbula que se extendía a lo largo de kilómetros, las mejillas saltonas y las simas de los ojos—, estaba tranquilo y macilento. Parecía tan sereno que al muchacho le entraron ganas de preguntar algo.

¿Por qué no pelea?, se interrogó.

¿Dónde está la voluntad de seguir adelante?

Cierto, con trece años, tal vez su juicio fuera excesivamente duro. No había tenido que mirar a la cara a alguien como yo. Todavía no.

Se unió al corro alrededor de la cama y vio cómo moría el hombre, cómo tomaba el desvío seguro de la vida a la muerte. Por la ventana se colaba una luz gris y anaranjada, como el color de la piel en verano, y su tío pareció aliviado una vez dejó de respirar para siempre.

—Cuando la muerte venga a por mí, sentirá mi puño en su cara —juró el chico.

A mí, personalmente, me gusta. Esa estúpida gallardía.

Sí.

Me gusta mucho.

Desde entonces empezó a pelear con mayor regularidad. Un grupo de amigos y enemigos acérrimos se reunía en secreto en Steberstrasse y peleaban hasta que se hacía de noche. Alemanes arquetípicos, el extraño judío, los chicos del Este... Tanto daba. No había nada mejor que una buena pelea para desbravar el vigor de la adolescencia. Incluso a los enemigos apenas los separaba un paso de la amistad.

Le gustaban los corrillos apretados y lo desconocido.

La agridulce sensación de la incertidumbre:

Ganar o perder.

Lo sentía en el estómago, donde rebullía hasta que ya no podía soportarlo más y entonces el único remedio era arrojarse hacia delante y dar puñetazos. Max no era de los que perdiera el tiempo parándose a pensar.

Cuando se ponía nostálgico, su pelea preferida era el «combate número cinco» contra un chico alto, fuerte y larguirucho llamado Walter Kugler. Tenían quince años. Walter había ganado los cuatro asaltos previos, pero esa vez Max sentía algo distinto. Una nueva savia, que tenía el poder de asustarlo y a la vez espolearlo, corría por sus venas: la de la victoria.

Como siempre, un círculo cerrado se apiñaba a su alrededor. Se enfrentaban a un suelo polvoriento y a unas sonrisas que se dibujaban en la cara de los curiosos. Se enfrentaban a unos dedos mugrientos que sujetaban el dinero y a los gritos y las voces llenos de tal vitalidad que no parecía existir nada más que aquello.

Dios, cuánto miedo y cuánta dicha reunida al mismo tiempo. Qué bullicio tan portentoso.

Los dos contrincantes se vieron arrastrados por la pasión del momento, con sus rostros marcados por una expresión acentuada por la tensión. La concentración se reflejaba en los ojos bien abiertos.

Tras estudiarse mutuamente, empezaron a acercarse el uno al otro, a asumir mayores riesgos. Después de todo, era una pelea callejera, no un combate de una hora por un título. No tenían todo el día.

—¡Vamos, Max! ¡Vamos, Maxi Taxi, ya lo tienes, ya lo tienes, venga, judío, ya es tuyo, ya es tuyo! —gritó uno de sus amigos sin detenerse a respirar ni un momento.

El oponente le sacaba una cabeza a Max, un crío bajito de suaves mechones, nariz rota y ojos cenagosos. El estilo de Max tenía poco de elegante: inclinado hacia delante, se abalanzaba sobre el otro y le lanzaba rápidos puñetazos al rostro. Kugler, sin duda más fuerte y diestro, permanecía erguido y descargaba derechazos que siempre alcanzaban las mejillas y la barbilla de Max.

Max siguió atacando.

A pesar del duro castigo que estaba recibiendo, siguió adelante. La sangre le corría por los labios y pronto se le secaría en los dientes.

El corro bramó cuando cayó al suelo. El dinero ya estaba pasando de unas manos a otras.

Max se levantó.

Mordió el polvo una vez más antes de cambiar de táctica, para lo que atrajo a Walter Kugler un poco más cerca de lo que le hubiera gustado. Sin embargo, ya que lo tenía allí, Max le soltó un puñetazo corto y directo en la cara. Hizo diana. Justo en la nariz.

Kugler, cegado de repente, se tambaleó hacia atrás y Max aprovechó la oportunidad que se le presentaba. Lo siguió, se colocó a su derecha y volvió a golpearlo; le descargó un puñetazo en las costillas. El derechazo que acabó con Kugler lo dirigió a la barbilla. Walter terminó en el suelo, con el pelo rubio salpicado de arena. Tenía las piernas separadas en uve y unas lágrimas, que parecían de cristal, le resbalaban por la piel a pesar de no estar llorando. Se las habían arrancado a golpes.

El corro se puso a contar.

Siempre contaban, por si acaso. Gritos y números.

Según la costumbre, tras un combate el perdedor debía levantar la mano del vencedor. Cuando Kugler consiguió enderezarse, se acercó con resentimiento a Max Vandenburg y alzó su brazo.

—Gracias —dijo Max.

—La próxima vez te mataré —le advirtió Kugler.

En los años venideros, Max Vandenburg y Walter Kugler disputarían un total de trece asaltos. Walter deseaba vengarse de la primera victoria de Max, y este ansiaba repetir su momento de gloria. Al final, el marcador quedó en 10 a 3 a favor de Walter.

Pelearon hasta 1933, recién cumplidos los diecisiete años. El renuente respeto se convirtió en sincera amistad, y cesó la necesidad de pelearse. Ambos encontraron trabajo, hasta que en 1935 despidieron a Max de la fábrica de ingeniería Jedermann, junto con los otros judíos. Ocurrió poco después de que entraran en vigor las leyes de Nuremberg, por las cuales se denegaba a los judíos la ciudadanía alemana y se les prohibía el matrimonio con alemanes.

—Jesús, esos sí que eran buenos tiempos, ¿eh? —comentó Walter una noche, cuando se encontraron en el pequeño rincón donde solían pelear—. Estas cosas no pasaban antes. —Le dio una palmada con el revés de la mano a la estrella que Max llevaba en la manga—. Ahora ya no podríamos pelear como antes.

—Sí, sí que podríamos —lo corrigió Max—. No puedes casarte con un judío, pero no hay ninguna ley que prohíba pelearse con uno.

Walter sonrió.

—Seguro que hay una ley que lo premia, siempre que le ganes.

A partir de entonces fueron viéndose, como mucho, de manera esporádica. Max se sentía constantemente rechazado y a menudo pisoteado, como el resto de los judíos, mientras a Walter lo absorbía su trabajo. En una imprenta.

Por si acaso eres de esos a los que les gusta esa clase de detalles, sí, hubo algunas chicas en aquellos años. Una se llamaba Tania, la otra Hildi. Ninguna de las dos le duró. No había tiempo, puede que fuera debido a la incertidumbre y a la presión cada vez más acusada. Max tenía que escarbar entre los desechos en busca de trabajo. ¿Qué podía ofrecer a las chicas? En 1938 era difícil imaginar que la vida pudiera empeorar.

Y entonces llegó el 9 de noviembre. *Kristallnacht*. La Noche de los Cristales Rotos.

Ese incidente destrozó la vida a muchos de sus amigos judíos; en cambio, resultó providencial para Max Vandenburg. Tenía veintidós años.

Muchos establecimientos judíos estaban sufriendo asaltos y saqueos quirúrgicos cuando oyeron el martilleo de unos nudillos en la puerta del piso. Max se reunió en el comedor junto con su tía, su madre, sus primos y los hijos de estos.

—*Aufmachen!*

Intercambiaron una mirada y sintieron la tentación de salir corriendo a esconderse en las habitaciones; sin embargo, el temor es una emoción de lo más extraña: no podían moverse.

De nuevo:

—¡Abran!

Isaac se levantó y se dirigió a la puerta. La madera estaba viva, todavía vibraba por la paliza que le acababan de dar. Volvió la vista hacia los rostros visiblemente atemorizados, giró la llave y abrió la puerta.

Como era de esperar, un nazi. De uniforme.

—Nunca.

Fue la primera respuesta de Max.

Se aferró a la mano de su madre y a la de Sarah, la prima que tenía más cerca.

—No me iré. Si no vamos todos, yo tampoco voy.

Mentía.

Cuando el resto de la familia lo echó a empujones, un alivio obsceno le revolvió las tripas. Era algo que no deseaba sentir y, sin embargo, tanto era el entusiasmo que le entraron ganas de vomitar. ¿Cómo podía hacerlo? ¿Cómo podía hacerlo?

No obstante, lo hizo.

—No te lleves nada, sólo lo puesto —le aconsejó Walter—. Ya te daré lo demás.

—Max —lo llamó su madre. La mujer sacó un viejo papel de un cajón y se lo metió en el bolsillo de la chaqueta—. Si alguna vez… —Lo cogió por los codos, por última vez—. Esta podría ser tu última esperanza.

La miró a la ajada cara y la besó en los labios, con fuerza.

—Vamos. —Walter tiró de él, mientras el resto de la familia se despedía y le entregaba dinero y objetos valiosos—. Ahí fuera es un caos y eso es precisamente lo que necesitamos.

Se fueron, sin mirar atrás.

Eso lo torturaba.

Ojalá se hubiera vuelto una última vez hacia su familia cuando abandonaba el piso. Quizá el sentimiento de culpabilidad no habría sido tan hondo. No hubo última despedida.

No hubo mirada a la que aferrarse.

Sólo hubo partida.

Los dos años siguientes permaneció oculto en un almacén vacío de un edificio en el que Walter había trabajado años atrás. La comida escaseaba. La desconfianza abundaba. Los judíos con dinero que quedaban en el barrio emigraban. Los judíos sin dinero intentaban emularlos, sin demasiado éxito. La familia de Max pertenecía a la última categoría. De vez en cuando, Walter comprobaba cómo estaban, intentando levantar las mínimas sospechas. Una tarde, mientras los visitaba, alguien llamó a la puerta.

Cuando Max oyó lo sucedido, sintió que su cuerpo se arrugaba y se hacía una pelota, como una página llena de tachones arrojada a la papelera. Como basura.

Sin embargo, día tras día conseguía estirarse y alisarse, indignado y agradecido. Destrozado, pero no hecho pedazos.

A mediados de 1939, algo más de seis meses después de esconderse, decidieron que había que tomar nuevas medidas. Analizaron el papel que Max recibió el día del abandono. Exacto, abandono, no sólo huida. Así era como él lo veía, sumido en su esperpéntico alivio. Ya sabemos qué había escrito en ese pedazo de papel:

ℭ℈ UN NOMBRE, UNA DIRECCIÓN ℰℜ
Hans Hubermann
Himmelstrasse 33, Molching

—La cosa se está poniendo fea y podrían descubrirnos en cualquier momento —le comentó Walter a Max, que se encogió en la oscuridad—. No sabemos lo que puede ocurrir. ¿Y si me cogen? ¿Y si al final tienes que encontrar ese lugar…? No me atrevo a pedir ayuda a nadie de por aquí, podrían delatarme. —Sólo había una solución—. Iré a buscar a ese hombre. Si ahora es nazi, algo bastante probable, daré media vuelta, pero al menos habremos salido de dudas, *richtig?*

Max le entregó hasta el último penique para que pudiera hacer el viaje y, pocos días después, al regreso de Walter, se abrazaron antes de que este recobrara el aliento.

—¿Y?

Walter asintió con la cabeza.

—Todo correcto. Todavía toca el acordeón del que te habló tu madre... El de tu padre. No es miembro del partido, y me dio dinero. —Por entonces, Hans Hubermann no era más que un listado—. Es bastante pobre, está casado y tiene una hija.

Eso avivó aun más la curiosidad de Max.

—¿De qué edad?

—Diez años. No se puede tener todo.

—Ya. Los niños suelen irse de la lengua.

—Por ahora tenemos suerte.

Permanecieron unos instantes sentados en silencio. Max lo rompió.

—Debe de odiarme, ¿verdad?

—No creo. Me dio dinero, ¿no? Dijo que una promesa era una promesa.

Una semana después llegó una carta en la que Hans informaba a Walter Kugler de que intentaría enviarle lo que fuera siempre que pudiera. Contenía un mapa del tamaño de una página de Molching y del extrarradio de Munich, además de una ruta directa desde Pasing (la estación de tren más segura) hasta la puerta de su casa. En la carta, las últimas palabras eran claras: «Ten cuidado».

A mediados de 1940 llegó el *Mein Kampf* con una llave pegada en el interior de la cubierta.

Max pensó que ese hombre era un genio, pero no consiguió reprimir un escalofrío cuando pensó en lo que supondría viajar hasta Munich. Lo que deseaba, junto con todo lo que eso implicaba, era no tener que hacer el viaje.

No siempre se consigue lo que se desea.

Sobre todo en la Alemania nazi.

Una vez más, el tiempo pasó.

La guerra se extendió.

Max siguió oculto al mundo en otra habitación vacía.

Hasta lo inevitable.

A Walter le notificaron que iban a enviarlo a Polonia para reafirmar la autoridad alemana, tanto sobre los polacos como sobre los judíos. Todos eran iguales. Había llegado el momento.

Max viajó a Munich y a Molching, y ahora estaba sentado en la cocina de un extraño, solicitándole una ayuda que anhelaba y sufriendo por la condena que creía merecer.

Hans Hubermann le estrechó la mano y se presentó.

Le preparó un café en la oscuridad.

La niña se había ido hacía un buen rato, pero unos nuevos pasos se habían acercado a recibirlo. Las cartas ya estaban boca arriba.

La oscuridad los aislaba por completo. Se miraron fijamente. Sólo habló la mujer.

La ira de Rosa

Liesel había retomado el sueño cuando la inconfundible voz de Rosa Hubermann irrumpió en la cocina y la despertó del susto.

—*Was ist los?*

En esos momentos sintió una irrefrenable curiosidad, mientras imaginaba el sermón instigado por la ira de Rosa. Oyó que alguien se movía y arrastraba una silla.

Al cabo de diez minutos de insoportable disciplina, Liesel salió al pasillo y lo que vio la dejó maravillada: Rosa Hubermann estaba junto a Max Vandenburg mirando cómo este engullía su infame sopa de guisantes. Había una vela sobre la mesa. No se agitaba.

Rosa estaba muy seria.

Su rechoncha figura desbordaba preocupación.

Aunque, en cierto modo, también tenía una expresión triunfal, y no se trataba del júbilo de haber salvado a otro ser humano de la persecución a la que estaba sometido, sino de algo parecido a un: «¿Lo ves?, al menos él no se queja». Su mirada iba de la sopa al judío, y de nuevo a la sopa.

Cuando volvió a hablar, sólo le preguntó si quería más.

Max declinó la oferta y en su lugar prefirió salir corriendo hacia el fregadero y ponerse a vomitar. Su espalda se convulsionaba. Tenía los brazos separados. Sus dedos se aferraban al metal.

—Jesús, María y José —farfulló Rosa—. Otro igual.

Max se volvió y se disculpó con una voz pringosa, apenas audible, corroída por el ácido.

—Discúlpeme, creo que he comido demasiado. Ha pasado mucho tiempo desde la última vez que mi estómago... Creo que no ha podido...

—Sal de ahí —le ordenó Rosa, y se puso a limpiar.

Cuando terminó, encontró al joven sentado a la mesa de la cocina, taciturno. Hans estaba enfrente, con las manos entrelazadas sobre la superficie de madera.

Liesel alcanzó a ver desde el pasillo el rostro demacrado del forastero y, detrás de él, una expresión de preocupación garabateada en el de su madre.

Miró a los que la habían acogido.

¿Quiénes eran?

La charla de Liesel

Definir qué tipo de personas eran Hans y Rosa Hubermann es uno de los problemas más difíciles de solucionar. ¿Gente amable? ¿Gente profundamente ignorante? ¿Gente de salud mental cuestionable?

Definir el aprieto en que se habían metido resultaba más sencillo.

❧ LA SITUACIÓN DE HANS ☙
Y ROSA HUBERMANN
Bastante, bastante peliaguda.
De hecho, tremendamente peliaguda.

Cuando un judío aparece en tu casa de madrugada, en la mismísima cuna del nazismo, es más que probable que experimentes niveles extremos de desasosiego. Angustia, incredulidad, paranoia... Todas desempeñan su papel y todas desembocan en la secreta sospecha de que las consecuencias que aguardan no son demasiado halagüeñas. El miedo resplandece. Deslumbra.

Por sorprendente que parezca, ha de admitirse que, a pesar del miedo iridiscente que relucía en la oscuridad, consiguieron controlar el embate de la histeria.

Rosa le ordenó a Liesel que se fuera.

—*Bett, Saumensch* —dijo con voz tranquila, pero firme. Muy poco habitual.

Hans apareció al cabo de unos minutos y retiró las sábanas de la otra cama.

—*Alles gut, Liesel?* ¿Todo bien, Liesel?

—Sí, papá.

—Como ves, tenemos visita. —Liesel sólo adivinaba el contorno de la talla de Hans Hubermann en la oscuridad—. Esta noche dormirá aquí.

—Sí, papá.

Minutos después, Max Vandenburg aparecía en la habitación, silencioso y opaco. El hombre no respiraba. No se movía. Sin embargo, se las ingenió para salvar la distancia que separaba la puerta de la cama y meterse bajo las sábanas.

—¿Todo bien? —volvió a preguntar Hans, esta vez a Max.

La respuesta salió flotando de sus labios y adoptó la forma de una mancha en el techo. Tal era la vergüenza que lo embargaba.

—Sí, gracias.

Volvió a repetirlo cuando Hans se dirigió hacia su asiento habitual, junto a la cama de Liesel. «Gracias.»

Habría de transcurrir una hora para que Liesel se rindiera al sueño. Durmió larga y profundamente.

Una mano la despertó a la mañana siguiente pasadas las ocho y media.

La voz al final de la mano le informó de que aquel día no iría al colegio. Por lo que le dijeron, estaba enferma.

Cuando se desperezó del todo, miró al extraño de la cama de enfrente. Por la manta sólo asomaba un arrebujo de pelo aplastado hacia un lado. No hacía ruido, como si hubiera aprendido a dormir en silencio. Pasó junto a él con sumo cuidado y siguió a su padre al vestíbulo.

Por primera vez en su vida, la cocina y su madre todavía no habían entrado en ebullición. Estaban envueltas en una especie de silencio inaugural algo desconcertado. Para alivio de Liesel, sólo duró unos minutos.

Se oía el rumor de las bocas masticando.

Rosa anunció las prioridades del día.

—Escucha, Liesel, tu padre va a decirte algo —la informó, sentándose a la mesa. Aquello iba en serio, ni siquiera había utilizado un *Saumensch*, todo un reto personal de abstinencia—. Y quiero que lo escuches con atención, ¿está claro?

La niña todavía estaba tragando.

—¿Está claro, *Saumensch*?

Eso estaba mejor.

La niña asintió con la cabeza.

Cuando Liesel volvió a entrar en el dormitorio para coger su ropa, el cuerpo de la otra cama se había dado la vuelta y estaba hecho un ovillo. Ya no era un tronco largo, sino algo con forma de zeta atravesado en diagonal. Zigzagueando la cama.

Le vio el rostro bajo la luz mortecina. Tenía la boca abierta y su tez era del color de las cáscaras de huevo. Unos pelillos le cubrían la mandíbula y la barbilla. Tenía las orejas duras y pegadas al cráneo, y la nariz pequeña pero deformada.

—¡Liesel!

Se volvió.

—¡Mueve el culo!

Lo movió, derecha al lavabo.

En cuanto se cambió y salió al vestíbulo, se dio cuenta de que no iba a ir muy lejos: su padre estaba ante la puerta del sótano, sonriéndole ligeramente. Encendió la lámpara y la llevó abajo.

Hans la invitó a que se pusiera cómoda entre las montañas de sábanas viejas y el olor a pintura. En las paredes refulgían las palabras pintadas que había aprendido tiempo atrás.

—Tengo que decirte algo.

Liesel se sentó sobre una montaña de un metro hecha con sábanas viejas y su padre en un bote de pintura de quince litros. Hans estuvo buscando las palabras unos minutos. Cuando por fin acudieron a él, se levantó para entregárselas y se frotó los ojos.

—Liesel, nunca estuve seguro de si esto llegaría a ocurrir, por eso no te hablé... —confesó con voz queda—. De mí. Del hombre de arriba.

Empezó a pasear por el sótano arriba y abajo. La lámpara ampliaba su sombra en la pared y lo convertía en un gigante que caminaba de un lado al otro.

Cuando se detuvo, la sombra se cernió sobre él, vigilante. Siempre había alguien vigilando.

—¿Sabes la historia de mi acordeón? —preguntó, y ahí empezó a contar.

Le habló de la Primera Guerra Mundial y de Erik Vandenburg, y luego de la visita a la mujer del soldado caído.

—El niño que entró en la habitación aquel día es el hombre de arriba. *Verstehst?* ¿Lo entiendes?

La ladrona de libros escuchaba la historia de Hans Hubermann. Transcurrió una buena hora hasta que llegó el momento de la verdad, que se tradujo en una obvia y necesaria charla.

—Liesel, escúchame bien.

Su padre la hizo levantar y le cogió la mano.

Estaban de cara a la pared.

Formas oscuras, y el ejercicio de las palabras.

Hans le apretaba los dedos con fuerza.

—¿Recuerdas el cumpleaños del Führer, cuando volvimos a casa la noche de la hoguera? ¿Recuerdas lo que me prometiste?

La niña asintió.

—Que guardaría un secreto —contestó a la pared.

—Eso es. —Las palabras pintadas se distribuían entre las sombras de las manos entrelazadas, apoyadas en sus hombros, descansando en sus cabezas y colgándoles de los brazos—. Liesel, si le hablas a alguien del hombre de arriba, todos nos veremos en un serio aprieto. —Caminaba por la cuerda floja, oscilando entre aterrorizarla hasta los tuétanos y tranquilizarla lo suficiente para que no perdiera la calma. Le dio de comer las frases y la observó con su mirada metálica. Desesperación y serenidad—. A tu madre y a mí se nos llevarían seguro.

A Hans le preocupaba pasarse de la raya, pero calculó el riesgo y prefirió equivocarse y pecar de más que de menos. La complicidad de la niña debía ser absoluta e inequívoca.

Acercándose al final, Hans Hubermann miró a Liesel Meminger y comprobó que estuviera atenta.

Le recitó una lista de consecuencias.

—Si le hablas a alguien de ese hombre…

Su profesora.

Rudy.

Daba igual quién fuera.

Lo importante era que todos podían ser castigados.

—Para empezar, me llevaré todos y cada uno de tus libros… y los quemaré. —Qué crueldad—. Los arrojaré a los fogones o a la chimenea. —Actuaba como un tirano, pero era necesario—. ¿Entendido?

La conmoción abrió un agujero en ella, muy limpio, muy preciso. Las lágrimas brotaron de sus ojos.

—Sí, papá.

—Siguiente. —Debía mantenerse firme, y tuvo que hacer un gran esfuerzo para conseguirlo—. Te apartarán de mi lado. ¿Eso te gustaría?

Liesel se echó a llorar en serio.

—*Nein*.

—Bien. —Le apretó aún más la mano—. Se llevarán a ese hombre y tal vez a mamá y a mí también… Y nunca, nunca más volveríamos.

Con eso fue suficiente.

La niña se puso a sollozar tan desesperadamente que Hans apenas pudo refrenar el deseo de atraerla hacia él y estrecharla con fuerza entre sus brazos. No lo hizo, sino que se agachó y la miró a los ojos para dejar escapar las palabras más suaves que le había dirigido hasta el momento: *Verstehst du mich?* ¿Me entiendes?

La niña asintió con la cabeza. Lloraba y, ahora sí, desarmada y deshecha, su padre la abrazó en el ambiente teñido de pintura y luz de queroseno.

—Lo entiendo, papá, de verdad.

El cuerpo de su padre amortiguó su voz. Permanecieron abrazados un buen rato, Liesel con la respiración entrecortada y su padre acariciándole la espalda.

Cuando subieron, encontraron a Rosa sentada en la cocina, sola y pensativa. Se levantó al verlos y le hizo un gesto a Liesel para que se acercara, reparando en las lágrimas secas que le veteaban la cara. Atrajo a la niña hacia sí y la envolvió en un rudo abrazo típico de ella.

—*Alles gut, Saumensch?*

No necesitaba una respuesta.

Todo iba bien.

Pero era terrible.

El dormilón

Max Vandenburg durmió tres días seguidos.

Liesel lo observó durante ciertos pasajes de ese sueño. En realidad podría decirse que, al tercer día, mirarlo y comprobar si seguía respirando se había convertido en una obsesión. Había aprendido a interpretar las señales que le indicaban que estaba vivo, desde el temblor de los labios y el hormigueo de la barba hasta el imperceptible estremecimiento de sus cabellos como ramas cuando movía la cabeza en medio de una pesadilla.

A menudo, cuando lo vigilaba, la asaltaba la mortificante sensación de que el hombre se acababa de despertar, que había abierto los ojos de repente y se la había encontrado, que la veía mirándolo. La idea de que la pillara la torturaba y la emocionaba por igual. Lo temía. Lo deseaba. Hasta que su madre la llamaba, era incapaz de apartarse de la cama, aliviada y decepcionada al mismo tiempo por no estar allí en el momento en que despertase.

A veces, cerca ya del final del maratón de sueño, hablaba.

Murmuró una retahíla de nombres. Un repaso a la lista:

Isaac, la tía Ruth, Sarah, mamá, Walter, Hitler.

Familia, amigos, enemigos.

Todos lo acompañaban bajo las sábanas. En cierta ocasión dio la impresión de estar peleándose consigo mismo.

—*Nein* —susurró. Lo repitió siete veces—. No.

En una de sus guardias, Liesel empezó a notar las similitudes que

existían entre el extraño y ella. Ambos llegaron muy agitados a Himmelstrasse. Ambos sufrían pesadillas.

Llegado el momento, se despertó con el desagradable estremecimiento
de la desorientación. Abrió la boca un instante después que los ojos y se
enderezó, en ángulo recto.

—¡Ay!

Un retazo de voz se le escapó de la boca.

Cuando vio el rostro de una niña, al revés, encima de él, sintió una
repentina inquietud por la extrañeza del entorno y se aferró a los recuerdos para descifrar cuándo y dónde estaba sentado. Al cabo de unos instantes, se las apañó para rascarse la cabeza (un susurro de ramas) y la miró. Sus movimientos eran fragmentados y, ahora que los tenía abiertos, la
niña comprobó que sus ojos eran cenagosos y marrones. Espesos, den-
sos.

Liesel retrocedió en un acto reflejo.

Fue demasiado lenta.

El extraño sacó una mano de debajo de las sábanas todavía caliente,
y la cogió por el brazo.

—Por favor.

Su voz también la atrapó, como si tuviera uñas. Se la clavó en la carne.

—¡Papá! —gritó.

—¡Por favor! —susurró.

Caía la tarde, gris y satinada, pero a la habitación sólo tenía acceso
una luz de color sucio. La tela de las cortinas no permitía más. Si eres de
los optimistas, imagínatela de bronce.

Cuando entró Hans, se quedó en la puerta y vio los dedos agarrota-
dos de Max Vandenburg y su rostro desesperado. Ambos se negaban a
soltar el brazo de Liesel.

—Veo que ya os conocéis —dijo.

Los dedos de Max empezaron a relajarse.

El intercambio de pesadillas

Max Vandenburg prometió que no volvería a dormir en el cuarto de Liesel. ¿En qué estaría pensando la noche que llegó? La sola idea lo martirizaba.

Reflexionó y concluyó que únicamente el desconcierto que arrastraba aquella noche lo había animado a tomarse tal libertad. Por lo que a él respectaba, el sótano era el único lugar que merecía. Qué más daba el frío y la soledad. Era judío, y si algún lugar le estaba destinado ese era un sótano o cualquier otro rincón escondido donde sobrevivir.

—Lo siento —admitió ante Hans y Rosa, en los escalones del sótano—. De ahora en adelante me quedaré aquí abajo. No me oirán. No haré ruido.

Hans y Rosa, ambos sumidos en la desesperación por el aprieto en que se encontraban, no protestaron, ni siquiera conscientes del frío que hacía allí abajo. Vaciaron los armarios de mantas y llenaron la lámpara de queroseno. Rosa confesó que la comida tal vez escaseara, ante lo que Max le suplicó que le llevara sólo las sobras, y únicamente cuando nadie más las quisiera.

—Ni hablar —protestó Rosa—, te daré de comer como pueda.

Incluso bajaron el colchón de la cama supletoria del dormitorio de Liesel. Lo sustituyeron por sábanas viejas. Un negocio redondo.

Hans y Max colocaron el colchón debajo de los escalones y a un lado levantaron una pared con sábanas viejas lo bastante alta para ocultar la entrada triangular. Así al menos Max podía apartarlas con facilidad si necesitaba un poco de aire.

Hans se disculpó.

—Esto es muy triste, lo sé.

—Es mejor que nada, más de lo que me merezco —aseguró Max.

Con varios botes de pintura bien dispuestos, Hans reconoció que sólo parecía una serie de trastos amontonados en un rincón para que no molestaran. El único problema era que sólo había que mover unos cuantos botes y retirar un par de sábanas para oler al judío.

—Esperemos que sea suficiente —suspiró.

—Tendrá que serlo. —Max entró a gatas—. Gracias —repitió.

«Gracias.»

Para Max Vandenburg, quizá esa era la palabra más penosa que podía pronunciar, rivalizando únicamente con un «Lo siento». Sentía una necesidad acuciante de utilizar ambas expresiones, azuzado por el peso de la culpa.

¿Cuántas veces, en las pocas horas que llevaba despierto, había tenido ganas de salir del sótano y abandonar la casa? Probablemente centenares.

Sin embargo, no era más que una punzada.

Y eso lo hacía aún peor.

Quería salir de allí —Dios, cómo lo deseaba (o al menos quería desearlo)—, pero sabía que no lo haría. Le recordaba mucho a cómo había abandonado a su familia en Stuttgart, envuelto en falsa lealtad.

Para vivir.

Vivir era vivir.

El precio era la culpa y la vergüenza.

Durante los primeros días en el sótano, Liesel lo ignoró por completo, negó su existencia. El crujir del pelo y los fríos y resbaladizos dedos.

Su atormentada presencia.

Mamá y papá.

Entre ellos se habían instalado un montón de decisiones por tomar y una gran circunspección.

Se plantearon si podrían llevárselo a otro lado.

—Pero ¿adónde?

Sin respuesta.

Estaban solos y se sentían atados de manos. Max Vandenburg no tenía adónde ir, sólo a ellos, a Hans y a Rosa Hubermann. Liesel nunca los había visto mirarse tanto o con tanta solemnidad.

Ellos le bajaban la comida y se ocuparon de encontrar un cubo de pintura para los excrementos de Max, de cuyo contenido Hans se deshacía con la prudencia necesaria. Rosa también le bajó unos cubos de agua caliente para que se aseara. El judío apestaba.

Fuera, el frío aire de noviembre esperaba en la puerta de casa cada vez que Liesel salía.

Caían chuzos de punta.

Las hojas muertas se desplomaban en la calzada.

Poco después, a la ladrona de libros le llegó el turno de visita al sótano. La obligaron.

Bajó los escalones con sumo cuidado, sabiendo que no eran necesarias las palabras, pues el roce de los pies era suficiente para despertarlo.

Se quedó esperando en medio del sótano con la sensación de encontrarse en el centro de un enorme campo crepuscular. El sol se ponía detrás de una cosecha de sábanas viejas.

Cuando Max salió, llevaba el *Mein Kampf* en la mano. A su llegada se lo había querido devolver a Hans Hubermann, pero este le había dicho que se lo quedara.

Lógicamente, Liesel, cargada con la comida, no pudo quitarle la vista de encima al libro. Lo había visto varias veces en la BDM, pero ni lo habían leído ni lo habían utilizado para sus actividades. De vez en cuando hacían referencia a su importancia y les prometían que en un futuro tendrían la oportunidad de estudiarlo, a medida que progresaran en las Juventudes Hitlerianas.

Max, siguiendo su mirada, también observó el libro.

—¿Es...? —susurró Liesel con un extraño y agitado hilo de voz.

El judío acercó la cabeza hacia ella un poco más.

—*Bitte?* ¿Perdona?

Liesel le tendió la sopa de guisantes y, sonrojada, volvió arriba a todo correr, sintiéndose ridícula.

—¿Es bueno?

Practicó lo que habría querido decirle ante el pequeño espejo del baño. Todavía no se había desprendido del olor a orina, ya que Max acababa de usar el bote de pintura cuando ella bajó. *So ein G'schtank,* pensó. Qué peste.

La orina de los demás no huele tan bien como la de uno.

Los días transcurrieron a trompicones.

Todas las noches, antes de caer en las garras del sueño, oía hablar a sus padres en la cocina sobre lo que habían hecho, lo que estaban haciendo y lo que irremediablemente iba a suceder. La imagen de Max revoloteaba a su lado todo el tiempo, siempre con la misma expresión dolida y agradecida, y los ojos cenagosos.

Sólo una vez hubo un conato de discusión en la cocina.

Papá.

—¡Ya lo sé! —exclamó con voz áspera, aunque consiguió contenerla en un apresurado y apagado susurro—, pero tengo que ir. Al menos unos días a la semana, no puedo estar aquí a todas horas. Necesitamos el dinero y si dejo de tocar empezarán a sospechar, se preguntarán por qué lo he dejado. La semana pasada les dije que estabas enferma, pero tenemos que comportarnos como lo hemos hecho hasta ahora.

Ahí radicaba el problema.

La vida había dado un giro de ciento ochenta grados y, sin embargo, era esencial que actuaran como si nada hubiera ocurrido.

Imagínate que tienes que sonreír después de recibir un bofetón. Y luego imagínate que tienes que hacerlo las veinticuatro horas del día.

En eso consistía ocultar a un judío.

A medida que los días fueron convirtiéndose en semanas, empezó a respirarse, aunque sólo fuera eso, una resignada aceptación de lo que había sucedido hasta el momento: las consecuencias de la guerra, un hombre de palabra y un acordeón. Además, en el espacio de poco más de medio año, los Hubermann habían perdido un hijo y habían ganado un sustituto que arrastraba un peligro de proporciones épicas.

Lo que más sorprendía a Liesel era el cambio experimentado en su madre. Ya fuera por el modo en que calculaba y dividía las raciones o por lo que debía de costarle amordazar su afilada lengua, incluso por la lisura de su expresión acartonada, una cosa quedaba clara.

UNA VIRTUD DE ROSA HUBERMANN
Era una mujer de gran valor en momentos difíciles.

Incluso cuando la artrítica Helena Schmidt dejó de contar con sus servicios de colada y plancha un mes después de la llegada de Max a Himmelstrasse, ella se limitó a sentarse a la mesa y a acercarle el plato.

—Esta noche la sopa me ha salido buena.

La sopa sabía a rayos.

Siempre que Liesel se iba al colegio por las mañanas, o en los días que se aventuraba a salir a jugar al fútbol o a acabar la ronda de la colada, Rosa le decía en voz baja:

—Y, Liesel, recuerda... —Se llevaba un dedo a los labios y eso era todo. Cuando Liesel asentía, añadía—: Buena chica, *Saumensch*, ahora, en marcha.

Fiel a la palabra que le había dado a su padre, y ahora además a la dada a su madre, era una buena chica. Mantenía la boca cerrada allí donde iba. Llevaba el secreto enterrado muy adentro.

Como siempre, seguía paseándose por la ciudad con Rudy, oyéndole charlar. A veces cambiaban impresiones sobre las divisiones de las Juventudes Hitlerianas a las que pertenecían, y Rudy le habló por primera vez de un joven y sádico cabecilla llamado Franz Deutscher. Cuando Rudy no comentaba el fanatismo de Deutscher, se deleitaba en la marca que él mismo acababa de batir, amenizándola con interpretaciones y recreaciones del último gol que se había apuntado en el estadio de fútbol de Himmelstrasse.

—Que ya lo sé —aseguraba Liesel—. Estaba allí.

—¿Y qué?

—Pues que lo vi, *Saukerl*.

—¿Y yo qué sabía? Igual estabas tirada en el suelo, mordiendo el polvo que dejé atrás al marcar.

Tal vez gracias a Rudy —a su locuacidad, su cabello empapado de limonada y su petulancia— Liesel no perdió la razón.

Rebosaba una confianza infinita en la vida, que aún tenía por una broma: una interminable sucesión de goles, robos y un repertorio interminable de cháchara banal.

Además, también estaba la mujer del alcalde y la lectura en la biblioteca de su marido. A esas alturas del año allí dentro empezaba a hacer bastante frío, cada vez más y, a pesar de todo, Liesel no podía mantenerse alejada. Escogía varios libros y leía breves párrafos de cada uno, hasta que una tarde encontró uno que no pudo dejar. Se titulaba *El hombre que silbaba*. En un principio, los encuentros esporádicos con el el hombre que silbaba de Himmelstrasse, Pfiffikus, la llevaron a interesarse por el libro. Todavía lo recordaba encorvado con su abrigo, y su aparición en la hoguera el día del cumpleaños del Führer.

Lo primero que ocurría en el libro era un asesinato. Un apuñalamiento. Una calle de Viena. Cerca de la Stephansdom, la catedral de la plaza.

❧ BREVE PASAJE DE «EL HOMBRE ❧ QUE SILBABA»

«Estaba tendida en un charco de sangre, asustada, y una extraña cantinela bailaba en su cabeza. Recordó el cuchillo,

dentro y fuera, y una sonrisa. Como siempre, el hombre que silbaba había sonreído al huir hacia la oscura y ensangrentada noche…»

Liesel no supo si fueron las palabras o la ventana abierta lo que hizo que se estremeciera. Cada vez que iba a entregar o a recoger la colada a casa del alcalde, leía tres páginas y temblaba, pero no podía seguir así.

Tampoco Max Vandenburg soportaría el sótano mucho más tiempo. No se quejaba —no tenía derecho a hacerlo—, pero sentía cómo empeoraba un día tras otro, asolado por el frío. Al final, su salvación fue la lectura y la escritura, y un libro titulado *El hombre que se encogía de hombros*.

—Liesel —la llamó su padre una noche—. Vamos.

Desde la llegada de Max, Liesel había dejado de leer con su padre, y era evidente que Hans consideró que había llegado el momento de retomar la costumbre.

—*Na, komm* —dijo—. No quiero que aflojes el ritmo. Ve a buscar uno de tus libros. ¿Qué te parece *El hombre que se encogía de hombros*?

La inquietó que, al volver con el libro en la mano, su padre le hiciera un gesto para que lo siguiera al antiguo taller: el sótano.

—Pero papá, no podemos… —intentó decirle.

—¿Qué? ¿Es que hay monstruos ahí abajo?

Estaban a principios de diciembre y el día había sido gélido. El sótano iba haciéndose menos acogedor a cada escalón de cemento que bajaban.

—Hace mucho frío, papá.

—Eso no te preocupaba antes.

—Ya, pero nunca había hecho tanto frío…

—¿Te importa que utilicemos la lámpara, por favor? —le preguntó Hans a Max cuando llegaron.

Asustados, los botes y las sábanas se hicieron a un lado y la luz cambió de manos. Hans miró la llama y negó con la cabeza, acompañándola de unas palabras.

—*Es ist ja Wahnsinn, net?* Esto es de locos, ¿no? —Antes de que la mano de dentro tuviera tiempo de recolocar las sábanas, Hans la apresó—. Max, sal tú también, por favor.

Atemorizadas, las sábanas viejas se apartaron a un lado y aparecieron el cuerpo y el rostro demacrados de Max Vandenburg. Se estremeció bajo la húmeda luz, con un mágico desasosiego.

Hans le tocó el brazo para que se acercara.

—Jesús, María y José, no puedes seguir aquí abajo, acabarás congelado. —Se volvió—. Liesel, llena la bañera. No demasiado caliente, hasta que esté tibia.

Liesel subió corriendo.

—Jesús, María y José, volvió a oír desde el vestíbulo.

Cuando Max estaba en la bañera del tamaño de una jarra de cerveza, Liesel pegó la oreja a la puerta del baño, e imaginó el agua tibia convirtiéndose en vapor al calentar su cuerpo de carámbano. Sus padres estaban en el punto álgido de una discusión, en el dormitorio que hacía las veces de comedor. La pared del pasillo retenía los susurros.

—Ahí abajo se morirá, hazme caso.

—Pero ¿y si lo ve alguien?

—No, no, sólo subirá de noche. Durante el día lo dejaremos todo abierto, como si no tuviéramos nada que esconder. Y utilizaremos esta habitación en vez de la cocina. Lo mejor es mantenerse lejos de la puerta de casa.

Silencio.

A continuación, la madre:

—Está bien… Sí, tienes razón.

—Si nos la hemos de jugar por un judío —añadió el padre al cabo de unos instantes—, preferiría hacerlo por uno vivo.

Y a partir de ese momento se estableció una nueva rutina.

Todas las noches encendían la chimenea en la habitación de los padres y Max aparecía, en silencio. Se sentaba en un rincón, encogido y desconcertado, seguramente por la bondad de esa gente, por el reconcomio de haber sobrevivido y, sobre todo, por el resplandor del calor.

Con las cortinas cerradas a cal y canto, dormía en el suelo con un cojín debajo de la cabeza mientras el fuego se extinguía y se convertía en cenizas.

Por la mañana regresaba al sótano.

Un humano sin voz.

La rata judía de nuevo en su agujero.

La Navidad pasó y dejó atrás el tufo de un nuevo peligro. Tal como imaginaban, Hans hijo no apareció por casa (un alivio, aunque también una decepción que no presagiaba nada bueno), pero Trudy se presentó como siempre. Por suerte, todo fue como la seda.

❧ LAS CUALIDADES DE LA SEDA ☙
Max permaneció en el sótano.
Trudy entró y salió sin sospechar nada.

Decidieron que a pesar del afable carácter de Trudy no podían confiar en ella.

—Sólo confiaremos en quien tengamos que confiar —sentenció Hans—, es decir, en nosotros tres.

Hubo más comida de lo habitual y se disculparon ante Max porque no era una fiesta de su religión, aunque para ellos se trataba sobre todo de una costumbre.

Max no protestó.

¿Qué razones iba a aducir?

Explicó que era judío de nacimiento, que lo habían educado como tal, pero también, y entonces más que nunca, que el judaísmo no dejaba de ser una etiqueta, la peor suerte con que uno puede tropezarse.

Asimismo, aprovechó la ocasión para comunicarles que lamentaba que el hijo de los Hubermann no hubiera acudido. En respuesta, Hans le dijo que esas cosas no se podían controlar.

—Después de todo, tú ya deberías saberlo, los jóvenes siguen siendo niños y los niños a veces tienen derecho a ser cabezotas.

Lo dejaron ahí.

Max permaneció mudo las primeras semanas ante la chimenea. Ahora que disfrutaba de un buen baño semanal, Liesel se fijó en que su cabello había dejado de ser un nido de ramas y se había convertido en un montón de plumas flotando sobre su cabeza. Todavía intimidada por el extraño, le susurró a su padre:

—Es como si tuviera el pelo de plumas.

—¿Qué?

El fuego había sofocado sus palabras.

—Digo que parece que tuviera el pelo de plumas… —volvió a murmurar, inclinándose hacia él.

Hans Hubermann lo miró y asintió con la cabeza, dándole la razón. Estoy segura de que Hans habría deseado tener los ojos de la niña. No se percataron de que Max lo había oído todo.

De vez en cuando se subía el ejemplar del *Mein Kampf* y lo leía junto a las llamas, hirviendo de indignación. En la tercera ocasión, Liesel por fin reunió el valor suficiente para hacerle la pregunta.

—¿Es… bueno?

Max la miró, apretó el puño y volvió a abrir la mano. Alejada la rabia, le sonrió. Se retiró hacia atrás el flequillo plumoso de los ojos.

—Es el mejor libro que he leído en mi vida. —Miró a Hans y de nuevo a la niña—. Me salvó la vida.

Liesel se acercó un poco más y cruzó las piernas. En voz baja, le preguntó:

—¿Cómo?

Así comenzó un ciclo narrativo, cada noche en el comedor. La voz nunca se elevaba más que lo justo para oírse. Las piezas del puzzle de un púgil judío empezaron a encajar ante sus ojos.

A veces la voz de Max Vandenburg rezumaba humor, aunque estaba hecha de una materia rasposa, como una piedra restregada con suavidad contra una roca. En algunos lugares no tocaba fondo y se consumía con el áspero vaivén, a veces despedazándose por completo. Era abisal cuando hablaba de arrepentimiento y se desgajaba al final de un chiste o cuando se menospreciaba.

«Por los clavos de Cristo», era la expresión más común en las historias de Max Vandenburg, seguida generalmente de una pregunta.

✑ EL TIPO DE PREGUNTAS ✑
¿Cuánto tiempo estuviste en esa habitación?
¿Dónde está ahora Walter Kugler?
¿Sabes lo que le ocurrió a tu familia?
¿Adónde iba la mujer que roncaba?
¡Un marcador en contra de 10 a 3!
¿Por qué te seguías peleando con él?

Tiempo después, cuando Liesel rememoraba esa época de su vida, las noches en el comedor se contaban entre los recuerdos más vívidos que conservaba. Todavía veía la luz abrasadora en el rostro de cáscara de huevo de Max, incluso saboreaba el regusto humano de sus palabras. El judío fue relatando los episodios de su supervivencia, como si se cortara cada uno de los pedazos y los presentara en un plato.

—Soy un egoísta. —Al decirlo, se cubrió el rostro con el brazo—. Abandonar a mi gente, venir aquí, ponerlos en peligro… —Dejó que saliera todo y empezó a suplicarles. En el rostro llevaba marcados los bofetones del dolor y la desolación—. Lo siento. Créanme, por favor. ¡Lo siento mucho, lo siento mucho, lo…!

Tocó el fuego con el brazo y lo retiró al instante.

Todos lo miraron en silencio, hasta que Hans se levantó y se acercó a él. Se sentó a su lado.

—¿Te has quemado el codo?

Una noche, Hans, Max y Liesel estaban sentados ante la chimenea. Rosa estaba en la cocina. Max leía de nuevo *Mein Kampf*.

—¿Sabes qué? Ahí donde la ves, a Liesel le gusta leer —comentó Hans, inclinándose hacia el fuego. Max bajó el libro—. Y tenéis en común más de lo que crees. —Hans se aseguró de que Rosa no los oyera—. A ella también le gustan las peleas a puñetazos.

—¡Papá! —Apoyada contra la pared, Liesel, a punto de cumplir doce años, aunque flaca como un palillo, se quedó anonadada—. ¡Nunca me he metido en peleas!

—Shhh… —Hans se echó a reír. Le hizo un gesto con las manos para que no levantara la voz y volvió a inclinarse, esta vez hacia la chica—. Bueno, ¿y qué me dices de la paliza que le diste a Ludwig Schmeikl, eh?

—Yo nunca… —La habían pillado, inútil negarlo—. ¿Cómo lo sabes?

—Vi a su padre en el Knoller.

Liesel se llevó las manos a la cara. Cuando las retiró, hizo la pregunta decisiva.

—¿Se lo has contado a mamá?

—¿Estás de guasa? —Le guiñó un ojo a Max y le susurró a la niña—: Sigues viva, ¿no?

Esa noche también fue la primera vez desde hacía meses que Hans tocó el acordeón en casa. Sólo después de una media hora se atrevió a preguntarle a Max:

—¿Aprendiste a tocar?

El rostro del rincón contemplaba las llamas.

—Sí. —Se hizo un largo silencio—. Hasta los nueve años. Luego mi madre vendió el estudio de música y dejó de enseñar. Sólo se quedó con un instrumento, y me dejó por imposible poco después de que me negara a seguir aprendiendo. Era un atontado.

—No —protestó Hans—, eras un crío.

Por las noches, tanto Liesel Meminger como Max Vandenburg se entregaban a eso otro que compartían. Tenían pesadillas y se despertaban en habitaciones distintas, una con un chillido que ahogaban las sábanas y el otro jadeante, en busca de aire, junto a un fuego humeante.

A veces, cuando Liesel leía con su padre, cerca ya de las tres de la madrugada, oían que Max se despertaba.

—Sueña como tú —decía Hans.

En una ocasión, azuzada por la angustia de Max, Liesel decidió salir de la cama. Imaginaba muy bien lo que el joven veía en sus sueños gracias a lo que Max les había desvelado de su historia, aunque ignoraba qué escena lo visitaba cada noche.

Atravesó el vestíbulo sin hacer ruido y entró en el comedor dormitorio.

—¿Max? —preguntó con un suave susurro, empañado por una garganta somnolienta.

Al principio no oyó ninguna respuesta, pero Max se enderezó y buscó en la oscuridad.

Hans seguía en el dormitorio de Liesel y ella se sentó delante de Max, al otro lado de la chimenea. Detrás de ellos, Rosa dormía escandalosamente. Dejaba a la roncadora del tren a la altura del betún.

El fuego no era más que un funeral de humo, muerto y moribundo a la vez. Esa mañana en concreto también se oyeron unas voces.

❧ EL INTERCAMBIO DE PESADILLAS ❧

La niña: Dime, ¿qué ves cuando tienes esos sueños?

El judío: … Me veo a mí mismo volviéndome y despidiéndome.

La niña: Yo también tengo pesadillas.

El judío: ¿Qué ves?

La niña: Un tren y a mi hermano muerto.

El judío: ¿Tu hermano?

La niña: Murió cuando vine a vivir aquí, por el camino.

La niña y el judío, al unísono: *Ja*, sí.

Sería bonito decir que después de este pequeño avance, ni Liesel ni Max volvieron a tener pesadillas. Sería bonito, pero mentira. Las pesadillas los seguían visitando como siempre; igual que cuando oyes rumores de que el mejor jugador del equipo contrario se ha lesionado o está enfermo y te lo encuentras allí, calentándose con el resto de sus compañeros, listo para salir al campo. O como un tren nocturno llegando a su hora a la estación, tirando de los recuerdos que lleva atados a una cuerda, tras mucho arrastrar y traquetear torpemente.

Lo único que cambió fue que Liesel le aseguró a su padre que ahora ya era lo bastante mayor para enfrentarse ella sola a los sueños. Por un instante, Hans pareció ligeramente ofendido, pero como era habitual en él, puso todo su empeño en decir lo más acertado.

—Bueno, gracias a Dios. —Esbozó una sonrisa—. Al menos ahora dormiré como es debido, esa silla me estaba matando.

Abrazó a la niña y entraron en la cocina.

Con el tiempo, una clara distinción se impuso entre dos mundos muy diferentes: el mundo en el interior del número treinta y tres de Himmelstrasse y el que se encontraba y cambiaba en el exterior. El truco estaba en mantenerlos separados.

Liesel estaba aprendiendo a descubrir algunas de las posibilidades del mundo exterior. Una tarde, cuando volvía a casa con una bolsa de colada vacía, se fijó en un periódico que asomaba por un cubo de basura. La edición semanal del *Molching Express*. Lo cogió y se lo llevó a casa para dárselo a Max.

—Pensé que te gustarían los crucigramas —dijo—, para matar el tiempo.

Max le agradeció el gesto y, para justificar que lo hubiera llevado hasta casa, leyó el periódico de cabo a rabo y unas horas más tarde le enseñó la cuadrícula con todas las casillas rellenadas menos una.

—Maldita sea la diecisiete vertical.

En febrero de 1941, Liesel recibió un libro usado el día en que cumplió los doce años. No cabía en sí de agradecimiento. Se titulaba *Los hombres de barro* y trataba de un padre y un hijo muy raros. Abrazó a sus padres mientras Max permanecía en un rincón, incómodo.

—*Alles Gute zum Geburtstag.* —Esbozó una tímida sonrisa—. Feliz cumpleaños. —Tenía las manos metidas en los bolsillos—. No lo sabía; si no, podría haberte regalado algo.

Una flagrante mentira, pues no tenía nada que regalar, salvo, tal vez, el *Mein Kampf*, y bajo ningún concepto iba a entregar ese tipo de propaganda a una joven alemana. Habría sido como si el cordero le acercara el cuchillo al carnicero.

Se hizo un incómodo silencio.

Liesel había abrazado a sus padres.

Max parecía muy solo.

Liesel tragó saliva.

Y se acercó a él y lo abrazó por primera vez.

—Gracias, Max.

Al principio, él se limitó a quedarse inmóvil, pero a medida que ella lo estrechaba entre sus brazos Max fue alzando las manos poco a poco y le apretó los omoplatos con suavidad.

Tiempo después Liesel descubriría que, en ese momento, una expresión de desamparo había cubierto el rostro de Max Vandenburg. También descubriría que fue entonces cuando él decidió darle algo a cambio. A menudo me lo imagino esa noche tumbado en la cama, pensando qué podría regalarle.

Al final le hizo un regalo de papel una semana después.

Se lo daría de madrugada, antes de descender los escalones de cemento para retirarse a lo que entonces le gustaba considerar su hogar.

Las páginas del sótano

Mantuvieron a Liesel alejada del sótano a toda costa durante una semana. Sus padres se encargaron de bajarle la comida a Max.

—No, *Saumensch* —contestaba la madre cada vez que Liesel se prestaba voluntaria. Siempre había una excusa—. ¿Por qué no haces algo útil aquí arriba por una vez? Puedes acabar de planchar. ¿Crees que ir de reparto por la ciudad es tan importante? ¡Ponte a planchar y verás!

Cuando se tiene una reputación como la de Rosa, una se puede permitir toda clase de triquiñuelas poco limpias. Funcionó.

Durante esa semana, Max había arrancado varias páginas de *Mein Kampf* y las había blanqueado con una capa de pintura. A continuación las había tendido en unas cuerdas de un extremo a otro del sótano, sujetándolas con pinzas. Una vez que estuvieron bien secas, empezó la parte difícil. Contaba con los rudimentos suficientes para apañárselas, pero desde luego no era escritor ni artista. A pesar de ello, enhebró las palabras en su mente hasta que consiguió repetirlas sin equivocarse. Sólo entonces empezó a trasladar la historia al papel, que se había abombado por la tensión del proceso de secado de la pintura. Se ayudó de un pequeño pincel negro.

El vigilante.

Calculó que necesitaría trece páginas, así que blanqueó cuarenta, previendo cometer el doble de meteduras de pata que de aciertos. Dibujó varias versiones en las páginas del *Molching Express* a modo de prueba, para mejorar las rudimentarias y torpes ilustraciones y conseguir algo aceptable. Mientras trabajaba, oía los susurros de una niña. «Es como si tuviera el pelo de plumas.»

Cuando terminó, utilizó un cuchillo para agujerear las hojas y las unió con un cordel. El resultado fue un librito de trece páginas que decía así:

**Toda mi vida
he tenido miedo**

**de los hombres que me
vigilaban.**

Supongo que el primer hombre que me vigiló fue mi padre,

pero desapareció antes de que pudiera recordarlo.

No sé por qué, de niño me gustaban las peleas. Perdía casi siempre. Otro chico, que a veces sangraba por la nariz, se alzaba vigilante sobre mí.

Muchos años después tuve que esconderme. Intentaba no dormir porque tenía miedo de quién pudiera estar allí al despertarme.

Pero tuve suerte. Siempre era mi amigo.

Cuando estaba escondido, soñaba con un hombre. Lo más duro fue el viaje para encontrarlo.

Gracias a la suerte y tras mucho caminar, lo logré.

En su casa me quedé dormido mucho tiempo. Me dijeron que tres días y... ¿qué me encontré al despertar? No un hombre, sino otra persona, que me vigilaba.

A medida que pasaba el tiempo, la niña y yo nos dimos cuenta de que teníamos cosas en común.

TREN
SUEÑOS
PUÑOS

Pero hay
algo extraño.

La niña dice que parezco
otra cosa.

Ahora vivo en un sótano. Las pesadillas siguen visitándome durante el sueño.
Una noche, después de la pesadilla de turno, vi una sombra sobre mí.
Me habló: «Dime qué sueñas».
Se lo conté.

A cambio, ella me explicó de qué estaban hechos sus sueños.

Ahora creo que esa niña y yo somos amigos. Por su cumpleaños, fue ella quien me entregó un regalo.

Por eso he comprendido que el mejor vigilante que he conocido no es un hombre...

A finales de febrero, cuando Liesel se despertó de madrugada, una figura entró sigilosa en la habitación. Se parecía mucho a una sombra silenciosa, cosa muy habitual en Max.

Escudriñando la oscuridad, Liesel sólo notó que el hombre se acercaba a ella.

—¿Hola?

No hubo respuesta.

Sólo los separaba el ligero rumor de sus pisadas al acercarse a la cama y dejar las páginas en el suelo, cerca de los calcetines de Liesel. Las hojas crujieron. Ligeramente. Uno de los bordes se curvó hacia el suelo.

—¿Hola?

Esta vez sí hubo respuesta.

Aunque Liesel no consiguió adivinar el punto exacto del que provenían las palabras, lo importante es que llegaron hasta ella. Llegaron y se arrodillaron junto a su cama.

—Un regalo de cumpleaños con retraso. Míralo por la mañana. Buenas noches.

Durante un rato osciló entre el sueño y la vigilia sin saber si había soñado la presencia de Max.

Por la mañana, cuando despertó y rodó sobre sí misma para darse la vuelta, vio las hojas en el suelo. Alargó la mano y las recogió, mientras oía susurrar el papel entre sus manos todavía adormiladas.

«Toda mi vida he tenido miedo de los hombres que me vigilaban...»

Las hojas crujían al pasarlas, como si el relato estuviera cargado de electricidad estática.

«Me dijeron que tres días y... ¿qué me encontré al despertar?»

Las páginas arrancadas del *Mein Kampf* estaban amordazadas, se asfixiaban bajo la pintura a medida que iba pasándolas.

«Por eso he comprendido que el mejor vigilante que he conocido...»

Liesel leyó y releyó el regalo de Max Vandenburg tres veces, fijándose cada vez en una línea o palabra distinta escrita con pincel. Cuando acabó de leer por tercera vez, se levantó de la cama haciendo el menor ruido posible y fue a la habitación de sus padres. El lugar asignado junto a la chimenea estaba vacío.

Pensándolo bien, se dio cuenta de que era más apropiado, o incluso mejor, perfecto, agradecérselo en el lugar en el que las páginas habían sido creadas.

Bajó las escaleras del sótano. Vio una foto imaginaria enmarcada que se filtraba en la pared: un secreto compartido con una silenciosa sonrisa.

Sólo eran unos metros, pero había un largo paseo hasta las sábanas viejas y la serie de botes de pintura que escondían a Max Vandenburg. Apartó las telas más cercanas a la pared hasta abrir un pequeño pasillo por el que asomar la cabeza.

Lo primero que vio fue un hombro. Poco a poco, con mucho cuidado, fue introduciendo la mano por el estrecho resquicio hasta apoyarla sobre el hombro. Sus ropas estaban frías. No se despertó.

Notó su respiración y el hombro, que subía y bajaba con una suavidad apenas perceptible. Se lo quedó mirando. Luego se sentó y se apoyó contra la pared.

Tuvo la sensación de que un aire somnoliento la había seguido.

Las palabras garabateadas durante sus ejercicios de lectura resplandecían en la pared en toda su magnificencia, junto a la escalera, irregulares, infantiles y melodiosas. Vigilaron el sueño de ambos, el del judío oculto y el de la niña con la mano sobre el hombro de él.

Respiraron.

Pulmones alemanes y judíos.

Junto a la pared descansaba *El vigilante*, entumecido y satisfecho, como un encantador hormigueo a los pies de Liesel Meminger.

QUINTA PARTE

❧

El hombre que silbaba

Presenta:

un libro flotante — los jugadores — un pequeño fantasma —
dos cortes de pelo — las juventudes de Rudy — perdedores y
bocetos — un hombre que silbaba y unos zapatos — tres
estupideces — y un niño asustado con las piernas congeladas

El libro flotante
(parte I)

Un libro bajaba flotando por el río Amper.

Un niño se zambulló, lo atrapó y lo agitó en el aire. Sonreía de oreja a oreja.

Esperaba, hundido hasta la cintura en las gélidas aguas de diciembre.

—¿Y ese beso, *Saumensch*? —preguntó.

El aire a su alrededor era de un frío cautivador, extraordinario y nauseabundo, por no hablar del atenazante dolor provocado por el abrazo del agua, que se iba apelmazando desde los dedos de los pies hasta las caderas.

✥ PEQUEÑO AVANCE SOBRE ✥
RUDY STEINER
No merecía morir como murió.

Al imaginarlo, ves los márgenes empapados del papel todavía pegados a sus dedos, ves un tembloroso flequillo rubio y, anticipándoos, concluyes, como lo haría yo, que Rudy murió ese mismo día de hipotermia. Pues no. Esta clase de recuerdos no hacen más que demostrarme que no merecía lo que la suerte le deparó menos de dos años después.

Llevarse a un chico como Rudy podría considerarse un robo por diversos motivos —tanta vida por delante, tantas razones por las que vivir— y, sin embargo, estoy segura de que le habría encantado ver los horribles escombros y la hinchazón del cielo la noche en que murió. Si hubiera podido ver arrodillada a la ladrona de libros junto a su cuerpo diezmado, habría gritado de alegría y girado sobre sí mismo y sonreído. Le habría encantado contemplarla besándole los polvorientos labios devastados por las bombas.

Sí, lo sé.

En la profunda oscuridad de mi corazón de siniestros latidos, lo sé. Le habría gustado, sin duda.

¿Lo ves?

Hasta la muerte tiene corazón.

Los jugadores
(un dado de siete caras)

Discúlpame, qué maleducada, te estoy destripando el final, y no sólo el de la novela, sino también el de esta parte en concreto. Te he adelantado dos acontecimientos porque no tengo ningún interés en ahondar en el misterio. El misterio me aburre, es una lata. Todos sabemos ya qué va a ocurrir. Las intrigas que nos empujan hasta el final son las que me inquietan, me desconciertan, me pican la curiosidad y me asombran.

Quedan muchas cosas en las que pensar.

Queda mucha historia.

Sí, tenemos un libro titulado *El hombre que silbaba*, del que hablaremos largo y tendido, sin olvidar cómo acabó arrastrado por la corriente del Amper antes de la Navidad de 1941. Primero deberíamos tratar todo esto, ¿no crees?

Decidido, entonces.

Vamos allá.

Todo empezó con el juego. Ocultar a un judío es lanzar los dados, y así es como se vive. Así es como se ve:

■ El corte de pelo: mediados de abril de 1941

La vida empezaba a imitar la normalidad con mayor ahínco:
Hans y Rosa Hubermann discutían en el comedor, aunque no arma-

ran tanto escándalo como antes. Liesel, como de costumbre, era espectadora.

La discusión se originó la noche anterior, en el sótano, donde Hans y Max compartían botes de pintura, palabras y sábanas viejas. Max preguntó si Rosa podía cortarle el pelo en algún momento. «Me tapa los ojos», dijo Max, a lo que Hans respondió: «Ya veré lo que puedo hacer».

Rosa estaba rebuscando en los cajones. Lanzaba sus palabras a Hans con el resto de los trastos.

—¿Dónde estarán esas malditas tijeras?

—¿No están en el de abajo?

—Ya lo he mirado.

—Igual no las has visto.

—¿Acaso estoy ciega? —Levantó la cabeza y vociferó—: ¡Liesel!

—Estoy aquí.

Hans se encogió.

—¡Carajo, mujer, déjame sordo, anda!

—A callar, *Saukerl*. —Rosa se dirigió a la niña sin dejar de revolver el cajón—. Liesel, ¿dónde están las tijeras? —Sin embargo, Liesel tampoco lo sabía—. *Saumensch*, mira que eres inútil.

—Déjala en paz.

Se cruzaron varias palabras más, de la mujer del cabello elástico al hombre de ojos plateados, hasta que Rosa cerró el cajón de un golpetazo.

—De todos modos, seguramente lo dejaré lleno de trasquilones.

—¿Trasquilones? —A esas alturas, Hans estaba a punto de arrancarse los pelos, pero convirtió su voz en un susurro apenas perceptible—. ¿Quién narices va a verlo?

Hizo ademán de añadir algo más, pero lo distrajo la presencia plumífera en la puerta de Max Vandenburg, cohibido, educado. Max llevaba en la mano sus propias tijeras. Adelantó un paso y se las tendió a la niña de doce años, ni a Hans ni a Rosa. Liesel parecía la opción más sensata. Los labios le temblaron unos instantes antes de preguntar:

—¿Te importaría?

Liesel cogió las tijeras y las abrió. Estaban oxidadas y brillaban en algunas partes. Se volvió hacia su padre y, cuando este asintió con la cabeza, siguió a Max al sótano.

El judío se sentó en un bote de pintura. Llevaba una sábana pequeña sobre los hombros.

—Todos los trasquilones que quieras —la tranquilizó.

Hans tomó asiento en los escalones.

Liesel levantó los primeros mechones de cabello de Max Vandenburg.

Al tiempo que cortaba las plumosas hebras, se maravillaba del ruido que hacían las tijeras, y no era el de los tijeretazos, sino el del chirrido de las hojas metálicas al cercenar cada mata de pelo.

En cuanto acabó el trabajo, riguroso en algunas zonas, un poco tortuoso en otras, subió la escalera con el cabello en las manos y alimentó la caldera. Encendió una cerilla y contempló cómo la maraña mermaba y se marchitaba, anaranjada y rojiza.

Max estaba de nuevo en la puerta, esta vez en lo alto de la escalera del sótano.

—Gracias, Liesel —dijo con voz profunda y ronca, timbrada con una sonrisa oculta.

En cuanto acabó de decirlo volvió a desaparecer, de vuelta al sótano.

El periódico: principios de mayo

—Hay un judío en mi sótano.

—Hay un judío. En mi sótano.

Liesel Meminger oyó esas palabras tumbada en el suelo de la habitación llena de libros del alcalde, con la bolsa de la colada a un lado. La figura fantasmal de la mujer del alcalde se sentaba, encorvada como un borracho, ante el escritorio. Delante de ella, Liesel leía *El hombre que silbaba*, páginas veintidós y veintitrés. Levantó la vista. Se imaginó acercándose, apartándole con suavidad un mechón de pelo sedoso y murmurándole al oído: «Hay un judío en mi sótano».

El secreto se instaló en su boca mientras el libro bailaba en su regazo. Se puso cómodo. Cruzó las piernas.

—Debería irme a casa.

Esta vez lo dijo en voz alta. Le temblaban las manos. A pesar del asomo de sol en el horizonte, una suave brisa entraba por la ventana abierta, acompañada de la lluvia, que se colaba como si fuera serrín.

La mujer arrastró la silla y se acercó cuando Liesel devolvió el libro a su sitio. Siempre acababan así. Las delicadas ojeras con arrugas se hincharon un instante al alargar la mano y volver a sacar el libro.

Se lo ofreció a la niña.

Liesel lo rechazó.

—No, gracias —dijo—, ya tengo muchos libros en casa. Tal vez en otro momento. Es que estoy releyendo uno con mi padre; ya sabe, el que robé en la hoguera.

La mujer del alcalde asintió con la cabeza. Si había que concederle algo a Liesel Meminger era que nunca robaba sin venir a cuento: sólo hurtaba libros cuando creía que era necesario y, por el momento, estaba servida. Había leído *Los hombres de barro* cuatro veces y estaba disfrutando su reencuentro con *El hombre que se encogía de hombros*. Además, todas las noches antes de irse a la cama abría un manual infalible para llegar a ser un buen sepulturero. Enterrado en lo más hondo de su ser moraba *El vigilante*. Musitaba las palabras y tocaba los pájaros. Volvía las crujientes páginas lentamente.

—Adiós, frau Hermann.

Salió de la biblioteca, atravesó el vestíbulo de tablas de madera y salió a la monstruosa entrada. Como de costumbre, esperó un momento en los escalones, mirando la ciudad que se extendía a sus pies. Esa noche Molching estaba cubierta por una bruma amarillenta, que acariciaba los tejados como si fueran sus mascotas y rebosaba las calles como si fueran bañeras.

Una vez en Münchenstrasse, la ladrona de libros fue esquivando hombres y mujeres parapetados bajo sus paraguas: una niña vestida de lluvia que saltaba sin complejos de un cubo de basura al otro. Como un reloj.

—¡Ajá!

Regaló su risa a las cobrizas nubes para celebrarlo, antes de rebuscar y rescatar el periódico destrozado. Aunque por la portada y las últimas páginas rodaban lágrimas negras de tinta, lo dobló con cuidado por la mitad y se lo metió bajo el brazo. Así lo había hecho todos los jueves durante los últimos meses.

El jueves era el único día que Liesel Meminger tenía libre y, por lo general, solía rendirle algún tipo de dividendo. Nunca conseguía sofocar la sensación de victoria cuando encontraba el *Molching Express* o cualquier otra publicación, porque hallar un periódico significaba tener un buen día. Si se trataba de un periódico con el crucigrama intacto, era un día genial. Entonces volvía a casa, cerraba la puerta tras ella y se lo bajaba a Max Vandenburg.

—¿El crucigrama? —preguntaba él.

—Sin hacer.

—Excelente.

El judío sonreía al aceptar el paquete de papel y empezaba a leerlo bajo la escasa luz del sótano. A menudo, Liesel lo observaba mientras Max se concentraba en la lectura del diario, completaba el crucigrama, y luego volvía a leerlo de cabo a rabo.

Con la llegada de temperaturas más agradables, Max se quedó abajo. Durante el día dejaban abierta la puerta del sótano para que le llegara un poco de claridad desde el pasillo. No es que el vestíbulo estuviera bañado de luz precisamente, pero uno se conforma con cualquier cosa en según qué circunstancias. Una luz mortecina era mejor que nada; además, tenían que ser austeros. El queroseno todavía no se había acercado a un nivel tan bajo como para preocuparse, pero lo mejor era consumir el mínimo posible.

Liesel solía sentarse sobre unas sábanas viejas y leía mientras Max acababa los crucigramas. Los separaban varios metros, hablaban muy de vez en cuando y sólo se oía el crujido de las hojas al pasar. También le dejaba sus libros para que los leyera mientras ella iba al colegio. Si a Hans Hubermann y a Erik Vandenburg los acabó uniendo la música, Max y Liesel lo estaban por la muda recopilación de palabras.

—Hola, Max.

—Hola, Liesel.

Se sentaban y leían.

Ella lo observaba a veces, y decidió que la mejor manera de definirlo era con una imagen de pálida concentración: piel de color beige, una ciénaga en cada ojo y respiración de fugitivo, desesperada pero muda. Lo único que delataba que estaba vivo era su pecho.

Cada vez más a menudo, Liesel cerraba los ojos y le pedía a Max que le preguntara las palabras que no le salían. Si aun así seguían resistiéndosele, se le escapaba una palabrota, se levantaba y las pintaba en la pared, una y otra vez. Juntos, Max Vandenburg y Liesel Meminger aspiraban los vapores de la pintura y el cemento.

—Adiós, Max.

—Adiós, Liesel.

En la cama, despierta, lo imaginaba en el sótano. En sus imágenes nocturnas, siempre dormía completamente vestido, zapatos incluidos, por si acaso tenía que volver a salir huyendo. Dormía con un ojo abierto.

⬚ El hombre del tiempo: mediados de mayo

Liesel abrió la puerta y la boca al mismo tiempo.

Su equipo había dado una paliza al de Rudy por 6 a 1 en Himmelstrasse, por lo que irrumpió triunfante en la cocina para anunciar a sus padres que había marcado un gol. A continuación, bajó al sótano como una exhalación para contárselo a Max con pelos y señales. El hombre dejó el periódico y la escuchó atento, riendo con ella.

Nada más acabar de relatar la historia del gol, el silencio se impuso entre ellos hasta que Max levantó la vista, lentamente.

—Liesel, ¿me harías un favor?

Todavía exaltada por el gol de Himmelstrasse, la niña se levantó de un salto sin decir nada, aunque el gesto manifestó a las claras su disposición a hacer lo que le pidiera.

—Lo sé todo sobre el gol, pero no sé qué día hace ahí arriba —dijo—. No sé si has marcado bajo un sol radiante o si estaba cubierto de nubes. —Mientras se pasaba la mano por el cabello lleno de trasquilones, sus ojos cenagosos no pudieron suplicarle nada más sencillo—. ¿Te importaría subir y decirme qué tiempo hace?

Evidentemente, Liesel subió corriendo las escaleras. Se detuvo a unos pasos de la puerta manchada de escupitajos y se volvió en redondo, observando el cielo.

Cuando volvió al sótano, se lo contó.

—Hoy el cielo está azul, Max, y hay una enorme nube alargada, desenrollada como una cuerda. Al final de la nube, el sol parece un agujero amarillo...

Max supo al instante que sólo un niño podría darle un informe meteorológico como ese. Pintó en la pared una larga cuerda de fibras muy apretadas con un chorreante sol amarillo en un extremo, en el que daba la impresión de que uno podía zambullirse. Dibujó dos figuras sobre la nube anudada, una niña y un judío mustio, que caminaban balanceando los brazos hacia el sol chorreante. Escribió lo siguiente debajo del dibujo:

⟳ LAS PALABRAS QUE ESCRIBIÓ ↻
EN LA PARED MAX VANDENBURG
Era lunes y paseaban por una cuerda floja hacia el sol.

⊡ El boxeador: finales de mayo

Max Vandenburg contaba con cemento fresco y tiempo de sobra para compartir con este.

Los minutos eran crueles.

Las horas mortificantes.

Durante los momentos de desvelo, sobre él pendía inexorablemente la mano del tiempo, la cual no dudaba en estrujarlo. Le sonreía, lo retorcía y lo dejaba vivir. Qué gran maldad puede encubrir la prolongación de una vida.

Al menos una vez al día, Hans Hubermann bajaba los escalones del sótano y charlaba un rato con él. Rosa le llevaba de vez en cuando un mendrugo de pan que sobraba. Sin embargo, hasta que bajaba Liesel, Max no volvía a interesarse por la vida. Al principio intentó resistirse, pero día tras día, cada vez que la niña aparecía con un nuevo informe meteorológico anunciando un cielo azul puro, unas nubes de cartón o un sol que se había abierto camino como si Dios se hubiera desplomado en su asiento después de hartarse a comer, le resultaba más difícil.

A solas, lo asaltaba la sensación de haber desaparecido. Todas sus ropas eran grises —lo fueran en un principio o no—, desde los pantalones hasta el jersey de lana o la chaqueta que ahora le resbalaba como si fuera agua. Solía comprobar si se estaban descamando porque tenía la sensación de que se disolvía.

Necesitaba nuevos proyectos. El primero fue el ejercicio. Empezó con las flexiones, se tumbó boca abajo sobre el frío suelo de cemento del sótano y se dio impulso con los brazos. Creyó que se le partirían por los codos e imaginó su corazón desprendiéndose, seco, de su cuerpo y cayendo patéticamente al suelo. En Stuttgart, de pequeño, podía hacer cincuenta flexiones de una sentada, y sin embargo ahora, con veinticuatro años y unos siete kilos menos de los que solía pesar, apenas consiguió completar diez. Al cabo de una semana, completaba tres tandas de dieciséis flexiones y veintidós abdominales. Cuando acababa, se apoyaba contra la pared del sótano con sus amigos, los botes de pintura, sintiendo el pulso en los dientes. Los músculos parecían de bizcocho.

A veces se preguntaba si valía la pena sacrificarse de esa manera. Otras, sin embargo, cuando controlaba el latido del corazón y su cuerpo recuperaba la funcionalidad, apagaba la lámpara y se quedaba a oscuras en medio del sótano.

Tenía veinticuatro años, pero seguía fantaseando.

—En el rincón azul —comentaba en voz baja—, tenemos al campeón mundial, la perfección aria: el Führer. —Respiraba y se volvía—. Y en el rincón rojo, tenemos al aspirante judío cara de rata Max Vandenburg.

Todo cobraba forma a su alrededor.

Una luz blanca iluminaba el cuadrilátero y el público se apiñaba en torno a ellos; se oía ese mágico murmullo de una multitud hablando al unísono. ¿Cómo podían tener tanto que decir al mismo tiempo? El cuadrilátero era perfecto. Lona intacta y cuerdas sólidas. Incluso los filamentos deshilachados de las gruesas sogas estaban impecables y relucían bajo el foco de luz blanca. La sala olía a tabaco y cerveza.

En el ángulo opuesto, Adolf Hitler esperaba en el rincón con su séquito. Sus piernas asomaban por debajo de una bata roja y blanca, con una esvástica negra grabada a fuego en la espalda. Tenía el bigote soldado a la cara. Su entrenador, Goebbels, le susurraba unas palabras. Hitler saltaba apoyándose primero en un pie y luego en el otro, y sonreía. Su sonrisa se hizo más ostensible cuando el presentador enumeró sus muchas victorias, rabiosamente aplaudidas por la multitud rendida.

—¡Invicto! —proclamó el maestro de ceremonias—. ¡Vencedor de judíos y de cualquier otra amenaza que se cierna sobre el ideal alemán! ¡Herr Führer —concluyó—, los aquí presentes te saludan!

El público: la apoteosis.

A continuación, cuando todo el mundo había vuelto a sentarse, llegó el turno del contendiente.

El maestro de ceremonias se volvió hacia Max, solo en el rincón del aspirante. Sin bata. Sin séquito. Un solitario y joven judío de aliento pestilente, pecho descubierto y manos y pies cansados. Por descontado, sus calzones eran grises. Él también saltaba apoyándose primero en un pie y luego en el otro, pero lo justo, para ahorrar energía. Había sudado mucho en el gimnasio para lograr el peso.

—¡El aspirante! —rugió el maestro de ceremonias— De... —e hizo una pausa efectista— sangre judía. —El público lo abucheó, como una horda de demonios humanos—. Con un peso de...

Los insultos de las gradas ahogaban sus palabras; no se oyó nada más. Max vio que su contrincante se había quitado la bata y se acercaba al centro del cuadrilátero para escuchar las reglas y estrecharle la mano.

—*Guten Tag*, herr Hitler —lo saludó Max, con una pequeña inclinación de cabeza, pero el Führer se limitó a enseñarle sus dientes amarillentos y a esconderlos de nuevo tras los labios.

—Caballeros —empezó a decir un fornido árbitro vestido con pantalones negros, camisa azul y pajarita—, ante todo quiero una pelea limpia. —Se volvió hacia el Führer—. A no ser, herr Hitler, que empiece a perder, claro está. En ese caso, estaría más que dispuesto a hacer la vista gorda ante cualquier táctica inadmisible que pudiera emplear para machacar sobre la lona este montón de maloliente basura judía. —Asintió con la cabeza, muy cortés—. ¿Está claro?

El Führer habló por primera vez.

—Como el agua.

El árbitro sólo le hizo una advertencia a Max.

—En cuanto a ti, amigo judío, yo que tú me andaría con mucho cuidado, con mucho, mucho cuidado.

Y los enviaron a sus respectivos rincones.

Se hizo un breve silencio.

La campana.

El primero en salir fue el Führer, patizambo y huesudo, se lanzó sobre Max y lo alcanzó con fuerza en la cara. El público vibró, con el eco de la campana todavía en sus oídos, y sus satisfechas sonrisas saltaron las cuerdas. Hitler despedía aliento a tabaco mientras sus manos buscaban insidiosas el rostro de Max y lo alcanzaban varias veces, en los labios, en la nariz, en la barbilla... y Max no se había aventurado siquiera más allá de su rincón. Para amortiguar los golpes, levantó las manos, pero entonces el Führer apuntó a las costillas, los riñones, los pulmones... Ah, los ojos, los ojos del Führer. Eran de un marrón delicioso, como los ojos de los judíos, y tenía una mirada tan implacable que incluso Max quedó paralizado unos instantes al atisbarlos entre la copiosa lluvia de borrosos puñetazos.

Hubo un único asalto, y duró horas, y todo se mantuvo igual la mayor parte del combate.

El Führer machacó el saco de arena judío.

Había sangre judía por todas partes.

Como nubes rojas de lluvia sobre el cielo de lona blanca, a sus pies.

Al final, las rodillas de Max empezaron a ceder, sus pómulos protestaban en silencio y la expresión complacida del Führer iba minándolo cada vez más, hasta que, derrotado, vencido y deshecho, el judío se desplomó.

Primero, un rugido.

Luego, el silencio.

El árbitro contó. Tenía un diente de oro y un montón de pelillos le salían por la nariz.

Lentamente, Max Vandenburg, el judío, se puso en pie y consiguió enderezarse. Le tembló la voz. Una invitación. «Vamos, Führer», dijo y, esta vez, cuando Adolf Hitler atacó a su rival judío, Max dio un paso a un lado y lo lanzó hacia un rincón. Lo golpeó siete veces y en todo momento dirigió sus puñetazos hacia un único objetivo.

El bigote.

Erró el séptimo. La barbilla del Führer recibió el impacto. De repente, Hitler chocó contra las cuerdas, se dobló sobre sí mismo, como una hoja de papel, y cayó de rodillas. Esta vez nadie contó. El árbitro dio un respingo en el rincón. El público tomó asiento y se concentró en la cerveza. De rodillas, el Führer comprobó si sangraba y se alisó el pelo, de derecha a izquierda. Cuando volvió a ponerse en pie, para gran conmoción de las más de mil personas allí congregadas, avanzó poco a poco e hizo algo muy extraño: dio la espalda al judío y se sacó los guantes.

El público se quedó perplejo.

—Se ha rendido —susurró alguien.

No obstante, al cabo de un momento, Adolf Hitler se había subido a las cuerdas y se dirigía a las gradas.

—Conciudadanos alemanes —empezó—, esta noche os habéis dado cuenta, ¿verdad? —Con el pecho descubierto, con mirada victoriosa, señaló a Max—. Os habéis dado cuenta de que nos enfrentamos a algo mucho más siniestro y poderoso de lo que habíamos imaginado. ¿Lo habéis visto?

—Sí, Führer —contestaron.

—¿Os dais cuenta de que este enemigo ha encontrado la manera, la despreciable manera, de atravesar nuestra coraza y que, evidentemente, yo solo no puedo hacerle frente y combatirlo? —Las palabras eran visibles; se desprendían de su boca como si fueran piedras preciosas—. ¡Miradlo! Observadlo bien. —Lo miraron. Al sanguinolento Max Vandenburg—. Mientras hablamos, él está maquinando cómo infiltrarse en vuestros barrios. Se ha trasladado a la casa de al lado. Os infecta con su familia y está a punto de apoderarse de vosotros. Él... —Hitler le echó un rápido vistazo, con desprecio—. Se convertirá en vuestro dueño y llegará el momento en que no será él quien os atienda detrás del mostrador de la tienda de la esquina, sino quien se siente en la trastienda a fumar en pipa. Antes de que os deis cuenta, estaréis a sus órdenes por un salario irrisorio mientras que él apenas podrá caminar de tanto que le pesarán los bolsillos. ¿Os quedaréis ahí parados? ¿Se lo permitiréis? ¿Os quedaréis de brazos cruzados como lo hicieron vuestros gobernantes en el pasado, cuando entregaban vuestra tierra a cualquiera, cuando vendían vuestro país por unas cuantas firmas? ¿Os quedaréis ahí parados, impotentes? —Trepó a la siguiente cuerda—. ¿O subiréis a este cuadrilátero conmigo?

Max se estremeció. El terror le revolvió el estómago.

Adolf acabó con él.

—¿Subiréis aquí conmigo para poder derrotar juntos a este enemigo?

En el sótano del número treinta y tres de Himmelstrasse, Max Vandenburg sintió los puños de toda una nación. Uno a uno, subieron al cuadrilátero y lo vapulearon. Lo hicieron sangrar. Lo dejaron sufrir. Millones, hasta que al fin, cuando consiguió ponerse en pie...

Miró a la siguiente persona que trepaba por las cuerdas. Era una niña y, a medida que avanzaba por la lona, se fijó en la lágrima que le rodaba por una de las mejillas. Llevaba un periódico en una mano.

—El crucigrama está sin hacer —dijo con dulzura, y se lo tendió.

Oscuridad.

Sólo oscuridad.

Sólo el sótano. Sólo el judío.

    ⚃ Un nuevo sueño: pocas noches después

Era por la tarde. Liesel bajó las escaleras del sótano. Max estaba a mitad de sus flexiones.

Se lo quedó mirando unos momentos, sin que él se diera cuenta, y cuando apareció a su lado y se sentó, él se levantó y se apoyó contra la pared.

—¿Te he contado que últimamente tengo un nuevo sueño? —le preguntó a Liesel, que cambió de postura para poder verle la cara—. Pero sólo cuando estoy despierto. —Señaló la mortecina lámpara de queroseno con un gesto—. A veces apago la luz y me quedo de pie a esperar.

—¿Qué aparece?

—No qué, sino quién —la corrigió Max.

Liesel no dijo nada. Era una de esas conversaciones que requieren cierto tiempo entre las intervenciones.

—¿A quién esperas?

Max no se movió.

—Al Führer. —Lo dijo con toda la naturalidad del mundo—. Por eso me entreno.

—¿Por eso haces flexiones?

—Por eso. —Se acercó a la escalera de cemento—. Todas las noches espero en la oscuridad y el Führer baja por estos escalones. Nos pasamos horas peleando.

Liesel se había puesto en pie.

—¿Quién gana?

Al principio iba a contestarle que nadie, pero entonces se fijó en los botes de pintura, en las sábanas viejas y en la creciente pila de periódicos que se amontonaban hasta donde le alcanzaba la vista. Miró las palabras, la nube alargada y los monigotes de la pared.

—Yo —contestó.

Fue como si hubiera abierto la mano de Liesel, le hubiera dado las palabras y se la hubiera vuelto a cerrar.

Bajo tierra, en Molching, Alemania, dos personas charlaban en un sótano. Parece el principio de un chiste: «Estaban un judío y una alemana en un sótano, ¿sí?...».

No obstante, no era un chiste.

⚃ Los pintores: principios de junio

Otro de los proyectos de Max guardaba relación con las páginas que quedaban del *Mein Kampf*. Las había arrancado con cuidado y las había esparcido por el suelo para darles una capa de pintura. A continuación, las había tendido para que se secaran y las había vuelto a colocar entre las cubiertas. Cuando Liesel bajó ese día después de clase, encontró a Max, a Rosa y a su padre pintando varias páginas. Muchas ya colgaban de la cuerda sujetas con pinzas, igual que debían de haberlo estado las páginas destinadas a *El vigilante*.

Los tres levantaron la cabeza y dijeron algo.

—Hola, Liesel.

—Ahí tienes un pincel.

—Justo a tiempo, *Saumensch*. ¿Dónde te habías metido?

Cuando empezó a pintar, Liesel imaginó a Max Vandenburg peleando con el Führer tal y como él se lo había contado.

❦ VISIONES EN EL SÓTANO ❦
JUNIO DE 1941

Se lanzan puñetazos, el público se encarama por las paredes. Max y el Führer luchan a muerte, rebotan contra la escalera. El Führer tiene sangre en el bigote y en la raya del pelo, en la parte derecha. «Vamos, Führer», lo anima el judío y le hace un gesto para que se acerque a él. «Vamos, Führer.»

Cuando las visiones se desvanecieron y terminó la primera página, el padre le guiñó un ojo. La madre la criticó por acaparar la pintura. Max examinaba todas y cada una de las hojas; tal vez entonces ya veía lo que tenía planeado que apareciera en ellas. Muchos meses después también pintaría la tapa del libro y le pondría un nuevo título, el de una de las historias que escribiría e ilustraría.

Esa tarde, en el cubil secreto bajo el número treinta y tres de Himmelstrasse, los Hubermann, Liesel Meminger y Max Vandenburg prepararon las páginas de *El árbol de las palabras*.

Era agradable ser pintor.

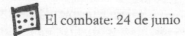 El combate: 24 de junio

Y llegó la séptima cara del dado. Dos días después de que Alemania invadiera Rusia. Tres días antes de que Gran Bretaña y los soviéticos unieran sus fuerzas.

Todo comenzó más o menos una semana antes del 24 de junio. Liesel rapiñó un periódico para Max Vandenburg, como era habitual. Rebuscó en un cubo de basura cerca de Münchenstrasse y se lo puso bajo el brazo. En cuanto se lo entregó a Max y este empezó la primera lectura, la miró y le señaló una fotografía de la portada.

—¿No es este el tipo al que le llevas la colada y la plancha?

Liesel se apartó de la pared y se acercó. Había escrito la palabra «discusión» seis veces junto al dibujo que Max había hecho de la nube anudada y el sol chorreante. Max le tendió el periódico y ella se lo confirmó.

—Sí, es él.

Liesel se dispuso a leer el artículo, que afirmaba que Heinz Hermann, el alcalde, había declarado que a pesar del magnífico avance de la guerra, la gente de Molching, como todos los alemanes responsables, debía tomar las medidas oportunas y prepararse para la posibilidad de que llegaran tiempos más difíciles. «Nunca se sabe —aseguraba— lo que pueden estar tramando nuestros enemigos o qué métodos emplearán para hacernos desfallecer.»

Desgraciadamente, las palabras del alcalde se hicieron realidad una semana después. Liesel se había pasado por la Grandestrasse, como de costumbre, y estaba leyendo *El hombre que silbaba* en el suelo de la biblioteca del alcalde. La mujer del alcalde no mostró ninguna señal extraña (o, para ser francos, ninguna fuera de lo habitual) hasta que llegó la hora de irse.

En ese momento, cuando le ofreció *El hombre que silbaba*, insistió en que se lo quedara.

—Por favor —la instó, rozando la súplica. Le tendía el libro con firmeza y comedimiento—. Llévatelo, hazme el favor, llévatelo.

Liesel, conmovida por la excentricidad de aquella mujer, no se atrevió a decepcionarla una vez más. El libro de tapas grises y páginas amarillentas acabó en su mano y Liesel se volvió hacia el pasillo. Estaba a punto de preguntarle por la colada cuando la mujer del alcalde le dirigió una última mirada de pena envuelta en albornoz. Rebuscó en una cómoda y sacó un sobre. Su voz, grumosa por la falta de uso, tosió las palabras.

—Lo siento, es para tu madre.

A Liesel se le cortó la respiración.

De repente sintió que los zapatos le venían grandes. Algo se burló de su garganta y se puso a temblar. Al tender la mano y recibir la carta, reparó en el ruido que hacía el reloj de la biblioteca. Apesadumbrada, se dio cuenta de que los relojes no suenan a nada que se parezca siquiera a un tictac, sino al ruido que hace un martillo, arriba y abajo, golpeando una y otra vez contra el suelo. El sonido de una sepultura. Deseó que fuera la suya, porque Liesel Meminger quiso morirse en ese momento. No le había dolido tanto que los demás decidieran prescindir de sus servicios, porque siempre le quedaba el alcalde, la biblioteca y las horas que pasaba con la mujer. Además, era la última clienta, la última esperanza… Perdidas. Esta vez se sintió traicionada.

¿Cómo iba a enfrentarse a su madre?

Las monedillas que Rosa se sacaba con esa faena la habían sacado de apuros. Un puñado adicional de levadura. Un taco de manteca.

Ilsa Hermann tenía unas ganas locas de… sacársela de encima. Liesel lo comprendió por la forma en que se agarraba el albornoz, con más fuerza de lo habitual. La incomodidad de su malestar la obligaba a quedarse cerca de Liesel, pero estaba claro que deseaba zanjar el asunto cuanto antes.

—Dile a tu madre… —añadió, mientras ajustaba la voz convirtiendo una frase en dos— que lo sentimos.

La acompañó hasta la puerta.

En ese momento Liesel lo notó en los hombros: el dolor, el impacto del rechazo definitivo.

«¿Esto es todo? —se preguntó—. ¿Me das un puntapié y ya está?»

Despacio, recogió la bolsa vacía y se dirigió hacia la puerta. Una vez fuera, se volvió hacia la mujer del alcalde por segunda y última vez ese día. La miró a los ojos con despiadado orgullo marcado a fuego.

—*Danke schön* —dijo, e Ilsa Hermann le dedicó una sonrisa derrotada, innecesaria.

—Si alguna vez te apetece venir a leer, serás bienvenida —mintió la mujer (o al menos la niña, en su afligido y conmocionado estado, así lo creyó).

En ese momento Liesel se sintió abrumada por la amplitud de la entrada. Había mucho espacio. ¿Por qué la gente necesitaba tanto espacio para salir por la puerta? Si Rudy hubiera estado allí, le habría dicho que era imbécil, que era para meter las cosas dentro.

—Adiós —se despidió la niña y, poco a poco, con gran dilación, la puerta se cerró.

Liesel no se fue.

Se quedó sentada en los escalones, contemplando la ciudad de Molching durante un buen rato. No hacía ni frío ni calor y la tranquila ciudad todavía se dibujaba con claridad. Molching estaba metida en un tarro de cristal.

Abrió la carta. En ella, el alcalde Heinz Hermann apuntaba con exactitud y diplomacia las razones por las que prescindía de los servicios de Rosa Hubermann. En resumen, venía a decir que sería un hipócrita si siguiera regalándose esos pequeños lujos mientras aconsejaba a los demás que se «prepararan para tiempos más difíciles».

Al fin se levantó y se fue a casa, pero cuando vio el rótulo STEINER-SCHNEIDERMEISTER en Münchenstrasse, las circunstancias volvieron a sacudirla. La tristeza la abandonó, ahuyentada por la rabia.

—Ese cabrón del alcalde —masculló—. Y esa mujer me saca de quicio.

El hecho de que se avecinaran tiempos difíciles era la mejor razón para seguir empleando a Rosa, pero no, la habían despedido. En cualquier caso, pensó, ya se podían hacer ellos solitos la colada y el planchado, como la gente normal y corriente, como los pobres.

En la mano, *El hombre que silbaba* se puso rígido.

—Así que me has dado el libro por pena —dijo la niña—, para sentirte mejor…

Le importó muy poco que no fuera la primera vez que le ofrecía ese libro.

Dio media vuelta, como ya hizo una vez, y regresó al número ocho de la Grandestrasse. La tentación de echar a correr era muy grande, pero se abstuvo, así podría reservarse para las palabras.

Le desilusionó un poco que el alcalde no estuviera. No había ningún coche aparcado junto al bordillo, lo que tal vez fuera una suerte. Si hubiera estado allí, a saber qué podría haberle hecho al pobre vehículo en ese combate de ricos contra pobres.

Subió los escalones de dos en dos, se acercó a la puerta y la golpeó con tanta fuerza que incluso se hizo daño, aunque disfrutó con las punzadas de dolor.

Como es lógico, la mujer del alcalde se quedó estupefacta al volver a verla. Llevaba el suave y sedoso cabello un poco húmedo y las arrugas se ensancharon al percatarse de la marcada cólera sobre el normalmente pálido rostro de Liesel. Abrió la boca, pero no salió nada, lo que le vino muy a mano, ya que era Liesel quien tenía la palabra.

—¿Cree que puede comprarme con este libro? —La voz, aunque temblorosa, saltó al cuello de la mujer. La fulgurante rabia era pastosa y desconcertante, pero consiguió dominarla; sin embargo, la ira siguió acumulándose hasta tal punto que tuvo que secarse las lágrimas de los ojos—. ¿Cree que dándome este *Saukerl* de libro se arreglará todo cuando vaya a decirle a mi madre que acabamos de perder a nuestro último cliente mientras usted se queda aquí sentada en su mansión?

Los brazos de la mujer del alcalde.

Colgaban.

Su rostro resbaló.

Sin embargo, Liesel no se achicó. Disparó las palabras a los ojos.

—Su marido y usted, aquí sentaditos los dos.

Lo dijo con rencor; un rencor y una mala intención de los que no se creía capaz.

Palabras hirientes.

Sí, palabras crueles.

Las invocó desde algún lugar que acababa de descubrir y las arrojó a Ilsa Hermann.

—Ya es hora de que se ponga a hacer su propia y apestosa colada —le aclaró—. Ya es hora de que se enfrente al hecho de que su hijo está muerto. ¡Se murió! ¡Lo estrangularon y lo hicieron picadillo hace más de veinte años! ¿O murió de frío? ¡Da igual, está muerto! Está muerto y es patético que se quede ahí sentada, temblando dentro de casa para sufrir por ello. ¿Cree que es la única que sufre?

De inmediato.

Su hermano apareció a su lado.

Le susurró que lo dejara, pero él también estaba muerto y no valía la pena escucharlo.

Murió en un tren.

Lo enterraron en la nieve.

Liesel lo miró, pero no podía detenerse. Todavía no.

—No quiero este libro —continuó. Empujó al niño escalera abajo y lo hizo caer. Hablaba más bajo, pero con el mismo acaloramiento. Arrojó *El hombre que silbaba* a las pantuflas de la mujer y oyó el ruido sordo del libro al estrellarse contra el cemento—. No quiero su asqueroso libro...

Ahora sí se controló. Se calló.

Su garganta era un desierto: ni una palabra en kilómetros a la redonda.

Su hermano, sujetándose una rodilla, desapareció.

Al cabo de una incómoda pausa, la mujer del alcalde se agachó y recogió el libro. Estaba abatida y derrotada, pero esta vez no era por intentar sonreír. Liesel lo adivinó en su expresión. La sangre le goteaba por la nariz y le lamía los labios. Los ojos se le amorataban. Por toda la piel se abrían cortes y aparecían heridas. Todo a causa de las palabras. De las palabras de Liesel.

Con el libro en la mano, Ilsa Hermann se enderezó, aunque encogida, e intentó retomar las disculpas, pero las palabras no salieron de su boca.

«Abofetéame —pensó Liesel—, vamos, abofetéame.»

Ilsa Hermann no la abofeteó, se limitó a retirarse al interior, hacia el feo aire de su bonita casa y Liesel, una vez más, se quedó sola, aferrándose a los escalones. Tenía miedo de volverse porque sabía que cuando lo hiciera la cubierta de cristal que protegía Molching estaría hecha añicos, y eso la alegraría.

A modo de última orden del día, Liesel leyó la carta una vez más. Al acercarse a la verja, hizo una bola con ella, apretándola todo lo que pudo, y la arrojó contra la puerta, como si fuera una piedra. No sé qué esperaba la ladrona de libros, pero la bola de papel rebotó en la portentosa plancha de madera y bajó los escalones burlándose de ella. Acabó a sus pies.

—¡Típico! —musitó, dándole una patada y lanzándola a la hierba—. Es inútil.

Esta vez, de camino a casa, imaginó el futuro del papel después de la próxima lluvia, con la cubierta de cristal de Molching reparada y del revés. Veía incluso cómo se disolvían las palabras, letra tras letra, hasta que no quedaba nada. Sólo papel. Sólo tierra.

En casa, quiso la suerte que Rosa estuviera en la cocina cuando Liesel entró por la puerta.

—¿Y? —preguntó—, ¿dónde está la colada?

—Hoy no hay colada —contestó Liesel.

Rosa se acercó y se sentó a la mesa de la cocina. Lo sabía. De repente, parecía mucho mayor. Liesel imaginó qué aspecto tendría si se deshiciera el moño y se dejara caer el pelo sobre los hombros. Una toalla gris de cabello elástico.

—¿Qué hacías en esa casa, pequeña *Saumensch*?

La frase estaba entumecida. Rosa no consiguió reunir el veneno habitual.

—Todo ha sido culpa mía —aseguró Liesel—. Insulté a la mujer del alcalde y le dije que dejara de llorar a su hijo muerto. Le dije que era patética y entonces te despidieron. Ten. —Se acercó a las cucharas de madera, cogió un puñado y las dejó ante ella—. Escoge.

Rosa eligió una y la levantó, pero sin blandirla.

—No te creo.

Liesel se debatió entre la angustia y la perplejidad absoluta. ¡La primera vez que necesitaba un *Watschen* desesperadamente y no se lo iban a dar!

—Es culpa mía.

—No es culpa tuya —replicó la madre. Incluso se levantó y acarició el grasiento y sucio cabello de Liesel—. Sé que no dirías esas cosas.

—¡Las he dicho!

—Muy bien, lo que tú digas.

Liesel salió de la cocina y oyó que las cucharas de madera regresaban a su sitio, al tarro metálico. Cuando llegó a su habitación, todas ellas, tarro incluido, acabaron por los suelos.

Un poco después, bajó al sótano. Max estaba de pie en la oscuridad, probablemente boxeando con el Führer.

—¿Max? —La luz se atenuó, como una moneda mortecina, roja, flotando en un rincón—. ¿Me enseñas a hacer flexiones?

Max le enseñó. A veces le levantaba el torso para ayudarla, pero a pesar de su enclenque apariencia Liesel era fuerte y podía sostener el peso de su cuerpo sin demasiada dificultad. No las contó, pero esa noche, en medio del resplandor del sótano, la ladrona de libros hizo suficientes flexiones para tener agujetas durante varios días. Ni siquiera se detuvo cuando Max le advirtió que había hecho demasiadas.

Ya en la cama, mientras leía con su padre, Hans adivinó que algo iba mal. Hacía cerca de un mes que no se sentaba con ella, por lo que se sintió confortada, aunque no del todo. Hans Hubermann siempre sabía qué decir en el momento oportuno y cuándo dejarla sola. Tal vez Liesel fuera lo único en lo que él era un experto.

—¿Se trata de la colada? —preguntó.

Liesel negó con la cabeza.

Hans llevaba varios días sin afeitarse y se rascaba la rasposa barba cada dos o tres minutos. Sus ojos plateados no chispeaban, reposaban, templados, como siempre que se trataba de Liesel.

Hans se durmió cuando el ritmo de lectura fue decayendo, momento que Liesel aprovechó para confesar en voz alta lo que llevaba todo el día queriendo decir.

—Papá, creo que voy a ir al infierno —susurró.

Tenía las piernas calientes. Las rodillas, frías.

Recordó las noches que mojaba la cama y su padre lavaba las sábanas, y le enseñaba las letras del abecedario. Ahora, la respiración de Hans levantaba la manta y Liesel le besó la rasposa mejilla.

—Tienes que afeitarte —dijo.

—No vas a ir al infierno —contestó el padre.

Se lo quedó mirando unos instantes. Luego se recostó, se apoyó en él y, juntos, se durmieron. En Munich, evidentemente, pero también en algún lugar de la séptima cara del dado alemán.

Las juventudes de Rudy

Al final, Liesel tuvo que confesárselo.

Él sabía cómo tratarla.

ᕫ UN RETRATO DE RUDY STEINER: ᕬ
JULIO DE 1941
**Hilillos de barro cruzan su cara. La corbata es como un
péndulo inmóvil desde hace tiempo en la caja del reloj. Tiene
el encendido pelo color limón alborotado y esboza una sonrisa
triste y absurda.**

Se quedó a unos metros del escalón y habló con gran convicción, con gran alegría:

—*Alles ist Scheisse* —sentenció.

Todo es una mierda.

Durante la primera mitad de 1941, mientras Liesel se dedicaba a ocultar a Max Vandenburg, robar periódicos y regañar a esposas de alcalde, Rudy sobrellevaba como podía la nueva vida en las Juventudes Hitlerianas. Desde principios de febrero volvía de las reuniones de un humor bastante peor del que había ido. Tommy Müller lo acompañaba en muchos de esos recorridos de regreso a casa, en el mismo estado. El problema tenía tres vertientes.

❧ LOS TRES COMPONENTES ❧
DEL PROBLEMA
1. Los oídos de Tommy Müller.
2. Franz Deutscher: el iracundo cabecilla de las Juventudes Hitlerianas.
3. La incapacidad de Rudy para mantenerse al margen.

Ojalá seis años atrás Tommy Müller no hubiera desaparecido durante siete horas uno de los días más fríos de la historia de Munich. Sus otitis y sus tics nerviosos seguían afectando al pautado avance de las Juventudes Hitlerianas y eso, te lo puedo asegurar, no era nada bueno.

Al principio, el declive de la situación fue gradual, pero a medida que pasaban los meses, Tommy fue cosechando sistemáticamente la ira de los cabecillas de las Juventudes Hitlerianas, sobre todo a la hora de desfilar. ¿Recuerdas el cumpleaños de Hitler del año pasado? Durante un tiempo, las otitis fueron a peor y llegó un momento en que Tommy empezó a tener verdaderos problemas auditivos. No oía las órdenes que gritaban al grupo cuando marchaban en formación. Tanto daba que estuvieran a cubierto o en el exterior, en la nieve, en el barro o que cayeran chuzos de punta.

El objetivo era que todo el mundo se detuviera al mismo tiempo.

—¡Un taconazo! —les decían—. Eso es lo único que el Führer quiere oír. Todos a la vez. ¡Todos juntos como si fuerais uno!

Ahí es donde Tommy entraba en acción.

Creo que se trataba del oído izquierdo. Era el que le daba más problemas de los dos. Cuando el grito seco de «¡Alto!» llovía sobre los oídos de los demás, Tommy, ajeno a todo, continuaba la marcha como si tal cosa. Podía convertir el avance de una fila en un batiburrillo en un abrir y cerrar de ojos.

Un sábado a principios de julio, poco después de las tres y media, y tras una letanía de fallidos intentos de desfile auspiciados por Tommy, Franz Deutscher (el apellido perfecto para el perfecto adolescente nazi) perdió la paciencia.

—*Müller, du Affe!* —Su grueso cabello rubio le masajeó la cabeza y sus palabras manotearon la cara de Tommy—. Pedazo de burro, ¿qué pasa contigo?

Tommy se encogió de miedo, pero una de sus mejillas todavía consiguió acalambrarse en una alegre y frenética contracción. No sólo parecía que esbozara una sonrisita triunfante, sino que además aceptaba el rapapolvo con regocijo. Y Franz Deutscher no iba a tolerar ni lo uno ni lo otro. Lo fulminó con sus ojos claros.

—¿Y bien? ¿Qué tienes que decir en tu defensa? —preguntó.

El tic de Tommy no hizo más que acentuarse, tanto en velocidad como en intensidad.

—¿Te estás burlando de mí?

—*Heil.* —Se contorsionó Tommy, en un intento desesperado de ganarse su aprobación, aunque olvidó añadir la parte del «Hitler».

En ese momento Rudy dio un paso al frente. Se puso delante de Franz Deutscher y lo miró a los ojos.

—Tiene un problema, señor…

—¡Eso ya lo veo!

—En los oídos —terminó Rudy—. No puede…

—Está bien, se acabó. —Deutscher se frotó las manos—. Vosotros dos, seis vueltas al campo. —Obedecieron, pero no lo bastante rápido—. *Schnell!* —los perseguía la voz.

Cuando acabaron las seis vueltas, les mandaron hacer varios ejercicios más, como correr, tumbarse en el suelo, levantarse y volver a tumbarse, y al cabo de quince minutos muy largos les ordenaron que se echaran al suelo para lo que sería el último ejercicio.

Rudy bajó la vista.

Un siniestro charco de barro le sonrió desde el suelo.

¿Qué estás mirando?, parecía decir.

—¡Abajo! —ordenó Franz.

Por descontado, Rudy lo saltó y se tiró al suelo, boca abajo.

—¡Arriba! —Franz sonrió—. Un paso atrás. —Obedecieron—. ¡Abajo!

El mensaje era claro y Rudy lo aceptó. Se zambulló en el barro, aguantó la respiración y, en ese momento, con la oreja pegada a la tierra empapada, los ejercicios acabaron.

—*Vielen Dank, meine Herren* —concluyó Franz Deutscher, con cortesía—. Muchas gracias, caballeros.

Rudy se puso de rodillas, se escarbó las orejas y miró a Tommy.

Tommy cerró los ojos y lo asaltó un espasmo.

Ese día, de vuelta en Himmelstrasse, Liesel, que todavía llevaba puesto el uniforme de la BDM, estaba jugando a la rayuela con unas niñas más pequeñas cuando vio con el rabillo del ojo a las dos tristes figuras acercándose. Una la llamó.

Se reunieron en el umbral de la caja de zapatos de cemento que hacía las veces de casa de los Steiner, y Rudy le contó todo lo que les había ocurrido.

Al cabo de diez minutos, Liesel se sentó.

Al cabo de once, Tommy, sentado junto a ella, dijo:

—Es culpa mía.

Sin embargo, Rudy rechazó la imputación con un gesto a medio camino entre una sentencia y una sonrisa, partiendo con el dedo una tira de barro por la mitad.

—Es culp... —volvió a intentarlo Tommy, pero Rudy lo interrumpió y lo señaló.

—Tommy, por favor. —En el rostro de Rudy se reflejaba una extraña satisfacción. Liesel nunca había visto a alguien tan decaído y al mismo tiempo tan animado—. Anda, siéntate y... ten espasmos... o lo que quieras. —Y continuó con su historia.

Empezó a caminar arriba y abajo.

Se peleó con la corbata.

Las palabras que le lanzaba a Liesel caían sobre el escalón de cemento.

—Ese Deutscher nos la ha hecho buena, ¿eh, Tommy? —resumió, con optimismo.

Tommy asintió, tuvo un espasmo y abrió la boca, no necesariamente en ese orden.

—Fue por mi culpa.

—Tommy, ¿qué te he dicho?

—¿Cuándo?

—¡Ahora mismo! Que estuvieras calladito.

—Claro, Rudy.

Cuando poco después Tommy se fue a casa, cabizbajo, Rudy la tanteó con lo que parecía una nueva y magistral táctica.

La compasión.

Todavía en el escalón del umbral, estudió detenidamente el barro que se le había secado formando una costra en el uniforme, y miró a Liesel a la cara, desesperanzado.

—¿Qué me dices, *Saumensch*?

—¿De qué?

—Ya lo sabes…

Liesel respondió como solía hacerlo.

—*Saukerl* —contestó, riendo y salvando la corta distancia que la separaba de su casa.

Una desconcertante mezcla de barro y compasión era una cosa, pero besar a Rudy Steiner era otra completamente distinta.

La llamó desde el escalón, esbozando una triste sonrisa, y toqueteándose el pelo con una mano.

—Algún día caerás —la avisó—, ¡ya lo verás, Liesel!

Al cabo de un par de años, en el sótano, Liesel a veces se moría de ganas por acercarse hasta la puerta de al lado y verlo, aunque estuviera escribiendo en plena madrugada. También comprendió que, probablemente, esos días caldeados en las Juventudes Hitlerianas alimentaron la sed delictiva de Rudy y, por consiguiente, la suya propia.

Después de todo, a pesar de las habituales épocas de lluvia, se avecinaba el verano, como correspondía. Las manzanas *Klar* debían de estar madurando. Les quedaban muchos hurtos que cometer.

Los perdedores

Cuando se trataba de robar, Liesel y Rudy tenían claro que se estaba más seguro en un grupo grande. Andy Schmeikl los invitó a una reunión junto al río donde, entre otros puntos del día, se debatiría un plan para robar fruta.

—¿Así que ahora eres el jefe? —preguntó Rudy, pero Andy negó con la cabeza, claramente decepcionado.

Era evidente que habría deseado tener lo que se necesitaba para serlo.

—No. —Su fría voz tenía un inusual tono cordial, inexpresivo—. Hay otro.

✦ EL NUEVO ARTHUR BERG ✦
Tenía el pelo arremolinado y la mirada nublada, y era uno de esos delincuentes cuya única razón para robar era el placer que le procuraba. Se llamaba Viktor Chemmel.

A diferencia de la mayoría de la gente que se dedicaba a las diversas artes del hurto, Viktor Chemmel lo tenía todo. Vivía en la mejor zona de Molching, en una casa de campo que fumigaron cuando expulsaron a los judíos. Tenía dinero. Tenía tabaco. No obstante, quería más.

—No es ningún crimen querer un poco más —aseguraba, tumbado en la hierba con una pandilla de chicos sentados a su alrededor—. Querer más es nuestro deber primordial como alemanes. ¿Qué dice nuestro Führer? —Contestó a su pregunta retórica—: ¡Tenemos que tomar lo que por derecho nos pertenece!

A primera vista, Viktor Chemmel no era más que el típico adolescente ducho en el arte de tirarse faroles. Por desgracia, cuando le daba por demostrarlo también poseía cierto carisma, una especie de «sígueme».

Cuando Liesel y Rudy se acercaban al grupo del río, ella oyó que preguntaba:

—¿Dónde están esos dos malandrines de los que habéis estado fanfarroneando? Ya son las cuatro y diez.

—Según mi reloj todavía no —contestó Rudy.

Viktor Chemmel se apoyó en un codo.

—No llevas reloj.

—¿Estaría aquí si tuviera dinero para tener un reloj?

El nuevo jefe se acabó de incorporar del todo y sonrió, una radiante sonrisa de dientes rectos. A continuación, dirigió su despreocupada atención hacia la chica.

—¿Quién es la golfa?

Liesel, más que acostumbrada a los insultos, se limitó a observar la nebulosa textura de sus ojos.

—El año pasado robé trescientas manzanas y al menos varias docenas de patatas —se presentó—. El alambre de espino no es un secreto para mí y puedo seguir el ritmo de cualquiera de los que hay aquí.

—¿De verdad?

—Sí. —Liesel no se amilanó ni se echó atrás—. Lo único que pido es una pequeña parte de lo que nos llevemos. Una docena de manzanas de vez en cuando, las sobras para mi amigo y para mí.

—Bueno, supongo que eso puede arreglarse. —Viktor encendió un cigarrillo, se lo llevó a la boca y dirigió sus esfuerzos a arrojarle el humo a la cara.

Liesel no tosió.

Era el mismo grupo del año anterior con la única excepción del jefe. Liesel se preguntó por qué ninguno de los otros chicos había asumido el mando, pero mirándolos uno a uno se dio cuenta de que ninguno tenía lo que había que tener. No tenían escrúpulos a la hora de robar, pero necesitaban las órdenes. Les gustaba recibir órdenes y a Viktor Chemmel le gustaba darlas. Era un bonito microcosmos.

Por un momento Liesel deseó que volviera Arthur Berg. ¿O él también se habría sometido a la autoridad de Chemmel? No importaba. Liesel sólo sabía que Arthur Berg no tenía ni un pelo de tirano, mientras que el nuevo cabecilla lucía toda una cabellera. Sabía que si se hubiera quedado atrapada en un árbol el año pasado, Arthur habría vuelto por ella, a pesar de afirmar lo contrario. Este año, por el contrario, enseguida se percató de que Viktor Chemmel ni siquiera se molestaría en mirar atrás.

Chemmel se levantó sin apartar la vista del chico larguirucho y la chica de aspecto famélico.

—¿Así que queréis robar conmigo?

¿Qué tenían que perder? Asintieron con la cabeza.

Se acercó y cogió a Rudy por el pelo.

—Quiero oírlo.

—Pues claro —contestó Rudy, antes de que le diera un empujón, tirándole del flequillo.

—¿Y tú?

—Por supuesto.

Liesel fue lo bastante rápida para evitar el mismo trato. Viktor sonrió. Aplastó el cigarrillo, tomó aire y se rascó el pecho.

—Caballeros, golfa, parece que es hora de ir de compras.

El grupo emprendió la marcha y Rudy y Liesel, como siempre lo habían hecho en el pasado, cerraban la comparsa.

—¿Te gusta? —susurró Rudy.

—¿Y a ti?

Rudy se lo pensó un momento.

—Creo que es un cabrón de mucho cuidado.

—Yo también.

El grupo se estaba alejando.

—Vamos, nos estamos quedando atrás —dijo Rudy.

A unos kilómetros de allí, llegaron a la primera granja. Lo que les esperaba fue toda una sorpresa. Los árboles que habían imaginado cargados de fruta parecían débiles y enfermos, sólo tenían unas cuantas manzanas que colgaban apáticas de las ramas. En la granja siguiente pasaba lo mismo. Tal vez había sido una mala temporada, o ellos no habían calculado bien el momento adecuado.

Al final de esa tarde, durante el reparto del botín, Liesel y Rudy recibieron una pequeña manzana para los dos. Justo es decir que la recaudación había sido paupérrima, pero Viktor Chemmel también había aplicado la ley del embudo.

—¿Qué es esto? —preguntó Rudy, con la manzana en la mano.

Viktor ni siquiera se volvió.

—¿A ti qué te parece? —le lanzó las palabras por encima del hombro.

—¿Una asquerosa manzana?

—Ten. —También les lanzó una medio empezada, que cayó con el lado mordido de cara al suelo—. También puedes quedarte esa.

Rudy estaba indignado.

—A la mierda. No hemos caminado quince kilómetros por una miserable manzana y media, ¿verdad, Liesel?

Liesel no contestó.

No tuvo tiempo, Viktor Chemmel estaba encima de Rudy antes de que ella pudiera decir ni una palabra. Le sujetaba los brazos con las rodillas y tenía las manos alrededor del cuello de Rudy. No fue otro sino Andy Schmeikl quien recogió las manzanas a petición de Viktor.

—Le estás haciendo daño —avisó Liesel.

—¿De verdad?

Viktor volvía a sonreír. Liesel odiaba esa sonrisa.

—No me está haciendo daño.

Las palabras de Rudy se aturullaron. Tenía la cara roja por la presión y empezó a sangrar por la nariz.

Al cabo de un buen rato, durante el que siguió apretándole el cuello, Viktor lo soltó y se levantó. Se apartó con ademán despreocupado.

—Arriba, chico —dijo, y Rudy, sabiendo lo que le convenía, obedeció.

Viktor volvió a acercarse con toda tranquilidad y se le plantó delante. Lo golpeó con suavidad en el brazo. Le susurró:

—A no ser que quieras que ese hilillo de sangre se convierta en una fuente, te sugiero que te largues, muchachito. —Miró a Liesel—. Y llévate a la golfilla también.

Nadie se movió.

—¿A qué estáis esperando?

Liesel cogió a Rudy por la mano y se fueron, pero no antes de que este se volviera por última vez y escupiera sangre a los pies de Viktor Chemmel, lo que dio lugar a un último comentario.

༒ PEQUEÑA AMENAZA DE ༒ VIKTOR CHEMMEL A RUDY STEINER
«Algún día me las pagarás, amigo.»

Dirás lo que quieras de Viktor Chemmel, pero le sobraban paciencia y buena memoria. Necesitó unos cinco meses para cumplir su palabra.

Bocetos

Si el verano de 1941 levantaba muros alrededor de personas como Rudy y Liesel, penetraba en la vida de Max Vandenburg mediante escritos y dibujos. En los momentos de mayor soledad en el sótano, las palabras empezaban a apilarse a su alrededor. Las visiones comenzaron a manar y a caer, incluso a derramarse, de sus manos.

Tenía lo que llamaba un pequeño surtido de herramientas:

Un libro pintado.

Un puñado de lápices.

Una cabeza llena de ideas.

Como si fueran piezas de un puzzle, empezó a encajarlas.

Al principio, Max se puso a escribir su propia historia.

La intención era anotar todo lo que le había ocurrido —y conducido al sótano de Himmelstrasse—, pero al final no lo hizo. El exilio de Max generó en él algo muy distinto: varios pensamientos inconexos, con los que decidió quedarse porque parecían «verdaderos». Eran más reales que las cartas que escribía a su familia y a su amigo Walter Kugler a sabiendas de que jamás podría enviarlas. Las hojas profanadas del *Mein Kampf* se estaban convirtiendo en una serie de bocetos, una página tras otra, que para él resumían los acontecimientos que habían transformado su vida anterior en otra. Algunos le llevaban minutos. Otros, horas. Decidió que le regalaría el libro a Liesel cuando estuviera acabado, cuando ella fuera lo bastante mayor y, eso esperaba, toda esa locura hubiera terminado.

Desde el momento en que probó los lápices sobre la primera hoja pintada, no se separó del libro. A menudo lo tenía junto a él, o en las manos mientras dormía.

Una tarde, después de las flexiones y los abdominales, se durmió arrimado a la pared del sótano. Cuando Liesel bajó, encontró el libro a su lado, apoyado sobre una pierna, y la curiosidad pudo con ella. Se agachó y lo recogió, suponiendo que él se movería. No lo hizo. Max estaba sentado, con la cabeza y los hombros descansando contra la pared. Liesel apenas oía el ruido de su respiración, avanzando y retirándose, cuando abrió el libro y hojeó unas cuantas páginas al azar.

¡No el Führer, el director de orquesta!

Asustada por lo que había visto, Liesel dejó el libro donde estaba, como lo había encontrado, apoyado sobre la pierna de Max.

La sobresaltó una voz.

—*Danke schön*.

Liesel siguió el rastro de la voz hasta su dueño y, cuando lo miró, en los labios del judío había una débil señal de satisfacción.

—Por Dios, Max —jadeó Liesel—, me has asustado.

Max volvió a dormirse, pero la sensación no abandonó a la muchacha mientras subía las escaleras.

Max, me has asustado.

El hombre que silbaba
y los zapatos

Todo siguió el patrón acostumbrado hasta el final del verano y bien entrado el otoño. Rudy intentaba sobrevivir como podía en las Juventudes Hitlerianas, Max hacía flexiones y abdominales y Liesel buscaba periódicos y escribía palabras en la pared del sótano.

No está de más mencionar que todo patrón tiene siempre alguna brecha y que un día este acaba dando un vuelco o pasa página. En nuestro caso, el factor determinante fue Rudy. O, al menos, Rudy y un campo de deporte recién abonado.

A finales de octubre todo parecía normal. Un chico sucio caminaba por Himmelstrasse. Su familia esperaba que llegara de un momento a otro y que les mintiera diciendo que a todos los chicos de las Juventudes Hitlerianas les habían obligado a hacer instrucción adicional en el campo. Sus padres incluso esperaban algunas risas. Sin embargo, esta vez no las habría.

Ese día, Rudy se había quedado sin risas y sin mentiras.

Ese miércoles, cuando Liesel lo vio más de cerca, se fijó en que Rudy Steiner iba descamisado. Y en que estaba furioso.

—¿Qué ha pasado? —le preguntó, al verlo pasar por su lado como alma en pena.

Él se volvió y le tendió la camisa.

—Huélela —dijo.

—¿Qué?

—¿Estás sorda? Que la huelas.

A regañadientes, Liesel se inclinó y le llegó una repugnante ráfaga de la prenda parda.

—¡Jesús, María y José! ¿Es…?

El chico asintió con la cabeza.

—También tengo en la barbilla. ¡En la barbilla! ¡Menos mal que no me la he tragado!

—Jesús, María y José.

—Acaban de abonar el campo de las Juventudes Hitlerianas. —Volvió a echarle un vistazo indignado y enojado a la camisa—. Creo que es estiércol de vaca.

—El tipo ese como se llame, Deutscher, ¿sabía que estaba abonado?

—Dice que no. Pero sonreía.

—Jesús, María y…

—¡Quieres dejar de decir eso!

Lo que Rudy necesitaba en esos momentos era una victoria. Había salido malparado en sus tratos con Viktor Chemmel, había afrontado un problema detrás de otro en las Juventudes Hitlerianas. Todo lo que quería era una pequeña victoria de nada, y estaba decidido a conseguirla.

Siguió caminando hasta su casa, pero cuando llegó a los escalones de cemento, cambió de opinión y volvió junto a la chica, despacio, pero decidido.

—¿Sabes qué me animaría? —preguntó, cauteloso, en un susurro.

«Tierra, trágame», pensó Liesel.

—Si crees que voy a… En este estado…

Rudy pareció defraudado.

—No, no es eso. —Suspiró y se acercó un poco más—. Es otra cosa. —Se lo pensó un momento y levantó la cabeza, apenas unos centímetros—. Mírame: estoy sucio, apesto a caca de vaca o a mierda de perro o a lo que quieras y, como siempre, tengo un hambre que me muero. —Hizo una pausa—. Necesito ganar en algo, Liesel, de verdad.

Liesel lo comprendía.

Si no hubiera sido por el olor, se habría acercado más a él.

Robar.

Tenían que robar algo.

No.

Tenían que robar algo de nuevo. No importaba el qué, sólo tenía que ser pronto.

—Esta vez sólo tú y yo —propuso Rudy—, nada de Chemmels ni Schmeikls. Sólo tú y yo.

Era superior a ella.

Empezó a sentir un hormigueo en las manos, el pulso se le disparó y sus labios sonrieron, todo a la vez.

—Tiene buena pinta.

—Entonces está decidido. —Y, aunque intentó no hacerlo, Rudy no pudo evitar la sonrisa abonada que se esbozaba en su rostro—. ¿Mañana?

Liesel asintió con la cabeza.

—Mañana.

El plan era perfecto, salvo por un detalle: no tenían ni idea de por dónde empezar.

La fruta quedaba descartada. Rudy desechó cebollas y patatas y decidieron no volverlo a intentar con Otto Sturm y su bicicleta cargada de productos de granja. Una vez era inmoral. Dos, una completa canallada.

—¿Y qué narices hacemos? —preguntó Rudy.

—¿Y yo qué sé? La idea es tuya, ¿no?

—Eso no quiere decir que no puedas colaborar un poquito. Yo no puedo pensar en todo.

—Si casi no piensas en nada…

Siguieron discutiendo mientras se paseaban por la ciudad. Ya en las afueras, empezaron a divisar las primeras granjas y árboles, que se alzaban como estatuas escuálidas. Las ramas estaban grises. Cuando levantaron la vista, sólo vieron ramas alicaídas y un cielo despejado.

Rudy escupió.

Volvieron a atravesar Molching, barajando propuestas.

—¿Qué te parece frau Diller?

—¿Qué me parece de qué?

—Si decimos «*Heil Hitler!*» y luego robamos algo, igual no nos pasará nada.

Después de deambular por Münchenstrasse durante un par de horas, empezó a oscurecer y estuvieron a punto de darse por vencidos.

—Es inútil —se rindió Rudy—, y encima tengo más hambre que nunca. Por amor de Dios, me estoy muriendo de hambre. —Avanzó unos pasos antes de pararse y mirar atrás—. ¿Qué te pasa? —preguntó, porque Liesel se había detenido en seco y algo le iluminaba la cara.

¿Cómo no se le había ocurrido antes?

—¿Qué pasa? —Rudy empezaba a impacientarse—. *Saumensch*, ¿qué narices pasa?

En ese momento, Liesel se estaba enfrentado a una decisión. ¿Podría llevar a cabo lo que estaba pensando? ¿De verdad quería vengarse así de alguien? ¿Tanto despreciaba a esa persona?

Dio media vuelta y empezó a caminar. Cuando Rudy la alcanzó, aminoró el paso con la vana esperanza de aclararse un poco. Después de todo, se sentía culpable desde hacía tiempo. Estaba fresca. La semilla ya se había abierto y se había convertido en una flor de pétalos negros. Sopesó si de verdad podría llevarlo a cabo. Se detuvo ante la encrucijada.

—Conozco un sitio.

Cruzaron el río y remontaron la colina.

Se empaparon de la magnificencia de las mansiones de Grandestrasse. Las puertas relucían como si las acabaran de esmaltar y las tejas descansaban sobre las casas como peluquines, peinados hasta que todos los pelos quedaban en su sitio. Las paredes y las ventanas estaban muy cuidadas y las chimeneas casi expulsaban el humo en forma de anillo.

Rudy se plantó.

—¿La casa del alcalde?

Liesel asintió, muy seria. Se hizo un silencio.

—Despidieron a mi madre.

Cuando doblaron la esquina, Rudy preguntó cómo, en nombre de Dios, iban a entrar; pero Liesel lo sabía.

—Conozco el terreno —contestó—. Conozco...

Sin embargo, cuando la ventana de la biblioteca entró en su campo de visión, en el extremo de la casa, se topó con toda una sorpresa: estaba cerrada.

—¿Y bien? —preguntó Rudy.

Liesel dio media vuelta, despacio, y echó a andar a toda prisa.

—Hoy no —dijo.

Rudy se echó a reír.

—Lo sabía. —La alcanzó—. Lo sabía, sucia *Saumensch*, no podrías entrar ahí ni aunque tuvieras la llave.

—¿Qué más da? —Aceleró el paso y dejó de lado el comentario de Rudy—. Sólo tenemos que esperar el momento adecuado.

En su interior, se sacudió de encima la alegría que le había producido la ventana cerrada. Se reprendió a sí misma. ¿Por qué, Liesel?, se preguntó. ¿Por qué tuviste que callar cuando despidieron a mamá? ¿Por qué no pudiste mantener la bocaza cerrada? Por lo que sabes, la mujer del alcalde podría haber rectificado después de que le gritaras y sermonearas. Tal vez ha recobrado las fuerzas y se ha recuperado. Tal vez se ha prohibido volver a tiritar en esa casa nunca más y la ventana va a seguir cerrada para siempre... ¡Estúpida *Saumensch*!

Sin embargo, una semana después, a la quinta visita a la parte alta de Molching, llegó la ocasión.

La ventana abierta dejaba entrar el aire por el resquicio.

Y eso sería lo único que se iba a colar por ella.

Rudy se detuvo primero. Avisó a Liesel, dándole unos golpecitos en las costillas con el dorso de la mano.

—¿Esa ventana está abierta? —preguntó en voz baja.

La inquietud de su voz se deslizó desde sus labios, como si pasara un brazo por el hombro de Liesel.

—*Jawohl* —contestó ella—. Ya lo creo.

Cómo empezó a latirle el corazón…

En todas las ocasiones anteriores, cuando encontraban la ventana cerrada a cal y canto, la aparente decepción de Liesel enmascaraba un gran alivio. ¿Tendría las suficientes agallas para entrar? Y, de hecho, ¿por quién y para qué iba a entrar? ¿Por Rudy? ¿Para buscar comida?

No, la repugnante verdad era otra.

No le importaba la comida. Rudy, por mucho que ella intentara resistirse a la idea, quedaba relegado a un segundo plano en su trama. Lo que quería era el libro, *El hombre que silbaba*. No había permitido que se lo regalara una mujer vieja, patética y solitaria. Robarlo, en cambio, parecía más aceptable. Robarlo, en cierto sentido morboso, era como ganárselo.

La luz dibujaba bloques de sombra.

La pareja se dirigió hacia la inmaculada y enorme casa. Se susurraron sus pensamientos.

—¿Tienes hambre? —preguntó Rudy.

—Estoy hambrienta —contestó Liesel.

De un libro.

—Mira, acaba de encenderse una luz arriba.

—Ya la veo.

—¿Todavía tienes hambre, *Saumensch*?

Se les escapó una risita nerviosa antes de ponerse a deliberar quién debía entrar y quién debía quedarse vigilando. Como hombre al mando, Rudy tenía claro que era él quien debía quedarse con el papel del allanador, pero era obvio que Liesel conocía el lugar. Tenía que entrar ella. Sabía lo que había al otro lado de la ventana.

Lo dijo.

—Entro yo.

Liesel cerró los ojos. Con fuerza.

Se obligó a recordar, a imaginar al alcalde y a su mujer. Pensó en la amistad que la había unido a Ilsa Hermann y no paró hasta que estuvo segura de haberle dado una patada en la espinilla y haberla dejado fuera de combate. Funcionó. Los detestaba.

Vigilaron la calle y cruzaron el jardín en silencio.

Estaban agachados bajo el resquicio de la ventana de la planta baja. El sonido de la respiración de ambos se acentuó.

—Eh, dame los zapatos —sugirió Rudy—, así harás menos ruido.

Liesel se desató sin protestar los deshilachados cordones negros y dejó los zapatos en el suelo. Se puso en pie y Rudy abrió la ventana con suavidad, lo justo para que Liesel pudiera colarse dentro. El ruido pasó por encima de sus cabezas, como un avión volando a ras de tierra.

Liesel se dio impulso para subir al alféizar y forcejeó hasta meterse dentro. Se dio cuenta de que sacarse los zapatos había sido una idea brillante, ya que aterrizó sobre el suelo de madera con mucha más fuerza de la que había esperado. Las plantas de los pies se dilataron dolorosamente, apretándose contra la cara interior de los calcetines.

La estancia estaba como siempre.

Liesel se sacudió la nostalgia de encima en la penumbra polvorienta. Avanzó con cautela mientras sus ojos se adaptaban a la escasa luz.

—¿Qué está pasando? —susurró Rudy con voz seca desde el otro lado.

Sin embargo, Liesel hizo un gesto a su espalda con la mano, que significaba: *Halt's Maul*. Que te calles.

—Comida —le recordó Rudy—, busca comida. Y cigarrillos. Si puedes.

Pero eso era lo último que tenía en mente. Había vuelto a su hogar, entre los libros de múltiples colores y tamaños del alcalde, con sus letras plateadas y doradas. Olía las páginas. Casi podía saborear las palabras a medida que se apelotonaban a su alrededor. Los pies la llevaron hacia la pared de la derecha. Sabía cuál quería —conocía la posición exacta—, pero cuando se acercó al sitio que solía ocupar *El hombre que silbaba*, ya no estaba allí. En su lugar había un pequeño espacio vacío.

Oyó pasos en el piso de arriba.

—¡La luz! —susurró Rudy, empujando las palabras por el resquicio de la ventana—. ¡La han apagado!

—*Scheisse.*

—Van a bajar.

Ese instante se dilató hasta el infinito. La eternidad de unas décimas de segundo en que se toma una decisión. Recorrió la habitación con la mirada y vio *El hombre que silbaba*, tan tranquilo, encima del escritorio del alcalde.

—Venga —la apremió Rudy.

No obstante, Liesel se acercó despacio, tranquila, cogió el libro y salió con cuidado. Con la cabeza por delante, saltó por la ventana y consiguió caer de pie, por lo que volvió a sentir otra punzada de dolor, esta vez en los tobillos.

—Vamos —la urgió Rudy—. ¡Corre, corre, *Schnell*!

En cuanto doblaron la esquina y se encontraron en la calzada que llevaba hasta el río y Münchenstrasse, Liesel se detuvo y se inclinó hacia delante para recuperar el aliento. Estaba encorvada sobre sí misma; el vaho se congelaba en sus labios y el corazón le retumbaba en los oídos.

Rudy estaba igual.

Al levantar la vista, vio el libro que Liesel llevaba bajo el brazo e intentó hablar.

—¿Y...? —Forcejeó con las palabras—. ¿Y ese libro?

La oscuridad se extendía a toda prisa. Liesel jadeaba a medida que el aire de la garganta se descongelaba.

—Es lo único que he encontrado.

Pero Rudy se la olió. La mentira. Ladeó la cabeza y le planteó lo que creía que ocurría.

—No entraste a por comida, ¿verdad? Te llevaste lo que querías...

Liesel se incorporó y en ese momento la aplastó el peso de una nueva sorpresa.

Los zapatos.

Miró los pies de Rudy, luego sus manos y el suelo, después a su alrededor.

—¿Qué? —preguntó él—. ¿Qué pasa?

—*Saukerl* —lo acusó—. ¿Dónde están mis zapatos? —Rudy se puso blanco. Liesel no necesitó mayor confirmación—. Se han quedado en la casa, ¿verdad? —preguntó.

Rudy miró con desesperación a su alrededor, suplicando, en contra de lo que dictaba la realidad, que los hubiera llevado consigo. Se imaginó recogiéndolos, deseando que fuera cierto, pero los zapatos no estaban allí. Esperaban inútilmente o, mucho peor, delatoramente, junto a la pared del número ocho de Grandestrasse.

—*Dummkopf!* —lo reprendió, dándole un bofetón en la oreja. Avergonzado, Rudy miró la triste estampa de los calcetines de Liesel—. ¡Imbécil!

No tardó mucho tiempo en decidir cómo resarcirla.

—Espera —dijo muy serio, y volvió a doblar la esquina corriendo.

—Que no te cojan —lo avisó Liesel a su espalda, pero no la oyó.

La espera se hizo angustiante.

La oscuridad ya era total y Liesel estaba bastante segura de tener todos los números para recibir un *Watschen* cuando volviera a casa. Date prisa, murmuraba, pero Rudy seguía sin aparecer. Imaginó el sonido de una sirena de policía desplegado y luego acallada. Replegándose.

Nada.

Hasta que regresó a la intersección de las dos calles con sus empapados y sucios calcetines, no lo vio. Rudy, con expresión triunfal y la cabeza bien alta, trotaba hacia ella. Lucía una radiante sonrisa, con los dientes muy apretados, y llevaba los zapatos colgando de una mano.

—He estado al borde de la muerte, pero lo conseguí —aseguró.

Le tendió los zapatos cuando cruzaron el río y ella los tiró al suelo. Sentada, miró a su mejor amigo.

—*Danke* —dijo—. Gracias.

Rudy hizo una breve reverencia.

—De nada. —Se la jugó por si podía conseguir algo más—. No vale la pena que pregunte si me he ganado un beso, supongo.

—¿Por traerme los zapatos que olvidaste?

—Bueno, está bien. —Levantó las manos y siguió hablando mientras caminaban. Liesel hizo un abnegado esfuerzo para ignorarlo. Sólo oyó la última parte—: Seguramente tampoco querría besarte, sobre todo si el aliento te huele como los zapatos.

—Me das asco —le dijo, esperando que Rudy no hubiera visto el esbozo de una sonrisa que se le había escapado de los labios.

Rudy le quitó el libro en Himmelstrasse. Leyó el título debajo de una farola y le preguntó de qué trataba.

—De un asesinato —contestó Liesel, ensimismada.

—¿Y ya está?

—También hay un policía que intenta echarle el guante.

Rudy se lo devolvió.

—Hablando del tema, creo que nos va a caer una buena cuando lleguemos a casa. Sobre todo a ti.

—¿Por qué a mí?

—Ya lo sabes… Por tu madre.

—¿Qué pasa con mi madre? —Liesel no hizo más que ejercer el derecho de cualquier persona que pertenece a una familia. Dicha persona tiene total libertad para quejarse y criticar a cualquier miembro de su parentela, pero siempre que no lo hagan los demás. En ese momento uno se levanta y demuestra su lealtad—. ¿Pasa algo con ella?

Rudy retrocedió.

—Perdona, *Saumensch*, ¡no quería ofenderte!

Incluso de noche Liesel se daba cuenta de que Rudy crecía. Se le alargaba la cara, la mata de pelo rubia se le estaba oscureciendo imperceptiblemente y parecía que sus facciones cambiaban de forma. Sin embargo, había una cosa que nunca cambiaría: era imposible estar enfadada con él mucho tiempo.

—¿Tienes algo bueno para cenar? —preguntó.

—Lo dudo.

—Yo también. Qué lástima que los libros no puedan comerse. Arthur Berg dijo algo parecido, ¿recuerdas?

De camino a casa estuvieron recordando los buenos tiempos, mientras Liesel le iba echando una ojeada de vez en cuando a la tapa gris y el título impreso en negro de *El hombre que silbaba*.

Antes de entrar en sus respectivas casas, Rudy se detuvo un momento.

—Adiós, *Saumensch*. —Rió—. Adiós, ladrona de libros.

Fue la primera vez que otorgaban dicho tratamiento a Liesel, y no consiguió ocultar lo mucho que le gustó. Como ya sabemos, había robado libros en anteriores ocasiones, pero a finales de octubre de 1941 pasó a ser algo público. Esa noche, Liesel Meminger se convirtió oficialmente en la ladrona de libros.

Tres estupideces de Rudy Steiner

ఴ RUDY STEINER, TODO UN GENIO ఴ
1. Robó la patata más grande de Mamer's, el colmado del barrio.
2. Se enfrentó a Franz Deutscher en Münchenstrasse.
3. Se saltó las reuniones de las Juventudes Hitlerianas.

El desencadenante de la primera estupidez de Rudy fue la codicia. Hacía la típica tarde de perros de mediados de noviembre de 1941.

Antes había esquivado con bastante maña a las señoras armadas de cupones, casi me atrevería a decir que con un toque de genialidad criminal, tanto es así que estuvo a punto de pasar inadvertido.

Gracias a su discreción, consiguió la patata más grande del montón, es decir, esa misma patata que casi toda la cola vigilaba, así que todos estaban mirando cuando un puño de trece añitos se asomó y la atrapó. Un coro de corpulentas Helgas lo señaló con el dedo y Thomas Mamer se acercó al sucio tubérculo echando pestes.

—*Meine Erdäpfel* —dijo—. Mis patatas.

La patata seguía en las manos de Rudy (necesitaba las dos), y la gente se reunió a su alrededor como una cuadrilla de luchadores. Había llegado el momento de usar la labia.

—Mi familia se muere de hambre —se justificó Rudy. Un conveniente reguero de fluido claro empezó a moquearle de la nariz. No hizo nada por limpiarse—. Mi hermana necesita un abrigo nuevo. El último se lo robaron.

Mamer no era tonto.

—¿Y querías vestirla con una patata? —preguntó, sin soltarle el cuello de la camisa, por donde lo tenía agarrado.

—No, señor.

Miró de soslayo el único ojo de su captor que podía ver. Mamer estaba hecho un tonel, tenía dos pequeños balazos en la cara a modo de ojos y los dientes como el público durante un partido de fútbol: apiñados.

—Hace tres semanas que cambiamos todos los cupones por el abrigo y ahora no tenemos nada que llevarnos a la boca.

El tendero tenía a Rudy agarrado con una mano y llevaba la patata en la otra. Se volvió a su mujer para decirle la temida palabra: *Polizei*.

—No, por favor —suplicó Rudy.

Cuando después se lo explicó a Liesel, le contó que no tuvo ni una pizca de miedo, pero estoy segura de que en ese momento el corazón estaba a punto de salírsele del pecho.

—La policía no, por favor, la policía no.

—*Polizei*.

A pesar de las contorsiones de Rudy, que no dejaba de pelearse con el aire, Mamer se mostró inconmovible.

Esa tarde, en la cola también había un profesor del colegio, herr Link, uno de los maestros seculares. Rudy lo vio y lo abordó de frente, con la mirada.

—Herr Link. —Era su última baza—. Herr Link, dígaselo, por favor, dígale lo pobre que soy.

El tendero miró al maestro con expresión inquisitiva.

—Sí, herr Mamer, este chico es pobre —afirmó herr Link, dando un paso al frente—. Es de Himmelstrasse. —El corro, mujeres en su mayoría, lo consultó, conscientes de que Himmelstrasse no era el paradigma de la opulencia en Molching. Se lo tenía por un barrio relativamente pobre—. Tiene ocho hermanos.

¡Ocho!

Rudy tuvo que reprimir una sonrisa; todavía no se había librado, pero al menos había conseguido que un profesor mintiera como un bellaco: se las había ingeniado para añadir tres niños más a la familia Steiner.

—Suele venir al colegio sin desayunar.

Y el corro de mujeres volvió a consultar. Fue como si añadiera una capa de pintura a la situación y cargara un poco más el ambiente.

—¿Y por eso debo dejar que me robe patatas?

—¡La más grande! —puntualizó una de las mujeres.

—Cállese, frau Metzing —la advirtió Mamer, y ella enseguida se calmó.

Al principio, toda la atención recayó sobre Rudy y la mugre del cuello, pero luego fue trasladándose de un lado al otro, del chico a la patata y de ahí a Mamer, de lo mejor a lo peor. Sin embargo, nunca sabremos qué fue lo que llevó al tendero a exonerar a Rudy.

¿El patetismo que destilaba el chico?

¿La dignidad de herr Link?

¿El enojo de frau Metzing?

Fuera lo que fuese, Mamer devolvió la patata a la pila y arrastró a Rudy fuera del establecimiento, donde le propinó un buen puntapié con la bota.

—Y no vuelvas más.

Desde la calle, Rudy siguió a Mamer con la mirada mientras regresaba detrás del mostrador para despachar comestibles y sarcasmo al siguiente cliente.

—Déjeme adivinar qué patata quiere que le ponga —dijo, sin apartar la vista del niño.

Un nuevo fracaso para Rudy.

La segunda estupidez revistió el mismo peligro, pero por razones distintas.

Tras este altercado en concreto, Rudy acabaría con un ojo morado, las costillas rotas y un corte de pelo.

Tommy Müller seguía teniendo los problemas de siempre en las reuniones de las Juventudes Hitlerianas, y Franz Deutscher estaba esperando que Rudy se metiera por medio. No tardó demasiado.

Mientras los demás estaban dentro aprendiendo tácticas, a Rudy y a Tommy les ordenaron que hicieran una nueva y exhaustiva tabla de ejercicios. Muertos de frío, al pasar corriendo veían por las ventanas las cabezas y hombros calientes de sus compañeros. Ni siquiera cuando se unieron al resto del grupo se acabaron los ejercicios. Rudy se desplomó en un rincón, se sacudió el barro de la manga y lo lanzó a la ventana, cuando Franz le disparó la pregunta favorita en las Juventudes Hitlerianas.

—¿Cuándo nació nuestro Führer, Adolf Hitler?

Rudy levantó la vista.

¿Cómo dices?

Le repitió la pregunta y el muy estúpido de Rudy Steiner, a pesar de saber de memoria que era el 20 de abril de 1889, le dio la fecha de nacimiento de Jesús por respuesta. Incluso añadió que fue en Belén, a modo de información complementaria.

Franz se frotó las manos.

Mala señal.

Se acercó a Rudy y le ordenó que volviera a salir a dar unas cuantas vueltas al campo.

Rudy corrió en solitario. Después de cada vuelta, volvían a preguntarle la fecha de nacimiento del Führer. Completó siete carreras antes de contestar lo que querían.

El verdadero problema se presentó días después de la reunión.

Rudy vio a Deutscher pasearse por la acera de Münchenstrasse con unos amigos y sintió la necesidad de arrojarle una piedra. Tal vez te preguntes en qué narices estaba pensando. La respuesta es: seguramente en nada. Lo más probable es que adujera estar ejerciendo su derecho inalienable a ser estúpido. Eso o que sólo de ver a Franz Deutscher le venían unas ganas irrefrenables de machacarlo.

La piedra alcanzó la espalda de su objetivo, aunque no con tanta fuerza como Rudy habría esperado. Franz Deutscher se volvió en redondo y pareció encantado al descubrirlo allí de pie junto a Liesel, Tommy y la hermana pequeña de Tommy, Kristina.

—Corramos —sugirió Liesel, pero Rudy no se movió.

—Ahora no estamos en las Juventudes Hitlerianas —repuso.

Ya tenían a los chicos mayores encima. Liesel no se separó de su amigo, igual que el espasmódico Tommy y la delicada Kristina.

—Señor Steiner —lo saludó Franz, antes de cogerlo y tirarlo al suelo.

Rudy se levantó, pero eso sólo sirvió para enfurecer aún más a Deutscher. Volvió a tirarlo al suelo por segunda vez, seguido de un rodillazo en el pecho.

Rudy se puso en pie una vez más y el grupo de chicos mayores empezó a reírse de su amigo. Lo que no benefició mucho a Rudy.

—A ver si le enseñas lo que es bueno —lo animó el más alto.

Tenía una mirada tan azul y fría como el cielo, y esas palabras fueron lo único que Franz necesitó. Estaba decidido a que Rudy mordiera el polvo y no volviera a levantarse.

La gente empezó a apiñarse a su alrededor cuando Rudy lanzó un puñetazo al estómago de Franz Deutscher, aunque no lo alcanzó por mucho. En ese momento, notó la candente sensación del impacto de un puño contra la cuenca de su ojo. Vio las estrellas y, antes de darse cuenta, volvía a estar en el suelo. Recibió un nuevo golpe en el mismo lugar y notó cómo el moretón se volvía amarillento, azulado y negro a la vez. Tres capas de dolor punzante.

El cada vez más nutrido corro esperó morbosamente atento a que Rudy se levantara. No fue así. Esta vez se quedó en el frío y húmedo suelo, con la sensación de que este se filtraba a través de sus ropas y se extendía por todo su cuerpo.

Todavía veía lucecitas, por lo que no se dio cuenta hasta que fue demasiado tarde de que Franz estaba a su lado con una navaja nuevecita, a punto de agacharse y utilizarla.

—¡No! —protestó Liesel, pero el chico alto la retuvo.

—No te preocupes. No lo hará, no tiene agallas —la tranquilizó.

A los oídos de Liesel, las palabras sonaron profundas y seguras.

El joven se equivocaba.

Franz se arrodilló y se inclinó sobre Rudy.

—¿Cuándo nació nuestro Führer? —le susurró. Con mucho cuidado, pronunció e introdujo cada una de las palabras en el oído—. Vamos,
Rudy, ¿cuándo nació? Dímelo, no va a pasar nada, no tengas miedo.

¿Y Rudy?

¿Qué respondió?

¿Respondió con prudencia o permitió que su estupidez lo hundiera
aún más en el lodo?

Rudy lo miró despreocupadamente a los ojos azul claro y le contestó
con otro susurro:

—Un lunes de Pascua.

Segundos después, la navaja se ocupaba del cabello de Rudy. Fue el
segundo corte de pelo de esa etapa de la vida de Liesel. Unas tijeras oxidadas cortaron el cabello de un judío. Una navaja reluciente hizo lo propio con su mejor amigo. Liesel no conocía a nadie que hubiera pagado
por que le cortaran el pelo.

En cuanto a Rudy, ese año hasta el momento había tragado barro, se
había bañado en estiércol, un criminal en ciernes había estado a punto
de asfixiarlo y ahora estaba sufriendo lo que vendría a ser la guinda del
pastel: la humillación pública en Münchenstrasse.

Le cortaron casi todo el flequillo sin problemas, pero algunos pelillos se aferraban a su cabeza a cada navajazo, y acabó arrancándoselos
sin contemplaciones. Rudy hizo un gesto de dolor, sin olvidar el ojo pal-
pitante y las doloridas costillas.

—¡Veinte de abril de mil ochocientos ochenta y nueve! —lo aleccio-
nó Franz.

El público se dispersó en cuanto Deutscher retiró a su cohorte y dejó solos con su amigo a Liesel, Tommy y Kristina.

Rudy se quedó tirado en el suelo, absorbiendo la humedad.

Así que únicamente nos queda la tercera estupidez: saltarse las reuniones de las Juventudes Hitlerianas.

No desapareció de golpe —sólo para demostrarle a Deutscher que no le tenía miedo—, pero al cabo de unas semanas Rudy cortó toda relación.

Vestía el uniforme con orgullo y dejaba atrás Himmelstrasse seguido de su leal súbdito, Tommy, pero en vez de presentarse en las Juventudes Hitlerianas, salían de la ciudad y seguían el curso del Amper, donde hacían rebotar piedras sobre la superficie o arrojaban enormes pedruscos al agua. En general, hacían de las suyas. Manchaba el uniforme lo suficiente para tener engañada a su madre, al menos hasta que llegó la primera carta, momento en que oyó la temida llamada desde la cocina.

Al principio sus padres lo amenazaron. Siguió sin ir.

Le suplicaron que fuera. Se negó.

Al final, la oportunidad de unirse a una división distinta hizo virar a Rudy en la dirección correcta. Por fortuna, porque si el joven no volvía a dejarse ver pronto, a los Steiner les iba a caer una multa por su ausencia. Su hermano mayor, Kurt, consultó si Rudy podría apuntarse a la división aérea, especializada en enseñanzas de vuelo. Se pasaban casi todo el tiempo construyendo maquetas de aviones y no había ningún Franz Deutscher a la vista. Rudy aceptó y Tommy también se apuntó. Fue la primera vez en su vida que su estúpido comportamiento le reportaba un resultado beneficioso.

En la nueva división, siempre que le hacían la famosa pregunta sobre el Führer, Rudy sonreía y respondía: «Veinte de abril de mil ochocientos ochenta y nueve», y a continuación le susurraba a Tommy una fecha distinta, como la del nacimiento de Beethoven, Mozart o Strauss. En el colegio estaban estudiando los compositores, algo en lo que Rudy destacaba a pesar de su manifiesta estupidez.

El libro flotante
(parte II)

La fortuna por fin sonrió a Rudy Steiner a principios de diciembre, aunque no de la forma acostumbrada.

Ese día hacía frío, pero todo estaba en calma. Había estado a punto de nevar.

Después de clase, Rudy y Liesel se pasaron primero por la tienda de Alex Steiner y luego, de camino a casa, vieron al viejo amigo de Rudy, Franz Deutscher, que en ese momento doblaba la esquina. Liesel, como solía hacer por esa época, siempre llevaba encima *El hombre que silbaba*. Le gustaba sentirlo en la mano, ya fuera el suave lomo o el tosco filo de las hojas. Ella fue la primera en verlo.

—Mira.

Lo señaló. Deutscher se acercaba hacia ellos a grandes zancadas acompañado de otro cabecilla de las Juventudes Hitlerianas.

Rudy retrocedió y se tocó el ojo que se estaba curando.

—Esta vez no. —Miró a su alrededor—. Si pasamos la iglesia, podemos seguir por el río y atajar por ahí.

Sin más palabras, Liesel lo siguió y consiguieron evitar con éxito al torturador de Rudy… para cruzarse en el camino de otro.

Al principio ni siquiera se fijaron.

El grupo que cruzaba el puente y fumaba cigarrillos podría haber sido cualquiera. Era demasiado tarde para dar media vuelta cuando las dos partes se reconocieron.

—Oh, no, nos han visto.

Viktor Chemmel sonrió.

Se mostró muy amigable, lo que significaba que era más peligroso que nunca.

—Vaya, vaya, si son Rudy Steiner y su golfilla —los saludó con toda la tranquilidad del mundo, quitándole *El hombre que silbaba* a Liesel de las manos—. ¿Qué estamos leyendo?

—Esto es entre tú y yo —intentó razonar Rudy—. Ella no tiene nada que ver. Venga, devuélveselo.

—*El hombre que silbaba*. —Se dirigió a Liesel—. ¿Es bueno?

Liesel se aclaró la garganta.

—No está mal.

Por desgracia, se delató. Fueron los ojos. Revoloteaban inquietos. Liesel se dio cuenta del momento justo en que Viktor Chemmel descubrió que el libro era una posesión valiosa.

—¿Sabes qué?, cincuenta marcos y es tuyo —propuso Viktor.

—¡Cincuenta marcos! —exclamó Andy Schmeikl—. Vamos, Viktor, con cincuenta marcos podrías comprarte mil libros.

—¿Te he pedido que hables?

Andy cerró el pico. Como si llevara una bisagra.

Liesel intentó poner cara de póquer.

—Pues ya puedes quedártelo. Ya lo he leído.

—¿Cómo acaba?

¡Maldita sea!

No había llegado hasta ahí.

Vaciló y Viktor Chemmel lo adivinó al instante.

Rudy intervino enseguida.

—Vamos, Viktor, no le hagas esto. Me buscas a mí. Haré lo que quieras.

El joven se limitó a apartarlo a un lado, con el libro en alto. Y lo corrigió.

—No, soy yo el que va a hacer lo que quiera —dijo, dirigiéndose al río.

Todo el mundo fue tras él, intentando seguir su paso. Medio corriendo, medio caminando. Algunos protestaron. Otros lo animaron.

Todo fue muy rápido, y simple. Se formuló una pregunta en tono burlón y amistoso.

—Dime, ¿quién fue el último campeón olímpico de lanzamiento de disco en Berlín? —preguntó Víctor. Se volvió hacia ellos, calentando el brazo— ¿Quién fue? Mecachis, lo tengo en la punta de la lengua. Fue un americano, ¿verdad? Carpenter o algo así...

—¡Por favor! —dijo Rudy.

El agua borboteaba.

Viktor Chemmel dio una vuelta sobre sí mismo.

El libro salió disparado de su mano. Se abrió, aleteó, las páginas se estremecieron ganándole terreno al aire. Se detuvo con mayor brusquedad de la esperada, y dio la impresión de que el agua lo succionaba. Golpeó la superficie de un planchazo y empezó a flotar corriente abajo.

Viktor negó con la cabeza.

—No ha sido lo suficiente alto. Un mal lanzamiento. —Volvió a sonreír—. Pero suficiente para ganar, ¿eh?

Liesel y Rudy no se quedaron a oír las risas.

Rudy ya había bajado a la orilla para intentar encontrar el libro.

—¿Lo ves? —preguntó Liesel.

Rudy corrió.

Siguió la orilla del río y le indicó dónde estaba el libro.

—¡Allí!

Se detuvo, lo señaló y corrió un poco más para adelantarlo. Se quitó el abrigo y se metió en el agua en un abrir y cerrar de ojos. Una vez dentro, lo vadeó hasta el centro.

Liesel, dejando de correr, sintió el dolor de cada paso. El punzante frío.

Al acercarse más vio que el libro pasaba junto a Rudy, pero este lo atrapó enseguida. Alargó la mano y pescó lo que se había convertido en una masa de cartón y papel mojado.

—*¡El hombre que silbaba!* —gritó el chico.

Era el único libro que flotaba en el Amper ese día, pero aun así sintió la necesidad de anunciar el título.

Otro punto que hay que destacar es que Rudy no intentó abandonar las gélidas aguas en cuanto tuvo el libro en la mano, sino que permaneció dentro un par de minutos. Nunca se lo confesó a Liesel, pero creo que ella sabía muy bien que las razones fueron dos.

LOS MOTIVOS HIPOTÉRMICOS DE RUDY STEINER

1. **Tras meses de fracasos, esa fue la única oportunidad de deleitarse con una victoria.**
2. **Una muestra de altruismo de esa magnitud era una buena ocasión para pedirle el típico favor. ¿Cómo iba a negarse Liesel?**

—¿Qué hay de ese beso, *Saumensch*?

Permaneció unos minutos más en el agua, hundido hasta la cintura, antes de salir y tenderle el libro. Los pantalones se le pegaban a las piernas y no dejaba de moverse. En realidad, creo que tenía miedo. Rudy Steiner temía el beso de la ladrona de libros. Debía de haberlo deseado con todas sus fuerzas. Debió de haberla querido con todo su corazón. Tanto, que nunca más volvería a pedírselo y se iría a la tumba sin él.

SEXTA PARTE

❧

El repartidor de sueños

Presenta:

el diario de la muerte — el muñeco de nieve — trece regalos —
el siguiente libro — la pesadilla de un cadáver judío — un
periódico en el cielo — una visita — un *Schmunzeler* — y un
último beso en unas mejillas intoxicadas

El diario de la muerte: 1942

Fue un año de los que pasarán a la historia, como el 79, o como 1346, por nombrar unos pocos. ¿Qué guadaña ni qué ocho cuartos? ¡Maldita sea!, una escoba o trapo bien grande es lo que habría necesitado. Y unas vacaciones.

✑ UNA PEQUEÑA VERDAD ✐
No llevo ni hoz ni guadaña.
Sólo cuando hace frío visto un hábito negro con capucha.
Y no tengo esos rasgos faciales de calavera que tanto parece
que os gusta endilgarme, aunque a distancia. ¿Quieres saber
qué aspecto tengo en realidad? Te ayudaré. Ve a buscar un
espejo mientras sigo.

La verdad es que estoy bastante expansiva en estos momentos, hablándote de mí y nada más que de mí, y de mis viajes, de lo que vi en 1942. Por otro lado, eres humano, así que debes de saber qué es el narcisismo. La cuestión es que existe una razón para que te explique lo que vi entonces. Gran parte de ello tendrá repercusiones para Liesel Meminger.

✑ LISTA ABREVIADA DE 1942 ✐
1. Los judíos desesperados, con sus espíritus en mi regazo
mientras esperamos sentados en el tejado, junto a las
humeantes chimeneas.

2. Los soldados rusos, apenas llevan unas cuantas balas, confían en que los caídos les abastezcan del resto.

3. Los cuerpos empapados en una costa francesa, varados entre los guijarros y la arena.

Podría continuar, pero he decidido que por ahora es suficiente con tres ejemplos. Tres ejemplos, por pocos que sean, te dejarán el regusto ceniciento que definió mi existencia aquel año.

A menudo intento recordar los retazos sueltos de belleza que también vi en esa época. Me abro paso a través de mi archivo de historias.

De hecho, tiendo la mano y escojo una.

Creo que ya conoces la mitad y, si me acompañas, te contaré el resto. Te contaré la segunda parte de la ladrona de libros.

Sin saberlo, a la ladrona le aguardan muchas cosas excepcionales a las que acabo de aludir, pero a ti también.

Está bajando nieve al sótano, ¡precisamente al sótano!

Un puñado de agua congelada puede hacer sonreír casi a cualquiera, pero no puede hacerlos olvidar.

Aquí viene.

El muñeco de nieve

Para Liesel Meminger, los primeros meses de 1942 podrían resumirse del siguiente modo:

Cumplió trece años. Seguía siendo plana. Todavía no era mujer. El joven del sótano estaba en la cama.

❧ P y R ☙
¿Cómo acabó Max Vandenburg en la cama de Liesel?
Se cayó.

Había opiniones para todos los gustos, pero Rosa Hubermann sostenía que la semilla se había plantado la Navidad pasada.

El 24 de diciembre fue un día de hambre y frío, pero al menos tuvo una ventaja importante: no hubo visitas prolongadas. Hans hijo estaba matando rusos y al mismo tiempo mantenía su huelga familiar. Trudy sólo pudo pasarse unas horas el fin de semana anterior a Navidad. Se iba fuera con la familia para la que trabajaba. Vacaciones para una Alemania muy diferente.

Liesel le bajó un regalo a Max en Nochebuena: dos puñados de nieve. «Cierra los ojos y abre las manos», le dijo. En cuanto sintió la nieve, Max se estremeció y se echó a reír, pero no abrió los ojos, sino que probó un pedacito. Dejó que se fundiera en sus labios.

—¿Es el parte meteorológico del día?

Liesel se quedó a su lado.

Le tocó un brazo con suavidad.

Max volvió a llevarse la nieve a la boca.

—Gracias, Liesel.

Fue el principio de la mejor Navidad de todos los tiempos. Poco de comer. Nada de regalos. Pero había un muñeco de nieve en el sótano.

Después de entregarle los primeros puñados, Liesel comprobó que no hubiera nadie y empezó a sacar fuera todos los cubos y botes que encontró, llenándolos con la nieve y el hielo que cubrían el pedacito de mundo que era Himmelstrasse. Una vez repletos, los entró en casa y los bajó al sótano.

Hay que ser justo y decir que Liesel fue la primera en lanzarle una bola de nieve a Max, por lo que recibió una de respuesta en la barriga. Max incluso le arrojó una a Hans Hubermann mientras bajaba la escalera del sótano.

—*Arschloch!* —gritó Hans—. ¡Liesel, pásame un poco de esa nieve! ¡El cubo entero!

Durante unos minutos, lo olvidaron todo. No hubo gritos ni vociferaron más nombres, pero por momentos no conseguían aguantarse la risa. Sólo eran humanos jugando en la nieve, dentro de casa.

Hans miró los cacharros llenos de agua helada.

—¿Qué hacemos con lo que sobra?

—Un muñeco de nieve —propuso Liesel—. Tenemos que hacer un muñeco de nieve.

Hans llamó a Rosa.

Rosa escupió:

—¿Qué pasa, *Saukerl*?

—¡Baja aquí un momento, anda!

Cuando su mujer apareció, Hans Hubermann se jugó la vida al lanzarle una buena bola de nieve. Le pasó rozando y se desintegró al impactar contra la pared, así que Rosa encontró una excusa para maldecir todo lo que quiso sin detenerse a coger aliento. Bajó a ayudarles en cuanto se hubo recuperado. Incluso aportó unos botones para los ojos y la nariz y un trozo de cordel para la sonrisa del muñeco. También un pañuelo y un sombrero para algo que en realidad no superaba el medio metro de altura.

—Un enano —dijo Max.

—¿Qué haremos cuando se derrita? —preguntó Liesel.

Rosa tenía la respuesta.

—Pues lo limpias, *Saumensch*, en un santiamén.

Hans discrepó.

—No se derretirá. —Se frotó las manos y se las sopló—. Aquí abajo hace un frío de muerte.

Sin embargo, el muñeco de nieve se derritió, aunque siguiera en pie en el interior de todos ellos. Debió de ser lo último que vieron esa Nochebuena antes de quedarse dormidos. Un acordeón en sus oídos, un muñeco de nieve en su retina, y en cuanto a Liesel, una reflexión sobre las últimas palabras de Max antes de dejarlo junto al fuego.

❧ FELICITACIONES NAVIDEÑAS ❧ DE MAX VANDENBURG

«A menudo deseo que todo esto acabe, Liesel, pero entonces, no sé cómo, pasa algo… tú bajas al sótano con un muñeco de nieve en las manos.»

Por desgracia, a partir de esa noche la salud de Max empeoró gravemente. Los primeros signos fueron bastante típicos: frío constante, manos temblorosas, incremento de las fantasías de combate con el Führer… No obstante, sólo se preocupó después de comprobar que no conseguía entrar en calor tras las flexiones y los abdominales. Por muy cerca del fuego que se sentara, su salud no mejoraba. Día tras día, perdía peso. Su tabla de ejercicios lo agotaba y acababa desplomado, con la mejilla pegada contra el desnudo suelo del sótano.

Consiguió aguantar todo enero, pero a principios de febrero Max estaba muy mal. Tenía que hacer un gran esfuerzo para despertarse, ya que si no se quedaba durmiendo junto al fuego hasta bien entrada la mañana, con los labios crispados y los pómulos cada vez más marcados. Cuando le preguntaban, decía que estaba bien.

A mediados de febrero, unos días antes del cumpleaños de Liesel, se acercó a la chimenea al borde del colapso y a punto estuvo de caer directamente sobre las llamas.

—Hans —susurró, con el rostro acalambrado.

Le fallaron las piernas y se golpeó la cabeza contra la funda del acordeón.

Al mismo tiempo que una cuchara de madera caía en la sopa de guisantes, Rosa se plantaba junto a Max. Le sujetó la cabeza y le gritó a Liesel:

—¡No te quedes ahí parada, saca las sábanas de recambio y ponlas en tu cama! ¡Y tú! —Le tocaba a Hans—. Ayúdame a levantarlo y a llevarlo a la habitación de Liesel. *Schnell!*

En el tenso rostro de Hans se reflejaba la preocupación. Cerró los ojos grises, como si hubieran bajado una persiana metálica, y lo levantó él solo. Max era liviano como un niño.

—¿Lo acostamos aquí o en nuestra cama?

Rosa ya había considerado esa opción.

—No, tenemos que dejar las cortinas abiertas durante el día o levantaremos sospechas.

—Bien pensado.

Hans se lo llevó de allí. Liesel observaba, sábanas en mano. Pies lánguidos y cabello mustio en el pasillo. Se le había caído un zapato.

—Andando.

Rosa cerró la marcha detrás de ellos con sus andares de pato.

Una vez en la cama, fueron apilando sábanas encima de él y remetiéndolas alrededor de su cuerpo.

—Mamá.

Liesel no encontró fuerzas para decir nada más.

—¿Qué? —Rosa Hubermann llevaba el moño tan tirante que por detrás asustaba y dio la impresión de tensarse aún más cuando repitió la pregunta—. ¿Qué quieres, Liesel?

Liesel se acercó, temiendo la respuesta.

—¿Está vivo?

El moño asintió.

Rosa se volvió.

—Escúchame bien, Liesel, no he aceptado a este hombre en mi casa para ver cómo se muere, ¿entendido? —sentenció con gran seguridad.

Liesel asintió con la cabeza.

—Venga, largo.

Su padre la abrazó en el vestíbulo.

Liesel lo necesitaba más que nada en el mundo.

Más tarde, ya entrada la noche, oyó cómo Hans y Rosa hablaban. Rosa la había instalado en la habitación con ellos, por lo que descansaba junto a la cama de matrimonio, en el suelo, en el colchón que habían subido a rastras del sótano. (Al principio les preocupaba que pudiera estar infectado, pero luego llegaron a la conclusión de que esas ideas no tenían fundamento. Lo que había enfermado a Max no era un virus, de modo que lo subieron y cambiaron las sábanas.)

Rosa dijo lo que pensaba, creyendo que la niña estaba dormida.

—Ese maldito muñeco de nieve —murmuró—. Estoy segura de que ese muñeco de nieve tiene la culpa... Mira que ponerse a jugar con hielo y nieve con el frío que hace ahí abajo.

Hans se lo tomó con filosofía.

—Rosa, la culpa la tiene Adolf. —Se incorporó—. Deberíamos ir a ver cómo está.

Max recibió siete visitas a lo largo de toda la noche.

⚬ RECUENTO DE LAS VISITAS ⚬
A MAX VANDENBURG
Hans Hubermann: 2
Rosa Hubermann: 2
Liesel Meminger: 3

Por la mañana, Liesel le subió la libreta de bocetos del sótano y la dejó en la mesita de noche. Se sentía muy mal por haberle echado una hojeada el año anterior, así que esta vez, por respeto, no se atrevió a abrirla.

Cuando su padre entró en la habitación, Liesel le habló de cara a la pared contra la que se apoyaba la cama de Max Vandenburg, sin volverse.

—¿Por qué tuve que bajar toda esa nieve? —preguntó—. Es por culpa de eso, ¿verdad, papá? —Entrelazó las manos, como si fuera a rezar—. ¿Por qué tuve que hacer ese muñeco de nieve?

Hans, para su imperecedera gloria, fue inflexible.

—Liesel, tenías que hacerlo —respondió, zanjando la cuestión.

Se sentó a su lado durante horas, mientras Max tiritaba y dormía.

—No te mueras —le susurró—. Por favor, Max, no te mueras.

Era el segundo muñeco de nieve que se derretía ante sus ojos, aunque esta vez era diferente, era una paradoja: cuanto más se enfriaba, antes se derretía.

Trece regalos

Fue como revivir la llegada de Max.

Las plumas se convirtieron en cañas y la suave cara se volvió áspera; la prueba que Liesel necesitaba: estaba vivo.

Los primeros días se sentaba a su lado y hablaba con él. El día de su cumpleaños le dijo que si se despertaba habría un enorme pastel esperándole en la cocina.

No se despertó.

No hubo pastel.

✎ UN PASAJE NOCTURNO ✎

Bastante más tarde caí en la cuenta de que ya había
visitado el número treinta y tres de Himmelstrasse por esa
época. Debió de ser una de las pocas veces en que la
niña no estaba a su lado, pues lo único que vi fue un
hombre postrado. Me arrodillé. Me preparé para meter
las manos por debajo de las sábanas y entonces sentí
un resurgir, una lucha a muerte por sacárseme
de encima. Me retiré y, con todo el trabajo que tenía por
delante, fue agradable que me expulsaran de esa
habitacioncita a oscuras. Incluso me permití una pausa,
un breve disfrute de la serenidad,
con los ojos cerrados, antes de salir de allí.

El quinto día se armó mucho revuelo cuando Max abrió los ojos, aunque sólo fue un instante. Casi no vio otra cosa —y tan de cerca que debió de ser una visión aterradora— que a Rosa Hubermann, endiñándole prácticamente un cucharón de sopa de guisantes en la boca.

—Traga —le aconsejó—. No pienses, sólo traga.

En cuanto Rosa le pasó el cuenco, Liesel intentó verle la cara, pero se interponía el trasero de una proveedora de sopa.

—¿Sigue despierto?

Cuando se volvió, Rosa no tuvo necesidad de responder.

Menos de una semana después, Max despertó por segunda vez y, en esa ocasión, Liesel y su padre estaban en la habitación. Ambos contemplaban el cuerpo postrado cuando oyeron un leve gruñido. Si fuera posible, diríamos que Hans cayó hacia arriba, tanta que la prisa con que se levantó de la silla.

—¡Mira! —exclamó Liesel con un grito ahogado—. No te duermas, Max, no te duermas.

Max la miró unos segundos, pero no la reconoció. Los ojos la estudiaron como si Liesel fuera un enigma. Luego, volvió a ausentarse.

—Papá, ¿qué ha pasado?

Hans se dejó caer de nuevo en la silla.

Más tarde, el padre le sugirió que le leyera.

—Vamos, Liesel, últimamente te gusta mucho leer... Aunque no sé de dónde ha salido ese libro, es todo un misterio.

—Ya te lo conté, papá, me lo dio una de las monjas del colegio.

Hans levantó las manos a modo de fingida protesta.

—Ya, ya. —Suspiró desde las alturas—. Pero... —Escogió las palabras una detrás de otra—. Que no te pillen.

Y se lo decía un hombre que había robado un judío.

A partir de ese día, Liesel leyó en voz alta *El hombre que silbaba* durante todo el tiempo que Max siguió ocupando su cama. Lo único frustrante era tener que saltarse capítulos enteros porque muchas páginas estaban pegadas, ya que no se habían secado bien. Aun así, avanzó como pudo, hasta tal punto que ya había completado tres cuartas partes del libro. Tenía 396 páginas en total.

En el mundo exterior, todos los días Liesel salía escopeteada del colegio con la esperanza de que Max estuviera mejor.

—¿Se ha despertado? ¿Ha comido?

—Largo de aquí, me estás poniendo la cabeza como un bombo con tanta cháchara —suplicó su madre—. Venga, sal fuera a jugar al fútbol, por amor de Dios.

—Sí, mamá. —Se volvió antes de abrir la puerta—. Pero vendrás a buscarme si se despierta, ¿verdad? Invéntate lo que sea, pega un grito como si hubiera hecho algo, empieza a chillarme. Todo el mundo se lo tragará, no te preocupes.

Incluso Rosa no pudo menos que sonreír. Con los brazos en jarras, le advirtió que no era tan mayor como para no recibir un buen *Watschen* por hablarle de ese modo.

—Y mete un gol o no vuelvas a casa —la amenazó.

—Lo que tú digas, mamá.

—¡Que sean dos, *Saumensch*!

—Que sí, mamá.

—¡Y deja de responderme!

Liesel se lo pensó dos veces y salió corriendo para enfrentarse a Rudy en la calle embarrada y resbaladiza.

—Justo a tiempo, rascaculos —dijo, saludándola de la manera habitual mientras intentaban quitarse la pelota—. ¿Dónde te habías metido?

Media hora después, cuando la insólita presencia de un coche por Himmelstrasse reventó el balón, Liesel encontró su primer regalo para Max Vandenburg. Tras concluir que no tenía arreglo, los niños volvieron a sus casas malhumorados, abandonando la pelota en la fría calle. Liesel y Rudy se inclinaron sobre los restos. Tenía un reventón a cada lado, en forma de boca.

—¿La quieres? —preguntó Liesel.

Rudy se encogió de hombros.

—¿Para qué voy a querer esa mierda de pelota reventada? Ya no hay manera de volverla a inflar, ¿no?

—¿La quieres o no?

—No, gracias.

Rudy le dio unas puntadas suaves, como si fuera un animal muerto. O un animal que tendría que estar muerto.

De camino a casa, Liesel recogió el balón y se lo puso bajo el brazo.

—Eh, *Saumensch* —oyó que la llamaba. Esperó—. *Saumensch!*

Capituló.

—¿Qué?

—Si la quieres, también tengo una bici sin ruedas.

—Para ti.

Desde donde estaba, lo último que oyó fue la risotada de ese *Saukerl* de Rudy Steiner.

En cuanto entró en casa se fue derecha a su habitación, sacó el balón para Max y lo dejó a los pies de la cama.

—Lo siento —se disculpó—. Ya sé que no es mucho, pero cuando despiertes te lo contaré todo. Te explicaré que hacía la tarde más gris que te puedes imaginar y que un coche sin luces pasó por encima del balón. Y que entonces el hombre bajó del coche y nos gritó. Y que luego nos preguntó una dirección. Qué cara…

¡Despierta!, deseaba chillarle.

O zarandearlo.

No lo hizo.

Liesel se limitó a mirar el balón y su piel descamada y maltratada. Fue el primer regalo de muchos.

৫ REGALOS DEL 2 AL 5 ৩

Un lazo, una piña.
Un botón, una piedra.

La pelota de fútbol le había dado una idea.

Ahora, cada vez que Liesel iba o volvía del colegio, buscaba objetos abandonados que pudieran ser valiosos para un moribundo. Al principio se preguntaba por qué importaba tanto. ¿Cómo podía algo tan insignificante reconfortar a alguien? Un lazo en la cuneta, una piña en la calzada, un botón apoyado con naturalidad contra la pared de clase, un guijarro plano del río.

¿Qué es todo esto?, preguntaría Max. ¿Qué son estos trastos?

¿Trastos? En su fantasía, Liesel estaba sentada en el borde de la cama. No son trastos, Max, es lo que te ha hecho despertar.

✎ REGALOS DEL 6 AL 9 ✎
Una pluma, dos periódicos.
Un envoltorio de caramelo. Una nube.

La pluma era preciosa y había quedado atrapada en las bisagras de la puerta de la iglesia de Münchenstrasse. Asomaba torciendo el gesto, y Liesel salió corriendo en su rescate. Tenía las barbas de la izquierda repeinadas a un lado, pero las de la derecha estaban hechas de delicadas aristas y racimos de triángulos irregulares. No había otro modo de describirla.

Los periódicos procedían de las frías profundidades de un cubo de basura (con eso está todo dicho), y el envoltorio de caramelo estaba aplanado y desteñido. Lo encontró cerca del colegio y lo puso a contraluz. Contenía un collage de pisadas.

Luego la nube.

¿Cómo le regalas a alguien un pedazo de cielo?

A finales de febrero, se detuvo en medio de Münchenstrasse y se quedó mirando una enorme nube que asomaba tras las colinas como un monstruo blanco. Escaló las montañas. El sol quedó eclipsado y, en su lugar, una bestia blanca de corazón gris vigiló la ciudad.

—Mira eso —le señaló a su padre.

Hans ladeó la cabeza y dijo lo que creía que había que decir.

—Deberías dársela a Max, Liesel. Mira a ver si puedes dejársela en la mesita de noche junto a las otras cosas.

Liesel lo miró como si se hubiera vuelto loco.

—Pero ¿cómo?

Hans le golpeó suavemente en la cabeza con los nudillos.

—Memorízala y luego la describes.

—… Era como una gran bestia blanca —le contó en la siguiente vigilia, junto a la cama— y apareció por detrás de las montañas.

Cuando la frase quedó acabada tras varios ajustes y añadiduras, Liesel consideró que lo había conseguido. Imaginó la nube pasando de su mano a la de Max, a través de las sábanas, y lo escribió en un trozo de papel sobre el que colocó la piedra.

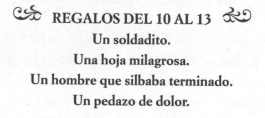

REGALOS DEL 10 AL 13
Un soldadito.
Una hoja milagrosa.
Un hombre que silbaba terminado.
Un pedazo de dolor.

El soldadito estaba enterrado en el suelo, cerca de la casa de Tommy Müller. Estaba rayado y pisoteado, aunque para Liesel eso era lo más importante. A pesar de estar herido, todavía se aguantaba en pie.

La hoja era de arce, y la descubrió en el armario de la escoba del colegio, entre cubos y plumeros. La puerta estaba ligeramente entornada. La hoja, seca y dura, era como una tostada, y varios valles y colinas le recorrían la piel. No sabía cómo, pero la hoja había conseguido colarse en el vestíbulo del colegio y en ese armario. Era como media estrella con tallo. Liesel extendió el brazo y la hizo girar entre los dedos.

A diferencia de los demás objetos, no dejó la hoja en la mesita de noche, sino que la colgó en la cortina corrida justo antes de leer las últimas treinta y cuatro páginas de *El hombre que silbaba*.

Esa noche ni cenó ni fue al lavabo. No bebió nada. Llevaba todo el día dándole vueltas y había decidido que esa noche acabaría el libro y que Max Vandenburg iba a escucharla. Que iba a despertar.

Hans se sentó en el suelo, en un rincón, ocioso, como de costumbre. Por fortuna, pronto tendría que irse al Knoller con el acordeón. Con la barbilla apoyada en las rodillas, escuchó atento a la niña con quien tantos apuros había pasado para enseñarle el abecedario. Liesel leyó orgullosa, deshaciéndose de las últimas y aterradoras palabras del libro para entregárselas a Max Vandenburg.

⋐ఄ LOS ÚLTIMOS PÁRRAFOS ⋑ఄ
DE «EL HOMBRE QUE SILBABA»

«Esa mañana el aire vienés nublaba las ventanillas del tren y, mientras la gente iba a trabajar, ajena a todo, un asesino silbaba su alegre tonada. Compró un billete. Intercambió los corteses saludos de rigor con sus compañeros de viaje y el revisor. Incluso cedió su asiento a una ancianita e inició una educada conversación con un apostador que hablaba de caballos americanos. A fin de cuentas, al hombre que silbaba le encantaba hablar. Hablaba con la gente y acababa ganándose su simpatía y su confianza. Hablaba con ellos mientras los asesinaba, mientras los torturaba y martirizaba con su cuchillo. Sólo silbaba cuando no tenía con quien hablar, por eso también lo hacía después de cometer sus crímenes...

»—Entonces, ¿dice que el siete ganará en las carreras?

»—Sin duda. —El apostador sonrió de oreja a oreja. Ya se había ganado su confianza—. ¡Aparecerá a sus espaldas y se los llevará a todos por delante! —gritó, haciéndose oír por encima del traqueteo del tren.

»—Si usted lo dice... —El hombre que silbaba se sonrió, preguntándose cuánto tardarían todavía en encontrar el cuerpo del inspector en ese BMW recién comprado.»

—Jesús, María y José. —Hans no consiguió reprimir la incredulidad—. ¿Y te lo dio una monja? —Se levantó y empezó a prepararse para marchar después de besarla en la frente—. Adiós, Liesel, el Knoller me espera.

—Adiós, papá.

—¡Liesel!

No se dio por aludida.

—¡Baja a comer algo!

Decidió responder.

—Voy, mamá.

En realidad le dirigió esas palabras a Max mientras se acercaba para dejar el libro terminado en la mesilla de noche junto a todo lo demás. Teniéndolo tan cerca, no pudo reprimirse.

—Vamos, Max —susurró.

Ni siquiera el rumor de los pasos a su espalda anunciando la llegada de la madre impidió que Liesel se echara a llorar en silencio.

Rosa la atrajo hacia sí.

La engulló entre sus brazos.

—Ya lo sé —dijo.

Lo sabía.

Aire fresco, una vieja pesadilla
y qué hacer con un cadáver judío

Estaban junto al Amper y Liesel le acababa de contar a Rudy que quería conseguir otro libro de la biblioteca del alcalde. En lugar de *El hombre que silbaba*, había leído *El vigilante* varias veces junto a la cama de Max. Una lectura breve. También lo había probado con *El hombre que se encogía de hombros* y el *Manual del sepulturero*, pero ninguno de los dos había acabado de convencerla. Quería algo nuevo.

—Pero ¿ya te has acabado el último?

—Pues claro.

Rudy lanzó una piedra al agua.

—¿Estaba bien?

—Pues claro.

—Pues claro, pues claro.

Intentaba arrancar otra piedra del suelo, pero se hizo un corte.

Te está bien empleado.

—*Saumensch*.

Cuando la última palabra de alguien era *Saumensch*, *Saukerl* o *Arschloch*, quería decir que le habías ganado.

Por lo que a robar se refiere, se daban las condiciones óptimas. Era una sombría tarde de principios de marzo y el termómetro marcaba muy pocos grados, una temperatura mucho más desagradable que cuando te encuentras ya a diez bajo cero. Apenas se veía gente en la calle y las gotas de lluvia parecían virutas de un lápiz gris.

—¿Vamos?

—Bicicletas —contestó Rudy—. Coge una de las nuestras.

Esta vez Rudy se mostró bastante más entusiasta a la hora de ofrecerse a entrar.

—Hoy me toca a mí —dijo, con los dedos congelados en el manillar.

Liesel fue rápida.

—Tal vez no sea buena idea, Rudy. El personal de la casa corre por todas partes. Y está oscuro. Seguro que un idiota como tú acaba en el suelo después de tropezar con algo.

—Muchas gracias.

Era muy difícil contener a Rudy cuando estaba de este humor.

—Y también está el salto. Está a más altura de lo que crees.

—¿Estás diciendo que no me crees capaz?

Liesel se puso en pie sobre los pedales.

—En absoluto.

Cruzaron el puente y subieron por el serpenteante sendero de la colina que conducía a Grandestrasse. La ventana estaba abierta.

Inspeccionaron los alrededores de la casa, igual que la otra vez, y creyeron vislumbrar algo abajo, donde había luz, en lo que probablemente fuera la cocina. Una sombra iba de aquí para allá.

—Daremos unas vueltas a la casa —propuso Rudy—. Qué suerte que hayamos traído las bicicletas, ¿eh?

—No te la olvides cuando volvamos.

—Muy graciosa, *Saumensch*. Se ve un poco más que tus apestosos zapatos.

Estuvieron dando vueltas unos quince minutos, pero la mujer del alcalde seguía abajo, demasiado cerca para sentirse tranquilos. ¡Cómo se atrevía a custodiar la cocina con tanta diligencia! Rudy no tenía la menor duda de que la cocina era el objetivo. De ser por él, entraría, robaría toda la comida que pudiera y, si le sobraba tiempo (sólo si le sobraba), por el camino se metería un libro en los bolsillos. Uno cualquiera.

No obstante, el punto débil de Rudy era la impaciencia.

—Se hace tarde —protestó, y empezó a alejarse con la bicicleta—. ¿Vienes?

Liesel se hacía la remolona, pero cualquier otra opción era impensable. Había tirado de esa bicicleta oxidada hasta allí arriba y no iba a irse sin un libro. Apoyó el manillar en la cuneta, comprobó que no hubiera vecinos a la vista y se acercó a la ventana. Sin prisa, pero sin pausa. Se quitó los zapatos ayudándose de los dedos de los pies.

Se agarró con fuerza a la madera y se coló de un salto.

Esta vez se sentía más segura, aunque sólo un poco. En cuestión de segundos había recorrido la habitación en busca de un título que le llamara la atención y a punto estuvo de alargar la mano en tres o cuatro ocasiones, incluso se planteó llevarse más de uno, pero tampoco quería abusar de lo que se había convertido en algo así como una rutina. De momento sólo necesitaba un libro. Repasó las estanterías y esperó.

Una nueva oscuridad se coló por la ventana, a su espalda. El olor a polvo y hurto eran patentes cuando lo vio.

El libro era rojo, con letras negras en el lomo. *Der Traumträger. El repartidor de sueños.* Pensó en Max Vandenburg y en sus sueños.

Sacó el libro de la estantería, se lo metió bajo el brazo, se encaramó al alféizar de la ventana y saltó fuera, todo en un solo movimiento.

Rudy tenía los zapatos y la bicicleta a punto. En cuanto se calzó, se alejaron de allí.

—Jesús, María y José, Meminger. —Nunca la había llamado Meminger—. Estás como una cabra, ¿lo sabías?

Liesel le dio la razón sin dejar de pedalear como alma que lleva el diablo.

—Lo sé.

Una vez en el puente, Rudy evaluó los acontecimientos de la tarde.

—O esa gente está completamente chalada o les encanta el aire fresco.

⋘ UNA PEQUEÑA SUPOSICIÓN ⋙
**Tal vez había una mujer en Grandestrasse que
dejaba la ventana de la biblioteca abierta por otra razón...
Pero igual estoy siendo cínica. U optimista.
O ambas cosas.**

Liesel escondió *El repartidor de sueños* debajo de la chaqueta y empezó a leerlo en cuanto llegó a casa. En la silla de madera que había junto a la cama, abrió el libro y susurró:

—Max, es nuevo. Sólo para ti. —Empezó a leer—. «Capítulo uno: Qué oportuna coincidencia que todo el pueblo durmiera cuando nació el repartidor de sueños...»

Liesel le leía dos capítulos cada día. Uno por la mañana antes de ir al colegio y otro al regresar a casa. Algunas noches, cuando no podía conciliar el sueño, también leía medio capítulo más. A veces se dormía medio desmoronada a los pies de la cama.

Se convirtió en su misión.

Le daba a Max *El repartidor de sueños* como si las palabras pudieran alimentarlo. Un martes creyó vislumbrar un movimiento. Habría jurado que Max había abierto los ojos. Si así fuera, sólo habría sido unos segundos. Lo más probable es que se tratara de la imaginación de Liesel y de las ganas que tenía de que sucediera.

A mediados de marzo, todo empezó a desmoronarse.

Una tarde en la cocina, Rosa Hubermann —mujer de gran valor en momentos difíciles— llegó al límite de sus fuerzas. Alzó la voz y la bajó de inmediato. Liesel dejó de leer y salió al vestíbulo tratando de no hacer ruido. A pesar de lo cerca que estaba, apenas entendía lo que su madre decía. Sin embargo, cuando las palabras llegaron hasta ella, deseó no haberlas oído, pues lo que escuchó la dejó horrorizada: la cruda realidad.

ᘓᘗ LAS PALABRAS DE LA MADRE ᘗᘓ

«¿Y si no despierta? ¿Y si se muere aquí, Hansi? Dime. Por
el amor de Dios, ¿qué haríamos con el cadáver? No podemos
dejarlo ahí, el olor sería insoportable... Y tampoco
podemos sacarlo por la puerta y arrastrarlo por la calle.
¿Qué vamos a decir?: "¿A que no adivinas lo que
me he encontrado esta mañana en el sótano?".
Nos encerrarían para siempre.»

Tenía toda la razón del mundo.

Un cadáver judío era un problemón. Los Hubermann debían resucitar a Max Vandenburg, ya no sólo por el bien de este sino también por el de ellos. La tensión empezaba a hacer mella incluso en Hans, el último bastión de la calma.

—Mira, si eso ocurre —contestó con voz tranquila, aunque afligida—, si se muere, ya se nos ocurrirá algo. —Liesel habría jurado que lo oyó tragar saliva, como si hubiera recibido un golpe en el cuello—. El carro de la pintura, algunas sábanas para tirar...

Liesel entró en la cocina.

—Ahora no, Liesel.

Fue Hans quien habló, aunque sin mirarla. Tenía los codos clavados en la mesa y los ojos fijos en el reflejo deformado de su rostro en la parte convexa de una cuchara.

La ladrona de libros no se fue. Dio unos pasos y se sentó. Las frías manos buscaron las mangas y una frase se le cayó de los labios.

—Todavía no ha muerto.

Las palabras aterrizaron sobre la mesa y se agruparon en el medio. Los tres las miraron. Las tímidas esperanzas no se atrevieron a levantarse. Todavía no ha muerto. Todavía no ha muerto. Rosa tomó la palabra.

—¿Quién tiene hambre?

Quizá el único momento del día en que la enfermedad de Max no les pesaba era la hora de comer. Era inútil negarlo cuando se sentaban a la mesa de la cocina con una ración extra de pan, sopa o patatas. Todos lo pensaban, pero nadie lo decía.

Por la noche, unas horas después, Liesel se despertó y se preguntó por la inquietud de su corazón. (Había aprendido esa expresión en *El repartidor de sueños*, un libro sobre un niño abandonado que quería ser sacerdote, la completa antítesis de *El hombre que silbaba*.) Se incorporó y llenó los pulmones de aire nocturno.

—¿Liesel? —Su padre se dio la vuelta—. ¿Qué pasa?

—Nada, papá, no pasa nada.

Sin embargo, en cuanto acabó la frase revivió con toda claridad lo que había sucedido en su sueño.

ᏓᎦ UNA VISIÓN REPENTINA ᏗᎦᏓ

Casi todo el rato sucede lo mismo: el tren avanza a la misma velocidad. Su hermano tose mucho. Sin embargo, esta vez Liesel no ve el rostro mirando el suelo. Poco a poco, se acerca a él. Le levanta la barbilla con la mano, con suavidad, y allí, delante de ella, aparece el rostro de ojos grandes de Max Vandenburg. La mira sin pestañear. Una pluma cae al suelo. El cuerpo crece y se ajusta al tamaño de la cara. El tren chirría.

—¿Liesel?

—Que no pasa nada.

Se levantó del colchón, temblando. Muerta de miedo, cruzó el vestíbulo para ir a ver a Max y cuando ya llevaba un buen rato a su lado, cuando todo recobró el lento ritmo de la noche, se atrevió a interpretar su sueño. ¿Había sido una premonición de la muerte de Max? ¿O sólo una respuesta a la conversación de la cocina? ¿Había sustituido Max a su hermano? Y si así era, ¿cómo podía desembarazarse de ese modo de alguien de su propia sangre? Tal vez secretamente deseaba que Max muriera. Después de todo, si estaba bien para Werner, su hermano, estaba bien para ese judío.

—¿Es eso lo que crees? —murmuró a los pies de la cama—. No.

Se negaba a creerlo. Algo confirmó la respuesta a medida que la desorientada penumbra se disipaba y perfilaba las distintas formas, grandes y pequeñas, que había junto a la cama. Los regalos.

—Despierta —le pidió.

Max no despertó.

Hasta ocho días después.

En el colegio, unos nudillos llamaron a la puerta.

—Adelante —contestó frau Olendrich.

La puerta se abrió y la clase miró sorprendida a Rosa Hubermann en el umbral. Un par de niños dieron un respingo y se quedaron sin respiración ante la visión: un armario de mujer con una expresión desdeñosa adornada de carmín y ojos de cloro. Ella. Allí estaba la leyenda. Se había puesto sus mejores ropas, pero llevaba el pelo hecho un desastre. No parecía, sino que era una toalla de elásticos cabellos grises.

La maestra estaba obviamente asustada.

—Frau Hubermann… —Sus movimientos eran atolondrados. Buscó por la clase con la mirada—. ¿Liesel?

Liesel miró a Rudy, se levantó y se acercó presurosa para poner fin a la incómoda situación lo antes posible. La puerta se cerró a su espalda y de repente se encontró a solas en el pasillo con Rosa.

Rosa miró a los lados.

—¿Qué, mamá?

Rosa se volvió.

—¡A mí no me vengas con «qué, mamá», *Saumensch*! —La velocidad de la respuesta arrolló a Liesel—. ¡Mi cepillo!

Un chorro de risas se deslizó por debajo de la puerta, pero se retiró de inmediato.

—¿Mamá?

Tenía una expresión seria, pero sonreía.

—¡¿Qué narices has hecho con mi cepillo, estúpida *Saumensch*, pequeña ladrona?! Te he dicho miles de veces que no lo toques, pero ¿me haces caso? ¡Por supuesto que no!

El rapapolvo continuó mientras Liesel intentaba colar alguna suge-
rencia a la desesperada sobre el posible paradero del susodicho cepillo.
El sermón acabó de forma abrupta. Rosa atrajo a Liesel hacia sí unos segundos y le susurró algo en voz tan baja que a la niña incluso le costó oírlo a esa distancia.

—Me dijiste que te gritara, que todos lo creerían. —Miró a ambos
lados y prosiguió con un hilo de voz—: Se ha despertado, Liesel. Está
despierto. —Sacó del bolsillo el maltrecho soldado de juguete—. Me dijo que te diera esto. Es su favorito. —Se lo dio, la abrazó con fuerza y
sonrió. Antes de que Liesel tuviera oportunidad de responder, Rosa terminó su parrafada—. ¿Y bien? ¡Contéstame! ¡¿Tienes la menor idea de
dónde has podido meterlo?!

«Está vivo», pensó Liesel.

—No, mamá. Lo siento, mamá, yo…

—No sirves para nada.

La soltó, asintió con la cabeza y se marchó.

Liesel se demoró un momento en el enorme pasillo, mirando la figu-
rita del soldado que tenía en la mano. El instinto le dijo que corriera a casa de inmediato, pero el sentido común no se lo permitió, así que acabó
metiendo el pobre soldadito en el bolsillo y regresó a la clase.

Todo el mundo la esperaba.

—Vaca estúpida —musitó entre dientes.

De nuevo, los niños rieron. Frau Olendrich no.

—¿Qué has dicho?

Liesel estaba en un estado tal de euforia que se sentía indestructible.

—He dicho: vaca estúpida —repitió, con una radiante sonrisa.

Antes de que se diera cuenta, había recibido un buen bofetón.

—No hables así de tu madre —la reprendió, pero apenas tuvo efecto. La chica se quedó donde estaba tratando de reprimirse. Después de
todo, podía recibir un *Watschen* luciendo la mejor de las sonrisas—. A tu
sitio.

—Sí, frau Olendrich.

A su lado, Rudy se la jugó y habló.

—Jesús, María y José —murmuró—, si te ha dejado la mano marcada en la cara. Una manaza roja, ¡con sus cinco dedos!

—Bien —contestó Liesel, porque Max estaba vivo.

Al llegar a casa esa tarde, Max estaba sentado en la cama con el balón de fútbol desinflado en el regazo. Le picaba la barba, sus ojos cenagosos trataban de mantenerse abiertos. Junto a los regalos había un cuenco de sopa vacío.

No se saludaron.

Se quedaron justo en la frontera.

La puerta chirrió, la chica entró y se detuvo delante de él, mirando el cuenco.

—¿Mamá te la dio a la fuerza?

Max asintió, contento y fatigado.

—Aunque estaba muy buena.

—¿La sopa de mamá? ¿De verdad?

—Gracias por los regalos. —No fue una sonrisa lo que Max le ofreció, sino un ligero rasgón que los labios abrieron en su cara—. Gracias por la nube, tu padre me lo explicó.

Una hora después, Liesel también intentó serle sincera.

—No sabíamos qué hacer si te morías, Max. Nosotros...

Lo comprendió enseguida.

—Te refieres a qué ibais a hacer conmigo.

—Lo siento.

—No. —No estaba ofendido—. Hicisteis bien. —Jugueteó sin fuerzas con el balón—. Hicisteis bien en pensar en ello. En vuestra situación, un judío muerto es tan peligroso como uno vivo, si no peor.

—También he soñado.

Se lo explicó con todo detalle, con el soldado en la mano. Estaba a punto de volver a disculparse cuando Max la interrumpió.

—Liesel. —La obligó a mirarlo—. No vuelvas a pedirme perdón. Soy yo el que debería disculparse. —Se volvió hacia todas las cosas que la niña le había llevado—. Mira todos estos regalos. —Cogió el botón—.

Y Rosa me ha dicho que me leías dos veces al día, a veces hasta tres. —Apartó la vista hacia las cortinas, como si pudiera ver a través de ellas. Se incorporó un poco más y guardó silencio durante una docena de frases mudas. El miedo se abrió camino en su rostro y decidió confesarse ante la chica, volviéndose ligeramente hacia un lado—: Liesel, tengo miedo de quedarme dormido.

Liesel tomó una decisión.

—Entonces te leeré y te abofetearé si veo que te duermes. Cerraré el libro y te zarandearé hasta que despiertes.

Esa tarde Liesel le leyó a Max Vandenburg hasta bien entrada la noche. Al menos hasta las diez. Ahora despierto, Max estaba en la cama absorbiendo las palabras, pero cuando Liesel se tomó un breve descanso y aparcó *El repartidor de sueños*, al mirar por encima de las tapas vio que Max se había dormido. Nerviosa, lo tocó varias veces con el libro. Se despertó.

Volvió a dormirse en tres ocasiones más. En dos, consiguió despertarlo.

Los cuatro días siguientes, Max se despertó por las mañanas en la cama de Liesel, después junto al fuego y, al final, a mediados de abril, en el sótano. Su salud había mejorado, la barba había desaparecido y había recuperado un poco de peso.

En el mundo interior de Liesel, fue una época de gran alivio. En el exterior, parecía que las cosas empezaban a tambalearse. A finales de marzo llovieron bombas sobre un lugar llamado Lübeck. El siguiente fue Colonia y poco después le siguieron muchas otras ciudades alemanas, Munich incluida.

Sí, tenía al jefe encima.

«Acaba el trabajo, acaba el trabajo.»

Se acercaban las bombas... y yo con ellas.

El diario de la muerte:
Colonia

Las últimas horas del 30 de mayo.

Estoy segura de que Liesel Meminger estaba profundamente dormida mientras más de un millar de bombarderos volaban hacia un lugar conocido como Colonia. Para mí, el resultado fue de unas quinientas personas. Otras cincuenta mil deambularon sin casa entre las fantasmagóricas pilas de escombros intentando dilucidar qué camino tomar y a quién pertenecían las ruinas de los hogares destrozados.

Quinientas almas.

Me las llevé en las manos, como si fueran maletas. O me las eché al hombro. Sólo llevé en brazos a los niños.

Cuando terminé, el cielo estaba amarillento, como un periódico en llamas. Si te fijabas bien, aún se leían los titulares que comentaban el desarrollo de la guerra y temas por el estilo. Cómo me hubiera gustado arrancarlo de allí, arrugar el cielo impreso y lanzarlo lejos. Me dolían los brazos y la cosa estaba que ardía, todavía quedaba mucho trabajo por hacer.

Como cabría esperar, muchos murieron al instante. Otros tardaron un poco más. Tenía que ir a más sitios, conocer más cielos y recoger más almas, por lo que volví a Colonia más tarde, poco después de que pasaran los últimos aviones. Y presencié algo excepcional.

Cargaba el alma carbonizada de una criatura adolescente cuando, muy seria, levanté la vista hacia lo que se había convertido en un cielo sulfúrico. Cerca había un grupo de niñas de diez años. Una de ellas señaló algo.

—¿Qué es eso?

Extendió un brazo y apuntó con un dedo al oscuro objeto que lentamente caía de lo alto. Al principio parecía una pluma negra, meciéndose, flotando. O una escama de ceniza. Luego se hizo más grande. La misma niña —una pelirroja con pecas de punto y aparte— insistió, esta vez con más énfasis.

—¿Qué es eso?

—Es un cuerpo —sugirió otra niña.

Cabello negro, trenzas y una raya en medio un poco torcida.

—¡Es otra bomba!

Demasiado lenta para ser una bomba.

Con el espíritu adolescente aún candente en mis brazos, los acompañé unos metros. Igual que las niñas, seguía atenta al cielo. Lo último que deseaba era bajar la vista hacia el rostro desamparado de mi adolescente.

Igual que al resto, me cogió por sorpresa la voz de un padre malhumorado ordenando a sus hijos que entraran en casa. La pelirroja reaccionó. Sus pecas se alargaron y se convirtieron en comas.

—Pero, papá, mira.

El hombre se acercó y enseguida comprendió de qué se trataba.

—Es el combustible —anunció.

—¿El qué?

—El combustible —repitió—, el tanque. —Era un hombre calvo, en pijama, desarreglado—. Se ha acabado el combustible y se han deshecho del contenedor vacío. Mira, allí va otro.

—¡Y allí!

Siendo como son los niños, se pusieron a rebuscar a la desesperada, esperando que un contenedor de combustible vacío cayera flotando al suelo.

El primero se desplomó con un ruido sordo que sonó a hueco.

—¿Podemos quedárnoslo, papá?

—No. —Al pobre padre le había caído una bomba y seguía conmocionado. No estaba de humor—. No podemos quedárnoslo.

—¿Por qué no?

—Voy a preguntarle a mi padre si puedo quedármelo yo —dijo otra niña.

—Yo también.

Junto a los escombros de Colonia, un grupo de niños recogía contenedores de combustible vacíos arrojados por sus enemigos. Como siempre, yo recogía humanos. Estaba cansada. Y apenas habíamos llegado a la mitad del año.

La visita

Encontraron otro balón para jugar al fútbol en Himmelstrasse. Esa es la buena noticia. La otra, un poco inquietante, es que una división del NSDAP se dirigía hacia allí.

Se habían paseado por todo Molching, calle tras calle, casa por casa, y ahora estaban ante la tienda de frau Diller, fumando un cigarrillo antes de continuar con su trabajo.

Ya había algún refugio antiaéreo en Molching, pero poco después del bombardeo de Colonia se decidió que unos cuantos más no le harían daño a nadie. El NSDAP inspeccionaba todas las casas, una por una, para comprobar si el sótano podía servir como candidato.

Los niños los observaban a lo lejos.

Miraban el humo que se alzaba del corro.

Liesel acababa de salir de casa y se acercó a Rudy y Tommy. Harald Mollenhauer fue a recuperar el balón.

—¿Qué pasa ahí?

Rudy se metió las manos en los bolsillos.

—El partido. —Seguía con la mirada a su amigo mientras sacaba la pelota del seto de la casa de frau Holtzapfel—. Están pasando por todas las casas.

Liesel sintió una sequedad instantánea en la boca.

—¿Para qué?

—No te enteras de nada. Díselo, Tommy.

Tommy se quedó perplejo.

—Es que no tengo ni idea.

—Vaya par de inútiles. Necesitan más refugios antiaéreos.

—¿Qué...? ¿Los sótanos?

—No, los áticos. Claro que los sótanos. Jesús, Liesel, mira que eres burra.

Ya tenían el balón.

—¡Rudy!

Rudy se puso a jugar, pero Liesel siguió plantada en el sitio. ¿Cómo podía volver a casa sin levantar sospechas? El humo de la tienda de frau Diller iba desapareciendo y el pequeño corro de hombres empezaba a dispersarse. El pánico se aduenó de ella, siguiendo su método angustioso. Garganta y boca. El aire se volvió arena. Piensa, se dijo. Vamos, Liesel, piensa, piensa.

Rudy marcó un gol.

Unas voces lo felicitaron en la lejanía.

Piensa, Liesel...

Lo tenía.

Eso es, decidió, pero tengo que ponerme manos a la obra.

Mientras los nazis iban avanzando por la calle, pintando las letras LSR en algunas puertas, el balón voló en dirección a uno de los chicos mayores, Klaus Behrig.

෴ LSR ෴
Luft Schutz Raum:
Refugio antiaéreo

El chico se volvía con el balón cuando Liesel se abalanzó sobre él. La colisión fue tan tremenda que el juego se detuvo de inmediato. El balón continuó su trayectoria como si no hubiera ocurrido nada, mientras los demás jugadores se acercaron corriendo. Liesel se sujetaba la rodilla raspada con una mano y la cabeza con la otra. Klaus Behrig sólo se tocaba una pantorrilla, haciendo muecas de dolor y soltando maldiciones.

—¿Dónde está? —ladraba—. ¡Voy a matarla!

No hubo ningún asesinato.

Fue peor.

Un amable miembro del partido había visto el incidente y se acercó corriendo al grupo.

—¿Qué ha pasado aquí? —preguntó.

—Que está chiflada. —Klaus señaló a Liesel, lo que movió al hombre a ayudarla a ponerse en pie.

El aliento a tabaco formó una nube delante de ella.

—Creo que no estás en condiciones de seguir jugando, muchacha —dijo—. ¿Dónde vives?

—Estoy bien, de verdad —contestó—. Ya puedo yo sola. ¡Déjame en paz, déjame en paz!

Rudy intervino en ese momento, el eterno interventor.

—Ya la ayudo yo a ir a casa —se ofreció.

¿Por qué no podía meterse en sus asuntos por una vez en la vida?

—Seguid jugando, de verdad —insistió Liesel—. Rudy, ya puedo yo sola.

—Ni hablar. —No iba a dar su brazo a torcer. ¡Mira que era cabezota!—. Sólo serán un par de minutos.

Reflexionó de nuevo y de nuevo dio con una solución. Rudy estaba ayudándola a ponerse en pie cuando se dejó caer otra vez al suelo, sobre la espalda.

—¿Podrías ir a buscar a mi padre, Rudy? —le pidió.

Se percató de que el cielo era de un azul inmaculado. Ni un indicio de nubes.

—Espera aquí. Tommy, vigílala, ¿vale? —dijo, volviéndose a un lado—. No dejes que se mueva.

Tommy se puso en movimiento de inmediato.

—Yo la vigilo, Rudy.

Se colocó de pie junto a ella, con sus tics, procurando no sonreír, mientras Liesel no le sacaba el ojo de encima al grupo de hombres.

Un minuto después aparecía Hans Hubermann, muy tranquilo.

—Hola, papá.

Una sonrisa amarga se paseó por sus labios.

—Tarde o temprano tenía que ocurrir.

La levantó y la ayudó a entrar en casa. El partido se reanudó y el nazi ya estaba llamando a una casa unas puertas más allá. Nadie respondió. Rudy volvió a intervenir.

—¿Necesita ayuda, herr Hubermann?

—No, no, siga jugando, herr Steiner.

Herr Steiner. Cómo no ibas a querer al padre de Liesel.

Una vez dentro, Liesel lo puso al corriente intentando encontrar el término medio entre el silencio y la desesperación.

—Papá.

—No digas nada.

—El partido —susurró. Su padre se detuvo en seco e intentó combatir el urgente deseo de abrir la puerta y salir a inspeccionar la calle—. Están comprobando los sótanos por si sirven como refugios antiaéreos.

La dejó en el suelo.

—Qué lista eres —la felicitó, y llamó a Rosa.

Tenían un minuto para idear un plan. Qué lío de ideas.

—Escondámoslo en la habitación de Liesel —sugirió Rosa—, debajo de la cama.

—¿Y ya está? ¿Y si les da por mirar las demás habitaciones?

—¿Se te ocurre algo mejor?

Corrección: no tenían ni un minuto.

Alguien atizó siete puñetazos a la puerta del número treinta y tres de Himmelstrasse, demasiado tarde para trasladar a nadie a ninguna parte.

La voz.

—¡Abran!

Los latidos de sus corazones iniciaron una escaramuza, una confusión de ritmos. Liesel intentó tragarse los suyos, aunque el sabor a corazón no era demasiado agradable.

—Jesús, María… —musitó Rosa.

Ese día fue Hans quien estuvo a la altura de las circunstancias. Sin perder tiempo se dirigió hacia la puerta del sótano y lanzó un aviso escalera abajo. Cuando volvió, habló con rapidez y claridad.

—Mirad, no hay tiempo para engaños. Podríamos intentar distraerlo de cientos de maneras, pero sólo hay una solución. —Echó un vistazo a la puerta y resumió—: No hacer nada.

Esa no era la respuesta que esperaba Rosa, que abrió los ojos como platos.

—¿Nada? ¿Estás loco?

Volvieron a llamar.

Hans se mostró tajante.

—Nada. Ni siquiera bajaremos ahí… Por nada del mundo.

Todo se hizo más lento.

Rosa lo aceptó.

Abrumada por la desesperación, negó con la cabeza y fue a contestar a la puerta.

—Liesel. —La voz de su padre la partió en dos—. Conserva la calma, *verstehst*?

—Sí, papá.

Intentó concentrarse en la rodilla ensangrentada.

—¡Ajá!

En la puerta, Rosa todavía estaba preguntando la razón de la visita cuando el amable hombre del partido se fijó en Liesel.

—¡La futbolista chiflada! —Sonrió de oreja a oreja—. ¿Qué tal esa rodilla?

Por lo general, una no suele imaginarse a un nazi como un tipo alegre, pero ese hombre sin duda lo era. Entró e hizo el amago de ir a agacharse para examinar la herida.

«¿Lo sabe? —se preguntó Liesel—. ¿Olerá que escondemos un judío?»

Hans había ido al fregadero a por un trapo mojado y regresó para limpiar la sangre de la rodilla de Liesel.

—¿Escuece?

Sus bondadosos ojos plateados estaban serenos. El miedo que se leía en ellos podía confundirse fácilmente con la preocupación por la herida.

—No lo bastante —rezongó Rosa desde la cocina—. A ver si así aprende.

El hombre del partido se levantó y se echó a reír.

—Creo que esta niña tiene poca cosa que aprender ahí fuera, ¿Frau…?

—Hubermann.

El rostro de cartulina se arrugó.

—… Frau Hubermann, de hecho creo que son los demás los que acabarán aprendiendo. —Le ofreció una sonrisa a Liesel—. ¿Me equivoco, jovencita?

Hans apretó el trapo contra el rasguño y Liesel hizo una mueca de dolor en vez de contestar. Se le adelantó su padre, que musitó «Lo siento».

En el incómodo silencio que se hizo a continuación, el hombre del partido recordó lo que le había llevado allí.

—Si no le importa, tengo que inspeccionar el sótano —se explicó—. Sólo serán un par de minutos, para ver si serviría como refugio.

Hans le dio un último toquecito a la rodilla de Liesel.

—Te saldrá un buen moretón, Liesel. —Se dirigió con naturalidad al hombre que tenían delante de ellos—. Por supuesto, primera puerta a la derecha. Disculpe el desorden.

—No se preocupe, no será peor que otros sótanos que he visto hoy… ¿Es esta?

—Esa misma.

⤜ LOS TRES MINUTOS MÁS LARGOS ⤛
EN LA HISTORIA DE LOS HUBERMANN

Hans estaba sentado a la mesa. Rosa rezaba en un rincón, musitando las palabras. Liesel ardía: la rodilla, el pecho, los músculos de los brazos. Dudo que ninguno de ellos tuviera la audacia de plantearse qué iban a hacer si escogían el sótano como refugio. Primero tenían que sobrevivir a la inspección.

Estuvieron atentos a los pasos del nazi en el sótano. Oyeron una cinta métrica. Liesel no conseguía ahuyentar la imagen de Max sentado bajo los escalones, hecho un ovillo, abrazando su cuaderno de bocetos, apretándolo contra el pecho.

Hans se levantó. Otra idea.

—¿Todo bien por ahí abajo? —preguntó, saliendo al vestíbulo.

La respuesta subió los escalones, por encima de la cabeza de Max Vandenburg.

—¡Un minuto y acabo!

—¿Le apetece un café o un té?

—¡No, gracias!

Hans regresó y le ordenó a Liesel que fuera a buscar un libro y a Rosa que se pusiera a cocinar. Decidió que lo último que debían hacer era quedarse sentados de brazos cruzados con expresión preocupada.

—Venga, andando, mueve el culo, Liesel —dijo en voz alta—. Me da igual que te duela la rodilla. Tú lo dijiste: tienes que terminar el libro.

Liesel intentó no venirse abajo.

—Sí, papá.

—¿A qué esperas?

A Liesel no se le escapó que Hans tuvo que reunir todas sus fuerzas para guiñarle un ojo.

Estuvo a punto de tropezar con el hombre del partido en el pasillo.

—Problemas con tu padre, ¿eh? No te preocupes, a mí me pasa lo mismo con mis hijos.

Cada uno siguió su camino. Liesel cerró la puerta cuando llegó a su habitación y cayó de rodillas, a pesar del dolor. Primero oyó el veredicto de que el sótano no estaba a bastante profundidad y luego la despedida de rigor, cerca del fondo del pasillo.

—¡Adiós, futbolista chiflada!

Liesel se acordó de sus modales.

—*Auf Wiedersehen!* ¡Adiós!

El repartidor de sueños le quemaba entre las manos.

Según Hans, Rosa se derritió junto a los fogones en cuanto el hombre del partido se marchó. Recogieron a Liesel y, una vez en el sótano, apartaron las sábanas y los botes de pintura dispuestos con gran cuidado. Max Vandenburg estaba sentado bajo los escalones, sujetando las tijeras oxidadas como si fueran un cuchillo. Tenía las axilas empapadas y las palabras salían heridas de su boca.

—No las habría usado —murmuró—. Siento… —Apoyó la frente contra los brazos oxidados—. Siento mucho haberos hecho pasar por esto.

Hans se encendió un cigarrillo.

—Estás vivo —dijo Rosa, cogiendo las tijeras—. Todos estamos vivos.

Ya era demasiado tarde para disculparse.

El «Schmunzeler»

Minutos después, alguien volvía a aporrear la puerta.

—¡Dios bendito, otro!

Volvieron a preocuparse de inmediato. Taparon a Max.

Rosa subió presurosa los escalones del sótano, pero esta vez, cuando abrió la puerta no se encontró con un nazi. Se trataba de Rudy Steiner, que estaba allí de pie, con su pelo amarillo y sus buenas intenciones.

—Sólo he venido a ver cómo estaba Liesel.

Al oír la voz, Liesel empezó a subir la escalera.

—De este me encargo yo.

—Su novio —comentó Hans a los botes de pintura, y soltó otra bocanada de humo.

—No es mi novio —protestó Liesel, sin enfadarse. Era imposible después de haberse salvado de milagro—. Sólo subo porque mamá me llamará a gritos de un momento a otro.

—¡Liesel!

Estaba en el quinto escalón.

—¿Lo ves?

Rudy balanceaba el peso de un pie al otro cuando Liesel llegó a la puerta.

—Sólo he venido para ver... —Se interrumpió—. ¿A qué huele? —Olisqueó el aire—. ¿Has estado fumando?

—Ah, he estado con mi padre.

—¿Tienes cigarrillos? Igual podríamos venderlos.

Liesel no estaba de humor para eso.

—A mi padre no le robo —contestó en voz bajita para que su madre no la oyera.

—Pero sí a los demás.

—¿Qué estáis cuchicheando?

Rudy *schmunzeleó*.

—¿Ves lo que pasa por robar? Estás nerviosa.

—Como si tú nunca hubieras robado nada.

—Ya, pero es que tú apestas. —Rudy empezaba a calentarse—. ¿A que después de todo no van a ser los cigarrillos? —Se acercó un poco más y sonrió—. Huelo a delincuente, deberías darte un baño. —Se volvió hacia Tommy Müller—. ¡Eh, Tommy, deberías venir a oler esto!

—¿Qué dices? —El bueno de Tommy—. ¡No te oigo!

Rudy negó con la cabeza dirigiéndose a Liesel.

—No tiene remedio.

Liesel se dispuso a cerrar la puerta.

—Piérdete, *Saukerl*, ahora mismo eres lo último que me hace falta.

Complacido consigo mismo, Rudy dio media vuelta. Sin embargo, al llegar junto al buzón pareció recordar la misión que en realidad lo había llevado hasta allí, así que retrocedió.

—*Alles gut, Saumensch?* Me refiero a la rodilla.

Era junio. Era Alemania.

Todo estaba a punto de venirse abajo.

Liesel no lo sabía. Para ella, no habían descubierto al judío del sótano, no se habían llevado a sus padres de acogida y ella había contribuido en gran medida a ambas cosas.

—Todo va bien —aseguró, y no se refería a ninguna lesión futbolística.

Estaba bien.

SÉPTIMA PARTE

❧

El «Gran diccionario de definiciones y sinónimos»

Presenta:

champán y acordeones — una trilogía — unas sirenas — un atracador de cielos — una oferta — el largo camino a Dachau — paz — un imbécil y unos hombres con abrigos largos

Champán y acordeones

En el verano de 1942, la ciudad de Molching se preparaba para lo inevitable. Todavía había gente que se negaba a creer que esa pequeña ciudad a las afueras de Munich pudiera ser un objetivo, pero la mayoría de la población era muy consciente de que no se trataba de si lo era o no, sino de cuándo iba a serlo. Los refugios estaban mejor señalizados, se empezaban a cegar las ventanas por la noche y todo el mundo sabia dónde estaba el sótano o la bodega más próxima.

Este precario estado de las cosas en realidad representó un pequeño alivio para Hans Hubermann. En tiempos malhadados, a su oficio de pintor le llegó la fortuna y encontró el modo de darle un impulso a su negocio. La gente que tenía persianas en sus casas estaba lo bastante desesperada para solicitar sus servicios de pintor. El único problema era que, por lo general, la pintura negra se utilizaba como mezclador para oscurecer otro color, por lo que pronto se quedó sin existencias, ya que era difícil de encontrar. En cambio, le sobraba madera de buen comerciante, y un buen comerciante se sabe todos los trucos, así que cogía polvillo de carbón, lo mezclaba con pintura y cobraba menos. De este modo consiguió que la luz que se colaba por las ventanas de muchas casas de Molching no fuera vista por el enemigo.

Algunos días Liesel lo acompañaba.

Arrastraban los trastos de la pintura por toda la ciudad, oliendo el hambre en unas calles y negando con la cabeza ante la abundancia de otras. Muchas veces, de camino a casa, mujeres sin otra cosa que hijos y pobreza a la espalda se acercaban corriendo y le suplicaban que les pintara las persianas.

«Lo siento, frau Hallah, no me queda pintura negra», contestaba, pero en cuanto se alejaba un poco acababa dándose por vencido. Un hombre alto y una calle larga. «Mañana a primera hora», les prometía, y nada más apuntar el alba, allí estaba, pintando esas persianas a cambio de una galleta, una taza de té o nada. La noche anterior se había preocupado de encontrar un modo de convertir el azul, el verde o el beige en negro. Nunca les sugería que cubrieran las ventanas con mantas de repuesto porque sabía que las necesitarían cuando llegara el invierno. Incluso se decía que había pintado las persianas de alguien por medio cigarrillo; sentado en los escalones de la entrada había compartido un pitillo con el dueño. Las risas y el humo se entrelazaban en la conversación antes de ocuparse de un nuevo encargo.

Cuando Liesel Meminger empezó a escribir, recuerdo muy bien lo que quiso destacar de aquel verano. Con los años muchas palabras se han desvaído y el papel está medio deshecho por los roces de llevarlo en el bolsillo, pero aun así hay frases que no he conseguido olvidar.

❦ UNA PEQUEÑA MUESTRA ❧
DE ALGUNAS PALABRAS ESCRITAS
POR UNA JOVEN MANO

«Ese verano fue un nuevo principio y un nuevo final. Cuando miro atrás, recuerdo mis manos manchadas de pintura y el ruido que hacían los pies de mi padre en Münchenstrasse y sé que un pedacito del verano de 1942 perteneció a un solo hombre. ¿Qué otro se habría puesto a pintar a cambio de medio cigarrillo? Mi padre era así, era típico de él y por eso lo quería.»

Los días que trabajaban juntos, Hans le contaba batallitas. La de la Gran Guerra y cómo su lamentable caligrafía le ayudó a conservar la vida, y la del día en que conoció a Rosa. Según él, había sido guapa y, bueno, muy calladita.

—Es difícil de creer, lo sé, pero absolutamente cierto.

Todos los días le contaba una historia y Liesel lo perdonaba si repetía alguna.

A veces, cuando Liesel se ensimismaba, Hans le daba unos ligeros golpecitos con el pincel, entre los ojos. Si calculaba mal y el pincel iba demasiado cargado, un pequeño hilillo de pintura le resbalaba por un lado de la nariz. Ella se reía e intentaba devolverle la cortesía, pero Hans Hubermann era un hombre difícil de sorprender cuando trabajaba. Nunca estaba tan despierto como cuando pintaba.

A la hora del descanso para comer o echar un trago, Hans tocaba el acordeón y precisamente era eso lo que Liesel recordaba mejor. Por las mañanas, mientras su padre empujaba o tiraba del carro de la pintura, Liesel llevaba el instrumento. «Siempre es mejor olvidarse la pintura que la música», aseguraba Hans. Cuando paraban para comer, cortaba el pan y lo untaba con la poca mermelada que quedara de la última cartilla de racionamiento o lo acompañaba con una fina loncha de fiambre. Comían juntos, sentados en los cubos de pintura, y en cuanto acababa el último bocado ya estaba limpiándose los dedos y abriendo la funda del acordeón.

Las arrugas del mono de trabajo se le llenaban de migas de pan. Los dedos salpicados de pintura se abrían camino a tientas entre los botones y peinaban las teclas o se eternizaban en una nota. Los brazos impulsaban el fuelle e insuflaban al instrumento el aire que necesitaba para respirar.

Liesel se sentaba con las manos entre las rodillas, mientras la luz del día se alejaba de puntillas. Deseaba que esos días no tuvieran fin y siempre recibía con gran desilusión la llegada de la oscuridad, que avanzaba a grandes zancadas.

En cuanto a la pintura, para Liesel tal vez el aspecto más interesante fuera la mezcla. Como la mayoría de las personas, asumía que su padre se limitaba a llevar el carro a la tienda de pintura o al almacén donde pedía el color deseado. No se había dado cuenta de que casi toda la pintura venía en bloques en forma de ladrillo, que a continuación había que estirar con una botella de champán vacía. (Las botellas de champán, le explicó Hans, eran ideales para el trabajo, ya que el cristal era ligeramente más grueso que el de una botella de vino normal y corriente.) Una vez bien estirada, se añadía agua, blanco de España y cola, por no entrar en detalles sobre lo difícil que era encontrar el color adecuado.

Los conocimientos que requería el trabajo de Hans le reportaron un mayor respeto. Estaba muy bien compartir pan y música, pero para Liesel también era motivo de orgullo saber que él era un maestro en su oficio. Ser bueno en algo era interesante.

Una tarde, días después de que su padre le explicara lo de las mezclas, estaban trabajando en una de las casas más acomodadas al este de Münchenstrasse. Poco después del mediodía, Hans la llamó para que entrara. Estaban a punto de ir a una nueva casa cuando oyó la voz de su padre, más alta de lo habitual.

Hans la llevó a la cocina, donde un hombre y dos mujeres mayores los esperaban sentados en unas delicadas sillas muy refinadas. Las mujeres iban bien vestidas. El hombre tenía el cabello blanco y unas patillas tupidas como setos. En la mesa descansaban unas copas, llenas de un líquido chisporroteante.

—Bueno, ya estamos todos —anunció el hombre.

Alzó su copa y animó a los demás a hacer otro tanto.

La tarde había sido calurosa y a Liesel la desconcertó lo fría que estaba la copa. Miró a Hans en busca de su aprobación.

—*Prost, Mädel.* Salud, jovencita —brindó, sonriéndole abiertamente.

Entrechocaron las copas y en el momento en que Liesel se la llevó a la boca, el burbujeante y empalagoso sabor dulzón del champán le corroyó los labios. Sus reflejos la obligaron a escupirlo de inmediato sobre el mono de su padre, donde vio cómo espumaba y babeaba. Todos se echaron a reír y Hans la animó a que lo probara de nuevo. Al segundo intento fue capaz de tragárselo y disfrutar del sabor de infringir una norma mayúscula. Sabía a gloria. Las burbujas le royeron la lengua. Le aguijonearon el estómago. Incluso de camino a la siguiente casa, aún sentía el calor que le producían los alfileres y las agujas que llevaba dentro.

Mientras arrastraba el carro, su padre le contó que esa gente le había confesado que no tenía dinero.

—¿Y les pediste champán?

—¿Por qué no? —La miró. Sus ojos nunca habían sido tan plateados—. No quería que creyeras que las botellas de champán sólo se usan para pasarle el rodillo a la pintura. No se lo digas a mamá, ¿vale?

—¿Se lo puedo contar a Max?

—Claro que se lo puedes contar a Max.

En el sótano, cuando Liesel se puso a escribir sobre su vida, prometió no volver a beber champán nunca más porque nunca sabría tan bien como esa cálida tarde de julio.

Y lo mismo valía para los acordeones.

Muchas veces quiso pedirle a su padre que le enseñara a tocar el instrumento, pero siempre había algo que la detenía. Tal vez una misteriosa intuición le decía que nunca sabría hacerlo como Hans Hubermann. De hecho, ni los mejores acordeonistas del mundo entero podían comparárselo. Jamás conseguirían la concentración natural que se reflejaba en el rostro de su padre, o lucirían en los labios un cigarrillo ganado a cambio de sudor. Y nunca podrían cometer un pequeño fallo soltando después una risotada de tres notas. No como él.

A veces, en el sótano, se levantaba con el regusto del acordeón en sus oídos y saboreaba el resquemor dulzón del champán en la lengua.

Otras, se sentaba con la espalda apoyada en la pared y añoraba el cálido hilillo de pintura resbalándole por un lado de la nariz o la textura de papel de lija de las manos de su padre.

Anhelaba volver a la inconsciencia de entonces, a sentir tanto amor sin saberlo y a confundirlo con las risas y el pan untado con poco más que el aroma de la mermelada.

Fue la mejor época de su vida.

Aunque quedaría sembrada de bombas.

No lo olvides.

Descarada y alegre, una trilogía de felicidad avanzaría con el verano y se adentraría en el otoño. Sin embargo, algo le pondría un brusco final. La alegría le mostraría el camino al sufrimiento.

Se acercaban tiempos difíciles.

Como un desfile.

⹂ «DICCIONARIO DE DEFINICIONES» ⹃
SIGNIFICADO N.º 1

Zufriedenheit – **Felicidad: procede de feliz, participar de placer y satisfacción. Sinónimos: alegría, júbilo, sensación de prosperidad o fortuna.**

La trilogía

Mientras Liesel trabajaba, Rudy corría.

Se entrenaba en el estadio Hubert Oval, daba vueltas a la manzana y hacía carreras con casi todo el mundo, desde la otra punta de Himmelstrasse hasta la tienda de frau Diller, concediendo varias cabezas de ventaja.

Alguna que otra vez, cuando Liesel estaba ayudando a su madre en la cocina, Rosa miraba por la ventana y comentaba:

—¿Qué se trae entre manos ese pequeño *Saukerl* con todas esas carreras arriba y abajo?

Liesel se acercaba a la ventana.

—Al menos no ha vuelto a pintarse de negro.

—Bueno, algo es algo, ¿no?

✑ LAS RAZONES DE RUDY ✑

A mediados de agosto se celebraba un festival de las Juventudes Hitlerianas y Rudy tenía intención de ganar cuatro carreras: los mil quinientos, los cuatrocientos, los doscientos metros y, por descontado, los cien. Le caían bien los nuevos cabecillas de las Juventudes Hitlerianas y quería complacerlos, además de darle una pequeña lección a su viejo amigo Franz Deutscher.

—Cuatro medallas de oro —le confesó a Liesel una tarde, mientras corría con él en el Hubert Oval—. Como Jesse Owens en mil novecientos treinta y seis.

—No seguirás obsesionado con él, ¿verdad?

Los pies de Rudy seguían el ritmo de su respiración.

—La verdad es que no, pero no estaría mal, ¿eh? Así aprenderían esos cabrones, los que decían que estaba loco. A ver quién es entonces el imbécil.

—¿De verdad puedes ganar las cuatro carreras?

Fueron aminorando el paso hasta detenerse al final de la pista. Rudy puso los brazos en jarras.

—Tengo que hacerlo.

Se entrenó durante seis semanas. A mediados de agosto, cuando llegó el festival, el cielo estaba despejado y hacía un día soleado. El campo estaba invadido por miembros de las Juventudes Hitlerianas, padres y demasiados cabecillas de camisas pardas. Rudy Steiner se encontraba en una excelente forma física.

—Mira, ahí está Deutscher —señaló.

Entre la gente, el rubio paradigma de las Juventudes Hitlerianas estaba dando órdenes a dos miembros de su división. Los otros asentían con la cabeza y hacían estiramientos de vez en cuando. Uno de ellos se hacía pantalla con la mano para proteger sus ojos del sol, como si saludara.

—¿Quieres decirle algo? —preguntó Liesel.

—No, gracias. Ya lo haré después.

Cuando haya ganado.

Nunca las pronunció, pero las palabras estaban allí, en algún lugar entre los ojos azules de Rudy y los gestos de Deutscher.

El desfile obligatorio atravesó el campo.

El himno.

Heil Hitler!

Sólo entonces se podía empezar.

Cuando llamaron al grupo de edad de Rudy para la carrera de los mil quinientos metros, Liesel le deseó suerte a la típica manera alemana.

—*Hals und Beinbruch, Saukerl.*

Le deseó que se rompiera el cuello y una pierna.

Los chicos se reunieron al fondo de la pista ovalada. Unos hacían estiramientos, otros se concentraban y los demás estaban allí porque no les quedaba más remedio.

La madre de Rudy, Barbara, estaba sentada al lado de Liesel con su hijo pequeño. Una fina manta estaba a rebosar de niños y hierba arrancada.

—¿Veis a Rudy? —preguntó—. Es el que está más a la izquierda.

Barbara Steiner era una mujer amable y siempre parecía que llevara el pelo recién cepillado.

—¿Dónde? —preguntó una de las niñas. Seguramente Bettina, la más pequeña—. No lo veo.

—El último. No, allí no. Allí.

Todavía estaban intentando divisarlo cuando la pistola del juez de salida despidió un disparo y humo. Los pequeños Steiner corrieron hacia las vallas.

En la primera vuelta, un grupo de siete chicos componía el pelotón de cabeza. En la segunda sólo quedaban cinco y en la siguiente, cuatro. Hasta la última vuelta, Rudy fue en todo momento en cuarta posición. Un hombre comentó que el chico que iba segundo parecía el claro vencedor. Era el más alto.

—Espera y verás —le dijo a su desconcertada esposa—. Se desmarcará del grupo cuando queden doscientos metros.

El hombre se equivocaba.

Un colosal oficial de camisa parda —al que estaba claro que no le afectaba el racionamiento— informó a los corredores de que sólo quedaba una vuelta. Se lo gritó cuando el pelotón de cabeza cruzaba la línea y no fue el segundo chico el que aceleró, sino el cuarto. Y doscientos metros antes.

Rudy corrió.

No miró atrás en ningún momento.

La distancia fue aumentando como una cuerda elástica, de tal modo que se quebró hasta la más remota esperanza de que cualquier otro pudiera ganar. Tomó la curva por su calle mientras los otros tres corredores que le seguían se peleaban entre ellos por las sobras. En la recta final sólo se vio una melena rubia y una gran distancia, y no se detuvo al cruzar la línea de meta, no levantó los brazos, ni siquiera se agachó para recuperar el aliento. Siguió corriendo unos veinte metros y al final volvió la cabeza para ver cómo los otros cruzaban la meta.

Cuando se dirigía a reunirse con su familia, primero se topó con sus cabecillas y luego con Franz Deutscher. Se saludaron con una breve inclinación de cabeza.

—Steiner.

—Deutscher.

—Parece que todas esas vueltas que te hice dar han servido para algo, ¿eh?

—Eso parece.

No iba a sonreír hasta que hubiera ganado las cuatro carreras.

❧ UN COMENTARIO QUE HABRÁ ☙ QUE TENER EN CUENTA MÁS ADELANTE

A partir de entonces no sólo se conocería a Rudy por ser un buen estudiante, sino también por ser un gran atleta.

Liesel participó en los cuatrocientos metros. Terminó en séptimo lugar y en el cuarto en la prueba de los doscientos. Lo único que vio delante de ella fueron los tendones de la corva y las coletas bamboleantes de las chicas que la precedían. En el salto de longitud, mordió más polvo que distancia y tampoco estuvo en su mejor momento en el lanzamiento de peso. Comprendió que ese era el día de Rudy.

En la final de los cuatrocientos metros, Rudy estuvo en cabeza desde la última vuelta hasta el final, y ganó los doscientos por escaso margen.

—¿Estás cansado? —le preguntó Liesel.

Eran las primeras horas de la tarde.

—Claro que no. —Jadeaba y se masajeaba las pantorrillas—. Pero ¿qué dices, *Saumensch*? ¿Qué sabrás tú?

Cuando anunciaron la prueba eliminatoria de los cien metros, Rudy se levantó despacio y siguió el reguero de adolescentes hacia la pista. Liesel fue detrás de él.

—Eh, Rudy. —Le tiró de la manga—. Buena suerte.

—No estoy cansado —insistió.

—Ya lo sé.

Rudy le guiñó un ojo.

Estaba cansado.

En la eliminatoria, Rudy aflojó el ritmo para acabar segundo, y al cabo de diez minutos, durante los que se celebraron otras carreras, anunciaron la final. Había dos chicos que lo habían hecho muy bien y una rara sensación en el estómago le dijo a Liesel que Rudy no iba a ganar. Tommy Müller, que había quedado penúltimo en su carrera, le hacía compañía, apoyado en la valla.

—Ganará —aseguró.

—Lo sé.

No, no ganaría.

Cuando los finalistas alcanzaron la línea de salida, Rudy se puso de rodillas y empezó a escarbar unos hoyos con las manos para agarrarse mejor al suelo. A un camisa parda medio calvo le faltó tiempo para acercarse y decirle que dejara de hacerlo. Liesel vio el dedo acusador del adulto y la tierra que caía de las manos de Rudy mientras se las frotaba.

Liesel se aferró con fuerza a la valla cuando ocuparon sus posiciones. Uno de los chicos hizo una salida en falso. Se oyeron dos disparos. Había sido Rudy. El oficial volvió a tener unas palabras con él y el chico asintió con la cabeza. Una vez más y quedaba eliminado.

Volvían a estar preparados para el segundo intento. Liesel, que observaba muy atenta, no pudo creer lo que sucedió segundos después. Se registró una nueva salida en falso cometida por el mismo atleta. Ante sus ojos, Liesel imaginó una carrera perfecta en la que Rudy iba a la zaga, pero que acababa ganando en los últimos diez metros. Sin embargo, lo que en realidad vio fue la descalificación de su amigo. Lo acompañaron a un lado de la pista y lo hicieron quedarse allí, solo, mientras los demás chicos adelantaban un pie.

Cuando estuvieron listos, salieron corriendo.

Ganó un chico de cabello castaño oxidado y zancada larga, les sacó unos cinco metros de ventaja.

Rudy se quedó donde estaba.

Más tarde, al final del día, cuando desapareció el sol de Himmelstrasse, Liesel se sentó en la acera con su amigo.

Hablaron de todo lo demás, desde la cara que se le había quedado a Franz Deutscher después de los mil quinientos hasta el berrinche que había cogido una de las niñas de once años después de perder el disco.

Antes de volver cada uno a sus respectivas casas, la voz de Rudy se estiró y le tendió a Liesel la verdad. Descansó un momento sobre el hombro, pero luego avanzó hasta el oído.

ᏋᏕ LAS PALABRAS DE RUDY ᏕᏋ
«Lo hice adrede.»

Una vez digerida la confesión, Liesel le hizo la única pregunta posible.

—Pero ¿por qué, Rudy? ¿Por qué lo hiciste?

Lo tenía delante, con una mano en la cadera, pero mudo. La única respuesta que recibió fue una sonrisa de complicidad y un lento paseo que lo llevó hasta casa con languidez. Nunca más volvieron a hablar del asunto.

En cuanto a Liesel, a menudo se preguntaba cuál habría sido la respuesta de Rudy si ella hubiera insistido. Tal vez tres medallas habían demostrado lo que él quería, o quizá tuviera miedo de perder la última carrera. Al final, la única explicación que quiso oír fue la voz interior de una adolescente.

«Porque no es Jesse Owens.»

Hasta que se levántó para entrar en casa no reparó en que a su lado había tres medallas de oro falso. Llamó a la puerta de los Steiner y se las dio.

—Te las has olvidado.

—No, no me las he olvidado.

Rudy cerró la puerta y Liesel se llevó las medallas a casa. Las bajó al sótano y le habló a Max de su amigo Rudy Steiner.

—Mira que es tonto —concluyó Liesel.

—Pues sí — convino Max, aunque dudo que mintiera.

A continuación, se pusieron a trabajar cada uno en lo suyo: Max en su cuaderno y Liesel en *El repartidor de sueños*. Ya había llegado a los últimos capítulos de la novela, en los que el joven sacerdote dudaba de su fe tras un encuentro con una misteriosa y elegante dama.

Max le preguntó cuándo creía que iba a acabarlo al ver que lo colocaba boca abajo sobre su regazo.

—Me quedan pocos días.

—¿Y luego a por uno nuevo?

La ladrona de libros alzó la vista al techo.

—Tal vez, Max. —Cerró el libro y se recostó hacia atrás—. Con un poco de suerte.

ᏣᏂ EL SIGUIENTE LIBRO ᏣᏂ

No es el *Gran diccionario de definiciones y sinónimos*, como cabría esperar.

No, el diccionario llegará al final de esta pequeña trilogía y todavía estamos en la segunda entrega. Esta es la parte en que Liesel termina *El repartidor de sueños* y roba un libro titulado *Una canción en la oscuridad*. Como siempre, lo consiguió en la casa del alcalde; la única diferencia es que esta vez fue sola a la parte alta de la ciudad. Ese día Rudy no la acompañó.

Era una mañana llena de sol y nubes espumosas.

Liesel estaba en la biblioteca del alcalde, con codicia en las manos y títulos en los labios. Esta vez se sentía tan a sus anchas que se atrevió a recorrer los lomos con los dedos —una breve recreación de la visita anterior a la habitación— susurrando casi todos los títulos, de una estantería a otra.

Bajo el cerezo.

El décimo teniente.

Como de costumbre, mucho títulos la tentaron, pero tras un par de minutos en la habitación, se decidió por *Una canción en la oscuridad*, en gran parte porque el libro era verde y todavía no tenía un libro de ese color. Las letras grabadas en la portada eran blancas y había una pequeña flauta dibujada entre el título y el nombre del autor. Saltó desde el alféizar con el libro bajo el brazo, dando las gracias mientras salía.

Sin Rudy parecía que le faltaba algo, pero esa mañana, por alguna razón desconocida, la ladrona de libros se sentía más feliz sola. No perdió el tiempo y se puso a leer el libro junto al Amper, bastante alejada de cualquier posible cuartel general de Viktor Chemmel y la antigua banda de Arthur Berg. Nadie apareció, nadie la interrumpió, y Liesel leyó feliz cuatro de los brevísimos capítulos de *Una canción en la oscuridad*.

Se debía al placer y la satisfacción.

De un buen robo.

Una semana después, la trilogía de la felicidad estuvo completa.

A finales de agosto llegó un regalo o, mejor dicho, se fijaron en él.

Se acercaba la noche y Liesel estaba mirando cómo Kristina Müller saltaba a la cuerda en Himmelstrasse. Rudy Steiner derrapó delante de ella con la bicicleta de su hermano.

—¿Tienes tiempo? —le preguntó.

Liesel se encogió de hombros.

—¿Para qué?

—Creo que será mejor que vengas.

Soltó la bicicleta y fue a buscar la otra a casa. Liesel se quedó mirando el pedal que giraba delante de ella.

Pedalearon hasta la Grandestrasse, donde Rudy se detuvo y esperó.

—Bueno, ¿qué pasa? —preguntó Liesel.

Rudy señaló.

—Mira con atención.

Despacio, se trasladaron a un sitio desde el que podían ver mejor, detrás de una pícea azul. Liesel divisó la ventana cerrada a través de las ramas espinosas y luego un objeto apoyado contra el cristal.

—¿Es...?

Rudy asintió con la cabeza.

Debatieron el tema largo y tendido hasta que llegaron a la conclusión de que debían hacerlo. Era evidente que lo habían dejado allí intencionadamente y que, si era una trampa, valía la pena jugársela.

—Un ladrón de libros lo haría —aseguró Liesel, entre las polvorientas ramas azuladas.

Liesel soltó la bicicleta, echó un vistazo a la calle y cruzó el patio. Las sombras de las nubes estaban sepultadas bajo la oscura hierba. ¿Eran agujeros por los que uno podía colarse u otros pedacitos de oscuridad donde ocultarse? Su imaginación la coló por unos de esos agujeros para caer en las malvadas garras del mismo alcalde. Al menos esas imágenes la ayudaron a distraerse, y se encontró junto a la ventana antes de lo esperado.

Todo volvía a ser como con *El hombre que silbaba*.

Los nervios le lamían las manos.

Reguerillos de sudor se rizaban bajos los brazos.

Levantó la cabeza y leyó el título: *Gran diccionario de definiciones y sinónimos*. Lacónica, se volvió hacia Rudy y musitó las palabras: «Es un diccionario». Él se encogió de hombros y tendió las manos.

Liesel realizó un trabajo metódico, deslizó la ventana hacia arriba, preguntándose cómo debían de verse sus movimientos desde el interior.

Imaginó su delictiva mano apareciendo por encima del alféizar y levantando la ventana hasta que el libro volcara. Fue como si se rindiera lentamente, como un árbol talado.

Lo tenía.

Apenas había hecho ruido.

El libro se inclinó hacia ella y lo cogió con la mano libre. Incluso cerró la ventana, con suavidad. Luego se volvió y atravesó los baches de nubes.

—Buen trabajo —admitió Rudy al acercarle la bicicleta.

—Gracias.

Pedalearon hasta la esquina, donde los alcanzó el verdadero hecho importante del día. Liesel lo notó, otra vez esa sensación de estar siendo observada. Una voz pedaleó en su interior. Dio dos vueltas.

Mira la ventana. Mira la ventana.

La obligaba.

Como un picor que exige una uña, sintió el vivo deseo de detenerse.

Plantó los pies en el suelo, volvió la cabeza hacia la casa del alcalde y la ventana de la biblioteca y miró. Evidentemente, tendría que haber sabido que eso podía pasar, pero no por ello fue menor la sorpresa que acechaba en su interior cuando vio a la mujer del alcalde de pie, detrás del cristal. Era transparente, pero estaba allí. Llevaba el suave y sedoso cabello como siempre. Su mirada herida, su rictus y su expresión se irguieron para ver mejor.

Muy despacio, la mujer levantó la mano para saludar a la ladrona de libros de la calle. Aunque la dejó quieta.

Conmocionada como estaba, Liesel no dijo nada, ni a Rudy ni a sí misma. Mantuvo el equilibrio y levantó una mano para confirmarle a la mujer del alcalde que la había visto en la ventana.

❦ «DICCIONARIO DE DEFINICIONES» ❧
DEFINICIÓN N.º 2

Verzeihung – **Perdón: dejar de sentir enojo, animosidad o resentimiento. Sinónimos: absolución, exculpación, clemencia.**

De camino a casa se detuvieron en el puente y echaron un vistazo al pesado libro negro. Al cabo de un rato de estar pasando páginas, Rudy encontró una carta. La levantó y se la entregó despacio a la ladrona de libros.

—Va a tu nombre.

El río corría.

Liesel la cogió.

༼ঌ LA CARTA ঌ༽

Querida Liesel:

Ya sé que me consideras patética y detestable (busca esta palabra si no la conoces), pero debo decirte que no soy tan tonta como para no percatarme de tus pisadas en la biblioteca. Cuando eché en falta el primer libro, pensé que tal vez lo había puesto en otro sitio, pero luego vi las huellas de unos pies en el suelo, donde daba la luz.

Me hicieron sonreír.

Me alegré al saber que te habías llevado lo que te pertenecía, pero cometí el error de creer que ahí se acababa todo.

Tendría que haberme enfadado cuando volviste, pero no lo hice. La última vez te oí, pero decidí dejarte tranquila. Sólo te puedes llevar un libro cada vez y tendrías que entrar un millar de veces para llevártelos todos. Lo único que espero es que algún día llames a la puerta principal y entres en la biblioteca de una manera más civilizada.

Permíteme volver a disculparme por no poder seguir disponiendo de los servicios de tu madre.

Por último, espero que este diccionario te resulte útil cuando estés leyendo los libros robados.

Atentamente,

ILSA HERMANN

—Será mejor que volvamos a casa —sugirió Rudy, pero Liesel no se movió.

—¿Te importaría esperarme aquí cinco minutos?

—Claro.

Liesel se arrastró hasta el número ocho de la Grandestrasse y se dirigió hacia la entrada principal que tanto había frecuentado. Rudy se había quedado con el libro, pero ella tenía la carta. Iba frotando los dedos contra el papel doblado. Los escalones se le hacían cada vez más pesados. Por cuatro veces intentó llamar a la amedrentadora puerta, pero no consiguió reunir suficiente valor para hacerlo. Únicamente llegó a colocar los nudillos sobre la cálida madera, con suavidad.

Su hermano vino a su encuentro de nuevo.

—Vamos, Liesel, llama —la animó al final de los escalones.

La rodilla se le estaba curando.

En su segunda huida, pronto distinguió la figura lejana de Rudy en el puente. El viento le empapaba el pelo. Sus pies pedaleaban como si braceasen.

Liesel Meminger era una criminal.

Pero no porque hubiera entrado a robar un puñado de libros por una ventana abierta.

Tendrías que haber llamado, pensó, y aunque era una reflexión cargada de culpa, también se apreciaba el juvenil rastro de la risa.

Intentó decirse algo mientras pedaleaba.

No mereces ser tan feliz, Liesel. En absoluto.

¿Se puede robar la felicidad? ¿O es sólo otro infernal truco humano?

Liesel se sacudió los pensamientos de encima. Cruzó el puente y apremió a Rudy para que se pusiera en marcha y no se olvidara el libro.

Volvieron a casa en las bicicletas oxidadas.

Volvieron a casa como tenían por costumbre, pasando del verano al otoño y de una noche tranquila al fragor de las bombas sobre Munich.

El aullido de las sirenas

Hans llevó a casa una radio de segunda mano con lo poco que había recaudado durante el verano.

—Así sabremos cuándo van a empezar los bombardeos antes de que suenen las sirenas —explicó—. Primero se oye un cucú y luego anuncian las zonas en peligro.

La colocó sobre la mesa de la cocina y la encendió. También intentaron hacer que funcionara en el sótano, para Max, pero por los altavoces sólo se oían interferencias y voces entrecortadas.

En septiembre no la oyeron porque estaban durmiendo.

O bien la radio ya estaba medio rota o la sofocó el plañidero gemido de las sirenas.

Una mano zarandeó el hombro de Liesel con suavidad, para que se despertara. Después la voz de su padre, preocupada.

—Liesel, despierta. Tenemos que irnos.

En medio de la desorientación por el sueño interrumpido, Liesel apenas consiguió adivinar el contorno del rostro de su padre. Lo único visible era su voz.

Se detuvieron en el pasillo.

—Esperad —ordenó Rosa.

Todos fueron corriendo al sótano, atravesando la oscuridad.

La lámpara estaba encendida.

Max asomó por detrás de los botes de pintura y las sábanas. Tenía aspecto de cansado y, nervioso, se agarró con los pulgares a la cinturilla del pantalón.

—Hora de irse, ¿no?

Hans se acercó.

—Sí, es hora de irse. —Le estrechó la mano y le dio un golpecito en el brazo—. Nos veremos a la vuelta, ¿de acuerdo?

—Por supuesto.

Rosa lo abrazó, igual que Liesel.

—Adiós, Max.

Semanas antes habían estado discutiendo si debían quedarse todos juntos en el sótano o si ellos tres debían salir a la calle y dirigirse al de la casa de los Fiedler. Max los convenció.

—Dicen que este sótano no está a bastante profundidad y ya os habéis arriesgado demasiado por mí.

Hans asintió con la cabeza.

—Es una pena que no puedas venir con nosotros. Qué desgracia.

—Así son las cosas.

Fuera, las sirenas aullaban a las casas, y la gente salía de sus hogares corriendo, renqueando o de espaldas. La noche observaba. Algunos le devolvían la mirada, tratando de descubrir los aviones de lata que cruzaban el cielo.

Himmelstrasse era una embrollada procesión de gente que acarreaba sus bienes más preciados. En algunos casos, un bebé. En otros, una pila de álbumes de fotos o una caja de madera. Liesel llevaba sus libros apretados contra el pecho. Frau Holtzapfel arrastraba con gran esfuerzo una maleta por la acera, con ojos desorbitados y pasitos cortos.

Hans, que lo había olvidado todo —incluso el acordeón—, se acercó corriendo y rescató la maleta de sus manos.

—Jesús, María y José, ¿qué lleva aquí dentro? —preguntó—. ¿Un yunque?

Frau Holtzapfel caminaba a su lado.

—Lo básico.

Los Fiedler vivían seis casas más allá. En la familia eran cuatro, todos de cabello color trigo y ojos alemanes, como estaba mandado, pero lo más importante es que contaban con un buen sótano a gran profundidad. Allí se apretujaban veintidós personas, entre los que se contaban la familia Steiner, frau Holtzapfel, Pfiffikus, un joven y la familia Jenson. En aras de procurar un ambiente civilizado, mantuvieron separadas a Rosa Hubermann y frau Holtzapfel, a pesar de que ciertas cosas estaban por encima de las discusiones absurdas.

Una bombilla solitaria colgaba del techo y la habitación era húmeda y fría. Las paredes estaban llenas de salientes que se clavaban en la espalda de la gente mientras estaba sentada y hablaba. El sonido apagado de las sirenas se colaba por algún lugar, una versión distorsionada que había encontrado el modo de llegar hasta ellos y, a pesar de que suscitaba grandes dudas acerca de la idoneidad del refugio, al menos también les garantizaba que oirían las tres sirenas que anunciaban el final del bombardeo y que estaban a salvo. No les haría falta un *Luftschutzwart*, un vigilante antiaéreo.

Rudy no tardó mucho en encontrar a Liesel. Su cabello apuntaba al techo.

—¿No es genial?

Liesel no pudo reprimir cierto sarcasmo.

—Encantador.

—Venga, Liesel, no seas así. ¿Qué es lo peor que puede ocurrir, además de acabar aplastados o fritos o lo que sea que hagan las bombas?

Liesel miró a su alrededor, fijándose en los rostros de los demás. Empezó a elaborar una lista con los más asustados.

LA LISTA NEGRA

1. Frau Holtzapfel
2. El señor Fiedler
3. El joven
4. Rosa Hubermann

Los ojos de frau Holtzapfel estaban tan abiertos que parecían imposibles de cerrar. Tenía el enjuto cuerpo encorvado y su boca era un círculo. Herr Fiedler se distraía preguntando a la gente, a veces repetidamente, cómo estaba. El joven, Rolf Schultz, se mantenía apartado en un rincón, musitando palabras al aire que lo envolvía, fustigándolo. Tenía las manos cimentadas en los bolsillos. Rosa se mecía con suavidad.

—Liesel —la llamó en un susurro—, ven aquí.

Cogió a la niña por la espalda y la estrechó con fuerza contra ella. Cantó una canción, pero en voz tan baja que Liesel apenas la oyó. Las notas nacían en su aliento y morían en sus labios. A su lado, Hans permanecía callado e inmóvil. En cierto momento, colocó su cálida mano sobre el frío cráneo de Liesel. Vivirás, decía el gesto, y tenía razón.

A su izquierda estaban Alex y Barbara Steiner con sus hijas pequeñas, Emma y Bettina. Las niñas se aferraban a una pierna de su madre. El hijo mayor, Kurt, miraba al frente, cual efigie perfecta de las Juventudes Hitlerianas, y le daba la mano a Karin, diminuta incluso para tener siete años. Anna-Marie, de diez, jugaba con la pulposa superficie de la pared de cemento.

Al otro lado de los Steiner estaban Pfiffikus y la familia Jenson. Pfiffikus se abstenía de silbar.

El barbudo señor Jenson abrazaba a su mujer con fuerza, y sus dos hijos tan pronto estaban callados como no dejaban de hablar. De vez en cuando se incordiaban entre ellos, pero se echaban atrás en cuanto rozaban el inicio de una pelea de verdad.

Al cabo de unos diez minutos, en el sótano reinaba una especie de inmovilidad. Los cuerpos estaban soldados y únicamente los pies cambiaban de postura. El silencio absoluto amordazaba los rostros. Se miraban unos a otros y esperaban.

❧ «DICCIONARIO DE DEFINICIONES» ☙
SIGNIFICADO N.º 3
Angst – **Miedo: emoción desagradable y a menudo intensa causada por la intuición o la conciencia de un peligro.**

Palabras relacionadas: terror, horror, pánico, aprensión, alarma.

Se contaban historias sobre otros refugios donde la gente cantaba *Deutschland über Alles* o se peleaba tropezando con su propio aliento viciado. Esas cosas no ocurrieron en el refugio de los Fiedler. Allí sólo había lugar para el miedo y la aprensión, y una sorda canción en los labios acartonados de Rosa Hubermann.

Poco antes de que las sirenas anunciaran el final, Alex Steiner —el hombre del impasible rostro de madera— convenció a las niñas para que se soltaran de las piernas de su mujer y alargó un brazo para coger la mano que su hijo tenía libre. Kurt, que seguía en actitud estoica y con la mirada fija, la aceptó y apretó con suavidad la de su hermana. Pronto todo el mundo le daba la mano a alguien y el grupo de alemanes formaba un círculo irregular. Las manos frías se derretían en las cálidas y, en algunos casos, incluso transmitían la sensación de otro pulso humano que se abría camino a través de las capas de piel pálida y agarrotada. Algunos cerraron los ojos a la espera de su propio fin, o de la señal que anunciaba el final del bombardeo.

¿No les estaba bien empleado?

¿Cuántos de ellos habían perseguido a otros de forma activa, ebrios de la mirada penetrante de Hitler, repitiendo sus frases, sus párrafos, su obra? ¿Rosa Hubermann era responsable de algo? ¿La mujer que ocultaba a un judío? ¿O Hans? ¿Merecían morir? ¿Y los niños?

Me interesa mucho la respuesta a todas estas cuestiones, aunque no debo dejarme seducir. Lo único que sé es que toda esa gente debió de sentir mi presencia esa noche, excluyendo a los niños más pequeños. Yo era una insinuación. Un aviso. Mis pies ficticios entraron en la cocina y avanzaron por el pasillo.

Como suele pasarme con los humanos, cuando leo lo que la ladrona de libros escribió sobre ellos, los compadezco, aunque no tanto como a los que en aquella época recogí a paletadas en varios campos. Por descontado que los alemanes de los sótanos merecían mi compasión, pero al menos ellos tenían una oportunidad de salvarse. Ese sótano no era una ducha de gas. Para esa gente, la vida todavía era posible.

Los minutos iban calando en el corro irregular.

Liesel le daba la mano a Rudy y a su madre.

Sólo la entristecía un pensamiento.

Max.

¿Cómo iba a sobrevivir Max si las bombas llegaban a Himmelstrasse?

Estudió el sótano de los Fiedler. Era bastante más sólido y profundo que el del número treinta y tres de Himmelstrasse.

Le preguntó a su padre en silencio.

¿También piensas en él?

Tanto si la muda pregunta llegó a su destino como si no lo hizo, Hans le respondió con una breve inclinación de la cabeza. Unos minutos después llegaron las tres sirenas de paz transitoria.

La gente del número cuarenta y cinco de Himmelstrasse se sumió en el alivio.

Algunos cerraron los ojos con fuerza y volvieron a abrirlos.

Un cigarrillo pasó de mano en mano.

Cuando Rudy Steiner iba a acercárselo a los labios, su padre se lo quitó de un manotazo.

—Tú no, Jesse Owens.

Los niños abrazaron a sus padres, y todavía tuvo que pasar un rato para que todos fueran completamente conscientes de que estaban vivos y de que iban a seguir estándolo. Sólo entonces se atrevieron a subir los escalones que desembocaban en la cocina de los Fiedler.

Fuera, una procesión de gente recorría la calle en silencio. Muchos de ellos alzaban la vista al cielo y daban gracias a Dios por sus vidas.

Cuando los Hubermann regresaron a casa, se dirigieron directamente al sótano, pero parecía que Max no estaba allí. La lámpara apenas tenía una llamita anaranjada y no se lo veía ni se lo oía por ninguna parte.

—¿Max?

—Ha desaparecido.

—Max, ¿estás ahí?

—Estoy aquí.

Al principio creían que las palabras habían salido de detrás de las sábanas y los botes de pintura, pero Liesel fue la primera en verlo delante de ellos. Su rostro extenuado se confundía con los trastos de la pintura y las telas. Estaba sentado allí delante, con los ojos y la boca abiertos de par en par.

Volvió a hablar cuando se acercaron.

—No pude reprimirme —se disculpó.

—¿De qué hablas, Max? —preguntó Rosa, agachándose para mirarlo a la cara.

—Yo… —intentó explicarse—. Cuando todo estaba en silencio, subí al pasillo y la cortina del comedor estaba un poco descorrida… Se veía la calle. Miré, sólo unos segundos.

Hacía veintidós meses que no veía el mundo exterior.

No hubo ni enfados ni reproches.

—¿Qué aspecto tenía? —preguntó Hans.

Max levantó la cabeza con gran pesar y estupefacción.

—Había estrellas —contestó—. Me quemaron los ojos.

El ladrón de cielos

Al final resultó que el primer bombardeo no fue un bombardeo. Si la gente se hubiera quedado a esperar los aviones, habrían pasado allí toda la noche. Eso explicaría por qué ningún cucú avisó por la radio. Según el *Molching Express*, cierto controlador de una torre de fuego antiaéreo se había puesto un poco nervioso. Juraba que había oído el ruido de los aviones y los había visto en el horizonte. Él había dado la voz de alarma.

—Podría haberlo hecho a propósito —comentó Hans Hubermann—. ¿Te gustaría estar sentado en una torre de fuego antiaéreo disparando a aviones cargados de bombas?

Como es lógico, siguió leyendo Max en el artículo en el sótano, el hombre de tan viva imaginación había sido relevado de su puesto. Seguramente lo destinarían a algún servicio en alguna parte.

—Que tenga suerte —dijo Max.

Parecía saber lo que le deparaba. Pasó a los crucigramas.

El siguiente bombardeo fue real.

La noche del 19 de septiembre, el cucú avisó por radio. A continuación, una voz grave y desapasionada que anunció Molching entre los posibles objetivos.

Himmelstrasse volvió a convertirse en un sendero de gente y Hans volvió a olvidarse el acordeón. Rosa le recordó que se lo llevara, pero él se negó.

—No me lo llevé la última vez y sobrevivimos —explicó.

Estaba claro que la guerra confundía los límites entre la lógica y la superstición.

Una inquietante sensación los siguió hasta el sótano de los Fiedler.

—Creo que esta noche va en serio —comentó el señor Fiedler.

Los niños enseguida se dieron cuenta de que sus padres estaban bastante más preocupados que en la anterior ocasión. Reaccionando de la única manera que sabían, los más pequeños empezaron a chillar y a llorar cuando la habitación pareció tambalearse.

La amortiguada sintonía de las bombas llegó incluso hasta el sótano. La presión del aire los aplastó como si el techo les cayera encima, como si quisiera estamparse contra el suelo. Las desiertas calles de Molching recibieron un mordisco.

Rosa apretaba furiosamente la mano de Liesel.

El machacón llanto de los niños perforaba los oídos.

Incluso Rudy estaba completamente rígido, fingiendo despreocupación, tensando los músculos para combatir la tensión. Brazos y codos luchaban por hacerse sitio. Algunos adultos intentaban calmar a los niños. Otros ni siquiera conseguían calmarse a ellos mismos.

—¡Haz callar a ese crío! —gritó frau Holtzapfel, aunque su voz no fue más que otro desventurado reproche en medio del frenético caos del refugio.

Mugrientas lágrimas asomaban a los ojos de los niños y el olor a alientos nocturnos, el sudor de sobaco y ropa sucia de varios días se mezclaba y bullía en lo que en esos momentos era un puchero donde flotaban humanos.

A pesar de que estaban una al lado de la otra, Liesel no tuvo más remedio que alzar la voz.

—¿Mamá? —Insistió—: ¡Mamá, me estás destrozando la mano!

—¿Qué?

—¡La mano!

Rosa la soltó y, para sustraerse al barullo del sótano, Liesel abrió uno de sus libros y empezó a leer en busca de consuelo. El primer libro de la pila era *El hombre que silbaba* y lo leyó en voz alta para concentrarse. El primer párrafo llegó entumecido hasta sus oídos.

—¿Qué has dicho? —rugió su madre, pero Liesel la ignoró para no perderse ya en la primera página.

Al pasar a la siguiente, Rudy reparó en ella. Se fijó en lo que estaba leyendo y llamó la atención de sus hermanos con un golpecito en el hombro para que hicieran lo mismo. Hans Hubermann se acercó y pidió silencio. La calma se abrió paso en el abarrotado sótano. A la tercera página, todo el mundo estaba en silencio menos Liesel.

El crujir de las páginas los cautivó.

Liesel continuó leyendo.

Compartió la historia durante unos veinte minutos. Su voz tranquilizó a los niños más pequeños y los demás imaginaron al hombre que silbaba huyendo de la escena del crimen. Liesel no. La ladrona de libros sólo veía la mecánica de las palabras, sus cuerpos varados en el papel, derribadas a golpes para que ella pudiera pisotearlas. En algún lugar también estaba Max, en los espacios entre un punto y la mayúscula siguiente. Recordó cuando le leía mientras estaba enfermo. ¿Estará en el sótano? ¿U otra vez al acecho de un pedacito de cielo?, se preguntó.

ᴥ UN PENSAMIENTO AGRADABLE ᴥ
Ella era una ladrona de libros.
Él asaltaba el cielo.

Todo el mundo esperaba el temblor del suelo.

Seguía siendo inevitable, pero al menos ahora la chica del libro los tenía distraídos. Uno de los niños pequeños pensó en echarse a llorar, pero Liesel paró un momento e imitó a su padre, o a Rudy, elegid. Le guiñó un ojo y retomó la lectura.

Sólo se interrumpió cuando las sirenas se colaron en el sótano.

—Ya pasó —anunció el señor Jenson.

—¡Silencio! —ordenó frau Holtzapfel.

Liesel alzó la cabeza.

—Sólo quedan dos párrafos para acabar el capítulo —informó.

Y continuó leyendo sin mayor énfasis. Sólo palabras.

ᘓᕹ «DICCIONARIO DE DEFINICIONES» ᘓᕹ
DEFINICIÓN N.º 4

Wort – Palabra: unidad de lenguaje con significado / una promesa / un comentario, una afirmación o una conversación.

Palabras relacionadas: término, nombre, expresión.

Por respeto, los adultos obligaron a que todo el mundo guardara silencio hasta que Liesel finalizara el primer capítulo de *El hombre que silbaba*.

En el momento de salir, los niños pasaron a su lado como un vendaval, pero casi todos los mayores —incluso frau Holtzapfel y Pfiffikus (qué apropiado, teniendo en cuenta el título del libro)— agradecieron a la niña la distracción a medida que pasaban junto a ella, con ganas de salir de la casa para ver si Himmelstrasse había sufrido algún daño.

Himmelstrasse estaba intacta.

El único indicio de guerra era una nube de polvo que viajaba de este a oeste, escudriñando las ventanas para encontrar un lugar por el que colarse. A medida que se espesaba y expandía, convertía la estela de humanos en apariciones.

Ya no había gente en la calle.

Sólo rumores arrastrando fardos.

En casa, Hans se lo contó todo a Max.

—Hay niebla y cenizas… Creo que nos han dejado salir demasiado pronto. —Miró a Rosa—. ¿Crees que debería ir a ver si necesitan ayuda donde han caído las bombas?

Rosa no se dejó impresionar.

—No seas imbécil, te asfixiarás con tanto polvo —contestó—. No, no, *Saukerl*, tú te quedas aquí. —Algo le pasó por la cabeza y miró a

Hans muy seria. En realidad, tenía el orgullo escrito en su rostro—. Quédate aquí y explícale lo de la niña. —Alzó la voz, apenas ligeramente—. Lo del libro.

Max le prestó una atención especial.

—*El hombre que silbaba* —le informó Rosa—. Capítulo uno.

Le explicó con pelos y señales lo que había ocurrido en el refugio.

Liesel estaba en un rincón del sótano. Max la miraba fijamente y se pasaba la mano por la mandíbula. Personalmente, creo que ese fue el momento en que se le ocurrió el tema para su siguiente cuaderno de dibujos.

El árbol de las palabras.

Imaginó a la niña leyendo en el refugio, compartiendo las palabras, literalmente. Sin embargo, como siempre, también debió de ver la sombra de Hitler. Puede que ya oyera sus pasos acercándose a Himmelstrasse y al sótano.

Al cabo de una larga pausa, parecía que estaba a punto de hablar cuando Liesel se le adelantó.

—¿Has visto el cielo esta noche?

—No. —Max señaló la pared. Miraron las palabras y el dibujo que había pintado hacía más de un año: la cuerda y el sol chorreante—. Hoy sólo este.

Esa noche ya no hubo más palabras, sólo pensamientos.

No puedo hablar por Max, Hans o Rosa, pero sé que Liesel Meminger estaba pensando que si las bombas caían alguna vez en Himmelstrasse, Max no sólo tendría menos oportunidades de sobrevivir que los demás, sino que también moriría completamente solo.

La oferta de frau Holtzapfel

Por la mañana comprobaron los daños. No hubo muertos, pero dos bloques de pisos habían quedado reducidos a escombros, y el campo preferido de Rudy de las Juventudes Hitlerianas había recibido una buena ración. Media ciudad estaba alrededor de la circunferencia. La gente calculaba la profundidad, comparándola con la de sus refugios. Varios niños y niñas escupieron dentro.

Rudy estaba junto a Liesel.

—Por lo que se ve, tendrán que abonarlo otra vez.

Las semanas siguientes se libraron de los bombardeos, por lo que la vida casi volvió a la normalidad. No obstante, dos momentos decisivos estaban en camino.

ᴄⱾ LOS DOS ACONTECIMIENTOS ᴋᴖ
DE OCTUBRE
Las manos de frau Holtzapfel.
El desfile de judíos.

Las arrugas de frau Holtzapfel eran como un insulto y su voz se parecía a un bastonazo.

De hecho, tuvieron mucha suerte al ver por la ventana del comedor que frau Holtzapfel se acercaba, pues sus nudillos aporrearon la puerta con dureza y determinación. Sonaban a negocios.

Liesel oyó las palabras que más temía.

—Ve a ver qué quiere —ordenó su madre, y la joven, que sabía muy bien lo que le convenía, obedeció.

—¿Está tu madre en casa? —preguntó frau Holtzapfel. Parecía un manojo de alambres de cincuenta años. Se quedó plantada en la entrada, echando un vistazo a la calle de vez en cuando—. ¿Está por ahí esa cerda que tienes por madre?

Liesel se volvió y la llamó.

⤜ «DICCIONARIO DE DEFINICIONES» ⤛
DEFINICIÓN N.º 5

Gelegenheit – **Oportunidad: ocasión para un avance o progreso. Palabras relacionadas: perspectiva, circunstancia, coyuntura.**

Rosa apareció a su espalda en un abrir y cerrar de ojos.

—¿A qué viene? ¿Ahora también quiere escupir en el suelo de la cocina?

Frau Holtzapfel no se amilanó lo más mínimo.

—¿Es así como recibe a todo el que se presenta a su puerta? Qué *G'sindel*...

Liesel observaba. Tuvo la desgracia de quedar atrapada en medio, aunque Rosa la apartó de un tirón.

—Bueno, ¿va a decirme a qué ha venido o no?

Frau Holtzapfel volvió a echar otro vistazo a la calle.

—Vengo con una oferta.

Rosa cambió el peso a la otra pierna.

—No me diga.

—No, no para usted —le dijo a Rosa con voz desdeñosa, y se volvió hacia Liesel—. Para ti.

—Entonces, ¿para qué ha preguntado por mí?

—Pues porque supongo que necesitaré su permiso.

«Madre de Dios —pensó Liesel—, lo que me faltaba. ¿Qué narices querrá Holtzapfel de mí?»

—Me gustó ese libro que leíste en el refugio.

«No, no se lo va a llevar.» Liesel lo tenía muy claro.

—¿Sí?

—Esperaba poder oír el final durante los bombardeos, pero por lo visto por ahora estamos a salvo. —Echó los hombros hacia atrás y enderezó el alambre que tenía por espalda—. Así que me gustaría que vinieras a mi casa y me lo leyeras.

—Hay que tener cara, Holtzapfel. —Rosa todavía estaba considerando si ponerse hecha una furia o no—. Si cree...

—Dejaré de escupir en su puerta —la interrumpió— y le daré mi ración de café.

Rosa decidió no ponerse hecha una furia.

—¿Y harina?

—Pero bueno, ¿acaso es judía? Sólo el café. Cambie el café por la harina con otro.

Estuvieron conformes.

Todas menos la niña.

—Bien, de acuerdo, trato hecho.

—¿Mamá?

—A callar, *Saumensch*, ve a buscar el libro. —Rosa se volvió hacia frau Holtzapfel—. ¿Qué días le vienen bien?

—Lunes y viernes, a las cuatro. Y hoy, ahora mismo.

Liesel siguió los pasos castrenses hasta la puerta de al lado, la casa de frau Holtzapfel, que era igual a la de los Hubermann pero con la distribución al revés. Tal vez fuera un poco más grande.

La joven se sentó a la mesa de la cocina y frau Holtzapfel hizo otro tanto delante de ella, pero de cara a la ventana.

—Lee —pidió.

—¿El segundo capítulo?

—No, el octavo. ¡Claro que el segundo! Empieza a leer antes de que te eche a patadas.

—Sí, frau Holtzapfel.

—Déjate de «sí, frau Holtzapfel» y abre el libro. No tenemos todo el día.

«Por Dios —pensó Liesel—. Este es mi castigo por robar. Al final me han echado el guante.»

Estuvo leyendo cuarenta y cinco minutos y una bolsa de café apareció en la mesa al final del capítulo.

—Gracias —dijo la mujer—, es una buena historia. —Se volvió hacia los fogones y se puso a pelar unas patatas—. Sigues ahí, ¿verdad? —preguntó, sin volverse.

Liesel dedujo que le había dado pie para marcharse.

—*Danke schön*, frau Holtzapfel.

Junto a la puerta vio las fotos enmarcadas de dos jóvenes militares de uniforme y también lanzó un «*Heil Hitler!*» hacia la cocina, con el brazo levantado.

—Sí. —Frau Holtzapfel estaba orgullosa y preocupada. Dos hijos en Rusia—. *Heil Hitler!* —Puso el agua a hervir e incluso tuvo el detalle de acompañar unos pasos a Liesel hasta la entrada—. *Bis morgen?*

El día siguiente era viernes.

—Sí, frau Holtzapfel. Hasta mañana.

Liesel calculó que todavía hubo cuatro sesiones más con frau Holtzapfel antes de que hicieran desfilar a los judíos por Molching.

Iban al campo de concentración de Dachau.

«Eso son dos semanas —escribiría más tarde, en el sótano—. Dos semanas para cambiar el mundo y catorce días para destruirlo.»

El largo camino hasta Dachau

Dijeron que el camión se había estropeado, pero puedo dar fe de que no fue así. Yo estaba allí.

Lo único que pasó fue que había un cielo oceánico con nubes vestidas de blanco.

Además, no había sólo un vehículo. Tres camiones no pueden estropearse a la vez.

Cuando los soldados pararon para compartir algo de comida y unos cigarrillos y hurgar entre los judíos, uno de los prisioneros sucumbió al hambre y la enfermedad. No sé de dónde venía el convoy, pero estaría a unos seis kilómetros de Molching y a bastantes más del campo de concentración de Dachau.

Me colé por el parabrisas del camión, encontré al fallecido y bajé de un salto por la parte de atrás. Su alma estaba en los huesos. Su barba era una mordaza. Mis pies crujieron al aterrizar en la gravilla, aunque ni los soldados ni los prisioneros lo oyeron. Sin embargo, me olieron.

La memoria me dice que en la parte de atrás de ese camión había muchos anhelos. Las voces interiores me llamaron.

¿Por qué él y no yo?

Gracias a Dios no soy yo.

En cambio, los soldados estaban ocupados en otros asuntos. El que estaba al mando aplastó el pitillo y les hizo una pregunta turbia:

—¿Cuándo fue la última vez que sacamos a esas ratas a tomar aire fresco?

El teniente ahogó un acceso de tos.

—No pasa nada porque se lleven un poco, ¿no?

—Bueno, entonces, ¿qué? Hay tiempo, ¿no?

—Siempre hay tiempo, señor.

—Y hace un día perfecto para un desfile, ¿no crees?

—Así es, señor.

—Entonces, ¿a qué esperas?

Liesel estaba jugando al fútbol en Himmelstrasse cuando lo oyó. Dos chicos se disputaban el balón en medio del campo cuando se detuvo el partido. Hasta Tommy Müller se dio cuenta.

—¿Qué es eso? —preguntó desde la portería.

Todo el mundo se volvió hacia el rumor de los pies que se arrastraban y las voces disciplinadas cada vez más próximas.

—¿Es un rebaño de vacas? —preguntó Rudy—. No puede ser. No hacen ese ruido, ¿verdad?

Poco a poco, los niños fueron acercándose al magnético sonido, hacia la tienda de frau Diller. De vez en cuando, los gritos cobraban más fuerza.

En uno de los pisos más altos, a la vuelta de la esquina de Münchenstrasse, una anciana con voz de oráculo desveló la causa del alboroto. Allí arriba, asomada a la ventana, su rostro parecía una bandera blanca, con los ojos húmedos y la boca abierta. Su voz aterrizó como un suicida a los pies de Liesel, de un golpe seco.

Tenía el cabello gris.

Los ojos azul oscuro, muy oscuro.

—*Die Juden* —anunció—. Los judíos.

ᴄꝯ «DICCIONARIO DE DEFINICIONES» ꝯᴐ
DEFINICIÓN N.º 6

Elend — **Desdicha: gran sufrimiento, infelicidad y aflicción. Palabras relacionadas: angustia, tormento, desesperación, desamparo, desolación.**

La calle fue llenándose de gente, una calle por la que ya antes habían avanzado a empujones otros grupos de judíos y criminales. Puede que los campos de exterminio se mantuvieran en secreto, pero a veces se mostraba a la gente la gloria de un campo de trabajo como Dachau.

En el otro extremo, Liesel vio a un hombre con un carro de pintura. Se estaba pasando las manos por el cabello, desasosegado.

—Allí está mi padre —le dijo a Rudy, señalando.

Ambos cruzaron y fueron a reunirse con él, aunque la primera reacción de Hans Hubermann fue llevárselos de allí.

—Liesel, tal vez…

Sin embargo, se dio cuenta de que la niña quería quedarse y decidió que quizá debía verlo. Soplaba una brisa otoñal. Hans se quedó a su lado, mudo.

Los vieron pasar por Münchenstrasse.

Otras personas se movían alrededor de ellos o los adelantaban.

Vieron acercarse a los judíos como un torrente de colores. La ladrona de libros no los describió así, pero puedo asegurar que eran eso exactamente, pues muchos de ellos morirían. Me saludarían como a su último amigo del alma, con sus huesos de humo y sus espíritus a la zaga.

El rumor de los pasos vibró sobre la calzada con la llegada del grueso del grupo. Los enormes ojos sobresalían en los escuálidos cráneos. Y la suciedad. La suciedad florecía en ellos como el moho. Sus piernas flaqueaban cuando los soldados los empujaban: una forzada carrerita incontrolada antes del lento retorno a un paso famélico.

Hans los observaba por encima de las cabezas de los cada vez más nutridos espectadores. Estoy segura de que tenía los ojos plateados y cansados. Liesel miraba entre los huecos que quedaban o por encima del hombro de la gente.

Las expresiones atormentadas de hombres y mujeres extenuados se volvían para suplicarles, no ayuda —ya habían renunciado a ella—, sino una explicación. Algo con lo que acallar la confusión.

Apenas podían levantar los pies del suelo.

Llevaban estrellas de David cosidas a las camisas, en las que se inscribía la desdicha como si de una tarea se tratara. «No olvide su desdicha.» En algunos casos, los arrollaba como una enredadera.

Los soldados desfilaban a su lado, ordenándoles que se apresuraran y dejaran de lamentarse. Algunos no eran más que niños, pero el Führer se reflejaba en su mirada.

Contemplándolos, Liesel estaba segura de que eran las almas vivientes más desgraciadas que había visto. Así los describió por escrito. El tormento constreñía sus rostros descarnados. El hambre los devoraba al caminar. Algunos miraban al suelo para evitar la mirada de la gente en las aceras. Otros observaban suplicantes a los que habían ido a contemplar su humillación, el preludio de sus muertes. Otros rogaban que alguien, quien fuera, diera un paso al frente y los cogiera en brazos.

Nadie lo hizo.

Ya observaron el desfile con orgullo, impudor o vergüenza, nadie se adelantó para detenerlos. Todavía no.

De vez en cuando, un hombre o una mujer —no, no eran hombres o mujeres, eran judíos— vislumbraba el rostro de Liesel entre la multitud. Le presentaban su capitulación, y lo único que podía hacer la ladrona de libros era sostener su mirada durante un largo y agonizante momento antes de que desapareciera entre los demás. Liesel esperaba que fueran capaces de adivinar y reconocer en su rostro cuán profundo, genuino y perdurable era su pesar.

¡En mi sótano hay uno de los vuestros!, quiso decirles. ¡Hicimos juntos un muñeco de nieve! ¡Le llevé trece regalos cuando estaba enfermo!

Liesel no dijo nada.

¿Para qué?

Comprendió que ella no les servía de nada. Estaban condenados y no tardó mucho en descubrir qué le sucedía a quien se le ocurría ayudarlos.

Un hombre, mayor que los demás, avanzaba en medio de un pequeño claro abierto en la procesión.

Llevaba barba y ropas raídas.

Sus ojos tenían el color de la agonía a pesar de su ligereza, sus piernas todavía lo sostenían.

Se desplomó varias veces.

Una de las mejillas quedó aplastada contra el suelo.

Cada vez que se caía, un soldado se cernía sobre él.

—*Steh'auf* —le gritaba desde lo alto—. Levántate.

El hombre se ponía de rodillas y se levantaba como podía para seguir caminando.

En cuanto alcanzaba a los últimos que iban por delante, acababa perdiendo fuelle y volvía a tropezar y a desplomarse. Muchos otros venían detrás de él —una camionada entera—, amenazando con pisotearlo y rebasarlo.

Era insoportable contemplar cómo se estremecían sus brazos doloridos intentando levantar el cuerpo. Cedieron una vez más antes de volver a ponerse en pie y dar unos pasos.

Estaba muerto.

El hombre estaba muerto.

Cinco minutos más y caería fulminado en la calzada alemana. Todos lo permitirían, sin apartar la vista.

Pero entonces un humano...

Hans Hubermann.

Todo ocurrió muy deprisa.

La mano que apretaba con firmeza la de Liesel la soltó cuando el hombre pasó agonizante por su lado. Al caerle el brazo, la mano rebotó en la cadera.

Hans rebuscó en el carro de la pintura y sacó algo. Se abrió paso entre la gente, hasta la calzada.

Tenía al judío delante, quien, esperando otro manotazo desdeñoso, vio —igual que todos los allí presentes— cómo Hans Hubermann le tendía la mano y le ofrecía un trozo de pan, como por arte de magia.

El judío se desmoronó cuando el mendrugo llegó a sus manos. Cayó de rodillas y, agarrándose a las pantorrillas de Hans, enterró el rostro entre ellas, agradecido.

Liesel miraba.

Con lágrimas en los ojos, la niña vio que el hombre resbalaba un poco más, empujando a su padre hacia atrás, y que acababa llorando a la altura de sus tobillos.

Otros judíos pasaron al lado, sin apartar la vista de ese pequeño y fútil milagro.

Después de vadear la corriente, un soldado se personó de inmediato en la escena del crimen. Miró fijamente al hombre arrodillado y a Hans, y luego a la gente. Tras unos instantes de vacilación, sacó el látigo del cinturón y lo utilizó.

El judío recibió seis latigazos. En la espalda, en la cabeza y en las piernas.

—¡Basura! ¡Cerdo!

La oreja le sangraba.

Luego le llegó el turno a Hans.

Otra mano cogió la de la horrorizada Liesel, quien al volverse vio a Rudy Steiner a su lado, tragando saliva cuando empezaron a azotar a Hans Hubermann en la calle. Los restallidos le revolvieron el estómago y temía que el cuerpo de su padre empezara a agrietarse en cualquier momento. Hans recibió cuatro latigazos antes de caer al suelo.

Cuando el anciano judío consiguió ponerse en pie por última vez y seguir su camino, echó un breve vistazo atrás. Se volvió un último y amargo momento hacia el hombre postrado en cuya espalda ardían cuatro surcos de fuego, con las doloridas rodillas hincadas en el suelo. Al menos el anciano moriría como un humano. O, al menos, con la convicción de serlo.

¿Que qué creo yo?

No estoy muy segura de que eso sea algo tan bueno.

Las voces los envolvían cuando Liesel y Rudy se abrieron paso para ayudar a Hans a ponerse en pie. Palabras y luz. Así lo recordaba ella. El sol brillaba en la calzada y las palabras rompían como olas contra su espalda. Al alejarse se fijaron en el mendrugo de pan, rechazado y abandonado en la calle.

Un judío que pasaba por su lado se lo quitó de la mano cuando Rudy fue a recogerlo y otros dos se pelearon por él sin dejar de caminar hacia Dachau.

Lapidaron sus ojos plateados.
Volcaron su carro y la pintura se desparramó por la calle.
Lo llamaron amigo de los judíos.
Otros guardaron silencio y lo ayudaron a ponerse a salvo.

Hans Hubermann se apoyó contra la pared de una casa, con los brazos estirados y pronto empezó a ser abrumadoramente consciente de lo que acababa de ocurrir.

Una imagen pasó por su mente, instantánea y sofocante.

El número treinta y tres de Himmelstrasse, su sótano.

Pensamientos angustiantes quedaron atrapados entre los intentos desesperados por respirar.

Ahora vendrán. Vendrán.

Por Dios, por Dios bendito.

Miró a la niña y cerró los ojos.

—¿Te duele algo, papá?

Recibió preguntas por respuesta.

—¿En qué estaba pensando? —Cerró los ojos con más fuerza y volvió a abrirlos. Tenía el mono arrugado. Había sangre y pintura en sus manos. Y migas de pan. Qué diferentes al pan del verano—. Dios mío, Liesel, ¿qué he hecho?

Sí.
No me queda más remedio que darle la razón.

Paz

Pasadas las once de la noche de ese mismo día, Max Vandenburg enfilaba Himmelstrasse con una maleta llena de comida y ropa de abrigo. En sus pulmones había aire alemán. Las estrellas amarillas ardían. Cuando llegó a la tienda de frau Diller, volvió la vista atrás una última vez, hacia el número treinta y tres. No vio la silueta en la ventana de la cocina, pero ella sí lo vio a él. La silueta le dijo adiós con la mano y él no respondió.

Liesel todavía sentía los labios de Max en su frente. Todavía olía su aliento de despedida.

—Te he dejado algo, pero no te lo darán hasta que estés preparada —había dicho Max.

Se fue.

—¿Max?

No volvió.

Había salido de su habitación y había cerrado la puerta sin hacer ruido.

El pasillo murmuró.

Se había ido.

Cuando Liesel entró en la cocina, sus padres estaban encorvados y ocultaban el rostro. Llevaban así treinta eternos segundos.

  ❧ **«DICCIONARIO DE DEFINICIONES»** ☙
DEFINICIÓN N.º 7
Schweigen – **Silencio: ausencia de sonido o ruido. Palabras relacionadas: quietud, calma, paz.**

Qué perfección.

Paz.

En algún lugar cerca de Munich, un judío alemán se abría paso a través de la oscuridad. Habían quedado en que volvería a encontrarse con Hans Hubermann al cabo de cuatro días (es decir, si no lo habían cogido antes), en un lugar bastante alejado, junto a la orilla del Amper, donde un puente en ruinas asomaba entre el río y los árboles.

Apareció en el lugar acordado, pero apenas se quedó unos minutos.

Lo único que Hans encontró cuando llegó al cabo de cuatro días fue una nota debajo de una piedra, a los pies de un árbol. No iba dirigida a nadie en concreto y sólo contenía una frase.

ෆ LAS ÚLTIMAS PALABRAS ෆ DE MAX VANDENBURG
Ya habéis hecho bastante.

Nunca antes el número treinta y tres de Himmelstrasse había guardado tanto silencio, y a nadie se le escapó que el *Diccionario de definiciones* estaba completamente equivocado, sobre todo en cuanto a las palabras relacionadas.

El silencio no era quietud o calma, y desde luego no era paz.

El imbécil y los hombres
con abrigos largos

La noche de la procesión el imbécil estaba sentado en la cocina, bebiendo amargos sorbos del café de Holtzapfel y deseando un cigarrillo. Esperaba que llegara la Gestapo, los soldados, la policía —cualquiera— para llevárselo, como creía merecer. Rosa le ordenó que volviera a la cama. La niña remoloneó en la puerta. Él las despidió a ambas y se pasó las horas muertas esperando hasta el amanecer, con la cabeza enterrada entre las manos.

No fue nadie.

Todas las unidades de tiempo traían consigo el esperado sonido de alguien llamando a la puerta y palabras amenazadoras.

No fueron.

No hubo más ruido que el producido por él.

¿Qué he hecho?, no dejaba de musitar.

Dios, lo que daría por un cigarrillo, se respondía. Estaba totalmente consumido.

Liesel oyó que repetía las mismas frases varias veces y necesitó de toda su fuerza de voluntad para quedarse junto a la puerta. Le hubiera gustado consolarlo, pero nunca había visto a un hombre tan deshecho. Esa noche no habría consuelo. Max se había ido y todo por culpa de Hans Hubermann.

Los armarios de la cocina tenían la forma de la culpa y las palmas de las manos le sudaban sólo de pensar lo que había hecho. Deben de sudarle, pensó Liesel, porque tenía las suyas empapadas hasta las muñecas.

Liesel rezó en su habitación.

Con las manos unidas sobre el colchón y de rodillas.

—Por favor, Dios, por favor, permite que Max viva. Por favor, Dios, por favor...

Sus doloridas rodillas.

Sus magullados pies.

En cuanto apuntó la primera luz del día, se levantó y volvió a la cocina. Su padre estaba dormido, con la cabeza pegada al mantel, y había un poco de saliva en la comisura de sus labios. El aroma a café era fortísimo y la imagen de la estúpida compasión de Hans Hubermann seguía en el aire. Era como un número o una dirección. Si lo repites muchas veces, queda.

El primer intento pasó sin pena ni gloria, pero el segundo empujón con el hombro le hizo levantar la cabeza de la mesa como si lo hubieran zarandeado.

—¿Ya están aquí?

—No, papá, soy yo.

Apuró el rancio poso de café que había en la taza. La nuez subió y bajó.

—A estas horas ya deberían haberse pasado por aquí. ¿Por qué no han venido, Liesel?

Era un insulto.

Ya deberían haberse pasado por la casa y haberla registrado de arriba abajo en busca de cualquier indicio de traición o complicidad con los judíos, pero al parecer Max se había ido sin motivo alguno. Podría haber seguido durmiendo en el sótano o dibujando en su cuaderno.

—¿Cómo podías saber que no iban a venir, papá?

—Lo que tendría que haber sabido es que no debía darle pan a ese hombre. No lo pensé.

—Papá, no has hecho nada malo.

—No te creo.

Se levantó y salió por la puerta de la cocina, que dejó entornada. Y para colmo se anunciaba una mañana espléndida.

Cuatro días después, Hans caminó un largo trecho siguiendo la orilla del Amper. Regresó con una nota, que dejó encima de la mesa de la cocina.

Al cabo de una semana, Hans Hubermann todavía seguía esperando su castigo. Los azotes de la espalda estaban cicatrizando y se pasaba casi todo el tiempo haraganeando por Molching. Frau Diller le escupía a los pies. Frau Holtzapfel, fiel a su palabra, había dejado de escupir en la puerta de los Hubermann, pero había encontrado un sustituto.

—Lo sabía, sucio amigo de los judíos —lo insultaba la tendera.

Hans deambulaba ajeno a todo y Liesel a menudo lo encontraba en el Amper, en el puente. Los brazos apoyados en la barandilla e inclinado hacia delante. Los niños pasaban en bicicleta por su lado o corrían dando voces, haciendo crujir la madera bajo sus pies. Nada de todo eso lo conmovía lo más mínimo.

✑ «DICCIONARIO DE DEFINICIONES» ✑
DEFINICIÓN N.º 8
Nachtrauern – **Arrepentimiento: pesadumbre colmada de melancolía, desilusión o vacío. Palabras relacionadas: remordimiento, contrición, lamento, pena.**

—¿Lo ves? —le preguntó Hans a Liesel una tarde que estaba asomada al río con él—. En el agua.

El río corría despacio. En las lentas ondas, Liesel vio el contorno del rostro de Max Vandenburg. Veía el cabello plumoso y todo lo demás.

—Solía pelear con el Führer en el sótano.

—Jesús, María y José. —Las manos de su padre se aferraron a la madera astillada—. Soy un imbécil.

No, papá.

Sólo eres un hombre.

Se le ocurrieron esas palabras más de un año después, mientras escribía en el sótano. Deseó haber pensado en ellas entonces.

—Soy idiota —le comunicó Hans Hubermann a su hija de acogida—. Y amable. Lo que me convierte en el mayor imbécil del mundo. El caso es que quiero que vengan a por mí. Cualquier cosa es mejor que esta espera.

Hans Hubermann necesitaba una justificación. Necesitaba saber que Max Vandenburg había dejado su casa por un buen motivo.

Al final, después de cerca de tres semanas de espera, creyó que le había llegado la hora.

Era tarde.

Liesel volvía de casa de frau Holtzapfel cuando vio a los dos hombres de largos abrigos negros y se precipitó adentro.

—¡Papá, papá! —A punto estuvo de derribar la mesa de la cocina—. ¡Papá, están aquí!

Rosa fue la primera en llegar a la cocina.

—¿Qué son esos gritos, *Saumensch*? ¿Quién está aquí?

—La Gestapo.

—¡Hansi!

Ya estaba allí y salió a recibirlos fuera de casa. Liesel quiso acompañarlo, pero Rosa la retuvo y miraron por la ventana.

Hans estaba junto a la cancela. Nervioso.

Rosa aumentó la presión de sus garras sobre los brazos de Liesel.

Los hombres siguieron su camino.

Hans se volvió hacia la ventana, alarmado. Abrió la cancela y los llamó.

—¡Eh! Estoy aquí, venís a por mí. Vivo aquí.

Los hombres con abrigos largos se detuvieron un instante y comprobaron sus anotaciones en la libreta.

—No, no —contestaron. Tenían una voz profunda y penetrante—. Por desgracia, es usted un poco viejo para nosotros.

Continuaron su camino, pero no se alejaron mucho. Se detuvieron en el número treinta y cinco y abrieron la cancela.

—¿Frau Steiner? —preguntaron cuando se abrió la puerta.

—Sí, soy yo.

—Nos gustaría hablar un momento con usted.

Los hombres con abrigos largos esperaban como columnas enchaquetadas en el umbral de la caja de zapatos de los Steiner.

Por alguna razón, habían ido a por el chico.

Los hombres con abrigos largos buscaban a Rudy.

OCTAVA PARTE

❧

La recolectora de palabras

Presenta:

el dominó y la oscuridad — la imagen de Rudy desnudo —
castigo — la mujer de un hombre de palabra — un recolector
— los devoradores de pan — una vela en los árboles — un
cuaderno de dibujo escondido — y la colección de trajes del
anarquista

El dominó y la oscuridad

Como dijo la hermana pequeña de Rudy, había dos monstruos sentados en la cocina. Sus voces martilleaban la puerta con tesón mientras tres pequeños Steiner jugaban al otro lado al dominó. Los otros tres escuchaban la radio en el cuarto, ajenos a todo. Rudy esperaba que eso no tuviera nada que ver con lo que había sucedido en el colegio la semana anterior. Había decidido no contárselo a Liesel; tampoco había hablado de ello en casa.

UNA TARDE GRIS, UN PEQUEÑO DESPACHO ESCOLAR
Tres chicos esperaban en fila. Sus expedientes y sus cuerpos estaban siendo examinados a conciencia.

Al final de la cuarta partida de dominó, Rudy empezó a poner las fichas de pie una detrás de otra hasta trazar una forma serpenteante por el suelo del comedor. Fue dejando pequeños espacios entre ellas, por si acaso el travieso dedo de uno de sus hermanos interfería en su trabajo, lo que solía ocurrir.

—¿Puedo tirarlas, Rudy?

—No.

—¿Y yo?

—No, lo haremos todos.

Construyó tres formaciones por separado que conducían a la misma torre de dominó del medio. Juntos verían caer lo que había planeado con tanto cuidado y sonreirían ante la belleza de la destrucción.

Las voces de la cocina elevaron el volumen, discutían, unas se montaban encima de otras para hacerse oír. Las frases se peleaban entre ellas por atraer la atención hasta que alguien, en silencio hasta ese momento, intervino.

—No —dijo. Lo repitió—: No.

La misma voz volvió a silenciarlos cuando se retomó la discusión, pero esta vez no se hizo esperar tanto.

—Por favor —suplicó Barbara Steiner—, mi niño no.

—¿Podemos encender una vela, Rudy?

Era algo que su padre solía hacer a menudo con ellos. Apagaba la luz y veían caer las fichas de dominó bajo el resplandor de la vela. Era un misterio, pero eso hacía que el espectáculo pareciera más grandioso.

De todas maneras, a Rudy le empezaban a doler las piernas.

—Voy a buscar una cerilla.

El interruptor de la luz estaba junto a la puerta.

En silencio, se acercó con la caja de cerillas en una mano y la vela en la otra.

Al otro lado de la puerta, las voces de los tres hombres y la de una mujer jugaban al gato y al ratón.

—Las mejores notas de la clase —apuntaba uno de los monstruos. Con qué gravedad y aspereza—. Por no hablar de sus aptitudes deportivas.

Maldita sea, ¿por qué tuvo que ganar tantas carreras en el festival? Deutscher.

¡Maldito sea Franz Deutscher!

Sin embargo, entonces lo comprendió.

No era culpa de Franz Deutscher, sino suya. Había querido demostrarle a su antiguo torturador de lo que era capaz, pero también había querido que todos lo vieran. Y ahora ese todos estaba en la cocina.

Encendió la vela y apagó la luz.

—¿Preparadas?

—Ya he oído hablar de lo que ocurre allí.

Esa era la inconfundible voz de su padre.

—Vamos, Rudy, date prisa.

—Sí, pero entienda, herr Steiner, que todo esto se hace en aras de un bien mayor. Piense en las oportunidades que se le brindarán a su hijo. En realidad es un privilegio.

—Rudy, la vela se está derritiendo.

Rudy les hizo un gesto con la mano para que le dejaran en paz un momentito, a la espera de la voz de Alex Steiner. Ahí estaba.

—¿Privilegios? ¿Como correr descalzo por la nieve? ¿Como saltar desde plataformas de diez metros de altura a un charco de un metro de profundidad?

Rudy tenía la oreja pegada a la puerta. La cera de la vela se derretía en su mano.

—Rumores. —La voz árida, profunda y pragmática tenía respuesta para todo—. Nuestra escuela es una de las mejores que jamás hayan existido. De talla mundial. Estamos creando un grupo de élite de ciudadanos alemanes en nombre del Führer...

Rudy no quiso seguir escuchando.

Se raspó la cera de la vela de la mano y se apartó del resquicio de luz que se colaba a través de la puerta entornada. Al sentarse, se apagó la llama —demasiado movimiento— y los engulló la oscuridad. La única luz disponible era la que entraba por debajo de la puerta de cocina.

Volvió a encender la mecha de la vela con otra cerilla. Qué agradable olor a fuego y fósforo.

Rudy y cada una de sus hermanas derribaron una ficha de dominó y vieron cómo todas las demás iban cayendo hasta que la torre de en medio se desmoronó. Las niñas gritaron entusiasmadas.

Kurt, el hermano mayor, entró en la habitación.

—Parecen cadáveres —comentó.

—¿Qué?

Rudy se volvió hacia el rostro en sombras, pero Kurt no respondió. El joven reparó en la discusión de la cocina.

—¿Qué pasa ahí?

Contestó una de las niñas, la más pequeña, Bettina. Tenía cinco años.

—Hay dos monstruos —lo informó—. Han venido a por Rudy.

Otra vez la niña humana. Qué lista era.

Más tarde, cuando los hombres de abrigos largos ya se habían ido, los dos chicos, uno de diecisiete años y el otro de catorce, reunieron el valor suficiente para enfrentarse a la cocina.

Se quedaron en la puerta. La luz castigaba sus ojos.

—¿Se lo van a llevar? —preguntó Kurt.

Su madre tenía los brazos encima de la mesa, con las palmas de la mano hacia arriba.

Alex Steiner levantó la cabeza. Le pesaba mucho.

Tenía una expresión firme y precisa, parecía recién tallada.

Una mano de roble apartó las astillas del flequillo y el hombre intentó encontrar las palabras.

—¿Papá?

Sin embargo, Rudy no se acercó a su padre.

Se sentó a la mesa de la cocina y tomó las manos de su madre.

Alex y Barbara Steiner no revelaron lo que se dijo en la cocina mientras las fichas de dominó caían en el comedor como cuerpos sin vida. Ojalá Rudy hubiera seguido con la oreja pegada a la puerta sólo unos minutos más.

A partir de entonces estuvo recriminándose —o, de hecho, poniendo como pretexto— el no haber oído el resto de la conversación y no haber entrado mucho antes en la cocina. Iré, llévenme, por favor, estoy preparado, habría dicho.

Si los hubiera interrumpido, todo podría haber sido diferente.

❧ TRES POSIBILIDADES ❧

1. Alex Steiner no habría corrido la misma suerte que Hans
Hubermann.
2. Rudy habría ido a la escuela.
3. Y tal vez no habría muerto.

Sin embargo, el destino cruel no permitió que Rudy Steiner entrara en la cocina en el momento oportuno.

Había regresado junto a sus hermanas y las fichas de dominó.

Se sentó.

Rudy Steiner no iría a ninguna parte.

La imagen de Rudy desnudo

Había una mujer.

En el rincón.

Tenía la trenza más gruesa que jamás hubiera visto. Le acordonaba la espalda y, a veces, cuando se la pasaba por encima del hombro, reposaba sobre su colosal delantera como una mascota bien cebada. De hecho, todo en ella era colosal. Sus labios, sus piernas, los adoquines de su dentadura. Tenía una voz poderosa y directa. No había tiempo que perder.

—*Komm* —les ordenó—. Adelante. Esperen aquí.

Por el contrario, el médico parecía un roedor medio calvo. Era pequeño y ágil, y se paseaba por el despacho escolar con movimientos frenéticos pero formales y una peculiar gesticulación. Para colmo, estaba resfriado.

Es difícil decidir cuál de los tres chicos se mostró más reticente a la hora de quitarse la ropa cuando así se les ordenó. El primero los miró a todos, uno a uno: al profesor, luego a la descomunal enfermera y después al diminuto médico. El segundo se limitaba a mirarse los pies y el último daba las gracias por estar en un despacho y no en un callejón oscuro. Rudy pensó que habían llevado a la enfermera para meterles el miedo en el cuerpo.

—¿Quién es el primero? —preguntó la mujer.

—Schwarz —respondió el maestro encargado de la supervisión, herr Heckenstaller, escogiendo a uno de los chicos después de echar un rápido vistazo.

No parecía un hombre sino un traje oscuro, y tenía un bigote por cara.

El desgraciado Jürgen Schwarz se desabrochó el uniforme con gran desasosiego, pero se dejó puestos los zapatos y los calzoncillos. En su rostro alemán sólo quedó una desesperada súplica.

—¿Y? —inquirió herr Heckenstaller—. Los zapatos.

Se quitó los zapatos y los calcetines.

—*Und die Unterhosen* —añadió la enfermera—. Y los calzoncillos.

Tanto Rudy como el otro chico, Olaf Spiegel, habían empezado a desnudarse, pero aún estaban muy lejos de encontrarse en la comprometida situación de Jürgen Schwarz. El chico temblaba. Era más joven que los otros dos, pero más alto. Se enderezó profundamente humillado después de bajarse los calzoncillos en el pequeño y frío despacho. Su amor propio estaba a la altura de sus tobillos.

La enfermera lo observó atenta, con los brazos cruzados sobre su portentosa delantera.

Heckenstaller ordenó a los otros dos que espabilaran.

El médico se rascó la coronilla y tosió. El resfriado lo estaba matando.

Los tres chicos desnudos fueron examinados de pie en el frío suelo.

Ocultaban los genitales con las manos y se estremecían, como el futuro.

El reconocimiento prosiguió entre la tos y la respiración sibilante del médico.

—Coge aire. —Estornudo—. Suelta el aire. —Otro estornudo—. Brazos estirados. —Tos—. He dicho brazos estirados. —Tremendo acceso de tos.

Típico de los humanos, los chicos no dejaban de intercambiar miradas entre ellos en busca de un atisbo de solidaridad. Nada. Los tres apartaron las manos de los penes y estiraron los brazos. Rudy no sintió que formara parte de una raza superior.

—Estamos labrando poco a poco un nuevo futuro —informaba la enfermera al profesor—. Una nueva estirpe de alemanes física y mentalmente superiores. Una casta de oficiales.

Por desgracia, el sermón quedó interrumpido cuando el médico se encorvó y tosió con todas sus fuerzas sobre las ropas abandonadas. Las lágrimas acudieron a sus ojos y Rudy no pudo evitar preguntarse: «¿Un nuevo futuro? ¿Cómo él?».

Por prudencia, no lo expuso en voz alta.

Al acabar el reconocimiento, entonó su primer «*Heil Hitler!*» en pelotas. Con cierta malicia, tuvo que admitir que no había estado tan mal.

Una vez despojados de su dignidad, les permitieron volver a vestirse. Abandonaban el despacho cuando oyeron a sus espaldas parte de la conversación sobre ellos.

—Son un poco más mayores de lo habitual —decía el médico—, pero al menos dos de ellos podrían valer.

La enfermera asintió.

—El primero y el tercero.

Los tres chicos se quedaron fuera.

El primero y el tercero.

—El primero fuiste tú, Schwarz —aseguró Rudy. Luego se dirigió a Olaf Spiegel—. ¿Quién fue el tercero?

Spiegel hizo sus cálculos. ¿Se refería al tercero de la cola o al tercero en pasar la revisión? No importaba. Lo único que sabía era lo que quería creer.

—Creo que fuiste tú.

—Y una mierda, Spiegel, fuiste tú.

☙ UNA PEQUEÑA CERTEZA ❧

Los hombres con abrigos largos sabían quién fue el tercero.

Al día siguiente de la visita en Himmelstrasse, Rudy se sentó a la puerta de casa con Liesel y le contó la odisea, hasta el último detalle. Dio su brazo a torcer y confesó lo que había sucedido en el colegio el día que lo sacaron de clase. Incluso rieron cuando le describió a la colosal enfermera y la cara que había puesto Jürgen Schwarz. Sin embargo, la mayor parte del relato estuvo repleta de angustia, sobre todo cuando llegó a las voces de la cocina y los cadáveres de las fichas de dominó.

Liesel no pudo quitarse esa imagen de la cabeza durante varios días.

La revisión médica de los tres chicos o, para ser honesta, la de Rudy.

Tumbada en la cama, echaba de menos a Max, se preguntaba dónde se encontraría, rezaba para que estuviera vivo, pero en algún lugar, entre todo lo demás, aparecía Rudy.

Brillaba en la oscuridad, completamente desnudo.

Era una imagen que la aterraba, sobre todo el momento en que lo obligaban a retirar las manos. Por desconcertante que fuera, no sabía por qué, pero no podía dejar de pensar en ello.

Castigo

En las cartillas de racionamiento de la Alemania nazi no se contemplaba el castigo, pero todo el mundo recibió su ración. Para algunos fue morir en un país extranjero durante la guerra. Para otros, la pobreza y el sentimiento de culpabilidad al terminar la guerra, cuando se hicieron seis millones de descubrimientos por toda Europa. Mucha gente debió de ver llegar su castigo, pero sólo un pequeño porcentaje lo recibió con los brazos abiertos. Una de esas personas fue Hans Hubermann.

No se ayuda a un judío en la calle.

No se debe ocultar uno en el sótano.

Al principio, el castigo fue su conciencia. La irresponsabilidad de haber forzado la partida de Max Vandenburg lo atormentaba. Liesel veía la culpa sentada junto al plato de su padre mientras él ignoraba la comida, o a su lado en el puente del río Amper. Ya no tocaba el acordeón. Su optimismo de ojos plateados estaba herido, paralizado. Y por si eso no fuera suficiente, sólo se trataba del principio.

El verdadero castigo llegó por correo un miércoles a principios de noviembre. A primera vista parecían buenas noticias.

Ҁᕽ LA CARTA DE LA COCINA ᕽ҂
Nos complace informarle de que su solicitud de afiliación al NSDAP ha sido aprobada…

—¿En el Partido Nazi? —se extrañó Rosa—. Creía que no te querían.

—No me querían.

Hans se sentó y releyó la carta.

No lo iban a procesar por traición o por ayudar a un judío o por nada por el estilo. A Hans Hubermann lo iban a recompensar, al menos según algunos. ¿Cómo era posible?

—Tiene que haber algo más.

Lo había.

El viernes llegó un comunicado por el que se llamaba a filas a Hans Hubermann y se le instaba a incorporarse al ejército alemán. Acababan diciendo que un miembro del partido debía sentirse orgulloso de participar en la guerra. Si no lo estaba, sin duda habría consecuencias.

Liesel acababa de llegar de casa de frau Holtzapfel. La humeante sopa de guisantes y las expresiones ausentes de Hans y Rosa Hubermann cargaban el aire de la cocina. Su padre estaba sentado. Su madre estaba al lado, mientras la sopa empezaba a quemarse.

—Dios, por favor, no me envíes a Rusia —suplicó Hans.

—Mamá, la sopa se quema.

—¿Qué?

Liesel se acercó corriendo y la apartó de los fogones.

—La sopa. —Se volvió después de rescatarla con éxito y miró a sus padres. Sus rostros eran como una ciudad fantasma—. ¿Qué pasa?

Hans le tendió la carta. Las manos de Liesel empezaron a temblar a medida que avanzaba en la lectura. Las palabras habían sido impresas con fuerza sobre el papel.

ᝂ COMPENDIO DE LA IMAGINACIÓN ᝂ
DE LIESEL MEMINGER

En la cocina aquejada de neurosis de guerra, cerca de los fogones, hay una imagen de una solitaria máquina de escribir agotada por el exceso de trabajo. Descansa en una habitación ausente, casi vacía. Las teclas se han borrado y una paciente hoja en blanco espera derecha en la posición apropiada. Se

**cimbrea ligeramente en la brisa que entra por la ventana. El
descanso está a punto de terminar. Una pila de papel del
tamaño de un humano espera sin prisas junto a la puerta.
Podría estar perfectamente soltando anillos de humo.**

Para ser francos, Liesel no vio una máquina de escribir hasta más adelante, cuando ya escribía. Se preguntó cuántas cartas como esa se enviaban para castigar a los Hans Hubermann y Alex Steiner de Alemania, a esos que ayudaban a los desamparados y se negaban a separarse de sus hijos.

Era una señal de la desesperación creciente del ejército alemán.

Estaban perdiendo en Rusia.

Bombardeaban sus ciudades.

Necesitaban más gente —y más medios para obtenerla— y, en la mayoría de los casos, los peores trabajos se adjudicaban a la gente de peor calaña.

Al repasar la carta, Liesel vio la mesa de madera a través de los agujeros que habían dejado las teclas al picar las letras. Palabras como «obligatorio» y «deber» habían recibido una buena tunda. La saliva se acumuló en su garganta; tenía ganas de vomitar.

—¿Qué es esto?

—Creía que te había enseñado a leer, jovencita —fue la apagada respuesta de su padre.

No lo dijo ni con enojo ni con sarcasmo. Era la voz del vacío, como su expresión.

Liesel miró a su madre.

Rosa tenía un pequeño rasguño bajo un ojo, y tras pocos segundos se rajó todo su rostro acartonado. No por la mitad, sino por un lado. El tajo le recorría la mejilla formando un arco y moría en la barbilla.

VEINTE MINUTOS DESPUÉS: UNA CHICA EN HIMMELSTRASSE

Mira a lo alto. Habla en susurros. «Hoy el cielo está sereno, Max. Igual que las nubes, esponjosas y tristes, y…» Aparta la vista y se cruza de brazos. Piensa en su padre yendo a la guerra y se arropa la chaqueta con fuerza. «Y hace frío, Max. Hace mucho frío…»

Cinco días después, continuando con la costumbre de salir a ver qué tiempo hacía, no pudo ver el cielo.

En la puerta de al lado, Barbara Steiner estaba sentada en el escalón de casa con el pelo recién cepillado. Fumaba un cigarrillo y se estremecía. Liesel iba a acercarse cuando vio a Kurt. El joven salió de la casa, se sentó junto a su madre y, al ver que la chica se detenía, la llamó.

—Ven, Liesel, Rudy saldrá enseguida.

Tras una breve vacilación, Liesel siguió caminando hacia la casa de los Steiner.

Barbara fumaba.

La ceniza se tambaleaba en el extremo del cigarrillo. Kurt se lo quitó, tiró la ceniza, le dio una calada y se lo devolvió.

La madre de Rudy alzó la vista cuando se acabó el cigarrillo y se pasó una mano por la pulcra melena.

—Mi padre también va —comentó Kurt.

Silencio.

Un grupo de niños pateaba un balón cerca de la tienda de frau Diller.

—Cuando vienen a llevarse a uno de tus hijos se supone que tienes que aceptarlo —dijo Barbara Steiner sin dirigirse a nadie en concreto.

La mujer del hombre de palabra

EL SÓTANO, NUEVE DE LA MAÑANA

Seis horas para la despedida: «Toqué el acordeón, Liesel, el de otra persona. —Hans cierra los ojos—. Fue un éxito.»

Sin contar la copa de champán del verano pasado, Hans Hubermann no había probado una gota de alcohol desde hacía años. Hasta la noche anterior a su partida hacia el ejército.

Por la tarde se fue al Knoller con Alex Steiner y no volvieron hasta bien entrada la noche. Haciendo caso omiso de las recomendaciones de sus mujeres, ambos bebieron hasta casi perder el conocimiento. No ayudó mucho que el dueño del Knoller, Dieter Westheimer, les sirviera copas gratis.

Por lo visto, invitaron a Hans, cuando todavía estaba sobrio, a tocar el acordeón en el escenario. Tocó una canción muy apropiada para la ocasión, el «Domingo sombrío», de triste fama —un himno húngaro al suicidio—, y a pesar de que despertó el llanto por el que era célebre esa música, fue un éxito. Liesel imaginó la escena y las notas. Bocas llenas y jarras de cerveza vacías veteadas de espuma. Los fuelles del acordeón suspiraron y la canción acabó. La gente aplaudió. Lo felicitaron de camino a la barra, con la boca llena de cerveza.

Después de lograr encontrar el camino a casa, Hans no fue capaz de meter la llave en la cerradura, así que llamó a la puerta. Varias veces.

—¡Rosa!

A la puerta equivocada.

Frau Holtzapfel no pareció muy contenta.

—*Schwein!* Se ha equivocado de casa —le espetó a través del ojo de la cerradura—. Es la otra puerta, estúpido *Saukerl*.

—Gracias, frau Holtzapfel.

—Ya sabe lo que puede hacer con sus gracias, imbécil.

—¿Cómo dice?

—Que se vaya a casa.

—Gracias, frau Holtzapfel.

—¿No le acabo de decir lo que puede hacer con sus gracias?

—¿Ah, sí?

Hans llegó a casa al cabo de un buen rato, pero no se fue a la cama, sino al dormitorio de Liesel. Se quedó en la puerta, tambaleante, mirando cómo dormía. Liesel se despertó y lo primero que pensó fue que era Max.

—¿Eres tú? —preguntó.

—No —contestó Hans. Sabía muy bien a quién se refería Liesel—. Soy papá.

Salió de la habitación y Liesel oyó los pasos hacia el sótano.

En el comedor, Rosa roncaba a pleno pulmón.

Cerca de las nueve de la mañana, en la cocina, Rosa le dio una orden a Liesel.

—Pásame ese cubo de ahí.

Lo llenó de agua fría y lo bajó al sótano. Liesel la siguió tratando de detenerla, sin éxito.

—¡Mamá, no!

—¿Que no? —Se detuvo un momento en la escalera y se volvió hacia ella—. ¿Me he perdido algo, *Saumensch*? ¿Ahora eres tú la que da aquí las órdenes?

Ninguna se movió.

La chica no respondió. Lo hizo Rosa.

—Creo que no.

Siguieron bajando y lo encontraron boca arriba, tumbado en un arrebujo de sábanas. Hans no se creía merecedor del colchón de Max.

—Comprobemos si está vivo.

Rosa levantó el cubo.

—¡Jesús, María y José!

La marca del agua trazó una figura de la mitad del pecho hasta a la cabeza. Tenía el pelo pegado a un lado de la cara y le chorreaban hasta las pestañas.

—¿A qué viene esto?

—¡Viejo borracho!

—Jesús...

Sus ropas desprendían un vapor extraño. La resaca era visible. Se dio un impulso hasta los hombros y se quedó allí sentado, como un saco de cemento.

Rosa se pasó el cubo a la otra mano.

—Tienes suerte de ir a la guerra —lo amenazó, señalándolo con un dedo que no se reprimió en agitar—. Si no, te habría matado yo, ¿te ha quedado claro?

Hans se secó un hilillo de agua que le caía por el cuello.

—¿Tenías que hacerlo?

—Sí, tenía que hacerlo. —Empezó a subir los escalones—. O te veo ahí arriba en cinco minutos o te tiro otro cubo de agua.

Liesel se quedó en el sótano con su padre y se entretuvo enjugando el agua con unas sábanas.

Hans habló. La cogió por el brazo con la mano húmeda.

—¿Liesel? —Pegó su rostro al de la niña—. ¿Crees que está vivo?

Liesel se sentó.

Cruzó las piernas.

La sábana empapada le mojó la rodilla.

—Espero que sí, papá.

Creyó haber dicho una estupidez, una obviedad, pero tampoco tenía otra alternativa.

Para decir algo significativo —y dejar de pensar en Max unos momentos—, se agachó y metió un dedo en un pequeño charco de agua que se había formado en el suelo.

—*Guten Morgen*, papá.

Hans le guiñó el ojo en respuesta.

No obstante, no era el guiño de siempre. Este resultó más pesado, más torpe. La versión post-Max, la versión resacosa. Hans se enderezó y le contó lo del acordeón de la noche anterior, y lo de frau Holtzapfel.

ᖇᑎ LA COCINA: UNA DEL MEDIODÍA ᕍᕋ

Dos horas para la despedida: «No vayas, papá, por favor». Le tiembla la mano que sostiene la cuchara. «Primero perdimos a Max. No puedo perderte a ti también.» En respuesta, el hombre resacoso hinca el codo en la mesa y se tapa un ojo. «Ya casi eres toda una mujer, Liesel. —Desearía derrumbarse, pero lucha para que eso no suceda—. Cuida de mamá, ¿de acuerdo?» La joven responde con un gesto de la cabeza que queda interrumpido. «Sí, papá.»

Dejó atrás Himmelstrasse arrastrando el traje y la resaca.

Alex Steiner no debía partir hasta cuatro días después. Una hora antes de que Hans saliera para la estación, fue a su casa y le deseó suerte. Había ido la familia Steiner al completo. Todos le estrecharon la mano. Barbara lo abrazó y lo besó en las mejillas.

—Vuelve con vida.

—Claro, Barbara —y se lo había dicho convencido—, por supuesto que volveré con vida. —Incluso se permitió unas risas—. Sólo es una guerra, nada más. Ya he sobrevivido a una.

La mujer nervuda salió de la puerta de al lado y se quedó en la acera cuando enfilaban Himmelstrasse.

—Adiós, frau Holtzapfel. Disculpe por lo de anoche.

—Adiós, Hans, *Saukerl* borracho. —Aunque también le tendió una nota de amistad—. Vuelva pronto.

—Por supuesto, frau Holtzapfel. Gracias.

Incluso le siguió el juego.

—Ya sabe lo que puede hacer con sus gracias.

En la esquina, frau Diller observaba la comitiva, parapetada detrás del escaparate de la tienda. Liesel le dio la mano a su padre. No la soltó en todo el camino, desde Münchenstrasse hasta la *Bahnhof*. El tren ya estaba allí.

Se despidieron en el andén.

Rosa lo abrazó primero.

Sin palabras.

Enterró la cabeza en su pecho y luego se apartó.

Después la niña.

—¿Papá?

Nada.

No te vayas, papá, no te vayas. Que vengan a buscarte, pero no te vayas, por favor, no te vayas.

—¿Papá?

❧ ESTACIÓN DE TREN, ☙
TRES DE LA TARDE

No había horas ni minutos que los separaran de la despedida: sólo un abrazo. Para decir algo, lo que sea, le habla por encima del hombro de Liesel. «¿Podrías cuidarme el acordeón, Liesel? He decidido no llevármelo.» Por fin encuentra algo que realmente desea decir. «Y si hay más bombardeos, sigue leyéndoles en el refugio.» La joven siente sus pechos incipientes. Le duelen cuando topa con las costillas de su padre. «Sí, papá.» Se queda mirando fijamente la tela del traje, que tiene a un milímetro de sus ojos. Le habla. «¿Nos tocarás algo cuando vuelvas a casa?»

Hans Hubermann sonrió a su hija. El tren estaba a punto de partir. La cogió por la barbilla y le levantó la cabeza con suavidad.

—Te lo prometo —dijo, y subió al vagón.

Se miraron cuando el tren empezó a rodar.

Liesel y Rosa le dijeron adiós con la mano.

Hans Hubermann fue haciéndose cada vez más pequeño. En su mano ya no había nada, sólo aire vacío.

La gente fue desapareciendo a su alrededor hasta que no quedó nadie en el andén. Sólo el armario de mujer y la niña de trece años.

Durante algunas semanas, mientras Hans Hubermann y Alex Steiner estuvieron en sus respectivos campos de entrenamiento, Himmelstrasse adquirió un aspecto deprimente. Rudy no era el mismo, no hablaba. Rosa no era la misma, no regañaba. Liesel también se vio afectada: ya no sentía deseos de robar un libro, por mucho que intentara convencerse de que eso la animaría.

Al duodécimo día de la partida de Alex Steiner, Rudy decidió que tenía que hacer algo. Atravesó la cancela a la carrera y llamó a la puerta de Liesel.

—*Kommst?*

—*Ja.*

A Liesel no le importaba adónde quisiera ir ni lo que tuviera planeado, pero no estaba dispuesta a que Rudy se marchara sin ella. Enfilaron Himmelstrasse, recorrieron Münchenstrasse y salieron de Molching. Más o menos al cabo de una hora, Liesel por fin se lo preguntó. Hasta entonces sólo se había atrevido a mirar de reojo la expresión decidida de Rudy o a estudiar sus brazos rígidos con los puños enterrados en los bolsillos.

—¿Adónde vamos?

—¿No es obvio?

Intentó no quedarse atrás.

—Bueno, para ser sincera… No mucho.

—Voy a buscarlo.

—¿A tu padre?

—Sí. —Recapacitó—. En realidad, no. Creo que voy a buscar al Führer.

Aceleró el paso.

—¿Por qué?

Rudy se detuvo.

—Porque quiero matarlo. —Incluso se volvió en redondo, como si se dirigiera al mundo—. ¿Lo has oído, cabrón? —gritó—. ¡Quiero matar al Führer!

Reemprendieron la marcha y recorrieron unos kilómetros más, hasta que Liesel creyó que había llegado el momento de dar media vuelta.

—Pronto se hará de noche, Rudy.

Rudy siguió caminando.

—¿Y qué?

—Yo me vuelvo.

Rudy se detuvo y la fulminó con la mirada, como si lo estuviera traicionando.

—Muy bonito, ladrona de libros, déjame ahora. Seguro que si hubiera un libro al final del camino seguirías andando. ¿A que sí?

Se quedaron unos segundos en silencio, pero Liesel pronto encontró fuerzas para arrancar.

—¿Crees que eres el único que lo está pasando mal, *Saukerl*? —Dio media vuelta—. Y tú sólo has perdido a tu padre...

—¿Qué quieres decir?

Liesel se paró un momento a contar.

Su madre, su hermano, Max Vandenburg, Hans Hubermann... Todos se habían ido, y ella ni siquiera había tenido un padre de verdad.

—Que me voy a casa —contestó.

Hizo el camino de vuelta sola durante quince minutos y cuando Rudy la alcanzó, jadeante y con las mejillas sonrosadas, no volvieron a intercambiar una palabra hasta pasada más de una hora. Simplemente volvieron juntos a casa, con los pies doloridos y el corazón cansado.

En *Una canción en la oscuridad* había un capítulo que se titulaba «Corazones cansados». Una chica romántica se había prometido con un joven, pero por lo visto él había acabado fugándose con la mejor amiga de ella. Liesel estaba segura de que era el capítulo trece. «Tengo el corazón cansado», había dicho la chica. Estaba sentada en una capilla, escribiendo en su diario.

No, pensó Liesel mientras andaba, para corazón cansado, el mío. Un corazón de trece años no debería sentirse así.

Ya cerca de Molching, Liesel lanzó unas palabras como si fueran un balón. Desde allí se veía el estadio Hubert Oval.

—¿Recuerdas cuando hicimos una carrera, Rudy?

—Claro. Estaba pensando en lo mismo… En que los dos nos caímos.

—Dijiste que estabas rebozado de mierda.

—Sólo era barro. —Ya no pudo reprimirse más—. La mierda fue con las Juventudes Hitlerianas. Estás mezclando las cosas, *Saumensch*.

—No mezclo nada, sólo repito lo que dijiste. Lo que uno cuenta y lo que sucede de verdad no suele coincidir, Rudy, sobre todo contigo.

Eso estaba mejor.

Al llegar a Münchenstrasse, Rudy se detuvo y miró el escaparate de la tienda de su padre. Antes de que Alex se fuera, había discutido con su mujer si ella debía hacerse cargo del negocio mientras él estuviera fuera. Al final decidieron que no, teniendo en cuenta que el trabajo había disminuido mucho en los últimos tiempos y que existía la amenaza de que algunos miembros del partido se hicieran notar. Los negocios nunca les iban bien a los agitadores. Tendrían que apañárselas con la paga del ejército.

Los trajes colgaban de los rieles y los maniquíes conservaban sus ridículas posturas.

—Creo que le gustas a esa —dijo Liesel al cabo de un rato.

Era su forma de decirle que era hora de irse.

En Himmelstrasse, Rosa Hubermann y Barbara Steiner esperaban juntas en la acera.

—¡La Virgen! —exclamó Liesel—. ¿Estarán preocupadas?

—Parecen furiosas.

Sufrieron un interrogatorio nada más llegar, con preguntas del tipo: «¿Dónde narices os habéis metido vosotros dos?», pero el enojo pronto dio paso al alivio.

Barbara estaba interesada en las respuestas.

—¿Y bien, Rudy?

—Iba a matar al Führer —contestó Liesel por él.

Rudy pareció feliz de verdad el tiempo suficiente para que Liesel se sintiera complacida.

—Adiós, Liesel.

Horas después se oyó un ruido procedente del comedor que llegó hasta la cama de Liesel. La joven se despertó pensando en fantasmas, en papá, en intrusos y en Max. Oyó que abrían y arrastraban algo y luego un silencio indefinido. El silencio siempre era la mayor de las tentaciones.

No te muevas, pensó varias veces, pero no lo pensó lo suficiente.

Sus pies frotaron el suelo.

Sintió el aliento del aire metiéndose por las mangas del pijama.

Se abrió paso a través de la oscuridad del pasillo, en dirección al lugar de donde procedía el ruido, hacia un hilo de luz de luna que la esperaba en el comedor. Se detuvo, notando la desnudez de los tobillos y los dedos de los pies, y echó un vistazo.

Necesitó más tiempo del esperado para que sus ojos se adaptaran a la penumbra y, cuando lo hicieron, tuvieron que reconocerlo: allí estaba Rosa Hubermann sentada en el borde de la cama con el acordeón de su marido atado al pecho. Los dedos se cernían sobre las teclas. No se movía. Ni siquiera parecía respirar.

La imagen se abalanzó sobre la joven en el pasillo.

❧ UN CUADRO ❧

Rosa con un acordeón.
Luz de luna en la oscuridad.
155 cm × instrumento × silencio

La ladrona de libros se quedó allí y miró. La consumía el deseo de oír una nota, pero no se cumplió. Nadie tocaba las teclas. Los fuelles no respiraban. Sólo estaba la luz de la luna, como si fuera un largo cabello prendido en la cortina, y Rosa.

El acordeón seguía atado a su pecho. Al inclinarse, resbaló hasta el regazo. Liesel seguía mirando. Sabía que durante unos días su madre tendría la marca del acordeón en el cuerpo. También era muy consciente de la gran belleza que había en lo que estaba viendo, y decidió no molestarla.

Volvió a la cama y se quedó dormida con la imagen de su madre y la música silenciosa. Más tarde, cuando se despertó de la habitual pesadilla y volvió a arrastrarse hasta el pasillo, Rosa seguía allí, igual que el acordeón.

Como un ancla, la atraía hacia él. Rosa se hundía. Parecía muerta.

No puede respirar en esa posición, pensó Liesel; pero cuando se acercó, lo oyó.

Su madre volvía a roncar.

¿Quién necesita fuelles cuando se tiene un par de pulmones como esos?, se dijo.

Cuando Liesel por fin volvió a la cama, se llevó consigo la imagen de Rosa Hubermann y el acordeón. Los ojos de la ladrona de libros permanecieron abiertos a la espera del sueño.

El recolector

Ni Hans Hubermann ni Alex Steiner fueron enviados al campo de batalla. A Alex lo mandaron a Austria, a un hospital militar en las afueras de Viena. Gracias a su experiencia como sastre, le asignaron un trabajo relacionado con su profesión: carretas cargadas de uniformes, calcetines y camisas llegaban semana tras semana y él tenía que zurcirlos, aunque apenas sirvieran más que de ropa interior para los sufridos soldados que estaban en Rusia.

Ironías del destino, a Hans lo enviaron primero a Stuttgart y luego a Essen. Lo destinaron a una de las posiciones menos envidiables del frente nacional: la LSE.

ᘉ EXPLICACIÓN NECESARIA ᘉ
LSE
Luftwaffe Sondereinheit
Unidad Especial de Bombardeo

El trabajo en la LSE consistía en permanecer a la intemperie durante los bombardeos, apagar incendios, apuntalar paredes de edificios y rescatar a cualquiera que hubiera quedado atrapado por el ataque. Hans pronto descubrió que también existía una lectura alternativa del acrónimo. El primer día, los hombres de la unidad le explicaron que en realidad significaba *Leichensammler Einheit*: recolectores de cadáveres.

A su llegada a la unidad, Hans se preguntó qué habrían hecho aquellos hombres para merecer ese trabajo. Lo mismo que se preguntaron ellos acerca de él. El hombre al mando, el sargento Boris Schipper, se lo preguntó en cuanto tuvo ocasión. Cuando Hans le explicó lo del pan, los judíos y el látigo, el sargento de cara redonda ahogó una risotada.

—Tienes suerte de seguir vivo. —También tenía los ojos redondos y no dejaba de secárselos. O los tenía cansados, o le escocían o se le llenaban de humo y polvo—. Recuerda que aquí al enemigo no lo tienes delante.

Hans estaba a punto de hacerle la pregunta pertinente cuando oyó una voz a su espalda. Junto a ella venía el enjuto rostro de un joven de sonrisa desdeñosa: Reinhold Zucker.

—Para nosotros, el enemigo no está al otro lado de la colina o en un lugar en concreto —se explicó—. Está por todas partes. —Volvió a concentrarse en la carta que estaba escribiendo—. Ya lo verás.

En el caótico espacio de pocos meses, Reinhold Zucker moriría. Lo mataría el asiento de Hans Hubermann.

A medida que la guerra sobrevolaba Alemania con mayor intensidad, Hans aprendió que todos los turnos empezaban igual. Los hombres se reunían junto al camión para recibir las instrucciones sobre el objetivo que había sido alcanzado durante el descanso, sobre cuál podría ser el próximo y sobre quién trabajaba con quién.

Aunque no hubiera bombardeos, seguía habiendo mucho trabajo que hacer. Se abrían paso a través de ciudades destruidas, limpiando escombros. En el camión iban doce hombres encorvados, dando brincos al ritmo de los baches del camino.

Desde el principio quedó claro que cada uno tenía su propio asiento.

Reinhold Zucker ocupaba el del centro de la hilera de la izquierda.

El de Hans Hubermann estaba al fondo, donde la luz del día llegaba inclinada. Aprendió rápido a estar atento a los cascotes que podían llover desde cualquier parte y alcanzar el interior del vehículo. Hans reservaba un respeto especial por las colillas de cigarrillo encendidas que pasaban volando.

ᥱ CARTA A CASA ᥲ

«A mis queridas Rosa y Liesel:
Por aquí las cosas van tirando.
Espero que las dos estéis bien.
Con cariño, papá.»

A finales de noviembre probó su primera ración ahumada de bombardeo real. Los escombros se abalanzaban sobre el camión y había gente corriendo y gritando por todas partes. Los incendios se repetían allí donde se mirara y los armazones de los edificios en ruinas se amontonaban en pilas. Las estructuras se ladeaban. Había bombas de humo por el suelo como si fueran cerillas, obstruyendo los pulmones de la ciudad.

Hans Hubermann iba en una cuadrilla de cuatro miembros. Habían hecho una cadena. El sargento Boris Schipper estaba al frente, con los brazos escondidos entre el humo. A continuación iba Kessler, luego Brunnenweg y después Hubermann. Cuando el sargento se apuntaló para apagar el fuego con la manguera, los otros dos hombres apuntalaron al sargento y, para asegurarse, Hubermann los apuntaló a los tres.

A su espalda, un edificio gemía y se tambaleaba.

Cayó de cara, a unos pocos metros de los pies de Hans. El cemento olía a fresco. El muro de polvo se precipitó sobre ellos.

—¡*Gottverdammt*, Hubermann!

Los gritos se abrieron paso a través de las llamas. Les siguieron tres hombres con las gargantas llenas de ceniza. Ni siquiera al doblar la esquina, lejos del epicentro de la destrucción, la bruma del edificio desmoronado dejó de perseguirlos. Era blanca y cálida y se arrastraba tras ellos.

Se desplomaron, aliviados por el resguardo temporal, y empezaron a toser y a maldecir. El sargento volvió a hacer oír su opinión.

—Maldita sea, Hubermann. —Se frotó los labios para limpiárselos—. ¿Qué coño era eso?

—Se desplomó justo detrás de nosotros.

—Eso ya lo sé. Me refiero a su tamaño. Debía de tener diez pisos como mínimo.

—No, señor, creo que sólo dos.

—Jesús. —Un acceso de tos—. María y José. —Se quitó la mezcla de sudor y polvo de las cuencas de los ojos—. No había nada que hacer.

—Por una vez me gustaría estar allí cuando le acierten a un bar, por amor de Dios —comentó otro, limpiándose la cara—. Me muero por una cerveza.

Los hombres se recostaron, saboreándola mientras apagaba los incendios de su garganta y ahogaba el humo. Era un bonito sueño, aunque imposible. Todos eran muy conscientes de que la cerveza que se desparramara por esas calles no sería cerveza, sino una especie de batido o papilla.

Los cuatro hombres estaban cubiertos de un grisáceo conglomerado del polvo. Al ponerse en pie para reanudar el trabajo, lo único que los distinguía del fondo eran las arrugas del uniforme.

El sargento se acercó a Brunnenweg y, sin miramientos, le sacudió el polvo del pecho. Le propinó varios manotazos.

—Así está mejor. Tenías ahí un poco de polvo, amigo. —Mientras Brunnenweg reía, el sargento se volvió hacia su último recluta—. Esta vez tú irás el primero, Hubermann.

Estuvieron apagando incendios durante horas y se las ingeniaron como pudieron para que los edificios se mantuvieran en pie. A veces, cuando los lados habían sufrido daños, los cantos asomaban como si fueran codos. Ese era el punto fuerte de Hans Hubermann. Casi le empezó a encontrar el gusto a descubrir una viga ardiendo lentamente o un bloque de cemento desmelenado para apuntalar esos codos y darles algo sobre lo que descansar.

No quedaba ni un milímetro de piel en sus manos que no tuviera clavada una astilla, y tenía los dientes empastados con sedimentos endurecidos del desmoronamiento. En los labios llevaba incrustado el polvo húmedo que se había endurecido y no había bolsillo, hilo o arruga oculta en el uniforme que no estuviera cubierto por una fina capa depositada por el aire denso.

Lo peor del trabajo era la gente.

De vez en cuando se topaban con una persona deambulando sin descanso entre la niebla, normalmente con una sola palabra en los labios. Siempre gritaban un nombre.

A veces era Wolfgang.

—¿Ha visto a mi Wolfgang?

Las marcas de sus dedos quedaban impresas en la chaqueta.

—¡Stephanie!

—¡Hansi!

—¡Gustel! ¡Gustel Stoboi!

A medida que la espesura se disipaba, la lista de nombres amainaba por las calles destrozadas. A veces acababa con un abrazo ahogado por las cenizas o con un postrado alarido de dolor. Se iban acumulando, una hora tras otra, como los dulces sueños o las pesadillas, a la espera de su oportunidad.

Los peligros —el polvo, el humo, las llamas furibundas— confluían en uno solo: la gente destrozada. Como el resto de hombres de la unidad, Hans tendría que perfeccionar el arte del olvido.

—¿Cómo estás, Hubermann? —le preguntó el sargento en un momento.

Tenían el fuego a sus espaldas.

Hans, desalentado, respondió a ambos con una leve inclinación de cabeza.

A medio turno apareció un anciano renqueante e indefenso que vagaba por las calles. Cuando Hans terminó de apuntalar un edificio, se volvió y se lo encontró de frente, esperando su vez pacientemente. Llevaba un garabato de sangre en la cara, que descendía hasta el cuello. Vestía una camisa blanca con una corbata granate y se aguantaba la pierna como si la llevara al lado.

—¿Podría sujetarme a mí, joven?

Hans lo cogió en brazos y lo sacó de la bruma.

❧ UN BREVE Y TRISTE APUNTE ❧

**Visité la calle de esa pequeña ciudad con el hombre todavía
en los brazos de Hans Hubermann. El cielo era de un color
gris perla.**

Hans no se dio cuenta hasta que lo dejó en una isleta de hierba cubierta de cemento.

—¿Qué ocurre? —preguntó uno de sus compañeros.

Hans sólo pudo señalar.

—Ah, ya. —Una mano se lo llevó de allí—. Acostúmbrate, Hubermann.

Durante el resto del turno, se concentró en su trabajo. Intentó hacer caso omiso de los lejanos ecos de gente llamando a otra gente.

Al cabo de un par de horas, salió corriendo de un edificio con el sargento y dos hombres más. No miró el suelo y tropezó. Sólo cuando se medio incorporó, vio a los demás observando el obstáculo con aflicción.

El cuerpo estaba boca abajo.

Estaba tendido sobre un manto de polvo y se tapaba los oídos.

Era un niño.

No tendría más de once o doce años.

Cerca de allí, mientras seguían con su trabajo a lo largo de la calle, se toparon con una mujer que buscaba a alguien llamado Rudolf. Sus voces la atrajeron y los encontró en medio de la bruma. Parecía muy frágil, estaba encorvada por el peso de la angustia.

—¿Han visto a mi hijo?

—¿Qué edad tiene? —preguntó el sargento.

—Doce años.

Oh, Dios. Oh, Dios bendito.

Todos lo pensaron, pero el sargento no consiguió reunir suficiente valor para decírselo o indicarle el lugar.

Boris Schipper la retuvo cuando intentó abrirse camino.

—Acabamos de venir de esa calle. Allí no lo encontrará —le aseguró.

La mujer encorvada siguió aferrándose a la esperanza y continuó llamándolo, andando apresurada, casi corriendo.

—¡Rudy!

En ese momento, Hans Hubermann pensó en otro Rudy. En el de Himmelstrasse. Por favor, le pidió a un cielo que no podía ver, que Rudy esté bien. Sus pensamientos se desviaron de forma natural hacia Liesel, Rosa, los Steiner y Max.

Hans se dejó caer al suelo y se tumbó de espaldas cuando se reunieron con el resto de los hombres.

—¿Qué tal ha ido por ahí? —preguntó alguien.

Hans tenía los pulmones llenos de cielo.

Horas más tarde, después de ducharse, comer y vomitar, intentó escribir una detallada carta a casa. No lograba controlar las manos, por lo que tuvo que abreviarla. Si encontraba las fuerzas para hacerlo, el resto se lo contaría de viva voz cuando volviera a casa, si es que volvía.

«A mis queridas Rosa y Liesel», empezó.

Tardó varios minutos en escribir esas seis palabras.

Los devoradores de pan

Había sido un largo y azaroso año para Molching, y por fin llegaba a su término.

Liesel se pasó los últimos meses de 1942 obsesionada con los que ella llamaba los tres hombres desesperados. Se preguntaba dónde estaban y qué hacían.

Una tarde cogió el acordeón y le sacó brillo con un trapo. Antes de volver a guardarlo, dio el paso que su madre no había sido capaz de dar, sólo una vez: colocó el dedo en una de las teclas y apretó los fuelles con suavidad. Rosa había acertado. Sólo logró que la habitación pareciera más vacía.

Siempre que veía a Rudy, le preguntaba por su padre. A veces el joven le describía con todo detalle alguna de las cartas de Alex Steiner. En comparación, la única carta que su padre les había enviado era, en cierto modo, decepcionante.

Por descontado, el tema de Max era cuestión de su imaginación.

Con gran optimismo, lo veía caminando solo por una calle desierta. De vez en cuando fantaseaba con que había hallado el camino de la salvación y que su documento de identidad le había valido para embaucar a la persona adecuada.

Los tres hombres aparecían en cualquier parte.

En el colegio, veía a su padre por la ventana. Max solía sentarse con ella junto al fuego. Alex Steiner llegaba cuando estaba con Rudy, les devolvía la mirada cuando ellos soltaban las bicicletas en Münchenstrasse y miraban el interior de la tienda a través del cristal.

—Mira esos trajes —le decía Rudy, con la cabeza y las manos pegadas al cristal—. Qué desperdicio.

Por extraño que parezca, una de las distracciones preferidas de Liesel era frau Holtzapfel. Ahora las sesiones de lectura también incluían los miércoles, así que ya habían terminado la versión resumida por el agua de *El hombre que silbaba* y habían empezado *El repartidor de sueños*. La anciana a veces preparaba té o le ofrecía una sopa infinitamente mejor que la de su madre. Menos aguada.

Entre octubre y diciembre había desfilado otra procesión de judíos, y aún llegaría una más. Como en la ocasión anterior, Liesel había corrido a Münchenstrasse, pero esta vez para ver si Max Vandenburg estaba entre ellos. Se debatía entre la obvia necesidad que sentía de verlo —y saber que estaba vivo— y de no verlo, lo que podría significar muchas cosas, entre ellas la libertad.

A mediados de diciembre hicieron desfilar por Münchenstrasse a otro pequeño grupo de judíos y criminales, de camino a Dachau. Procesión número tres.

Rudy se dirigió muy resuelto a Himmelstrasse y salió del número treinta y cinco con una bolsita y dos bicicletas.

—¿Te apuntas, *Saumensch*?

EL CONTENIDO DE LA BOLSA
DE RUDY
Seis trozos de pan duro partidos en cuatro.

Adelantaron a la procesión montados en sus bicicletas, en dirección a Dachau, y se detuvieron en un tramo de carretera donde no había nadie. Rudy le pasó la bolsa a Liesel.

—Coge un puñado.

—No sé si es buena idea.

Rudy le puso un trozo de pan en la mano.

—Tu padre lo hizo.

¿Qué se podía responder a eso? Bien valía un latigazo.

—Si somos rápidos, no nos cogerán. —Empezó a esparcir el pan—. Mueve el culo, *Saumensch*.

Liesel no pudo evitarlo. En su rostro se dibujó un atisbo de sonrisa cuando Rudy Steiner, su mejor amigo, y ella repartieron los trozos de pan por la carretera. Una vez listos, recogieron las bicicletas y se escondieron entre los árboles de Navidad.

La carretera era fría y recta. Los soldados y los judíos no tardaron mucho en aparecer.

Liesel miró al chico entre las sombras de los árboles. Cómo habían cambiado las cosas, de ladrón de fruta a repartidor de pan. El cabello rubio, aunque estaba oscureciéndosele, parecía iluminado por las velas. A Liesel le sonaban las tripas… y él repartía pan entre la gente.

¿Era eso Alemania?

¿Era eso la Alemania nazi?

El primer soldado no vio el pan —no tenía hambre—, pero al primer judío no se le pasó por alto.

Bajó la mano andrajosa, recogió un trozo y se lo metió en la boca con fruición.

Liesel se preguntó si sería Max.

Desde allí no lo distinguía bien, así que cambió de posición para verlo mejor.

—¡Eh!, no te muevas. —Rudy estaba blanco—. Si nos encuentran aquí y nos relacionan con el pan, somos historia.

Liesel no le hizo caso.

Otros judíos se agachaban y cogían el pan de la carretera y, desde el lindar de los árboles, la ladrona de libros los examinaba a todos y cada uno de ellos. Max Vandenburg no estaba.

El alivio fue efímero.

La emoción se congeló cuando uno de los soldados advirtió que uno de los prisioneros alargaba la mano hasta el suelo y dieron la orden de detenerse para inspeccionar la carretera a conciencia. Los prisioneros masticaron todo lo rápido y en silencio que pudieron y, al unísono, tragaron.

El soldado recogió varios trocitos y miró a ambos lados de la calzada. Los prisioneros también miraron.

—¡Allí!

Uno de los soldados se dirigió a grandes zancadas hacia la muchacha que había junto al árbol más cercano. A su lado vio al muchacho. Los dos echaron a correr.

—¡No te pares, Liesel!

—¿Y las bicicletas?

—*Scheiss drauf!* ¡A la mierda, a quién le importan!

Siguieron corriendo y, a unos cien metros, sintió el aliento del soldado cernirse sobre ella. La alcanzó, y Liesel ya estaba esperando que la mano la aferrara.

Tuvo suerte.

Lo único que recibió fue un puntapié en el trasero y un puñado de palabras.

—¡Sigue corriendo, niña, no deberías estar aquí!

Liesel siguió corriendo sin parar como mínimo otros dos kilómetros. Las ramas le cortaban los brazos, las piñas rodaban bajo sus pies y el aroma de la Navidad inundaba sus pulmones.

Después de más de tres cuartos de hora, decidió volver. Encontró a Rudy sentado junto a las bicicletas oxidadas. Había recogido los restos de pan y masticaba un mendrugo.

—Te dije que no te acercases tanto —la reprendió Rudy.

—¿Tengo la marca de una bota? —preguntó, enseñándole el trasero.

El cuaderno de dibujo escondido

Unos días antes de Navidad hubo un nuevo bombardeo, aunque la ciudad de Molching se salvó. Según las noticias de la radio, la mayoría de las bombas habían caído en campo abierto.

Sin embargo, lo más significativo fue la reacción de la gente en el refugio de los Fiedler. Con la llegada del último feligrés, todos se acomodaron con solemnidad, y la miraron expectantes.

Oyó la voz de su padre, alta y clara.

«Y si hay más bombardeos, sigue leyéndoles en el refugio.»

Liesel esperó. Tenía que asegurarse de que era eso lo que todos querían.

Rudy habló por ellos.

—Lee, *Saumensch*.

Liesel abrió el libro y una vez más las palabras encontraron el camino hasta los ocupantes del sótano.

Ya en casa, después de que las sirenas dieran permiso para salir al exterior, Liesel se sentó a la mesa de la cocina con su madre. La preocupación se dibujaba en la expresión de Rosa Hubermann, quien no tardó en coger un cuchillo y salir de la cocina.

—Ven conmigo.

Entró en el comedor y destrabó la sábana bajera de un lado. En el lateral del colchón había una costura, la cual, si no se sabía de antemano que estaba allí, había pocas posibilidades de encontrarla. Rosa cortó los puntos con cuidado, metió primero la mano y luego el brazo hasta el hombro. Al sacarlo llevaba el cuaderno de dibujo de Max Vandenburg.

—Dijo que te lo diéramos cuando estuvieras preparada —se explicó—. Había pensado dártelo por tu cumpleaños, pero luego decidí sacarlo para Navidad. —Rosa Hubermann se levantó. Tenía una expresión extraña. No era orgullo, sino tal vez la consistencia, el peso del recuerdo—. Creo que siempre has estado preparada Liesel —opinó—. Desde el día que llegaste, cuando te aferraste a esa cancela, esto tenía que ser para ti.

Rosa le entregó el cuaderno.

La tapa decía lo siguiente:

෬෬ «EL ÁRBOL DE LAS PALABRAS» ෬෬
Una pequeña recopilación de ideas para Liesel Meminger

Liesel lo cogió con sumo cuidado y se lo quedó mirando fijamente.

—Gracias, mamá.

La abrazó.

También sintió el deseo irrefrenable de decirle a Rosa Hubermann que la quería. Lástima que no lo hiciera.

Quería leer el libro en el sótano, por los viejos tiempos, pero su madre se lo quitó de la cabeza.

—Por alguna razón Max se puso enfermo ahí abajo, así que puedes estar segura de que no voy a permitir que tú también te pongas mala.

Lo leyó en la cocina.

Junto a las brechas rojas y amarillas de los fogones.

El árbol de las palabras.

Se abrió paso entre los incontables esbozos, historias y viñetas. Estaba Rudy sobre un estrado con tres medallas de oro colgando del cuello. Debajo decía: «Cabello de color limón». También aparecía el muñeco de nieve y una lista de los trece regalos y, por descontado, la evocación de las incontables noches en el sótano o junto al fuego.

Evidentemente también había muchos recuerdos, dibujos y sueños relacionados con Stuttgart, Alemania y el Führer, así como de la familia de Max. Al final no pudo evitar incluirlos. Tenía que hacerlo.

Entonces llegó a la página 117.

Ahí es donde *El árbol de las palabras* entraba en escena.

Era una fábula, o un cuento de hadas, Liesel no estaba segura. Incluso días después, cuando buscó ambas definiciones en el *Gran diccionario de definiciones*, no supo decidirse entre ninguna de las dos.

En la página anterior había una breve anotación.

ᏣᏍ PÁGINA 116 ᏣᎤ

«Liesel, esta historia es sólo un esbozo. Imaginé que tal vez serías demasiado mayor para esta clase de cuentos, pero quizá ninguno lo seamos. Pensé en ti, en tus libros y en tus palabras, y esta extraña historia me vino a la mente. Espero que te guste, aunque sólo sea un poco.»

Pasó de página.

Había una vez un hombre bajito y extraño que decidió tres cosas importantes acerca de su vida:

1. Que se haría la raya del pelo en el lado contrario a todos los demás.
2. Que se dejaría un pequeño y extraño bigote.
3. Que un día dominaría el mundo.

El joven deambuló mucho tiempo, pensando, planeando y calculando exactamente cómo someter al mundo. Entonces, un día se le ocurrió el plan perfecto. Había visto a una madre paseando con su hijo. En cierto momento, la madre regañó al pequeño hasta que, al final, este se echó a llorar. Al cabo de un rato, la madre le habló con cariño, y el niño se calmó e incluso sonrió.

El joven corrió hacia la madre y la abrazó.

—¡Palabras!

Sonrió de oreja a oreja.

—¿Qué?

Pero el hombre no contestó. Ya se había ido.

La tienda del Führer

Sí, el Führer decidió que sometería al mundo con palabras. Nunca dispararé un arma, fantaseaba, no tendré que hacerlo. Sin embargo, no era un temerario. Concedámosle eso al menos. Su primer plan de ataque consistió en plantar las palabras en su tierra natal, allí donde le fuera posible.

Las plantó día y noche, y las cultivó.

Las vio crecer hasta que, al final, grandes bosques de palabras cubrieron toda Alemania... Era una nación de ideas cultivadas en un criadero.

Mientras las palabras crecían, nuestro joven Führer también plantó semillas para que brotaran símbolos, y estos prendieron tan bien que poco les faltaba para florecer. Había llegado el momento. El Führer estaba preparado.

Invitó a su pueblo al corazón del magnífico bosque, seduciéndolo con las palabras más terribles e inquietantes, recolectadas con cuidado. Y la gente acudió.

Subieron a una cinta transportadora y pasaron por una máquina que en diez minutos les proporcionó toda una vida. Les implantaron palabras El tiempo dejó de existir, y ahora todos sabían lo único que necesitaban saber. Estaban hipnotizados.

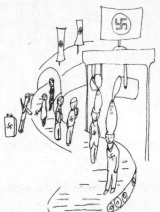

Luego les otorgaron símbolos a cada uno y todo el mundo fue. feliz.

Poco después, la demanda de símbolos encantadores y palabras inquietantes aumentó hasta tal punto que, para ocuparse de los bosques, se hizo necesaria más gente. Algunos se encargaban de subir a los árboles y recoger las palabras para los que estaban abajo y con las que luego se alimentaba al resto de la gente del Führer, por no hablar de los que volvían para repetir.

Los que se subían a los árboles se llamaban recolectores de palabras

Los mejores recolectores de palabras eran los que comprendían el verdadero poder de las palabras, los que subían más alto. Uno de esos recolectores de palabras era una niñita escuálida. Se la conocía como la mejor recolectora de palabras del lugar porque sabía lo indefensa que se encontraba una persona SIN palabras.

Por eso ella podía subir más alto que los demás. Las deseaba. Estaba sedienta de ellas.

Sin embargo, un día conoció a un hombre despreciado por su patria a pesar de haber nacido en ella. Se hicieron buenos amigos y, cuando el hombre enfermó, la recolectora de palabras dejó caer una de sus lágrimas sobre el rostro del hombre. La lágrima estaba hecha de amistad —una sola palabra— y al secarse se convirtió en una semilla. La si-

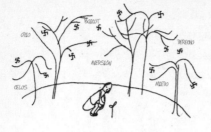

guiente vez que fue al bosque, la niña plantó la semilla entre los otros árboles. La regaba cada día.

Al principio no pasó nada, pero una tarde, cuando fue a ver cómo le iba después de pasarse el día recolectando palabras, había asomado un pequeño brote. Se lo quedó mirando largo rato.

El árbol fue creciendo día a día, más rápido que los demás, hasta que se convirtió en el más alto del bosque. Todo el mundo fue a verlo. Todo el mundo cuchicheaba y esperaba... al Führer.

Furioso, ordenó que talaran el árbol de inmediato. Entonces, la recolectora de palabras se abrió paso entre la multitud y cayó de rodillas.

—Por favor, no taléis el árbol —suplicó.

Sin embargo, el Führer se mostró impasible. No podía permitirse hacer excepciones. Mientras se llevaban a la recolectora de palabras a rastras, se volvió hacia el hombre que tenía a su derecha y le hizo una petición.

—El hacha, por favor.

En ese momento, la recolectora de palabras se zafó, echó a correr y se encaramó al árbol. Ni siquiera dejó de trepar cuando el Führer golpeó el tronco con el hacha. Ella siguió subiendo hasta llegar a las ramas más altas. Las voces y los hachazos continuaron. Las nubes pasaron de largo como monstruos blancos de corazones grises. Preocupada pero decidida, la recolectora de palabras no se movió. Esperaba a que el árbol cayera.

Sin embargo, el árbol no se movió.

Pasaron muchas horas y, aun así, el hacha del Führer no pudo arrancar un solo bocado al tronco del árbol. Al borde del colapso, le ordenó a otro hombre que continuara.

Pasaron días.

Semanas.

Ciento noventa y seis soldados no pudieron dejar ni una muesca en el árbol de la recolectora de palabras.

¿De qué se alimenta?, se preguntaba la gente. ¿Cómo duerme?

Lo que no sabían era que otros recolectores de palabras le lanzaban alimentos desde los árboles y que la niña descendía hasta las ramas más bajas para recogerlos.

Nevó. Llovió. Las estaciones cambiaban, pero la recolectora de palabras seguía allí arriba.

Cuando el último leñador se dio por vencido, la llamó.

—¡Recolectora de palabras! ¡Ya puedes bajar! ¡Este árbol es invencible!

La recolectora de palabras, que sólo vio las palabras del hombre de allí abajo, contestó con un susurro que se deslizó por las ramas.

—No, gracias —respondió, pues sabía que ella era la que mantenía el árbol en pie.

Nadie supo calcular cuánto tiempo había pasado, pero una tarde un nuevo leñador llegó a la ciudad. La bolsa de la que tiraba parecía demasiado pesada para él. Se le cerraban los ojos. Apenas conseguía levantar los pies de lo cansado que estaba.

—El árbol, ¿dónde está ese árbol? —preguntó a la gente.

Le siguieron muchos. Al llegar al lugar, las nubes escondían las ramas más altas. La recolectora de palabras oyó que la gente la llamaba y le decía que un nuevo leñador había llegado para poner fin a su vigilia.

—Nadie la hará bajar —aseguraban.

No sabían quién era el leñador y tampoco sabían que no se dejaba amilanar.

El leñador abrió la bolsa y sacó algo mucho más pequeño que un hacha.

La gente se echó a reír.

—¡No se puede talar un árbol con un martillo viejo! —dijeron.

El joven no les prestó atención, simplemente rebuscó unos clavos en la bolsa. Se colocó tres en la boca e intentó clavar el cuarto en el árbol. Las primeras ramas estaban ahora ya muy arriba y calculó que necesitaría cuatro clavos sobre los que apoyarse y alcanzarlas.

—Mira ese idiota —se burló a carcajadas uno de los espectadores— Nadie ha podido talar el árbol y ese loco cree que con...

El hombre se calló.

El primer clavo entró y quedó bien sujeto con cinco martillazos. A continuación clavó el segundo y el joven empezó a trepar por el tronco.

Al cuarto clavo ya había llegado a las ramas y siguió subiendo. Sintió la tentación de llamarla, pero al final decidió no hacerlo.

Tuvo la impresión de haber salvado kilómetros, pues tardó varias horas en llegar a la copa, donde encontró a la recolectora de palabras dormida, envuelta entre mantas y nubes.

Se la quedó mirando largo rato.

El sol calentaba el techo nublado.

Se agachó, le tocó el brazo y la recolectora de palabras se despertó.

La niña se frotó los ojos y, después de mirar fijamente el rostro del leñador, habló.

—¿De verdad eres tú?

¿Fue de tu mejilla, pensó, de donde recogí la semilla?

El hombre asintió.

Creyó que el corazón le daba un vuelco y se agarró con más fuerza a las ramas.

—Soy yo.

Se quedaron juntos en la copa del árbol. Esperaron a que las nubes se disiparan y, cuando lo hicieron, vieron el bosque.

—No dejará de crecer —aseguró la recolectora de palabras.

—Pero este tampoco.

El joven miró la rama que le daba la mano. Tenía razón

Cuando ya hubieron visto y charlado lo suficiente, bajaron del árbol. Dejaron atrás las mantas y el resto de la comida

La gente no daba crédito a lo que veía. En cuanto la recolectora de palabras y el joven pusieron un pie en el suelo, empezaron a aparecer las muescas del hacha en el tronco. Magulladuras. Hendiduras. Y la tierra empezó a estremecerse.

—¡Se va a caer! —gritó una joven— ¡El árbol se va a caer!

Tenía razón. El árbol de la recolectora de palabras, con todos sus kilómetros y kilómetros de altura, empezó a inclinarse. Dio un gemido al abatirse contra el suelo. El mundo se estremeció y, cuando todo volvió a la calma, el árbol quedó tendido en medio del bosque que jamás conseguiría destruir del todo Pero al menos había abierto un nuevo camino a través de él.

La recolectora de palabras y el joven subieron al tronco abatido. Se abrieron paso entre las ramas y empezaron a avanzar por él. Al mirar atrás, vieron que casi todos habían regresado a sus casas Dentro y fuera del bosque.

Siguieron su camino, pero de vez en cuando se detenían a escuchar y creían oír voces y palabras detrás de ellos, en el árbol de la recolectora de palabras.

Sentada a la mesa de la cocina, Liesel se preguntó durante un buen rato en qué parte del bosque de ahí fuera estaría Max Vandenburg. La luz se apagaba a su alrededor. Se quedó dormida. Rosa la obligó a irse a la cama y Liesel le obedeció, con el cuaderno de dibujo de Max apretado contra el pecho.

Horas después, cuando despertó, la respuesta acudió a ella.

—Claro, ya sé dónde está —susurró.

Y volvió a dormirse.

Soñó con el árbol.

La colección de trajes del anarquista

❧ HIMMELSTRASSE, 35 ☙
24 DE DICIEMBRE
Ante la ausencia de ambos padres, los Steiner han invitado a
Rosa y Trudy Hubermann y a Liesel. Cuando llegan, Rudy
todavía está describiendo su ropa. Mira a Liesel y sonríe, pero
sólo un poco.

Los días previos a la Navidad de 1942 estuvieron cubiertos de una gruesa y pesada nieve. Liesel releyó *El árbol de las palabras* muchas veces, estudiando la historia y los numerosos dibujos y comentarios. En Nochebuena tomó una decisión respecto a Rudy. Al infierno con lo de estar
fuera hasta demasiado tarde.

Se acercó hasta la puerta de al lado antes de que anocheciera y le dijo que tenía un regalo de Navidad para él.

Rudy le miró las manos y a cada lado de los pies.

—Bueno, ¿y dónde narices está?

—Olvídalo.

Sin embargo, Rudy sabía a qué había ido Liesel. Ya la había visto así
antes. Ojos temerarios y manos largas. La envolvía cierto aire delictivo y
él lo olía.

—Ese regalo… Todavía no lo tienes, ¿verdad?

—No.

—Y tampoco vas a comprarlo, ¿no?

—Claro que no. ¿De dónde crees que voy a sacar el dinero? —La nieve seguía cayendo. El hielo formaba cristales rotos sobre la hierba—. ¿Tienes la llave? —preguntó.

—¿La llave de qué?

Rudy no tardó mucho en comprenderlo. Se metió dentro y volvió a salir poco después. Como diría Viktor Chemmel:

—Es hora de ir de compras —dijo.

La luz se desvanecía a marchas forzadas y, a excepción de la iglesia, no había ningún comercio abierto en toda Münchenstrasse. Era Navidad. Liesel caminaba deprisa para que las zancadas de su vecino no la dejaran atrás. Llegaron al escaparate de la tienda escogida: STEINER-SCHNEIDER-MEISTER. El cristal tenía una fina capa de barro y suciedad acumulada durante las últimas semanas. Al otro lado, los maniquíes, serios y ridículamente elegantes, hacían de testigos. Era difícil quitarse de encima la sensación de que lo estaban viendo todo.

Rudy rebuscó en el bolsillo.

Era Nochebuena.

Su padre estaba cerca de Viena.

No creía que le importara que asaltaran su preciada tienda. Lo exigían las circunstancias.

La puerta se abrió sin oponer resistencia y entraron. La primera reacción de Rudy fue encender la luz, pero ya habían cortado la electricidad.

—¿Velas?

Rudy la miró consternado.

—Yo he traído la llave. Además, era idea tuya.

Mientras discutían, Liesel tropezó con un bulto que estaba en el suelo. Un maniquí se cayó con ella. Le golpeó con el brazo y se desmontó, cubriéndola con las ropas.

—¡Quítame esto de encima!

Se desmembró en cuatro partes: el torso y la cabeza, las piernas y los dos brazos por separado.

—Jesús, María y José —masculló Liesel en cuanto se desembarazó de él.

Rudy encontró uno de los brazos, lo cogió por un extremo y le dio unos golpecitos en el hombro con la mano. Liesel se volvió aterrorizada y Rudy volvió a tendérsela, esta vez en señal amistosa.

—Encantado de conocerla.

Estuvieron recorriendo con cautela los estrechos pasillos de la tienda. Rudy se dirigió hacia el mostrador, pero por el camino tropezó con una caja vacía, soltó un grito y una maldición, y retrocedió hasta la entrada.

—Esto es ridículo —dijo—. Espera un momento.

Liesel se sentó a esperar, con el brazo del maniquí en la mano, hasta que Rudy regresó con un farolillo de la iglesia.

Un anillo de luz envolvía su cara.

—Bueno, ¿dónde está ese regalo del que tanto fanfarroneabas? Será mejor que no sea uno de esos extraños maniquíes.

—Acerca la luz.

Al llegar a su lado, le cogió el farolillo y curioseó los trajes colgados. Escogió uno, pero enseguida lo cambió por otro.

—No, demasiado grande. —Estuvo a punto de elegir un par de trajes más, hasta que se decidió por uno azul marino. Lo sacó y se lo enseñó a Rudy Steiner—. ¿Crees que es de tu talla?

Mientras Liesel esperaba sentada en la oscuridad, Rudy se probaba el traje detrás de unas cortinas. Se veía un pequeño círculo de luz y una sombra vistiéndose.

Al cabo de un rato, le tendió el farolillo a Liesel para que le echara un vistazo. Sin cortina de por medio, la luz era como una columna que iluminaba el elegante traje. Aunque también resaltaba la camisa sucia y los gastados zapatos de Rudy.

—¿Y bien? —preguntó.

Liesel prosiguió el examen. Dio una vuelta a su alrededor y se encogió de hombros.

—No está mal.

—¡¿Que no está mal?!? Esta percha se merece algo más que un «No está mal».

—Los zapatos te traicionan. Y la cara.

Rudy dejó el farolillo sobre el mostrador y se acercó a ella fingiendo enojo. Liesel tuvo que admitir que se había puesto un poco nerviosa. Sintió alivio y a la vez desilusión al ver cómo Rudy tropezaba con el pobre maniquí y se caía.

Rudy se echó a reír, tirado en el suelo.

Y luego cerró los ojos, con fuerza.

Liesel se acercó corriendo.

Se agachó delante de él.

Bésalo, Liesel, bésalo.

—¿Estás bien, Rudy? ¿Rudy?

—Le echo de menos —confesó el chico, de lado, en el suelo.

—*Frohe Weihnachten* —contestó Liesel. Lo ayudó a ponerse en pie y a sacudirse el traje—. Feliz Navidad.

NOVENA PARTE

❧

La última extranjera

Presenta:

la siguiente tentación — un jugador de cartas — las nieves de
Stalingrado — un hermano eternamente joven — un accidente
— el sabor amargo de las preguntas — una caja de
herramientas, un delincuente, un oso de peluche — un avión
estrellado — y una vuelta a casa

La siguiente tentación

Esta vez fueron los dulces.

Pero estaban duros.

Eran *Kipferl* que habían sobrado de Navidad y llevaban abandonados en el escritorio dos semanas como mínimo. Parecían herraduras en miniatura con una capa de azúcar glasé. Las del fondo estaban enganchadas al plato y las demás se apilaban unas encima de las otras formando una montañita. Sintió el aroma en cuanto sus dedos tocaron el alféizar de la ventana. En la habitación se respiraba azúcar y masa, y miles de páginas.

No había ninguna nota, pero Liesel no tardó en adivinar la mano de Ilsa Hermann en el asunto; además, tampoco iba a arriesgarse a que no fueran para ella. Regresó junto a la ventana y coló un susurro por el resquicio. El susurro se llamaba Rudy.

Ese día se habían ido a pie porque la calzada estaba demasiado resbaladiza para las bicicletas. El muchacho esperaba debajo de la ventana, haciendo guardia. Liesel lo llamó, y cuando asomó la cabeza le obsequió con el plato. No tuvo que insistir demasiado para que lo aceptara.

Con los ojos atiborrándose de pastas, Rudy hizo algunas preguntas.

—¿Nada más? ¿Ni un poco de leche?

—¿Qué?

—Leche —repitió Rudy, esta vez un poco más alto.

Si había reparado en el tono ofendido de Liesel, era evidente que lo disimulaba muy bien. El rostro de la ladrona de libros asomó de nuevo en lo alto.

—¿Eres tonto o qué? ¿Te importa que robe el libro y nos vamos?

—Claro, sólo decía que…

Liesel se acercó a la estantería del fondo, la de detrás del escritorio. Encontró papel y pluma en el cajón de arriba y escribió un «Gracias» en la nota que dejó sobre la mesa.

A la derecha, un libro sobresalía como un hueso desencajado. Las oscuras letras del título habían dejado una evidente marca en su blancura. *Die Letzte Menschliche Fremde. La última extranjera*, susurró el libro al sacarlo del estante, arrastrando consigo una fina lluvia de polvo.

Ya en la ventana, a punto de salir, oyó el chirrido de la puerta de la biblioteca.

Tenía una rodilla encima y la mano criminal en el marco de la ventana. Al volverse hacia el ruido, se encontró con la mujer del alcalde con un albornoz nuevo y en pantuflas. Llevaba una esvástica bordada en el bolsillo del pecho. La propaganda llegaba incluso hasta el baño.

Se miraron.

Liesel miró el bolsillo del pecho de Ilsa Hermann y levantó un brazo.

—*Heil Hitler!*

Estaba a punto de salir cuando de repente se dio cuenta.

Los dulces.

Llevaban semanas ahí.

Eso significaba que el alcalde tenía que haberlos visto por fuerza si utilizaba la biblioteca y que debía de haber preguntado qué hacían allí. O, y nada más pensarlo se sintió invadida por un extraño optimismo, tal vez la biblioteca no fuera del alcalde, sino de su mujer, de Ilsa Hermann.

Liesel no sabía por qué era tan importante, pero le gustó la idea de que la habitación llena de libros perteneciera a la mujer. Había sido ella quien se la había presentado y, casi literalmente, le había abierto las puertas —aunque en este caso se tratara de una ventana— a un nuevo mundo. Así estaba mejor. Todo parecía encajar.

Estaba a punto de ponerse en marcha cuando preguntó:

—Esta habitación es suya, ¿verdad?

La mujer del alcalde se puso tensa.

—Solía leer aquí con mi hijo, pero entonces…

Liesel sintió el aire a su espalda. Vio una madre leyendo en el suelo con un niño que señalaba los dibujos y las palabras. Luego vio una guerra por la ventana.

—Ya lo sé.

—¡¿Qué has dicho?! —exclamó alguien desde fuera.

—Cierra la boca, *Saukerl*, y vigila la calle —le espetó Liesel, en voz baja—. Así que todos estos libros… —le ofreció las palabras, suavemente.

—Casi todos son míos. Algunos son de mi marido, otros eran de mi hijo, como ya sabes.

Liesel se sintió muy incómoda en ese momento. Las mejillas le ardían.

—Siempre pensé que era del alcalde.

—¿Por qué?

Parecía haberle hecho gracia. Liesel se fijó en que las pantuflas también llevaban una esvástica bordada en la puntera.

—Porque es el alcalde. Pensaba que leería mucho.

La mujer del alcalde metió las manos en los bolsillos.

—Últimamente tú eres la que más utiliza esta habitación.

—¿Ha leído este?

Liesel levantó *La última extranjera*. Ilsa examinó el título de cerca.

—Sí, lo he leído.

—¿Está bien?

—No está mal.

En ese momento tuvo ganas de irse y, sin embargo, también sintió la peculiar obligación de quedarse. Hizo el amago de decir algo, pero tenía que escoger entre muchas palabras demasiado rápidas. Intentó echarles el guante varias veces, aunque fue la mujer del alcalde la que tomó la iniciativa.

Vio la cara de Rudy en la ventana o, para ser exactos, su cabello iluminado por las velas.

—Creo que será mejor que te vayas —dijo—. Te están esperando.

Se comieron los dulces de camino a casa.

—¿Estás segura de que no había nada más? —preguntó Rudy—. Igual te has dejado algo.

—Da las gracias de haber encontrado los dulces. —Liesel examinó con atención el regalo que Rudy llevaba en las manos—. Oye, Rudy, ¿te has comido alguno antes de que saliera?

Rudy se indignó.

—Eh, tú eres la ladrona, no yo.

—No me engañes, *Saukerl*, todavía tienes azúcar en la comisura de los labios.

Alterado, Rudy aguantó el plato con una sola mano y se limpió con la otra.

—No me he comido ninguno, te lo prometo.

Se acabaron la mitad de los dulces antes de llegar al puente y compartieron el resto con Tommy Müller en Himmelstrasse.

Cuando se comieron el último, sólo quedó una pregunta en el aire, a la que Rudy le puso voz:

—¿Qué narices hacemos con el plato?

El jugador de cartas

Más o menos a la misma hora en que Liesel y Rudy devoraban los dulces, los hombres de la LSE jugaban a las cartas durante un descanso en una ciudad cercana a Essen. Habían salido de Stuttgart y acababan de llegar del largo viaje. Se estaban apostando cigarrillos, y a Reinhold Zucker las cosas no le iban muy bien.

—Está haciendo trampas, seguro —masculló.

Jugaban en un cobertizo que hacía las veces de barracones y Hans Hubermann acababa de ganar la tercera mano consecutiva. Zucker arrojó sus cartas, indignado, y se peinó el grasiento pelo con tres uñas sucias.

✤ ALGUNOS DATOS SOBRE ✤ REINHOLD ZUCKER
Tenía veinticuatro años. Se regocijaba cuando ganaba una partida de cartas, se llevaba los finos cilindros de tabaco a la nariz y los aspiraba. «El aroma de la victoria», decía. Ah, y una cosa más. Moriría con la boca abierta.

A diferencia del joven a su izquierda, Hans Hubermann no se regocijaba cuando ganaba. Incluso tuvo la generosidad de devolver a cada uno de sus compañeros un cigarrillo y encendérselo. Todos aceptaron la invitación menos Reinhold Zucker, que hizo saltar por los aires el cigarrillo de un manotazo. El pitillo acabó en medio de la caja volcada que utilizaban como mesa.

—No necesito tu caridad, viejo.

Se levantó y se fue.

—¿Qué le pasa a ese? —preguntó el sargento, pero nadie se molestó en contestar.

Reinhold Zucker sólo era un muchacho de veinticuatro años que no sabía jugarse la vida a las cartas.

Si no hubiera perdido sus cigarrillos contra Hans Hubermann, no lo habría despreciado. Si no lo hubiera despreciado, tal vez no se habría sentado en su sitio unas semanas después, en una carretera inofensiva.

Un asiento, dos hombres, una breve discusión y yo.

A veces me mata ver cómo muere la gente.

Las nieves de Stalingrado

A mediados de enero de 1943, Himmelstrasse era tan sombría y deprimente como de costumbre. Liesel cerró la puerta de la cancela, se dirigió a casa de frau Holtzapfel y llamó a la puerta. Salió a recibirla toda una sorpresa.

Lo primero que pensó fue que el hombre debía de ser uno de sus hijos, pero no se parecía a ninguno de los otros hermanos de la fotografía enmarcada que colgaba junto a la puerta. Aparentaba ser bastante más mayor, pero no habría puesto la mano en el fuego. La barba le salpicaba la cara y tenía una mirada contundente y apenada. Una mano con un vendaje salpicado de cerezas sanguinolentas asomaba inerte por la manga del abrigo.

—Será mejor que vuelvas más tarde.

Liesel intentó echar un vistazo al interior y estaba a punto de llamar a frau Holtzapfel cuando el hombre se le adelantó.

—Niña, vuelve más tarde —insistió—. Iré a buscarte. ¿Dónde vives?

Más de tres horas después alguien llamó a la puerta del número treinta y tres de Himmelstrasse y el hombre apareció ante Liesel. Las cerezas de sangre se habían convertido en ciruelas.

—Ahora ya puede atenderte.

Fuera, bajo la difusa y lánguida luz, Liesel no pudo reprimirse y le preguntó qué le había pasado en la mano. El hombre resopló una sola sílaba antes de responder.

—Stalingrado.

—¿Cómo dice? —preguntó Liesel. El hombre había contestado mirando al frente—. No le he entendido.

Lo repitió, esta vez más alto y explicándose.

—Stalingrado es lo que le ocurrió a mi mano. Me dispararon en las costillas y me volaron tres dedos. ¿Responde eso tu pregunta? —Metió la mano ilesa en el bolsillo y se estremeció con desdén, mofándose del viento alemán—. ¿Crees que aquí hace frío?

Liesel tocó la pared que tenía al lado. No podía mentir.

—Sí, claro.

El hombre se echó a reír.

—Esto no es frío.

Sacó un cigarrillo, se lo llevó a la boca y trató de encender una cerilla con una mano. Si con el mal tiempo que hacía ya era complicado encenderlo con las dos, con una era imposible. Tiró la caja de cerillas y soltó un taco.

Liesel la recogió.

Le quitó el cigarrillo y lo sujetó entre sus propios labios. Ella tampoco fue capaz de encenderlo.

—Tienes que aspirar —explicó el hombre—. Con este tiempo, sólo lo encenderás si aspiras. *Verstehst?*

Liesel volvió a intentarlo, tratando de recordar cómo lo hacía su padre. Esta vez su boca se llenó de un humo que atravesó sus dientes y le raspó la garganta, pero se obligó a no toser.

—Bien hecho —la felicitó. Cuando recuperó su cigarrillo y le dio una calada, le tendió la mano ilesa, la izquierda—. Michael Holtzapfel.

—Liesel Meminger.

—¿Tú eres la que viene a leerle a mi madre?

Rosa apareció detrás de Liesel en ese momento y la niña sintió a su espalda su estupor.

—¿Michael? ¿Eres tú? —preguntó.

Michael Holtzapfel asintió con la cabeza.

—*Guten Tag*, frau Hubermann. Ha pasado mucho tiempo.

—Pareces tan…

—¿Viejo?

Rosa seguía conmocionada, pero logró recomponerse.

—¿Quieres entrar? Ya veo que conoces a mi hija de acogida… —Su voz se fue apagando cuando reparó en la mano ensangrentada.

—Mi hermano ha muerto —la informó Michael Holtzapfel; no podría haber lanzado un derechazo más directo con su único puño útil.

Porque Rosa se tambaleó. Era evidente que la guerra implicaba la muerte, pero el suelo siempre se estremecía bajo los pies de una persona cuando le llegaba a alguien que había vivido y respirado tan cerca. Rosa había visto crecer a los dos niños de los Holtzapfel.

El joven envejecido encontró el modo de informarla de lo sucedido sin desmoronarse.

—Yo estaba en uno de los edificios que usábamos como hospital cuando lo trajeron. La semana anterior a que me enviaran a casa. Me pasé tres días sentado a su lado antes de que muriera…

—Lo siento.

Liesel tuvo la impresión de que esas palabras no habían salido de la boca de Rosa. Era otra persona la que esa tarde estaba detrás de ella, pero no se atrevió a volverse para averiguar de quién se trataba.

—Por favor, no diga nada más —le rogó Michael—. ¿Me puedo llevar a la niña para que lea? Dudo que mi madre la escuche, pero me dijo que viniera a buscarla.

—Claro, llévatela.

Habían dado unos pasos cuando Michael Holtzapfel se acordó de algo y volvió.

—¡Rosa! —Esperó un momento hasta que Rosa volvió a abrir la puerta—. Me dijeron que su hijo estaba allí, en Rusia; me lo contó una gente de Molching con quien me encontré. Aunque seguro que ya lo sabe.

Rosa intentó evitar que se fuera. Salió corriendo y lo cogió por la manga.

—No, un día se fue y nunca volvió. Hemos intentado encontrarlo, pero ocurrieron muchas cosas, hubo…

Michael Holtzapfel estaba decidido a irse. Lo último que deseaba oír era otra historia de lloros.

—Por lo que sé, está vivo —dijo, zafándose de ella.

Se reunió con Liesel en la cancela, pero la niña no lo siguió hasta la puerta de al lado. Se quedó mirando el rostro de Rosa, animado y desolado a la vez.

—¿Mamá?

Rosa levantó una mano.

—Ve.

Liesel se quedó donde estaba.

—He dicho que vayas.

El soldado intentó entablar una conversación cuando Liesel lo alcanzó. Debía de arrepentirse del desliz que había cometido con Rosa y trataba de enterrarlo bajo otras palabras.

—Todavía no he conseguido que deje de sangrar —comentó, levantando la mano vendada.

Liesel se sintió aliviada al entrar en la cocina de los Holtzapfel. Cuanto antes empezara a leer, mejor.

Frau Holtzapfel estaba sentada. Las lágrimas le corrían por las mejillas como si fueran alambres.

Su hijo estaba muerto.

Y no sabía ni la mitad.

En realidad, nunca sabría cómo había ocurrido, pero no te quepa la menor duda de que uno de nosotros sí lo sabe. Por lo visto, tengo el don de saber qué ha ocurrido siempre que hay nieve, armas y un confuso batiburrillo de idiomas humanos de por medio.

Cuando imagino la cocina de frau Holtzapfel, basándome en las palabras de la ladrona de libros, no veo los fogones, ni las cucharas de madera, ni la bomba de agua, ni nada por el estilo. Al menos no de buenas a primeras. Lo que veo es el invierno ruso y la nieve cayendo del cielo y la suerte que corrió el segundo hijo de frau Holtzapfel.

Se llamaba Robert y lo que le ocurrió fue lo siguiente.

✑ UNA PEQUEÑA HISTORIA BÉLICA ✎

**Le amputaron las piernas a la altura de la rodilla y su hermano
lo vio morir en un frío y pestilente hospital.**

Rusia, 5 de enero de 1943, otro gélido día más. Fuera, entre la ciudad y la nieve, había rusos y alemanes muertos por todas partes. Los que quedaban, disparaban a las páginas en blanco que tenían delante. Tres lenguas se entrelazaban: el ruso, las balas y el alemán.

Mientras avanzaba entre las almas caídas, uno de los hombres no dejaba de repetir una y otra vez: «Me escuece la barriga». Muchas veces. A pesar del dolor, se arrastró hasta una oscura silueta desfigurada que estaba sentada, desangrándose, en el suelo. Cuando el soldado herido en la barriga llegó hasta él, vio que se trataba de Robert Holtzapfel. Tenía las manos cubiertas de sangre reseca y estaba amontonando nieve sobre las rodillas, en el lugar donde estaban sus piernas antes de que se las volara la última explosión. Manos calientes y un grito encarnado.

El suelo humeaba. La imagen y el olor de la nieve pudriéndose.

—Soy yo —le dijo el soldado—. Pieter.

Se arrastró unos centímetros más.

—¿Pieter? —preguntó Robert con voz desvaída. Debió de sentirme muy cerca—. ¿Pieter? —repitió.

No sé por qué, los moribundos siempre hacen preguntas retóricas. Tal vez sea para morir satisfechos de haber acertado.

De repente, todas las voces sonaban igual.

Robert Holtzapfel se desplomó a un lado, sobre el frío y humeante suelo.

Estoy segura de que esperaba encontrarme allí en ese mismo momento.

No fue así.

Por desgracia para el joven alemán, no me lo llevé esa tarde. Pasé por encima de él con otras pobres almas en los brazos y me volví con los rusos.

Estuve yendo todo el día de un lado al otro.

Hombres desmembrados.

No fue una excursión a la nieve, eso te lo aseguro.

Tal como Michael le contó a su madre, pasaron tres largos días hasta que finalmente pasé a buscar al soldado que había perdido sus pies, en Stalingrado. Me presenté en ese hospital provisional al que tenía acceso libre y el olor me estremeció.

Un hombre con una mano vendada le estaba diciendo al soldado mudo y espantado que sobreviviría.

—Pronto estarás en casa —le aseguró.

Sí, en casa, pensé. Para siempre.

—Te esperaré —añadió—. Iba a volver al final de la semana, pero esperaré.

En medio de la frase de su hermano, recogí el alma de Robert Holtzapfel.

Por lo general tengo que esforzarme para poder ver a través del techo cuando estoy dentro, pero tuve suerte con ese edificio en concreto. Una pequeña sección del tejado había quedado destruida y nada obstaculizaba la visión. A un metro de nosotros, Michael Holtzapfel seguía hablando. Intenté ignorarlo mirando por el agujero del techo. El cielo estaba blanco, pero empeoraba por momentos. Como siempre, se estaba convirtiendo en una enorme sábana para trapos manchada de sangre. Las nubes estaban sucias, como las pisadas en la nieve medio derretida.

¿Pisadas?, te extrañarás.

Bueno, me pregunto de quién podrían ser.

Liesel leía en la cocina de frau Holtzapfel. Las páginas iban pasando sin que nadie les prestara atención y, en cuanto a mí, cuando la escena rusa se desvanece ante mis ojos, la nieve se niega a dejar de caer del techo. Ha cubierto la tetera y la mesa. También se acumula sobre la cabeza y los hombros humanos.

El hermano se estremece.

La mujer solloza.

Y la niña sigue leyendo, pues para eso está allí, y le hace sentir bien ser útil para algo tras las nieves de Stalingrado.

El hermano eternamente joven

A Liesel Meminger le faltaban unas semanas para cumplir catorce años.

Su padre aún no había regresado.

Habían tenido lugar tres sesiones de lectura más con la mujer destrozada, y muchas noches vio a Rosa sentada con el acordeón y rezando con la barbilla apoyada en los fuelles.

Decidió que había llegado el momento. Por lo general, robar algo era lo que la animaba, pero ese día fue restituirlo.

Rebuscó debajo de la cama y sacó el plato. Lo limpió en la cocina y salió de casa todo lo rápido que pudo. Le gustaba pasearse por Molching. El aire era cortante y contundente, como el *Watschen* de un profesor o una monja sádicos. Lo único que se oía en Münchenstrasse era el crujido de sus pisadas.

Al cruzar el río, un rayo de sol se filtró a través de las nubes.

Subió los peldaños de la entrada del número ocho de Grandestrasse, dejó el plato en el suelo y llamó a la puerta. La chica ya estaba a la vuelta de la esquina cuando abrieron. Liesel no miró atrás, pero sabía que si lo hubiera hecho habría vuelto a encontrarse a su hermano al final de los escalones, con la rodilla totalmente curada. Incluso llegó a oír su voz.

—Así está mejor, Liesel.

Con gran tristeza descubrió que su hermano tendría seis años para siempre jamás, y mientras asumía la idea se obligó a sonreír.

Se detuvo en el Amper, en el puente, donde su padre solía estar.

Sonrió y no dejó de hacerlo hasta que salió todo. Entonces supo que ya podía volver a casa y que su hermano no volvería a colarse en sus sueños nunca más. Lo añoraría, pero jamás iba a echar de menos los cadavéricos ojos fijos en el suelo del tren o el sonido de una tos funesta.

Esa noche, estirada en la cama, la ladrona de libros sólo recibió la visita del niño antes de cerrar los ojos. Un miembro más de todo un repertorio, pues era en esa habitación donde Liesel siempre los recibía. Su padre se levantó y le dijo que ya casi era toda una mujer. Max estaba escribiendo *El árbol de las palabras* en el rincón. Rudy estaba desnudo junto a la puerta. De vez en cuando, su madre aparecía en un andén de tren junto a la cama. Y lejos, en la habitación que se tendía como un puente hacia una ciudad sin nombre, su hermano, Werner, jugaba con la nieve.

Al otro lado del pasillo, Rosa roncaba haciendo de metrónomo para las visiones de Liesel, quien, despierta y rodeada de gente, recordó una cita de su libro más reciente.

ᥣ «LA ÚLTIMA EXTRANJERA» ᥣ
PÁGINA 38
«Las calles de la ciudad estaban llenas de gente, pero la extranjera no se habría sentido más sola de haber estado desiertas.»

Al llegar la mañana, las visiones se habían desvanecido y oyó la apagada retahíla de palabras procedente del comedor. Rosa estaba sentada con el acordeón, rezando.

—Que vuelvan con vida —repetía—. Por favor, Señor, por favor. Todos.

Incluso las arrugas de los ojos tenían las manos entrelazadas.

El acordeón debía de hacerle daño, pero a ella no parecía importarle.

Rosa jamás le habló a Hans de esos momentos, pero Liesel creía que esas oraciones ayudaron a su padre a sobrevivir al accidente de la LSE en Essen. Y si no fueron de ayuda, tampoco le hicieron daño a nadie.

El accidente

Era una mañana sorprendentemente luminosa y los hombres estaban subiendo al camión. Hans Hubermann acababa de sentarse en el asiento que le habían asignado. Reinhold Zucker estaba a su lado, de pie.

—Mueve el culo —dijo.

—*Bitte?* ¿Cómo dices?

Zucker tenía que encorvarse bajo la capota del vehículo.

—He dicho que muevas el culo, *Arschloch*. —La mata grasienta del flequillo le caía como un mazacote sobre la frente—. Te cambio el asiento.

Hans se quedó desconcertado. El asiento de atrás probablemente era el más incómodo de todos, el más frío y estaba expuesto a las corrientes de aire.

—¿Por qué?

—¿Qué más da? —Zucker empezaba a perder la paciencia—. Tal vez quiera salir el primero para usar las letrinas.

Hans enseguida se dio cuenta de que el resto de la unidad seguía la lamentable pelea entre dos supuestos adultos. Hans no quería claudicar, pero tampoco ser un incordio. Además, acababan de terminar un turno extenuante y no le quedaban fuerzas para seguir discutiendo. Con la espalda encorvada, ocupó el asiento vacante, en medio del camión.

—¿Por qué has dado tu brazo a torcer delante de ese *Scheisskopf?* —le preguntó el hombre que se sentaba al lado.

Hans encendió un cigarrillo y le ofreció una calada.

—El aire me da dolor los oídos.

El camión verde oliva regresaba al campamento, a unos quince kilómetros de distancia. Brunnenweg estaba contando un chiste sobre una camarera francesa cuando una de las ruedas delanteras sufrió un pinchazo y el conductor perdió el control del vehículo. El camión dio varias vueltas de campana y los hombres maldecían mientras se golpeaban con el aire, la luz, los trastos y el tabaco. Cuando intentaron aferrarse a algo, el cielo azul ya no hacía de techo sino de suelo.

Todos acabaron con las caras aplastadas contra el sucio uniforme del compañero que tenían al lado, apiñados en uno de los laterales del camión cuando este por fin se detuvo. Estaban preguntando si todo el mundo estaba bien cuando uno de los hombres, Eddie Alma, empezó a gritar.

—¡Sacadme este cabrón de encima!

Lo repitió tres veces, muy nervioso. Los ojos sin vida de Reinhold Zucker lo miraban de frente.

✑ LOS DAÑOS, ESSEN ✑

Seis hombres con quemaduras de cigarrillo.
Dos manos rotas.
Varios dedos rotos.
Una pierna rota, la de Hans Hubermann.
Un cuello roto, el de Reinhold Zucker, fracturado casi a la
altura de los lóbulos de las orejas.

Unos a otros se ayudaron a salir del camión como pudieron hasta que dentro sólo quedó el cadáver.

El conductor, Helmut Brohmann, estaba sentado en el suelo, rascándose la cabeza.

—El neumático se ha reventado —informó.

Varios hombres se sentaron a su lado y le repitieron que no había sido culpa suya. Otros se pusieron a dar vueltas, fumando, preguntándose entre ellos si creían que las heridas que sufrían eran de suficiente consideración para que los relevaran del trabajo. Un pequeño grupo se había reunido en la parte trasera del camión para examinar el cuerpo.

Junto a un árbol, un fino jirón de intenso dolor seguía desgarrando la pierna de Hans Hubermann.

—Tendría que haber sido yo —dijo.

—¿Qué? —preguntó el sargento desde el camión.

—Iba en mi sitio.

Helmut Brohmann recobró la compostura y regresó al asiento del conductor. De lado, intentó encender el motor, pero no hubo manera de volverlo a poner en marcha. Pidieron un nuevo camión y una ambulancia. La ambulancia no apareció.

—Ya sabéis lo que eso significa, ¿no? —dijo Boris Schipper.

Lo sabían.

Todos intentaron esquivar el rictus desdeñoso de Reinhold Zucker cuando reanudaron el viaje de vuelta al campamento.

—Os dije que tendríamos que haberlo puesto boca abajo —rezongó alguien.

A veces, alguno lo olvidaba y descansaba los pies sobre el cadáver. A la llegada, todos intentaron escaquearse para no sacarlo del camión. En cuanto el trabajo estuvo hecho, Hans Hubermann apenas tuvo tiempo de dar unos pasitos antes de que el dolor de la pierna lo hiciera caer.

Una hora después, tras el reconocimiento médico, le confirmaron la fractura. El sargento estaba cerca y se lo quedó mirando con un esbozo de sonrisa.

—Bien, Hubermann, por lo visto te has salido con la tuya, ¿eh? —Negó con la redonda cabeza, le dio una calada al cigarrillo y le facilitó una lista de lo que ocurriría a continuación—: Tú reposarás, ellos me preguntarán qué hacemos contigo y yo les diré que has realizado un gran trabajo. —Le dio una nueva calada—. Y creo que añadiré que ya no nos sirves en la LSE y que deberían enviarte de vuelta a Munich y ponerte a trabajar en una oficina o a limpiar lo que haga falta por allí. ¿Qué te parece?

—Me parece bien, sargento —respondió Hans, incapaz de reprimir una carcajada en medio de una mueca de dolor.

Boris Schipper se acabó el cigarrillo.

—Maldita sea, ¿qué te va a parecer si no? Tienes suerte de que me gustes, Hubermann. Tienes suerte de ser un buen hombre y de ser generoso con los cigarrillos.

En la habitación contigua preparaban la escayola.

El amargo sabor de las preguntas

A mediados de febrero, una semana después del cumpleaños de Liesel, Rosa y ella por fin recibieron una carta detallada de Hans Hubermann. Liesel entró corriendo después de abrir el buzón y se la enseñó a su madre. Rosa se la hizo leer en voz alta y no lograron reprimir la emoción cuando Liesel llegó a lo de la pierna rota. Estaba tan pasmada, que la joven leyó la frase en silencio.

—¿Qué ocurre, *Saumensch*? —se angustió Rosa.

Liesel la miró, a punto de escapársele un grito. El sargento había cumplido su palabra.

—Vuelve a casa, mamá. ¡Papá vuelve a casa!

Se abrazaron y la carta quedó estrujada entre sus cuerpos. Una pierna rota era algo digno de celebrar.

Barbara Steiner se puso contentísima cuando Liesel anunció la noticia en la puerta de al lado. Le frotó los brazos en señal de felicitación y llamó al resto de la familia. Reunida en la cocina, parecía que la buena nueva de la vuelta a casa de Hans Hubermann había elevado el ánimo de la familia Steiner. Rudy sonrió y se rió, y Liesel comprendió que al menos le ponía empeño; sin embargo, también sintió el amargo sabor de las preguntas en los labios de su amigo.

¿Por qué él?

¿Por qué Hans Hubermann y no Alex Steiner?

En eso tenía razón.

Una caja de herramientas,
un delincuente, un oso de peluche

Desde que el ejército había reclutado a su padre el pasado octubre, la rabia de Rudy había ido en aumento de manera considerable y la noticia del regreso de Hans Hubermann fue la gota que colmó el vaso. No se lo contó a Liesel. No protestó ante lo que creía una injusticia, sino que prefirió actuar.

Se puso a arrastrar una caja metálica por Himmelstrasse a la típica hora delictiva: el crepúsculo.

❧ LA CAJA DE HERRAMIENTAS ❧
DE RUDY

Tenía partes rojas y era del tamaño de una caja de zapatos muy
grande. Contenía lo siguiente:
Navaja oxidada × 1
Linterna pequeña × 1
Martillo × 2
(uno pequeño y uno mediano)
Toalla de manos × 1
Destornillador × 3
(varios tamaños)
Pasamontañas × 1
Calzoncillos limpios × 1
Oso de peluche × 1

Liesel lo vio por la ventana de la cocina, con el mismo paso decidido y expresión entregada que el día que salió en busca de su padre. Agarraba el asa con todas sus fuerzas y la rabia estrangulaba sus movimientos.

La ladrona de libros soltó la toalla que tenía en las manos y la sustituyó por una sola idea.

Va a robar.

Salió corriendo para reunirse con él.

No hubo ni asomo de un saludo.

Rudy siguió caminando y le habló al aire frío frente a él.

—¿Sabes qué, Liesel? He estado pensando —le dijo cuando pasaron junto al bloque de pisos de Tommy Müller—. Tú no eres una ladrona. —No le dio oportunidad de defenderse—. Esa mujer te deja entrar; si incluso te deja galletas, por el amor de Dios. Yo a eso no lo llamo robar. Robar es lo que hace el ejército llevándose a tu padre y al mío. —Pateó una piedra, que resonó contra una puerta. Apresuró el paso—. Esos nazis ricos de ahí arriba, de la Grandestrasse, Gelbstrasse y Heidestrasse.

En esos momentos Liesel solo podía centrar sus esfuerzos en no perder el paso. Habían dejado atrás la tienda de frau Diller y se encontraban en Münchenstrasse.

—Rudy…

—De todos modos, ¿qué se siente?

—¿Qué se siente cuándo?

—Cuando robas un libro.

Liesel decidió guardar silencio. Si lo que quería era una respuesta, Rudy tendría que volver a la carga. Y lo hizo.

—¿Y bien? —Sin embargo, Rudy contestó de nuevo antes de que Liesel pudiese abrir la boca—. Te sientes bien, ¿verdad? Porque les das a probar su propia medicina.

Liesel concentró su atención en la caja de herramientas, intentando que aflojara el paso.

—¿Qué llevas ahí?

Rudy se agachó y la abrió.

Todo parecía tener sentido menos el oso de peluche.

Rudy le explicó con pelos y señales lo que pensaba hacer con la caja de herramientas y con cada uno de los objetos que contenía mientras seguían caminando. Por ejemplo, los martillos eran para romper ventanas y la toalla era para envolverlos, para amortiguar el ruido.

—¿Y el oso de peluche?

Era de Anna-Marie Steiner y no mucho más grande que uno de los libros de Liesel. Estaba gastado y tenía el pelo enmarañado. Le habían recosido los ojos y las orejas varias veces, pero aun así seguía pareciendo muy tierno.

—Es uno de los golpes maestros —se explicó Rudy—. Es por si aparece un niño cuando esté dentro. Se lo daré para tranquilizarlo.

—¿Y qué tienes pensado robar?

Se encogió de hombros.

—Dinero, comida, joyas, lo que caiga en mis manos.

Parecía bastante sencillo.

Al cabo de un cuarto de hora, Liesel reparó en el súbito mutismo de su expresión y comprendió que Rudy Steiner no iba a robar nada. La determinación se había esfumado y aunque el chico todavía soñaba con los imaginarios laureles del delincuente, Liesel sabía que Rudy ya no se lo creía. Lo intentaba y eso nunca era buena señal. Su grandeza criminal recogía velas ante sus ojos. Al ir aflojando el paso y contemplando las casas, Liesel se sintió interiormente aliviada y entristecida.

Estaban en la Gelbstrasse.

Las casas se alzaban como enormes moles oscuras.

Rudy se quitó los zapatos y los sostuvo en una mano. En la otra llevaba la caja de herramientas.

La luna asomaba entre las nubes. Tal vez más de un kilómetro de luz.

—¿A qué espero? —preguntó Rudy en voz alta, pero Liesel no contestó.

Rudy volvió a abrir la boca, pero no pronunció palabra. Dejó la caja de herramientas en el suelo y se sentó encima.

Se le había enfriado el ánimo.

—Por suerte llevas unos calzoncillos de repuesto en la caja de herramientas —comentó Liesel, y vio que Rudy hacía esfuerzos para no reír.

Rudy cambió de postura, volviéndose hacia el otro lado para dejar sitio a Liesel.

La ladrona de libros y su mejor amigo estaban sentados espalda contra espalda en una caja de herramientas con partes rojas en medio de la calle. Cada uno miraba hacia un lado distinto y así siguieron un buen rato. Cuando se levantaron para volver a casa, Rudy fue a cambiarse los calzoncillos y dejó los usados en la calzada. Decidió hacerle un regalo a la Gelbstrasse.

LA VERDAD DE RUDY STEINER
«Creo que se me da mejor dejar cosas atrás que robarlas.»

Semanas después, la caja de herramientas al menos acabó sirviendo para algo. Rudy la vació de martillos y destornilladores y decidió guardar en ella parte de los objetos valiosos de los Steiner en previsión del siguiente bombardeo. Lo único que no sacó fue el oso de peluche.

El 9 de marzo, Rudy la sacó de casa cuando las sirenas volvieron a hacerse oír en Molching.

Mientras los Steiner corrían por Himmelstrasse, Michael Holtzapfel llamaba frenéticamente a la puerta de Rosa Hubermann. Les informó del problema en cuanto Liesel y ella abrieron.

—Mi madre no quiere salir —les dijo. Seguía teniendo ciruelas de sangre en el vendaje—. Está sentada en la cocina.

A pesar de las semanas transcurridas, frau Holtzapfel ni siquiera había empezado a recuperarse. Durante las visitas de Liesel, la mujer se pasaba la mayor parte del tiempo con la mirada perdida en la ventana y hablaba con una quietud cercana al estancamiento; la brutalidad y el encono habían desaparecido de sus gestos. Solía ser Michael el que despedía a Liesel o le daba el café y las gracias. Y ahora eso.

Rosa entró en acción.

Cruzó la cancela sin perder tiempo y se plantó en la puerta.

—¡Holtzapfel! —Sólo se oían las sirenas y a Rosa—. ¡Holtzapfel, salga de ahí ahora mismo, vieja asquerosa y ruin! —El tacto nunca había sido el punto fuerte de Rosa—. ¡Si no sale, moriremos todos en la calle! —Se volvió hacia los otros dos, que esperaban impotentes en la entrada. Una sirena acababa de aullar—. ¿Y ahora qué?

Michael se encogió de hombros, perdido, confuso. Liesel dejó caer la bolsa con los libros y lo miró.

—¡¿Puedo entrar?! —le gritó cuando se oyó un nuevo aullido, aunque no esperó la respuesta.

Se acercó corriendo a la puerta y apartó a su madre de un empujón. Frau Holtzapfel seguía impasible sentada a la mesa.

¿Qué le digo?, pensó Liesel.

¿Cómo hago que se mueva?

Cuando las sirenas volvieron a coger aire oyó que Rosa la llamaba.

—¡Déjala, Liesel, tenemos que irnos! Si quiere morirse, es asunto suyo...

Las sirenas se reanudaron en ese momento. Irrumpieron en la casa y sofocaron la voz de Rosa.

Sólo había el ruido, una chica y una mujer enjuta.

—¡Frau Holtzapfel, por favor!

Como en la conversación que mantuvo con Ilsa Hermann el día de los dulces, tenía a mano innumerables palabras y frases. La diferencia estribaba en que ese día además había bombas, ese día debía darse un poco más de prisa.

❧ LAS OPCIONES ❧

- **Frau Holtzapfel, tenemos que irnos.**
- **Frau Holtzapfel, si nos quedamos aquí, moriremos.**
- **Todavía le queda un hijo.**
- **Todo el mundo la está esperando.**
- **Las bombas le volarán la cabeza.**

- **Si no se viene conmigo, dejaré de venir a leerle y eso significa que habrá perdido a su única amiga.**

Probó con la última, intentando gritar las palabras por encima del estruendo de las sirenas. Tenía las manos plantadas en la mesa.

La mujer la miró y tomó una decisión: se quedaba allí.

Liesel se fue. Se apartó de la mesa y salió corriendo de la casa.

Rosa le aguantó la puerta de la cancela y ambas echaron a correr hacia el número cuarenta y cinco. Michael Holtzapfel parecía un náufrago abandonado a su suerte en Himmelstrasse.

—¡Vamos! —le imploró Rosa, pero el soldado vaciló.

Estaba a punto de volver adentro cuando algo le hizo dar media vuelta. La mano mutilada era lo único que lo seguía reteniendo a la cancela y, avergonzado, la arrancó de allí y las siguió.

Todos miraron atrás varias veces, pero en ningún momento vieron a frau Holtzapfel.

La calle estaba desierta. Con el desvanecimiento del último aullido en el aire, las únicas tres personas que quedaban en Himmelstrasse se dirigieron hacia el sótano de los Fiedler.

—¿Por qué has tardado tanto? —preguntó Rudy.

Sujetaba la caja de herramientas. Liesel dejó la bolsa de libros en el suelo y se sentó encima.

—Estábamos intentando sacar a frau Holtzapfel de casa.

Rudy miró a su alrededor.

—¿Dónde está?

—En casa. En la cocina.

Michael se estremecía hecho un ovillo en el rincón más alejado del refugio.

—Tendría que haberme quedado —no dejaba de repetir—, tendría que haberme quedado, tendría que haberme quedado…

Su voz rozaba el silencio, pero sus ojos eran más contundentes que nunca. Palpitaban furiosos en sus cuencas mientras se estrujaba la mano herida y la sangre empapaba las vendas.

Rosa lo detuvo.

—Por favor, Michael, tú no tienes la culpa.

Sin embargo, el joven al que le quedaban pocos dedos en la mano derecha no tenía consuelo. Se encogió ante la mirada de Rosa.

—Dígame algo, porque no entiendo… —le pidió. Se apoyó en la pared y se dejó resbalar hasta quedar sentado—. Dígame, Rosa, ¿cómo puede quedarse allí sentada dispuesta a morir mientras yo quiero seguir viviendo? —La sangre se espesó—. ¿Por qué quiero vivir? No debería y, sin embargo, quiero vivir.

El joven lloró desolado con la mano de Rosa en su hombro. Los demás miraban. Ni siquiera pudo dejar de llorar cuando la puerta del sótano se abrió y cerró y frau Holtzapfel entró en el refugio.

Su hijo la miró.

Rosa se hizo a un lado.

—Mamá, lo siento, debería haberme quedado contigo —se disculpó Michael cuando se reunió con él.

Frau Holtzapfel no lo escuchó. Se limitó a sentarse a su lado y le levantó la mano herida.

—Vuelves a sangrar —dijo.

Y esperaron sentados, igual que todos los demás.

Liesel metió la mano en la bolsa y rebuscó entre los libros.

❧ EL BOMBARDEO DE MUNICH ❧
9 Y 10 DE MARZO
Las bombas y la lectura amenizaron la larga noche. Tenía la boca seca, pero la ladrona de libros leyó cuarenta y cuatro páginas.

La mayoría de los niños se habían dormido y no oyeron las sirenas que anunciaban el fin del peligro. Sus padres los despertaron o los sacaron en brazos del refugio hacia un mundo de oscuridad.

A lo lejos, los incendios seguían vivos y yo ya había recogido a más de doscientas almas asesinadas.

Iba de camino a Molching, a por una más.

Himmelstrasse estaba despejada.

Habían esperado varias horas antes de hacer aullar de nuevo las sirenas por temor a una nueva amenaza y para que el humo se disipara.

Fue Bettina Steiner la que se fijó en el pequeño incendio y en el lejano hilo de humo que trepaba hacia el cielo cerca del Amper. La niña levantó un dedo.

—Mira.

Puede que la niña fuera la primera en verlo, pero Rudy fue el primero en reaccionar. A pesar de las prisas no soltó la caja de herramientas mientras corría por Himmelstrasse y cruzaba varias calles laterales hasta adentrarse en la arboleda. La siguiente fue Liesel —después de entregar los libros a una notoriamente disconforme Rosa—, seguida de cuatro gatos y poco más, que también salían en esos momentos de otros refugios.

—¡Rudy, espera!

Rudy no esperó.

De vez en cuando Liesel vislumbraba la caja de herramientas entre los árboles a medida que Rudy iba abriéndose camino hacia el resplandor agonizante y el brumoso avión, el cual descansaba humeante en el claro junto al río, donde el piloto había intentado aterrizar.

Rudy se detuvo a unos veinte metros del aparato.

Cuando llegué, lo vi allí de pie, intentando recuperar el aliento.

Las ramas de los árboles se esparcían en la oscuridad.

Había arbustos y troncos por todas partes rodeando el avión, como si se tratara de leña apilada para encender una hoguera. A uno de los lados se abrían tres profundos cortes en el suelo. El desenfrenado tictac del metal enfriándose aceleró el paso de los minutos y los segundos y les hizo pensar que llevaban horas allí. Cada vez iba congregándose más gente detrás de ellos, cuyos alientos y conversaciones se pegaban a la espalda de Liesel.

—Bueno, ¿echamos un vistazo? —propuso Rudy.

Dejó atrás el lindar de los árboles y se acercó al cuerpo del avión encajado en el suelo. Tenía el morro en el agua y las alas se le habían torcido hacia atrás.

Rudy lo rodeó lentamente, empezando por la cola.

—Hay cristales —advirtió—. Hay trocitos de parabrisas por todas partes.

Entonces vio el cuerpo.

Rudy Steiner nunca había visto a nadie tan pálido.

—No vengas, Liesel.

Pero Liesel fue.

Vio el rostro apenas consciente del piloto enemigo, junto a los atentos árboles y el caudaloso río. El avión dio sus últimas boqueadas y el piloto, ladeando la cabeza, dijo algo que, obviamente, no entendieron.

—Jesús, María y José —balbució Rudy—. Está vivo.

La caja de herramientas golpeó un lado del avión y despertó un rumor de voces y pasos humanos.

El resplandor del incendio se había extinguido y había quedado una mañana serena y oscura. Lo único que todavía se resistía era el humo, pero pronto se disiparía.

La muralla de árboles mantenía alejado el color de Munich en llamas. A esas alturas, la visión del chico se había acostumbrado no sólo a la oscuridad, sino también al rostro del piloto. Sus ojos parecían manchas de café y unos tajos le cubrían las mejillas y la barbilla de renglones. Un uniforme arrugado descansaba, indisciplinado, sobre su pecho.

A pesar de la advertencia de Rudy, Liesel se acercó aún más y te prometo que nos reconocimos en ese momento.

Te conozco, pensé.

Había un tren y un niño tosiendo. Había nieve y una niña destrozada por el dolor.

Has crecido, pero te reconozco.

Ni retrocedió ni me plantó cara, pero sé que algo le dijo a la joven que yo estaba allí. ¿Olió mi aliento? ¿Oyó mi malhadado latido circular, que da vueltas y más vueltas en mi sepulcral pecho? No lo sé, pero ella me reconoció, me miró a la cara y no apartó la vista.

Cuando el cielo de carboncillo empezó a clarear, cada una siguió su camino. Nos quedamos mirando al chico que, revolviendo en la caja de herramientas, apartó unas fotografías enmarcadas y sacó un pequeño y amarillento peluche.

Trepó con cuidado hasta el hombre agonizante.

Dejó el sonriente oso de peluche sobre el hombro del piloto, con suavidad. La punta de la orejita le tocaba el cuello.

El hombre agonizante lo olió. Habló. Dijo «Gracias» en inglés. Los renglones se separaron al abrir la boca y una gotita de sangre le rodó por el cuello.

—¿Qué? —preguntó Rudy—. *Was hast du gesagt?* ¿Qué has dicho?

Por desgracia, me adelanté a la respuesta. Había llegado el momento, y metí las manos en la cabina. Extraje despacio el alma del piloto del uniforme arrugado y lo rescaté del aparato estrellado. Los curiosos se entretuvieron con el silencio mientras me abría camino entre ellos, a empujones.

Lo cierto es que durante los años que duró la hegemonía de Hitler, nadie logró servir al Führer con mayor lealtad que yo. El corazón de los humanos no es como el mío. El de los humanos es una línea, mientras que el mío es un círculo y poseo la infinita habilidad de estar en el lugar apropiado en el momento oportuno. La consecuencia es que siempre encuentro humanos en su mejor y en su peor momento. Veo su fealdad y su belleza y me pregunto cómo ambas pueden ser lo mismo. Sin embargo, tienen algo que les envidio: al menos los humanos tienen el buen juicio de morir.

De vuelta en casa

Fue una época de delincuentes, aviones estrellados y ositos de peluche, pero el primer trimestre de 1943 finalizaría con una nota positiva para la ladrona de libros.

A principios de abril, Hans Hubermann se subió a un tren con dirección a Munich con una escayola que le cubría la pierna hasta la rodilla. Le concedieron una semana de descanso en casa antes de engrosar las listas de chupatintas del ejército en la ciudad. Tendría que echar una mano en los trámites burocráticos para llevar a cabo la retirada de escombros de fábricas, casas, iglesias y hospitales de Munich. El tiempo diría si lo devolvían a la calle para encargarse de las reparaciones. Todo dependía del estado de su pierna y de la ciudad.

Ya había oscurecido cuando llegó a casa un día después de lo esperado. El tren había sufrido un retraso a causa de una amenaza de bombardeo aéreo. Se plantó ante la puerta del número treinta y tres de Himmelstrasse y cerró la mano en un puño.

Cuatro años antes, habían tenido que obligar a Liesel Meminger a traspasar esa misma verja por primera vez. Max Vandenburg había estado allí con una llave que le quemaba en la mano. Ahora le tocaba a Hans Hubermann. Llamó cuatro veces y respondió la ladrona de libros.

—Papá, papá.

Debió de decirlo cientos de veces, abrazada a él en la cocina, resistiéndose a soltarlo.

Más tarde, después de cenar, Hans les contó todo a su mujer y a Liesel, sentados a la mesa de la cocina hasta entrada la noche. Les habló de la LSE, de las calles llenas de humo y de las pobres almas que vagaban perdidas. Y de Reinhold Zucker. Del pobre imbécil de Reinhold Zucker. Le llevó horas.

Liesel se fue a la cama a la una de la madrugada y su padre entró en el dormitorio para sentarse a su lado, como solía hacer. La joven se despertó en varias ocasiones para comprobar que seguía allí y él no le falló ni una sola vez.

Fue una noche tranquila.

La dicha hacía de su cama un lugar cálido y apacible.

DÉCIMA PARTE

❧

La ladrona de libros

Presenta:

el fin del mundo — el nonagésimo octavo día — un instigador
de guerras — el estilo de las palabras — una joven catatónica
— confesiones — el librito negro de Ilsa Hermann — unos
aviones con caja torácica — y una montaña de escombros

El fin del mundo
(parte I)

Te ofrezco un nuevo atisbo del final. Tal vez lo haga con el fin de suavizar el golpe posterior o para prepararme mejor cuando llegue el momento de explicarlo. De cualquier modo, debo informarte de que llovía en Himmelstrasse cuando el mundo se acabó para Liesel Meminger.

El cielo goteaba.

Como un grifo que un niño no ha conseguido cerrar por completo a pesar de haberlo intentado con todas sus fuerzas. Las primeras gotas eran frías. Las sentí en las manos cuando esperaba a la puerta de la tienda de frau Diller.

Los oí en lo alto.

Levanté la vista y vi los aviones de lata en el cielo encapotado. Vi cómo abrían sus barrigas y dejaban caer las bombas con toda tranquilidad. No acertaron, claro. No solían estar acertados.

❧ UNA PEQUEÑA Y ❧
TRISTE ESPERANZA
Nadie quería bombardear Himmelstrasse.
Nadie bombardearía un lugar llamado paraíso, ¿no? ¿No?

Las bombas cayeron, y las nubes no tardarían en arder ni las frías gotas de lluvia en convertirse en cenizas. Nevarían abrasadores copos de nieve.

Para abreviar, Himmelstrasse quedó arrasada.

Las casas saltaron por los aires y salpicaron la acera de enfrente. Sobre el destrozado suelo, una fotografía enmarcada de un Führer de porte serio acabó machacada. Aun así, sonreía, con su gravedad acostumbrada. Él sabía algo que los demás ignorábamos. Aunque yo sabía algo que él ignoraba. Y todo sucedió mientras la gente dormía.

Rudy Steiner dormía. Hans y Rosa dormían. Frau Holtzapfel, frau Diller. Tommy Müller. Todos dormían. Todos murieron.

Sólo sobrevivió una persona.

Sobrevivió porque estaba en un sótano releyendo la historia de su vida en busca de errores. Habían considerado que el habitáculo no estaba a suficiente profundidad, pero esa noche, el 7 de octubre, bastó. Las ruinosas estructuras se fueron desmoronando despacio y horas después, cuando el extraño y desaliñado silencio se impuso en Molching, la LSE local oyó algo. Un eco. Por allí abajo, en algún lugar, una niña golpeaba con furor un bote de pintura con un lápiz.

Se detuvieron, aguzando el oído, y se pusieron a cavar en cuanto volvieron a oír el sonido.

໕ OBJETOS QUE PASAN ໖ DE MANO EN MANO

Bloques de cemento y tejas. Un trozo de pared con un sol chorreante pintado en él. Un acordeón de aspecto triste asomando a través de la funda carcomida.

Lo apartaron todo.

Uno de ellos vio el cabello de la ladrona de libros al retirar un bloque de pared desmoronada.

El hombre se puso a reír, complacido. Traía al mundo una recién nacida.

—Es increíble… ¡Está viva!

El júbilo se extendió a los hombres que iban acercándose mientras anunciaban la buena nueva; sin embargo, no pude compartir enteramente su entusiasmo.

Antes, había acogido a su padre en un brazo y a su madre en el otro. Tenían el alma suave.

Habían amortajado sus cuerpos un poco más allá, como el de todos los demás. Los preciosos ojos plateados de Hans habían empezado a oxidarse y los labios acartonados de Rosa habían quedado medio abiertos, seguramente en un ronquido inconcluso. Para blasfemar como los alemanes: Jesús, María y José.

Las manos tiraron de Liesel y le sacudieron los cascotes de la ropa.

—Jovencita, las sirenas avisaron demasiado tarde —le contaron—. ¿Qué hacías en el sótano? ¿Cómo lo sabías?

No repararon en que la niña todavía llevaba el libro en las manos. Respondió con un grito. El prodigioso grito de los vivos.

—¡Papá!

Una segunda vez. Su rostro se contrajo al alcanzar un tono más alto, más angustiado.

—¡Papá, papá!

Fueron pasándola de mano en mano para sacarla de allí mientras no dejaba de gritar, gemir y llorar. Si estaba herida, aún tardarían en descubrirlo, pues se zafó de ellos y buscó, llamó y siguió sollozando.

No se había desprendido del libro.

Se aferraba con desesperación a las palabras que le habían salvado la vida.

El nonagésimo octavo día

Todo fue bien durante los primeros noventa y siete días tras el regreso de Hans Hubermann, en abril de 1943. Solía quedarse pensativo imaginando a su hijo en el frente de Stalingrado, con la esperanza de que por las venas del joven corriera algo de su suerte.

A la tercera noche de su regreso, tocó el acordeón en la cocina. Una promesa era una promesa. Hubo música, sopa, chistes y la risa de una niña de catorce años.

—*Saumensch*, deja de armar tanto escándalo con esas risas —le advirtió su madre—. Sus chistes no tienen tanta gracia. Además, son verdes…

Hans se reincorporó al trabajo al cabo de una semana, en una de las oficinas del ejército, en la ciudad. Le contó a su familia que tenían una buena provisión de cigarrillos y comida, y de vez en cuando llevaba galletas o un poco de mermelada a casa. Era como en los viejos tiempos. Un bombardeo aéreo de poca importancia en mayo. Un «*Heil Hitler!*» por aquí o por allá. Todo iba bien.

Hasta el nonagésimo octavo día.

ᗡ PEQUEÑO COMENTARIO ᗞ
DE UNA ANCIANA
En Münchenstrasse, dijo: «Jesús, María y José, ojalá no los hicieran pasar por aquí. Esos condenados judíos traen mala suerte. Son una mala señal. Es verlos y saber que sólo nos traerán desgracias».

Era la misma anciana que anunció a los judíos la primera vez que Liesel los vio. A la altura de la calle, su rostro era una pasa, sus ojos tenían el color azul oscuro de una vena y su predicción resultó bastante acertada.

En pleno verano, Molching recibió una señal de lo que el destino le deparaba. Se anunció como solía hacerlo: primero los movimientos de cabeza de un soldado y su arma asomando por detrás, apuntando al aire. A continuación, una tintineante cadena de judíos.

Esta vez la única diferencia estribaba en que procedían de la dirección contraria. Los llevaban a la ciudad vecina de Nebling para que despejaran las calles y realizaran las tareas de limpieza que el ejército se negaba a efectuar. Volvieron al campo de concentración al acabar el día, a paso lento y cansado, derrotados.

Una vez más, Liesel buscó a Max Vandenburg pensando que bien podría haber acabado en Dachau sin que antes hubiera tenido que desfilar por Molching. No estaba. Esa vez no.

Aunque tiempo al tiempo, porque una cálida tarde de agosto, Max desfilaría por la ciudad con los demás. Sin embargo, a diferencia de los otros, él no miraría fijamente la carretera, no se volvería al azar hacia las gradas alemanas del Führer.

ᴃᴃ UN APUNTE ACERCA ᴃᴃ
DE MAX VANDENBURG
**Buscaría a una joven ladrona de libros entre los rostros de
Münchenstrasse.**

En aquella ocasión, en julio, aquel día que Liesel calculó como el nonagésimo octavo después del regreso de su padre, se quedó allí, de pie, y estudió la masa en movimiento de fúnebres judíos… buscando a Max. Al menos eso aliviaba el dolor de no hacer otra cosa que mirar.

«Es una idea repugnante», escribiría en el sótano de Himmelstrasse, pero sabía que era cierto. Dolía contemplarlos. ¿Y el dolor de ellos? ¿Y el dolor de unos zapatos que sólo sabían tropezar y el de su tormento y el de las puertas del campo al cerrarse?

Atravesaron la ciudad dos veces en diez días y, poco después, se demostró que la anónima mujer de cara de pasa de Münchenstrasse estaba totalmente en lo cierto. El sufrimiento había aparecido y si culparon a los judíos por ser sus anunciadores o su prólogo, también deberían haber culpado al Führer y a su obsesión con Rusia como la verdadera causa… porque más tarde, un día de julio, cuando Himmelstrasse se despertó, se encontró con un soldado muerto. Colgaba de una de las vigas de una lavandería, no lejos de la tienda de frau Diller. Otro péndulo humano. Otro reloj, parado.

El descuidado dueño había dejado la puerta abierta.

ෆ෭ 24 DE JULIO, 6.03 DE LA MAÑANA ෨ඁ
En la lavandería hacía calor, las vigas eran firmes y Michael Holtzapfel saltó de la silla como si lo hiciera desde un precipicio.

En aquella época mucha gente me perseguía, me reclamaba y me pedía que me la llevara. Unos pocos llamaban mi atención por casualidad y me susurraban al oído con voz apagada.

Llévame, decían, y no había forma de que callaran. Tenían miedo, de acuerdo, pero no de mí. Les asustaba echarlo todo a perder y tener que volver a enfrentarse a ellos mismos y al mundo y a gente como tú.

Estaba atada de manos.

Eran muy ingeniosos, contaban con muchos recursos y, cuando les salía bien, fuera cual fuese el método que hubieran escogido, me era imposible rechazarlos.

Michael Holtzapfel sabía lo que hacía.

Se mató por querer vivir.

Por descontado, no vi a Liesel Meminger aquel día. Como suele ocurrir en estos casos, me dije que tenía demasiado trabajo para quedarme en Himmelstrasse a escuchar los lamentos. Es duro cuando alguien te sorprende con las manos en la masa, así que tomé la habitual decisión de retirarme hacia el sol matutino.

No oí estallar la voz de un anciano cuando encontró el cuerpo colgando, ni los correteos o los atónitos gritos ahogados de la gente que iba llegando. Tampoco oí murmurar a un hombre esquelético y con bigote: «Qué lástima, es una verdadera lástima…».

No vi a frau Holtzapfel tendida en Himmelstrasse, con los brazos abiertos y el rostro desfigurado por la desesperación. No, todo eso se me pasó por alto hasta que volví unos meses después y leí algo titulado *La ladrona de libros*. Me enteré de que no fue la mano herida ni ninguna otra herida lo que acabó finalmente con Michael Holtzapfel, sino la culpa de estar vivo.

Tiempo antes de su muerte, la niña se había percatado de que Michael no dormía, que las noches eran como un veneno. Suelo imaginármelo desvelado, sudando entre sábanas de nieve o viendo las piernas cercenadas de su hermano. Liesel escribió que en varias ocasiones estuvo a punto de hablarle de su propio hermano como lo había hecho con Max, pero parecía existir una gran diferencia entre una tos de largo recorrido y dos piernas desaparecidas. ¿Cómo se consuela a un hombre que ha visto algo así? ¿Le dices que el Führer está orgulloso de él, que el Führer lo estima por lo que ha hecho en Stalingrado? ¿Cómo te atreves siquiera? Lo único que puedes hacer es dejarlo hablar. Por descontado, el problema es que esa clase de gente se guarda las palabras más importantes para después, para cuando los humanos que los rodean tienen la desgracia de encontrarlos. Una nota, una frase, incluso una pregunta o una carta, como en la de Himmelstrasse en julio de 1943.

✑ MICHAEL HOLTZAPFEL ✑
EL ÚLTIMO ADIÓS
Querida madre:
¿Me perdonarás? Ya no podía soportarlo más. Voy a reunirme
con Robert. No me importa lo que los malditos católicos
tengan que decir al respecto, tiene que haber un lugar en el
cielo para los que han estado donde he estado yo. Puede que
creas que no te quiero por lo que te he hecho, pero te quiero.
Tu Michael

Le pidieron a Hans Hubermann que fuera él quien se lo dijera a frau Holtzapfel. Hans se quedó en el umbral de la puerta y ella debió de verlo en su cara. Dos hijos en seis meses.

El sol de la mañana resplandecía a su espalda cuando la enjuta mujer pasó por su lado, dándole un empujón. Sollozante, acudió corriendo al lugar donde se reunía la gente, al final de Himmelstrasse. Repitió el nombre de Michael veinticinco veces como mínimo, pero Michael ya había contestado. Según la ladrona de libros, frau Holtzapfel estuvo abrazando el cuerpo cerca de una hora. Luego se volvió hacia el sol cegador de Himmelstrasse y se sentó. Ya no podía caminar.

La gente observaba de lejos. Era más fácil desde cierta distancia.

Hans Hubermann se sentó a su lado.

Le cogió las manos cuando ella se tumbó en el duro suelo.

Dejó que sus gritos inundaran la calle.

El instigador de guerras

Qué olor a ataúd recién tallado. Ropas negras. Enormes bolsas bajo los ojos. Liesel estaba junto a los demás, en la hierba. Había leído para frau Holtzapfel esa misma tarde. *El repartidor de sueños*, el favorito de su vecina.

La verdad es que fue un día bastante ajetreado.

❧ 27 DE JULIO DE 1943 ❧
Michael Holtzapfel fue enterrado y la ladrona de libros leyó a los afligidos. Los aliados bombardearon Hamburgo... A propósito, es una suerte que, en cierta forma, yo sea capaz de hacer milagros. Nadie más podría llevarse cerca de cuarenta y cinco mil personas en tan poco tiempo. Ni en un millón de años humanos.

Los alemanes estaban empezando a pagarlo con creces. Al Führer le empezaban a temblar las rodillitas.

Aun así, tengo que reconocerle algo a ese Führer.

Desde luego, tenía una voluntad férrea.

En ningún momento se aflojó el ritmo durante la guerra, ni se redujo el castigo y exterminio de una plaga judía. Aunque la mayoría de los campos de exterminio estaban desperdigados por toda Europa, todavía quedaban algunos en la propia Alemania.

Aún se obligaba a mucha gente a trabajar en esos campos, y a caminar.

Max Vandenburg era uno de esos judíos.

El estilo de las palabras

Ocurrió en una pequeña ciudad del feudo de Hitler.

Habían conseguido controlar el torrente de sufrimiento, pero llegó otra pequeña porción. Un grupo de judíos había sido obligado a desfilar en las afueras de Munich y una adolescente hizo lo impensable: se abrió paso para caminar con ellos. Cuando los soldados la apartaron con brusquedad y la tiraron al suelo, ella volvió a levantarse. Y continuó.

Esa mañana hacía calor.

Otro bonito día para un desfile.

Los soldados y los judíos habían cruzado varias ciudades y estaban llegando a Molching. Era posible que el campo de concentración requiriera trabajos de reparación o que hubieran muerto algunos presos. Por la razón que fuera, conducían a pie un nuevo cargamento de judíos extenuados hasta Dachau.

Liesel corrió a Münchenstrasse como solía hacer, donde se reunió con el habitual grupo de espectadores.

—*Heil Hitler!*

Oyó al primer soldado desde lejos, y hacia él se encaminó abriéndose paso entre la multitud, al encuentro de la procesión. La voz la había dejado pasmada, convirtiendo el cielo infinito en un techo a la altura de la cabeza del soldado, contra el que rebotaban las palabras que acababan a los renqueantes pies de los judíos.

Los ojos de aquellos hombres y mujeres.

Observaban el movimiento en las calles, uno tras otro. En cuanto Liesel encontró una buena posición, se detuvo y los estudió con detenimiento. Repasaba rápidamente cada rostro intentando relacionarlos con el judío que escribió *El vigilante* y *El árbol de las palabras*.

Pelo de plumas, pensó.

No, pelo de cañas. Ese es el aspecto que tiene cuando lo lleva sucio. Busca pelo de cañas y ojos cenagosos y una barba rasposa.

Dios, había tantos...

Tantos juegos de miradas agónicas y pasos arrastrándose.

Liesel siguió buscando y no fue el reconocimiento de unos rasgos faciales lo que descubrió a Max Vandenburg, sino el modo en que se comportaba su rostro, porque él también buscaba entre la multitud. Concentrado. Liesel sintió que todo se detenía cuando dio con los únicos ojos que miraban directamente a la cara a los espectadores alemanes. Los estudiaba con tal intensidad que la gente que rodeaba a la ladrona de libros se percató y lo señaló.

—¿Qué mira ese? —preguntó a su lado una voz masculina.

La ladrona de libros bajó del bordillo.

Moverse nunca había sido una carga tan pesada. Su pecho adolescente nunca había sentido el corazón tan henchido. Dio un paso al frente.

—Me busca a mí —dijo con un hilo de voz.

Su voz se fue apagando y cayó en picado por su garganta. Tuvo que reencontrarla, rebuscando en el fondo, para aprender a hablar de nuevo y decir su nombre. Max.

—¡Max, estoy aquí!

Más alto.

—¡Max, estoy aquí!

La oyó.

‿ MAX VANDENBURG, ‿
AGOSTO DE 1943

Allí estaba, con el pelo hecho unas ramas secas, como imaginaba Liesel, y los ojos cenagosos que se abrieron paso hacia ella, saltando de hombro judío en hombro judío. La miraron suplicantes al llegar a su lado. La barba ocultaba el rostro y le temblaron los labios cuando pronunció la palabra, el nombre, la niña. Liesel.

Liesel se desmarcó definitivamente de la multitud y se adentró en la marea de judíos, abriéndose paso entre ellos hasta que se aferró al brazo de Max con una mano.

El rostro de Max dio con ella.

Se agachó cuando Liesel tropezó y el judío, el asqueroso judío, la ayudó a levantarse. Necesitó de todas sus fuerzas.

—Estoy aquí, Max —repitió—, estoy aquí.

—No puedo creerlo… —Las palabras se deslizaban por los labios de Max Vandenburg—. Mira cómo has crecido. —Había una profunda tristeza en sus ojos. Se llenaron de lágrimas—. Liesel… me cogieron hace unos meses. —Tenía la voz herida, pero logró llegar hasta la chica—. A medio camino de Stuttgart.

Desde dentro, el torrente de judíos era un turbio caos de brazos y piernas. De uniformes hechos jirones. Los soldados todavía no la habían visto, por lo que Max la avisó.

—Tienes que soltarme, Liesel.

Incluso intentó apartarla de un empujón, pero la niña era demasiado fuerte. Los famélicos brazos de Max no lograron convencerla y ella siguió caminando a su lado, entre la mugre, el hambre y la confusión.

Al cabo de muchos pasos, un soldado se fijó en ella.

—¡Eh! —le llamó la atención, apuntándola con el látigo—. Eh, niña, ¿qué haces? Sal de ahí.

Al ver que lo ignoraba por completo, el soldado se abrió paso a empujones, separando con el brazo el pringue que los unía. Liesel seguía avanzando como podía cuando se percató de la agónica expresión de Max Vandenburg ante la inminente aparición del soldado. Lo había visto asustado, pero nunca como en ese momento.

El soldado la cogió.

Sus manos rasgaron la ropa de Liesel.

La joven sintió los huesos de los dedos y la bola de los nudillos. Le arañaron la piel.

—¡He dicho que salgas! —le ordenó, y la arrastró hasta la acera, donde la arrojó contra el muro de expectantes alemanes.

Cada vez hacía más calor. El sol le quemaba la cara. La niña quedó tendida en el suelo, dolorida, pero volvió a levantarse. Se recompuso y esperó... para volver a entrar.

Esta vez Liesel se abrió paso desde la retaguardia.

Delante sólo veía el inconfundible ramaje, hacia el que encaminó sus pasos.

Esta vez no lo alcanzó, se detuvo. Allí, en algún lugar dentro de ella, estaban las almas de las palabras. Salieron trepando hacia fuera y se colocaron a su lado.

—Max —lo llamó. El judío se volvió y cerró los ojos un instante—. «Había una vez un hombre bajito y extraño» —continuó la joven. Tenía los brazos colgando, pero cerraba las manos en un puño—. Aunque también había una recolectora de palabras.

Uno de los judíos de camino a Dachau había dejado de andar.

Estaba totalmente inmóvil mientras los demás lo esquivaban, taciturnos, abandonándolo a su suerte. Sus ojos vacilaron. Fue todo muy sencillo: las palabras pasaron de la joven al judío, treparon hacia él.

Cuando la niña volvió a hablar, las preguntas tropezaron en su boca. Lágrimas calientes luchaban por hacerse sitio en sus ojos, pero ella estaba decidida a retenerlas. Mejor mantenerse firme, con orgullo. Que se encargaran las palabras.

—«¿De verdad eres tú?, preguntó el joven» —dijo Liesel—. «¿Fue de tu mejilla de donde recogí la semilla?»

Max Vandenburg permaneció firme.

No se cayó de rodillas.

La gente, los judíos y las nubes, todos se detuvieron. A mirar.

Max observó a la joven y luego volvió la vista hacia el vasto y resplandeciente cielo azul. Contundentes rayos —columnas de sol— alcanzaban maravillados la calzada al azar. Las nubes arquearon la espalda para echar un vistazo atrás al reanudar la marcha.

—Hace un día precioso —dijo Max con voz quebrada.

Un gran día para morir. Un gran día para morir así.

Liesel se acercó y esta vez encontró el valor para alargar una mano y acariciar su barbuda mejilla.

—¿De verdad eres tú, Max?

Qué espléndido día alemán, con su atenta multitud.

Max dejó que sus labios besaran la palma de la joven.

—Sí, Liesel, soy yo.

Con su mano, sostuvo la de Liesel sobre su mejilla y lloró entre sus dedos. Lloraba mientras los soldados se acercaban y un pequeño grupo de insolentes judíos los miraba.

Lo azotaron, en pie.

—Max —sollozó la niña.

Pronunció su nombre otra vez, en silencio, mientras la sacaban a rastras: Max.

El púgil judío.

En su interior, Liesel lo dijo todo.

Maxi Taxi. Así es como ese amigo tuyo te llamaba en Sttutgart cuando peleabas en la calle, ¿te acuerdas? ¿Te acuerdas, Max? Tú me lo contaste. Lo recuerdo todo…

Ese eras tú, el chico de los puños de acero, y dijiste que la muerte sentiría tu puño en su cara cuando viniera a por ti.

¿Recuerdas el muñeco de nieve, Max?

¿Lo recuerdas?

¿En el sótano?

¿Recuerdas la nube blanca de corazón gris?

El Führer todavía baja algunas veces preguntando por ti. Te echa de menos. Todos te echamos de menos.

El látigo. El látigo.

El látigo era una continuación de la mano del soldado. Se abatió sobre la cara de Max. Le azotó la barbilla y le abrió un surco en el cuello.

Max se desplomó y el soldado se volvió hacia la niña. Con la boca abierta. Tenía unos dientes inmaculados.

Una imagen repentina resplandeció ante los ojos de Liesel. Recordó el día en que deseó que la abofeteara Ilsa Hermann o, al menos, la infalible Rosa, pero ninguna de las dos lo hizo. Esta vez no la decepcionaron.

El látigo le hizo un corte en la clavícula y le alcanzó el omoplato.

—¡Liesel!

Reconoció la voz.

Cuando el soldado echó el brazo hacia atrás, Liesel vislumbró entre la gente a un Rudy Steiner aterrado. La estaba llamando. Distinguió el rostro atormentado y el cabello rubio.

—¡Liesel, sal de ahí!

La ladrona de libros no se movió.

Liesel cerró los ojos y en su cuerpo se abrió una nueva y abrasadora veta, y otra más, hasta que cayó contra el cálido suelo, que le calentó la mejilla.

Llegaron más palabras, esta vez del soldado.

—*Steh'auf.* —La lacónica frase iba dirigida al judío, no a la joven, aunque no tardó en desarrollarla—. Levántate, asqueroso imbécil, puerco judío, levántate, levántate…

Max se puso en pie como pudo.

Una flexión más, Max.

Una flexión más en el frío suelo del sótano.

Movió los pies.

Los arrastró y continuó su camino.

Le temblaban las piernas y se pasaba las manos por las marcas de los latigazos, para calmar el escozor. Cuando intentó volver a buscar a Liesel, las manos del soldado lo cogieron por los hombros ensangrentados y lo empujaron.

Llegó el niño. Dobló las larguiruchas piernas y llamó a alguien, a su lado.

—Tommy, ven aquí y ayúdame. Hay que sacarla de aquí. ¡Tommy, date prisa! —Levantó a la ladrona de libros por las axilas—. Liesel, vamos, tienes que salir de la calle.

Cuando Liesel logró ponerse en pie, miró a los atónitos y conmocionados alemanes, recién sacados de su envoltorio. Se había dejado caer a sus pies, pero sólo un momento. Un roce encendió un fósforo en la mejilla que había impactado contra el suelo. Cada latido la hacía temblar.

Vio las piernas y los talones desdibujados de los últimos judíos errantes al final de la calle.

La cara le ardía y sentía un acuciante dolor en los brazos y las piernas, un entumecimiento molesto y extenuante al mismo tiempo.

Se puso en pie otra vez.

Fuera de sí, se puso a caminar y enseguida echó a correr por Münchenstrasse tras los últimos pasos de Max Vandenburg.

—Liesel, ¡¿qué haces?!

Se escapó del lazo de las palabras de Rudy e hizo caso omiso de la gente que la miraba al pasar por su lado. La mayoría de ellos estaban mudos. Estatuas con corazones. Como espectadores del último tramo de una maratón. Liesel volvió a gritar, pero no la oyeron. El pelo le tapaba los ojos.

—¡Por favor, Max!

Unos treinta metros después, justo cuando un soldado se volvía, derribaron a la chica. Unas manos la agarraron por detrás y el chico de la puerta de al lado la tiró al suelo. La obligó a arrodillarse en la calle, y por ello fue castigado, aunque recibió los puñetazos como si fueran regalos. Aceptó las manos y los codos huesudos con apenas unos breves quejidos. Fue acumulando las violentas y pastosas raciones de saliva y lágrimas como si fueran lo que su cara necesitaba y, lo más importante, logró que no se levantara.

Un niño y una niña se entrelazaban en Münchenstrasse.

Se retorcían, incómodos, en el asfalto.

Juntos, vieron desaparecer a los humanos. Los vieron disolverse en el aire húmedo como si fueran grageas en movimiento.

Confesiones

En cuanto los judíos desaparecieron, Rudy y Liesel se separaron. La ladrona de libros no abrió la boca. Las preguntas de Rudy quedaron sin respuesta.

Liesel no se fue a casa. Abatida, se dirigió a la estación de tren a esperar a su padre, que no llegaría hasta al cabo de unas horas. Rudy la acompañó los primeros veinte minutos, pero como todavía faltaba más de medio día para que Hans volviera a casa, fue en busca de Rosa. Le explicó lo que había ocurrido por el camino. Rosa ya había encajado todas las piezas del rompecabezas cuando llegó a la estación, por lo que no le preguntó nada, se limitó a quedarse a su lado hasta que al final logró convencerla para que se sentara. Lo esperaron juntas.

Hans dejó caer la bolsa y dio patadas al aire de la *Bahnhof* cuando se lo explicaron.

Esa noche no cenaron. Los dedos de Hans profanaron el acordeón: por mucho que lo intentara, asesinaba una canción tras otra. Ya nada salía bien.

La ladrona de libros guardó cama tres días seguidos.

Mañana y tarde, Rudy Steiner llamaba a la puerta y preguntaba si seguía enferma. Liesel no estaba enferma.

Al cuarto día, Liesel se acercó a la puerta de su vecino de enfrente y le preguntó si le apetecía acompañarla a la arboleda, donde habían repartido el pan el año anterior.

—Te lo tendría que haber contado antes —admitió.

Avanzaron un buen trecho por la carretera que conducía a Dachau. Se adentraron entre los árboles. Las largas figuras de luces y sombras estaban salpicadas de piñas, que parecían galletas esparcidas.

Gracias, Rudy.

Por todo. Por ayudarme, por detenerme...

No lo dijo.

Descansaba una mano sobre una rama astillada.

—Rudy, si te cuento algo, ¿me prometes que no se lo contarás a nadie?

—Claro. —Rudy percibió la seriedad en el rostro de la chica y la pesadumbre en su voz. Se apoyó en el árbol contiguo al de ella—. ¿De qué se trata?

—Promételo.

—Ya lo he hecho.

—Vuelve a hacerlo. No puedes decírselo ni a tu madre, ni a tu hermano ni a Tommy Müller. A nadie.

—Lo prometo.

Se inclinó.

Miró al suelo.

Liesel intentó encontrar por dónde empezar varias veces, leyendo las frases a sus pies mientras mezclaba las palabras con las piñas y los trocitos de ramas rotas.

—¿Recuerdas cuando me hice daño jugando al fútbol en la calle? —se decidió.

Necesitó unos tres cuartos de hora para explicarle dos guerras, un acordeón, un púgil judío y un sótano. Sin olvidar lo que había ocurrido cuatro días antes en Münchenstrasse.

—Por eso te acercaste a mirar más de cerca el día del pan, para ver si lo encontrabas —concluyó él.

—Sí.

—Por los clavos de Cristo.

—Sí.

Los árboles eran altos y triangulares. Estaban serenos.

Liesel sacó *El árbol de las palabras* de la bolsa y le enseñó a Rudy una de las páginas en la que aparecía un niño con tres medallas colgando del cuello.

—«El pelo de color limón» —leyó Rudy. Tocó las palabras con los dedos—. ¿Le hablabas de mí?

Liesel no pudo responder enseguida. Tal vez fue la súbita sacudida amorosa que sintió por él. ¿O había sido así siempre? Era probable. Privada del habla, deseó que la besara, que la agarrara de la mano y la atrajera hacia él. No importaba dónde. En la boca, en el cuello, en la mejilla. Tenía toda la piel libre para él, a la espera.

Unos años antes, cuando corrían por un campo embarrado, Rudy era un saco de huesos ensamblados con prisas, de sonrisa escarpada e irregular. Esa tarde entre los árboles era alguien que repartía pan y ositos de peluche. Era tricampeón de atletismo de las Juventudes Hitlerianas. Era su mejor amigo. Y faltaba un mes para su muerte.

—Claro que le hablaba de ti —respondió Liesel.

Se estaba despidiendo y ni siquiera lo sabía.

El librito negro de Ilsa Hermann

A mediados de agosto, creía que acudía al número ocho de Grandestrasse en busca del mismo remedio de siempre.

Para animarse.

Eso era lo que creía.

El día había sido caluroso, pero se esperaban lluvias por la noche. En *La última extranjera*, había una cita cerca ya del final, que Liesel recordó cuando pasaba junto a la tienda de frau Diller.

ᑶ «LA ÚLTIMA EXTRANJERA» ᑷ
PÁGINA 211
«El sol remueve la tierra. Una y otra vez, nos va removiendo, como a un guiso.»

Liesel cruzó el puente del Amper. El agua corría soberbia, esmeralda y exuberante. Veía las piedras del lecho y oía el familiar rumor de la corriente. El mundo no se merecía un río así.

Subió la colina hasta Grandestrasse. Las mansiones eran fascinantes y detestables. Se regodeó con el ligero dolorcillo que sentía en las piernas y los pulmones. Camina más rápido, pensó, y empezó a remontar, como un monstruo saliendo de la arena. Olía a hierba recién cortada de los jardines. Era un olor fresco y dulzón, verde con motitas amarillas. Cruzó el patio sin volver la cabeza ni una sola vez o el mínimo asomo de paranoia.

La ventana.

Manos en el marco, tijereta con las piernas.

Pies en el suelo.

Libros, hojas y un lugar dichoso.

Sacó un libro de las estanterías y se sentó con él en el suelo.

Se preguntó si estaría en casa, aunque le daba igual si Ilsa Hermann estaba pelando patatas en la cocina o haciendo cola en correos. O de pie como un fantasma cerniéndose sobre ella, intentado adivinar qué leía.

Sinceramente, ya no le importaba.

Durante un buen rato se limitó a quedarse sentada y a mirar.

Había visto morir a su hermano con un ojo abierto y el otro todavía soñando. Se había despedido de su madre y había imaginado la solitaria espera de un tren que la llevaría de vuelta al olvido. Una mujer hecha un manojo de nervios se había tumbado en el suelo y su grito había rodado por la calle hasta volcarse, como una moneda que ha perdido empuje. Un joven colgaba de una cuerda hecha de nieve de Stalingrado. Había visto morir a un piloto de bombardero en una caja metálica. Había visto desfilar hacia un campo de concentración a un judío que en dos ocasiones le había entregado las páginas más hermosas de su vida. Y en medio de todo, veía al Führer gritando sus palabras y repartiéndolas a su alrededor.

Esas imágenes eran el mundo, que se removía en su interior mientras seguía allí sentada, con los hermosos libros de cuidados títulos. Se removía en ella al tiempo que hojeaba las páginas atestadas de párrafos y palabras.

Qué hijos de puta, pensó.

Qué adorables hijos de puta.

No me hagáis feliz. Por favor, no me cameléis y me dejéis creer que algo bueno puede salir de todo esto. ¿No veis los moretones? ¿No veis esta raspadura? ¿No veis la herida que tengo dentro? ¿No veis cómo se extiende y me corroe ante vuestros ojos? No quiero volver a tener esperanzas. No quiero rezar para que Max esté vivo y a salvo. O Alex Steiner.

Porque el mundo no se los merece.

Arrancó una página del libro y la partió en dos.

Luego un capítulo.

Pronto no quedaron más que trocitos de palabras esparcidos entre sus piernas a su alrededor. Las palabras. ¿Por qué tenían que existir? Sin ellas nada hubiera pasado. Sin palabras, el Führer no era nada. No habría prisioneros renqueantes, ni nadie necesitaría consuelo o trucos palabreros para hacernos sentir mejor.

¿Qué tenían de bueno las palabras?

Esta vez lo dijo en alto a la luz anaranjada que inundaba la habitación.

—¿Qué tienen de bueno las palabras?

La ladrona de libros se levantó y se dirigió con cuidado a la puerta de la biblioteca, que chirrió débilmente. El amplio vestíbulo estaba inmerso en un vacío de madera.

—¿Frau Hermann?

La pregunta regresó hasta ella y rebotó de nuevo hacia la puerta de la calle, aunque se detuvo lánguidamente a medio camino, sobre un par de gruesas tablas de madera.

—¿Frau Hermann?

El silencio fue el único que contestó a su llamada, por lo que se sintió tentada a rebuscar en la cocina, por Rudy. Se reprimió. No estaría bien robar comida a una mujer que le había dejado un diccionario apoyado en el cristal de la ventana. Eso y que acababa de destruir uno de sus libros, hoja a hoja, capítulo a capítulo. Ya había causado suficiente perjuicio.

Liesel volvió a la biblioteca y abrió uno de los cajones del escritorio. Se sentó.

✑ LA ÚLTIMA CARTA ✑

Querida Sra. Hermann:
Como puede ver, he vuelto a estar en su biblioteca y he estropeado

uno de sus libros. Estaba muy enfadada y preocupada y quería matar las palabras. Le he robado y ahora, además, he estropeado algo de su propiedad. Lo siento. Como castigo, creo que dejaré de venir. Aunque, ¿hasta qué punto es eso un castigo? Adoro y detesto este lugar porque lo habitan las palabras.

Ha continuado siendo mi amiga a pesar de haberla ofendido, a pesar de que he sido insufrible (una palabra que he buscado en su diccionario) y creo que es hora de que la deje en paz. Lo siento.

Gracias otra vez.

LIESEL MEMINGER

Dejó la nota sobre el escritorio y se despidió por última vez de la habitación dando tres vueltas y pasando las manos por encima de los libros. Por mucho que los odiara, no pudo resistirse. Había esparcidos trocitos de papel alrededor de uno titulado *Las reglas de Tommy Hoffmann*. La brisa que entraba por la ventana los hizo revolotear.

La luz aún era anaranjada, pero no tan resplandeciente como antes. Sus manos sintieron la última presión sobre el marco de madera de la ventana, sensación seguida de la sacudida del estómago durante el descenso y la punzada de dolor en los pies al plantarlos en el suelo.

Después de bajar la colina y cruzar el puente, la luz anaranjada ya se había desvanecido. Las nubes barrían el cielo.

Las primeras gotas de lluvia empezaron a caer cuando llegaba a Himmelstrasse. Pensó que no volvería a ver a Ilsa Hermann nunca más, aunque a la ladrona de libros se le daba mejor la lectura y la destrucción de libros que vaticinar acontecimientos.

⤳ TRES DÍAS DESPUÉS ⤳
La mujer ha llamado al número treinta y tres y espera a que alguien responda.

A Liesel le resultó extraño verla sin el albornoz. El vestido veraniego era amarillo con un ribete rojo. Tenía un bolsillo con un florecilla. Sin esvásticas. Zapatos negros. Nunca se había fijado en las pantorrillas de Ilsa Hermann. Tenía piernas de porcelana.

—Frau Hermann, siento… Lo que hice la última vez que estuve en su biblioteca.

La mujer la tranquilizó. Buscó en el bolso y sacó un librito negro cuyas tapas no albergaban una historia, sino papel pautado.

—Se me ocurrió que si ya no ibas a leer mis libros, tal vez te gustaría escribir uno. Tu carta era… —Le tendió el libro con ambas manos—. Sabes escribir. Escribes bien. —El libro pesaba. Las tapas eran de pasta apelmazada, como las de *El hombre que se encogía de hombros*—. Y, por favor, no te castigues como dijiste que harías —le pidió Ilsa Hermann—. No seas como yo, Liesel.

La niña abrió el libro y tocó el papel.

—*Danke schön*, frau Hermann. Puedo preparar café si le apetece. ¿Quiere entrar? Estoy sola, mi madre está en la casa de al lado, con frau Holtzapfel.

—¿Por la puerta o por la ventana?

Liesel sospechó que era la sonrisa más amplia que Ilsa Hermann se había permitido en años.

—Creo que será mejor que entre por la puerta, es más fácil.

Se sentaron en la cocina.

Tazas de café y pan con mermelada. Les costó entablar conversación y Liesel la oía tragar, pero en cierto modo no le resultó incómodo; incluso encontraba agradable ver cómo la mujer soplaba con suavidad el café para que se enfriara.

—Si alguna vez escribo algo y lo acabo, se lo enseñaré —le aseguró.

—Eso estaría bien.

Liesel siguió con la mirada a la mujer del alcalde cuando esta enfiló Himmelstrasse, fascinada por el vestido amarillo, los zapatos negros y las piernas de porcelana.

—¿Esa era quien creo que era? —preguntó Rudy, junto al buzón.

—Sí.

—Estás de guasa.

—Me ha traído un regalo.

Al final resultaría que Ilsa Hermann no sólo le había entregado un libro ese día, sino también una razón para pasar más tiempo en el sótano, el lugar favorito de Liesel Meminger, primero con su padre y luego con Max. Le había entregado una razón para escribir sus propias palabras, para que descubriera que las palabras también le habían salvado la vida.

De noche, cuando sus padres dormían, Liesel bajó al sótano con sigilo y encendió la lámpara de queroseno. Durante la primera hora estuvo mirando fijamente el lápiz y el papel. Se obligó a recordar y, como solía hacer, no apartó la mirada.

Schreibe, se exhortó. Escribe.

Más de dos horas después, Liesel Meminger empezó a escribir sin saber si iba a salirle bien. ¿Cómo iba a adivinar que alguien recogería su historia y la llevaría consigo a todas partes?

Nadie espera esas cosas.

No las planea.

Liesel escogió un pequeño bote de pintura como asiento, uno grande como mesa y hundió el lápiz en la primera página. En el centro, escribió lo siguiente:

ᘓᔆ «LA LADRONA DE LIBROS» ᔆᘓ
un breve relato
de
Liesel Meminger

Los aviones con caja torácica

En la tercera página ya tenía la mano dolorida.

«Cómo pesan las palabras», pensó, pero a medida que transcurría la noche consiguió completar once páginas.

⤳ PÁGINA 1 ⤵

«Intento hacer oídos sordos, pero sé que todo empezó con el tren y la nieve y la tos de mi hermano. Ese día robé el primer libro, un manual para cavar sepulturas. Me hice con él de camino a Himmelstrasse...»

Se quedó dormida en el sótano, sobre un lecho de sábanas viejas, con el papel rizado en los bordes sobre el bote de pintura más alto. Por la mañana, Rosa se alzaba vigilante sobre ella con sus ojos clorados de mirada inquisitiva.

—Liesel, ¿qué puñetas haces aquí abajo? —preguntó.

—Escribo, mamá.

—Jesús, María y José. —Rosa volvió a subir, pisoteando los escalones—. Te quiero arriba en cinco minutos o probarás mi medicina. *Verstehst?*

—De acuerdo.

Liesel bajaba al sótano todas las noches y nunca se separaba del libro. Escribía durante horas, intentando completar cada noche diez páginas de su vida. Había muchas cosas que debía tener en cuenta, tantas que corrían peligro de quedar fuera. Sé paciente, se decía, y la fuerza de su puño y letra fue aumentando al tiempo que la pila de páginas.

A veces escribía sobre lo que ocurría en el sótano mientras escribía. Había llegado hasta el momento en que su padre la había abofeteado en los escalones de la iglesia y habían «heilhitlereado» juntos. Enfrente, Hans Hubermann estaba guardando el acordeón. Había estado tocando media hora, mientras Liesel trabajaba.

✧ PÁGINA 42 ✧

«Papá me ha acompañado esta noche. Se trajo el acordeón y se sentó cerca de donde solía hacerlo Max. A menudo observo su cara y sus dedos cuando toca. El acordeón respira. Papá tiene las mejillas surcadas de arrugas que parecen dibujos y no sé por qué, pero cuando las veo siento ganas de llorar, aunque no por tristeza o porque me sienta orgullosa, sino porque me gusta cómo se mueven y cambian. A veces pienso que mi padre es un acordeón porque oigo sus notas cuando me mira y sonríe y respira.»

Tras diez noches de redacción, Munich volvió a sufrir un bombardeo. Liesel había llegado a la página 102 y estaba dormida en el sótano. No oyó ni el cucú ni las sirenas, y estaba abrazada al libro cuando su padre bajó a despertarla.

—Liesel, ven.

La joven cogió *La ladrona de libros* y todos sus otros tesoros y fueron a buscar a frau Holtzapfel.

✧ PÁGINA 175 ✧

**«Un libro flotaba en el Amper. Un niño saltó al agua, lo atrapó y lo alzó con una mano. Sonrió de oreja a oreja. Estaba hundido hasta la cintura en las gélidas aguas de diciembre.
»—¿Y ese beso, *Saumensch*? —preguntó.»**

Liesel había terminado el relato cuando se produjo el siguiente bombardeo, el 2 de octubre. Sólo quedaban unas pocas hojas en blanco y la ladrona de libros ya había empezado a leer lo que había escrito. La historia se dividía en diez partes, todas ellas encabezadas con títulos de libros o relatos que explicaban cómo habían afectado a su vida.

A menudo suelo preguntarme en qué página se encontraría cuando cinco noches después me paseé por Himmelstrasse bajo el repiqueteo de las gotas de lluvia. Me pregunto qué estaría leyendo cuando cayó la primera bomba de la caja torácica de un avión.

Personalmente, me gusta imaginarla echando un breve vistazo a la pared donde está la nube de Max Vandenburg, su sol chorreante y las figuras que caminan hacia él. Luego mira las titubeantes tentativas ortográficas escritas con pintura. Veo al Führer bajando la escalera del sótano despreocupado, con los guantes de boxeo atados por las correas, colgados del cuello. Y la ladrona de libros lee, relee y vuelve a leer la última frase, durante horas.

෴ «LA LADRONA DE LIBROS» ෴
ÚLTIMA LÍNEA
«He odiado las palabras y las he amado, y espero haber estado a su altura.»

Fuera, el mundo aullaba. La lluvia estaba sucia.

El fin del mundo
(parte II)

Ahora casi todas las palabras se han difuminado. El libro negro se desintegra con tanto trajín y esa es otra de las razones por las que cuento esta historia. ¿Cómo era eso que habíamos dicho? Si repites algo muchas veces, nunca lo olvidarás. También puedo contarte qué ocurrió después de que se acabaran las palabras de la ladrona de libros y, para empezar, cómo llegué a conocer su historia. Fue así:

Imagínate andando por Himmelstrasse en la oscuridad. Se te está mojando el pelo y la presión del aire está a punto de sufrir un cambio drástico. La primera bomba alcanza el bloque de pisos de Tommy Müller. Su rostro se contrae con inocencia mientras duerme y me arrodillo junto a su cama. A su lado, su hermana Kristina. Los pies que asoman por debajo de la manta coinciden con las pisadas de la rayuela que hay en la calle. Sus deditos. Su madre duerme a pocos metros de ellos. Cuatro cigarrillos descansan desfigurados en el cenicero y el tejado sin techo arde al rojo vivo. Himmelstrasse está en llamas.

Las sirenas empiezan a aullar.

—Demasiado tarde para esa maniobra —murmuré, porque todo el mundo había sido engañado, y no una, sino dos veces.

Primero, los Aliados habían fingido un bombardeo sobre Munich para acabar atacando Stuttgart, pero luego diez aviones siguieron su marcha. Sí, claro, hubo avisos. A Molching llegaron con las bombas.

❦ UN LISTADO DE CALLES ❦

Münchenstrasse, Ellenbergstrasse, Johannsonstrasse,
Himmelstrasse.
La calle principal + otras tres, en la zona más pobre de la
ciudad.

Todas desaparecieron en cuestión de minutos.
Arrancaron una iglesia de raíz.
La tierra que había pisado Max Vandenburg quedó destruida.

Me dio la impresión de que frau Holtzapfel estaba esperándome en la cocina del número treinta y uno de Himmelstrasse. Tenía delante una taza resquebrajada, y en un último momento de lucidez su rostro pareció preguntar por qué narices me había retrasado tanto.

Por el contrario, frau Diller estaba profundamente dormida. Las gafas a prueba de balas estaban hechas añicos junto a la cama. La tienda había quedado destruida, el mostrador había aterrizado en medio de la calle y la foto enmarcada de Hitler había saltado de la pared y acabó en el suelo. El hombre había quedado hecho un amasijo de esquirlas de cristal después de la paliza. Lo pisé al salir.

Los Fiedler estaban bien organizados, todos en la cama, bien tapados. De Pfiffikus sólo asomaba la nariz.

Acaricié el precioso cabello cepillado de Barbara en casa de los Steiner, me fijé en la expresión del serio rostro durmiente de Kurt y, una a una, deseé buenas noches a las pequeñas con un beso.

Luego vino Rudy.

Por los clavos de Cristo, Rudy...

Estaba en la cama con una de sus hermanas, quien debía de haberle dado una patada o un buen empujón para conseguir casi todo el espacio disponible porque el pobre estaba en el borde, rodeándola con un brazo. El niño dormía. Su cabello iluminado por las velas incendiaba la cama y los recogí a ambos, a Bettina y a él, con sus almas todavía en la manta. Al menos fue una muerte rápida y aún no estaban fríos. El chico del avión, pensé. El del oso de peluche. ¿Dónde estaba el último consuelo de Rudy? ¿Dónde estaba esa persona que consolarle de que le robaran la vida? ¿Quién estaba allí para tranquilizarlo cuando le arrancaron la alfombra de la vida bajo los pies dormidos?

Nadie.

Allí sólo estaba yo.

Y lo de consolar a la gente no es que se me dé muy bien que digamos, sobre todo con las manos frías y estando la cama tan caliente. Cargué con él, con suavidad, por la calle destrozada, con sabor a sal en un ojo y el sepulcral corazón en un puño. Con él me esmeré un poco más. Miré un momento lo que contenía su alma y vi un niño tiznado de negro gritando el nombre de Jesse Owens mientras se llevaba por delante la cinta de llegada. Lo vi hundido hasta la cintura en el agua gélida, intentado atrapar un libro, y vi un niño tumbado en la cama imaginando el sabor que tendría un beso de su extraordinaria vecina. Este chico puede conmigo. Siempre. Es lo único malo que tiene. Me rompe el corazón. Me hace llorar.

Por último, los Hubermann.

Hans.

Papá.

Estaba tumbado en la cama cuan largo era y distinguí el brillo de la plata a través de los párpados. Su alma se incorporó y me saludó. Esa clase de alma, la mejor, siempre saluda. Es de las que se levanta y dice: «Sé quién eres y estoy preparada. No es que quiera ir, claro, pero iré». Esas almas son ligeras porque gran parte de ellas ya ha zarpado, gran parte de ellas ya ha encontrado el rumbo hacia otros lugares. La botaron el aliento de un acordeón, el extraño regusto a champán en verano y el arte de cumplir las promesas. Se acomodó en mis brazos y descansó. Sentí un pulmón ansioso por un último cigarrillo y un firme y magnético tirón hacia el sótano en busca de la niña, su hija, que estaba escribiendo allí abajo un libro que deseaba poder leer algún día.

Liesel.

Su alma lo susurró cuando me la llevaba, pese a que en esa casa no había ninguna Liesel. Al menos para mí.

Para mí sólo estaba Rosa, y sí, francamente creo que la sorprendí a medio ronquido porque tenía la boca abierta y los apergaminados y rosáceos labios habían quedado a medio gesto. Si me hubiera visto, estoy segura de que me habría llamado *Saumensch*, aunque no se lo habría tenido en cuenta. Después de leer *La ladrona de libros*, descubrí que llamaba así a todo el mundo: *Saumensch, Saukerl*. Especialmente a la gente que quería. Llevaba suelto el elástico cabello, que se restregaba contra la almohada. Su cuerpo grande como un armario se incorporó con el latido del corazón pues, no te quepa la menor duda, la mujer tenía corazón y mucho más grande de lo que la gente creería. Repleto hasta los bordes, con kilómetros de estantes ocultos apilados hasta arriba. Recuerda que era la mujer con el instrumento atado al cuerpo en la larga noche iluminada por la luna, era la mujer que había dado de comer a un judío en su primera noche en Molching sin hacer ni una sola pregunta y era la mujer que había hundido el brazo en lo más hondo de un colchón para entregar un cuaderno de dibujo a una adolescente.

Es cierto que empezó a llorar y a gritar en busca de Hans Hubermann en cuanto la sacaron. Los hombres de la LSE intentaron retenerla en sus polvorientos brazos, pero la ladrona de libros consiguió zafarse de ellos. Los humanos desesperados suelen ser capaces de hacer esas cosas.

Liesel no sabía hacia dónde correr, pues Himmelstrasse ya no existía. Todo era nuevo y apocalíptico. ¿Por qué el cielo estaba rojo? ¿Cómo podía estar nevando? ¿Y por qué los copos de nieve le abrasaban los brazos?

Liesel aminoró el paso. Se volvió hacia lo que creía el final de la calle, caminando tambaleante.

¿Dónde está la tienda de frau Diller? ¿Dónde está...?

Siguió deambulando sin rumbo hasta que el hombre que la había encontrado la cogió del brazo, sin dejar de hablar.

—Estás aturdida, jovencita. Es la impresión, te pondrás bien.

—¿Qué ha pasado? —preguntó Liesel—. ¿Esto es Himmelstrasse?

—Sí. —El hombre tenía una mirada desengañada. ¿Qué habría visto en esos últimos años?—. Esto es Himmelstrasse. Os bombardearon, jovencita. *Es tut mir leid, Schatzi*. Lo siento, guapa.

Los labios de la joven no dejaban de errar a pesar de que su cuerpo no se movía. Había olvidado que estuvo llamando a Hans Hubermann entre lágrimas. Eso había sucedido hacía años, ¿no…? Un bombardeo tiene estas cosas.

—Tenemos que sacar a mis padres —dijo—. Tenemos que sacar a Max del sótano. Si no está ahí, estará en el pasillo, mirando por la ventana. Lo hace a veces, cuando hay un bombardeo. No suele ver mucho el cielo, ¿sabe? Tengo que decirle qué tiempo hace. No se va a creer…

El cuerpo cedió, se doblegó y el hombre de la LSE la cogió y la obligó a sentarse.

—La moveremos en un minuto —le comunicó a su sargento.

La ladrona de libros bajó la vista hacia lo que le pesaba tanto y le lastimaba la mano.

El libro.
Las palabras.

Le sangraban los dedos, igual que cuando llegó por primera vez a ese lugar.

El hombre de la LSE la levantó y la sacó de allí. Una cuchara de madera ardía. Un hombre pasó por su lado con una funda de acordeón rota y Liesel vislumbró el instrumento en el interior. Vio los dientes blancos con sus notas negras intercaladas sonriéndole y la obligaron a regresar a la realidad. «Nos han bombardeado», se dijo, y se volvió hacia el hombre de al lado.

—Ese es el acordeón de mi padre. —Una vez más—: Ese es el acordeón de mi padre.

—No te preocupes, jovencita, estás a salvo. Alejémonos un poco.

Pero Liesel se quedó donde estaba.

Miró al hombre que llevaba el acordeón, lo siguió y le pidió al espigado trabajador de la LSE que se detuviera. Las bellas cenizas no dejaban de llover de un cielo rojo.

—Ya me lo llevo yo, si no le importa… Es de mi padre —insistió.

Se lo quitó de las manos sin brusquedad y dio media vuelta. En ese momento vio el primer cuerpo.

La funda del acordeón se le cayó de las manos. Sonó como una explosión.

El cadáver de frau Holtzapfel dibujaba una equis en el suelo.

✧ LOS SIGUIENTES SEGUNDOS ✧
DE LA VIDA DE LIESEL MEMINGER
Da media vuelta y contempla hasta donde le llega la vista ese canal en ruinas que una vez fue Himmelstrasse. Ve dos hombres llevando un cuerpo y los sigue.

Liesel tosió al ver a todos los demás y oyó cómo un hombre decía que habían encontrado un cuerpo hecho pedazos en un arce.

Se topó con pijamas destrozados y rostros desgarrados. El cabello del chico fue lo primero que vio.

¿Rudy?

Al segundo intento, no sólo musitó su nombre.

—¿Rudy?

Estaba tendido en el suelo, con su cabello rubio y los ojos cerrados. La ladrona de libros corrió hacia él y cayó de rodillas. Soltó el libro negro.

—Rudy, despierta… —sollozó. Lo cogió por la camisa del pijama y lo sacudió con suma suavidad, incrédula—. Despierta, Rudy. —Mientras el cielo seguía caldeándose y lloviznaba ceniza, Liesel sujetaba a Rudy Steiner por la camisa—. Rudy, por favor. —Intentando reprimir las lágrimas—. Rudy, por favor, despierta, maldita sea, despierta, te quiero. Vamos, Rudy, vamos, Jesse Owens, pero si te quiero, despierta, despierta, despierta...

No sirvió de nada.

La montaña de escombros era cada vez mayor. Colinas de cemento coronadas de rojo. Una bella joven vapuleada por las lágrimas, zarandeando a los muertos.

Incrédula, Liesel enterró la cara en el pecho de Rudy. Incorporó el cuerpo inerte intentando que no se fuera hacia atrás, pese a que no le quedó más remedio que devolverlo al suelo devastado. Con suavidad.

Despacio. Despacio.

—Dios, Rudy...

Se inclinó sobre el rostro sin vida y besó en los labios con delicadeza a su mejor amigo, Rudy Steiner. Rudy tenía un sabor dulce y a polvo, sabía a reproche entre las sombras de los árboles y el resplandor de la colección de trajes del anarquista. Lo besó larga y suavemente, y cuando se retiró, le acarició los labios con los dedos. Le temblaban las manos. Volvió a inclinarse una vez más, pero esta vez perdió el control y sus labios carnosos no acertaron. Sus dientes colisionaron contra el desolado mundo de Himmelstrasse.

No se despidió. No tuvo fuerzas. Minutos después, logró apartarse de él y arrancarse del suelo. Me maravilla lo que los humanos son capaces de hacer aunque estén llorando a lágrima viva, que sigan adelante, tambaleantes, tosiendo, rebuscando y hallando.

෴ EL SIGUIENTE DESCUBRIMIENTO ෴

Los cuerpos de sus padres, hechos una maraña sobre el manto de gravilla de Himmelstrasse.

Liesel no corrió, ni caminó, ni siquiera se movió. Había rebuscado con la mirada entre los humanos y se había detenido, confundida, al reparar en el hombre alto y en la mujer bajita con cuerpo de armario ropero. Esa es mi madre. Ese es mi padre. Llevaba las palabras grapadas.

—No se mueven —murmuró—. No se mueven.

Tal vez si se quedaba quieta el tiempo suficiente serían ellos los que se movieran, pero permanecieron inmóviles tanto tiempo como Liesel. En ese momento me percaté de que la joven estaba descalza. Qué cosa tan rara fijarse en eso en un momento así. Tal vez intentaba evitar su rostro, pues la ladrona de libros estaba hecha un lío imposible de desenredar.

Dio un paso, negándose a seguir, aunque lo hizo. Liesel se acercó despacio a sus padres y se sentó entre los dos. Cogió la mano de su madre y empezó a hablarle.

—¿Recuerdas cuando llegué aquí, mamá? Me agarré a la verja y me puse a llorar. ¿Recuerdas lo que le dijiste a la gente que había en la calle ese día? —Le temblaba la voz—. Dijiste: «¿Qué estáis mirando, imbéciles?». —Le apretó la mano y le tocó la muñeca—. Mamá, sé que tú... Me gustó mucho que vinieras al colegio para decirme que Max había despertado. ¿Sabías que te vi con el acordeón de papá? —Apretó más fuerte la mano, que empezaba a agarrotarse—. Me asomé y te vi, y estabas hermosa. Maldita sea, estabas tan hermosa, mamá...

⬥ MUCHOS MOMENTOS ⬥
DE INDECISIÓN
Su padre. No quería, y no pudo, mirar a su padre. Todavía no.
En ese momento no.

Su padre era un hombre de ojos plateados, no apagados.

¡Su padre era un acordeón!

Pero sus fuelles se habían quedado sin aire.

Nada entraba y nada salía.

Empezó a mecerse adelante y atrás. Una nota estridente, muda, sucia quedó atrapada entre sus labios hasta que fue capaz de volverse.

Hacia su padre.

Llegado ese momento, no pude refrenarme: me acerqué para verla mejor, y en cuanto conseguí volver a contemplar su cara adiviné que ese era el humano al que la joven más quería. Su gesto le acarició el rostro, resiguió una de las arrugas que le recorrían la mejilla. Él se había sentado en el baño con ella y le había enseñado a liar cigarrillos. Le había dado pan a un cadáver en Münchenstrasse y le había dicho que siguiera leyendo en el refugio antiaéreo. Si no lo hubiera hecho, tal vez ella no habría acabado escribiendo en el sótano.

Su padre —el acordeonista— y Himmelstrasse.

Uno no podía existir sin la otra porque, para Liesel, ambos querían decir hogar. Sí, eso significaba Hans Hubermann para Liesel Meminger.

Se dio la vuelta y se dirigió a la cuadrilla de la LSE.

—Por favor, ¿podrían acercarme el acordeón de mi padre?

Tras unos momentos de confusión, uno de los miembros de mayor edad le llevó la funda rota y Liesel la abrió, sacó el maltrecho instrumento y lo dejó junto al cuerpo de su padre.

—Aquí lo tienes, papá.

Y te prometo una cosa, que cuando se arrodilló junto a Hans Hubermann lo vio levantarse y tocar el acordeón. Se puso en pie, se lo colgó a los hombros, sobre el macizo montañoso de casas derruidas y tocó el acordeón, con sus amables ojos plateados y un indolente cigarrillo entre los labios. Incluso falló en una nota y se echó a reír, una simpática retrospectiva. Los fuelles respiraron y el hombre alto tocó para Liesel Meminger una última vez mientras sacaban despacio el cielo del horno.

Sigue tocando, papá.

Hans se detuvo.

Soltó el acordeón y sus ojos plateados continuaron oxidándose. Ahora sólo era un cuerpo tumbado en el suelo. Liesel lo atrajo hacia sí y lo abrazó.

Sus brazos se negaban a soltarlo. Lo besó en el hombro —no podía soportar mirarlo a la cara— y volvió a dejarlo en el suelo.

La ladrona de libros lloró hasta que se la llevaron de allí, con delicadeza.

Al cabo de un rato se acordaron del acordeón, pero nadie reparó en el libro.

Había mucho trabajo que hacer y, junto a otro montón de objetos variopintos, *La ladrona de libros* acabó pisoteado varias veces hasta que lo recogieron sin echarle siquiera un vistazo y lo arrojaron al camión de la basura. Me subí de un salto y lo rescaté antes de que el camión arrancara.

EPÍLOGO

❧

El último color

Presenta:

la muerte y Liesel — unas lágrimas de madera — Max —
y la entrega

La muerte y Liesel

Han pasado muchos años desde entonces, pero todavía queda mucho trabajo que hacer. Créeme, el mundo es una fábrica. El sol lo remueve, los humanos lo gobiernan y yo soy la que persevera. Me los llevo.

En cuanto a lo que queda de historia, voy a dejarme de rodeos porque estoy cansada, muy cansada, así que intentaré ir al grano.

❧ UN ÚLTIMO SUCESO ❧
**Supongo que debería decirte que la ladrona de libros murió
ayer.**

Liesel Meminger vivió hasta edad avanzada, muy lejos de Molching y de la desaparición de Himmelstrasse.

Falleció en un barrio de las afueras de Sidney. El número de la casa era el 45 —el mismo que el del refugio antiaéreo de los Fiedler— y el cielo lucía el azul más bello de la tarde. Igual que la de su padre, su alma se incorporó.

En sus últimos instantes, vio a sus tres hijos, a sus nietos, a su marido y la larga lista de vidas que confluían con la suya. Entre ellas, luminosas como faroles, estaban Hans y Rosa Hubermann, su hermano y el chico cuyo cabello seguirá siendo siempre de color limón.

No obstante, también hubo otras visiones.
Acompáñame y te contaré una historia.
Te enseñaré algo.

Un bosque al atardecer

Una vez que despejaron Himmelstrasse, Liesel Meminger —a quien se referían como «la del acordeón»— no tuvo adónde ir, así que se la llevaron a la policía, donde se devanaron los sesos decidiendo qué hacer con ella.

Estaba sentada en una silla muy dura. El acordeón la miraba a través de un agujero de la funda.

Pasó tres horas en la comisaría, hasta que el alcalde y una mujer de cabello suave y sedoso asomaron la nariz por allí.

—Dicen que una niña ha sobrevivido al bombardeo de Himmelstrasse —se interesó la señora.

Un policía la señaló.

Ilsa Hermann se ofreció a llevar el acordeón, pero Liesel lo sujetó con firmeza mientras bajaban los escalones de la comisaría. Unas manzanas más allá de Münchenstrasse se dibujaba una clara línea que separaba a los bombardeados de los afortunados.

Condujo el alcalde.

Ilsa se sentó con ella, detrás.

La niña dejó que le cogiera la mano que tenía sobre el acordeón, acomodado entre las dos.

Con lo fácil que habría sido permanecer en silencio, Liesel experimentó la reacción contraria ante su devastación. Sentada en la exquisita habitación de invitados de la casa del alcalde, habló y no dejó de hablar —consigo misma— hasta entrada la noche. Comió muy poco. A lo único que se negó tajantemente fue a bañarse.

Arrastró los restos de Himmelstrasse por las alfombras y los suelos entarimados del número ocho de Grandestrasse durante cuatro días. Dormía mucho, sin sueños, y casi siempre se arrepentía de despertarse. Dormida, todo desaparecía.

Llegado el día de los funerales, Liesel todavía no se había bañado, por lo que Ilsa Hermann le preguntó con suma delicadeza si querría hacerlo. Antes de eso, se había limitado a enseñarle dónde estaba el baño y le había dado una toalla.

La gente que ese día asistió al sepelio de Hans y Rosa Hubermann hablaría durante mucho tiempo de la niña que se presentó luciendo un precioso vestido y una capa de mugre de Himmelstrasse. También corrió el rumor de que, ese mismo día, más tarde, entró completamente vestida en el Amper y dijo algo muy raro.

Algo sobre un beso.

Algo sobre una *Saumensch*.

¿Cuántas veces tenía que despedirse?

Transcurrieron semanas y meses y guerra. Liesel recordaba sus libros en los momentos de mayor abatimiento, sobre todo los escritos para ella y el que le salvó la vida. Una mañana, víctima de un nuevo estado de shock, incluso se acercó hasta Himmelstrasse para buscarlos, pero ya no quedaba nada. No había remedio ante lo ocurrido. Necesitaría décadas, toda una vida para recuperarse.

Se celebraron dos ceremonias para la familia Steiner. La primera, el mismo día del entierro. La segunda se ofició en cuanto a Alex Steiner le dieron permiso para regresar a casa después del bombardeo.

Alex había ido menguando desde que le llegó la noticia.

—Por los clavos de Cristo, ojalá hubiera dejado ir a Rudy a esa escuela —diría.

Salvas a alguien.

Lo matas.

¿Cómo iba a saberlo el hombre?

Lo que sí sabía era que habría dado cualquier cosa por estar esa noche en Himmelstrasse y poder cambiarse por Rudy.

Eso fue lo que le dijo a Liesel en los escalones del número ocho de Grandestrasse, cuando corrió hasta allí tras oír que la joven había sobrevivido.

Aquel día, en la entrada, Alex Steiner estaba hecho trizas.

Liesel le confesó que había besado a Rudy en los labios. Le dio vergüenza, pero creyó que a él le gustaría saberlo. Sobre su rostro asomaron lágrimas de madera y una sonrisa de roble. El cielo era gris y brillante. Una tarde plateada.

Max

Alex Steiner volvió a abrir la sastrería cuando acabó la guerra y Hitler corrió a mis brazos. No le rentaba ningún beneficio, pero al menos se mantenía ocupado unas horas al día, junto a Liesel, quien solía acompañarlo. Pasaban mucho tiempo juntos y a menudo se daban un paseo hasta Dachau después de su liberación, aunque allí eran los estadounidenses quienes los rechazaban.

Al fin, en octubre de 1945, un hombre de ojos cenagosos, plumas por cabello y un rostro recién rasurado entró en la tienda. Se acercó al mostrador.

—¿Hay por aquí alguien llamado Liesel Meminger?

—Sí, está dentro —contestó Alex. No quiso hacerse falsas esperanzas, así que decidió asegurarse—. ¿Quién pregunta por ella?

Liesel salió.

Se abrazaron y lloraron y cayeron de rodillas.

La entrega

Sí, he visto muchísimas cosas en este mundo. Soy testigo de los peores desastres y trabajo para los peores villanos.

Con todo, también tiene sus momentos.

Existen diversas historias (como ya antes he apuntado, un puñado nada más) que me procuran distracción mientras trabajo, igual que los colores. Las recojo en los lugares más infortunados e inverosímiles y me aseguro de recordarlas mientras me dedico a mis quehaceres. *La ladrona de libros* es una de esas historias.

Por fin pude hacer algo que llevaba mucho tiempo deseando cuando viajé hasta Sidney y me llevé a Liesel. La dejé en el suelo y, mientras paseábamos por la avenida Anzac, cerca del campo de fútbol, saqué un polvoriento libro negro del bolsillo.

La anciana se quedó muda de asombro.

—¿De verdad es lo que creo que es? —preguntó, cogiéndolo.

Asentí con la cabeza.

Nerviosa, abrió *La ladrona de libros* y pasó las páginas.

—Es increíble…

A pesar de que el texto se había desvaído, leyó las palabras. Los dedos de su alma acariciaron la historia escrita tanto tiempo atrás, en un sótano de Himmelstrasse.

Se sentó en el bordillo y yo hice lo propio, a su lado.

—¿Lo has leído? —me preguntó, aunque sin mirarme. Tenía los ojos clavados en las palabras.

—Muchas veces.

—¿Lo entendiste?

Se hizo un gran silencio.

Pasaron varios coches en ambas direcciones. Los conducían múltiples Hitlers, Hubermanns, Maxes, asesinos, Dillers y Steiners...

Quise decirle muchas cosas a la ladrona de libros, sobre la belleza y la crueldad, pero ¿qué podía contarle sobre todo eso que ella no supiera? Quise explicarle que no dejo de sobreestimar e infravalorar a la raza humana, que pocas veces me limito únicamente a valorarla. Quise preguntarle cómo un mismo hecho puede ser espléndido y terrible a la vez, y una misma palabra, dura y sublime. Sin embargo, no abrí la boca. Sólo conseguí hablar para confiarle a Liesel Meminger la única verdad que hago mía. Se lo dije a la ladrona de libros, y ahora te lo digo a ti.

ﻷ ÚLTIMA NOTA DE LA NARRADORA ﻷ
Los humanos me acechan.

Agradecimientos

Me gustaría empezar por dar las gracias a Anna McFarlane (tan afectuosa como inteligente) y a Erin Clarke (por su previsión, amabilidad y por contar siempre con el consejo adecuado en el momento propicio). También quisiera expresar mi gratitud a Bri Tunnicliffe por aguantarme y por no perder la fe en las fechas de entrega de las correcciones.

Estoy en deuda con Trudy White por su cortesía y talento. Es un honor que su obra ilustre estas páginas.

Mil gracias a Melissa Nelson por hacer que un trabajo difícil pareciera fácil. Tomé nota.

Este libro tampoco habría sido posible sin Cate Paterson, Nikki Christer, Jo Jarrah, Anyez Lindop, Jane Novak, Fiona Inglis y Catherine Drayton. Gracias por poner vuestro valioso tiempo a mi disposición e invertirlo en esta historia. No encuentro palabras para expresar mi agradecimiento.

También desearía expresar mi gratitud al Museo Judío de Sidney, al Australian War Memorial, a Doris Seider del Museo Judío de Munich, a Andreus Heusler del Archivo Municipal de Munich y a Rebecca Biehler (por su información sobre el comportamiento estacional de los manzanos).

Mis sinceros agradecimientos a Dominica Zusak, Kinga Kovacs y Andrew Janson por sus estimulantes conversaciones y por su aguante.

Por último, mi gratitud incondicional a Lisa y Helmut Zusak por esas historias que tanto cuestan creer, por sus risas y por enseñarme el otro lado.

Índice

TERCERA PARTE
«MEIN KAMPF»

CUARTA PARTE
EL VIGILANTE

QUINTA PARTE

EL HOMBRE QUE SILBABA

SEXTA PARTE

EL REPARTIDOR DE SUEÑOS

SÉPTIMA PARTE

EL «GRAN DICCIONARIO DE DEFINICIONES Y SINÓNIMOS»

Epílogo
El último color

La ladrona de libros
de Markus Zusak
se terminó de imprimir en **Febrero** 2008 en
Comercializadora y Maquiladora Tucef, S.A. de C.V.
Venado Nº 104, Col. Los Olivos
C.P. 13210, México, D. F.